文学心灵的敬重

白先勇

那时候是六〇年代，我们办《现代文学》，有聚会都在明星咖啡屋，同时陈映真、尉天骢等人也在那办《笔汇》，两边的作家才开始认识。所以明星咖啡屋对我们这些六〇年代的作家是别具意义的一个回忆，像一种依归、一个立足点一样的地方。那时武昌街下面还有周梦蝶摆书摊，卖的就是我们两本文学杂志和一些诗集，没什么人买，所以我们一有聚会就叫他收摊上来，真有点文学沙龙的味道。

开始时我是在文章上面认识陈映真的，他那时在《笔汇》上已经有文章发表，像是《面摊》《我的弟弟康雄》等，他这些早年的作品对我而言很有吸引力，一种少年维特之烦恼的情绪，很动人，很吸引年轻读者。他一上来就有“文体家”的气势，文章中有一种很特殊的感性。我很想认识这个人，希望他在我们杂志上投稿，后来经由姚一苇先生引荐，他真的来杂志投稿，我们也开始了很长一段时间以文会友、因文结缘的关系。

《现代文学》于一九六〇年创刊，在一九六一年到一九六五年的这几年间，陈映真投稿了许多篇小说在我们杂志上，是《现代文学》很重要的作家。《现代文学》的特质是一个完全开放的园地，那时我们每个人的文风都迥然相异，可以说和而不同，大家各写各的。但陈映真还是很独特，他有自己引人入胜的声音，带人进入有点忧郁、感伤又有着些落寞的境界当中。他的文字直指人心创痛处，也因为他以非常认真、严肃的态度看待人，尊敬人的苦痛，所以在他写《将军族》《那么衰老的眼泪》《一绿色之候鸟》《文书》的时候，都可以感到他有一种对人——尤其是对弱小人物——特别的怜悯，那是他的胸怀，也是他文章最感人的地方。在《将军族》当中，他描写一个外省老兵与台湾最底层、最受欺凌的女性结合，最后两个人殉情式的结局陡然将境界提升至高，可以说是一个台湾的寓言，在这么早的年代，他便将台湾外省人与本省人的一种情结描写得这么惊人。后来我们出版一本《现代文学小说选集》，由欧阳子主编，我们就都不约而同将这篇选为他的代表作，可是我觉得他其他的几篇东西，比方说《一绿色之候鸟》，写出当时知识分子的落寞；《山路》当中对于政治理想的失望，都非常贴近台湾的现实；《文书》《我的弟弟康雄》里面则有着相当的死亡象征。

死亡是他相当关切的一个题目，他是一个基督徒，又是社会主义者；社会主义者理应是个无神论者，因此这中间的矛盾我想可能也造就了他这样的一个艺术家——一个人若是没有矛盾，就很难成为一个艺术家，而他似乎又常常在这中间摆荡：宗教的超越、与社会主义的世俗性。陈映真又是个极富浪漫情怀、极理想主义的一个人，这样矛盾的因素加总起来就构成了他小说中的一种张力，文章最后经常要解决的就是死亡、升华，像是《将军族》当中的超越，就是他小说中深刻的地方。他对人的创痛感受很深，所以有时候我想也许他自己写出来的文章，是他的不能承受之重。他看着社会上这么多的不平、痛苦，要怎么去拯救？靠社会主义、靠人的政治，可是人的问题人最后不能解决，就只能归天，要向上帝来求解答。我记得他说是他父亲跟他讲的，叫他要做一个上帝之子，也要做一个中

阅读
陈映真

别册

白先勇　文学心灵的敬重
蒋　勋　我的老师陈映真
王安忆　英特纳雄耐尔
吕正惠　陈映真与鲁迅
蓝博洲　陈映真的山路
梁文道　不合时宜的左派

上架建议：文学、小说

理想国
imaginist
想象另一种可能

ISBN 978-7-5108-8739-0

定价：78.00 元

国之子，所以这是他的中国情结——他的中国是长江黄河的几千年，以及二十世纪的鲁迅和五四运动，那是他的认同。鲁迅对他的一生、他的文学可能都影响很大，而且他又念西方文学、对日本文学的涉猎也深，所以他的文章也会有一点日本情调。他的文学风格因而是相当复杂的组合，他且能将这些组合全都变成他自己，这是相当难能可贵的，台湾文学应该要给他一个非常重要的地位。

总之那是个到现在都还很值得怀念的时代，我个人跟他关系很特殊，他只来过我家一次，后来他坐了政治的牢，我又留学去了国外，就没有什么往来的机会。但我跟他有一种文学上、心灵上相互的敬重。我与他信仰不同，无论是政治或者宗教，各走各的道路，但是相知相惜。对我而言，我相当看重这份关系，彼此的关切都在默默之中。

那个年代很多人喜欢他的《我的弟弟康雄》，讲一个虚无主义的年轻人，现在看还可能有些别的意义在。那些他早年的小说我也觉得现在的年轻人都该看，至于较后期则像《最后的夏日》《六月里的玫瑰花》等讽刺小说也蛮有意思，《铃珰花》《山路》等也相当重要，我觉得是他写得最好的几篇。其实他的作品都很值得看，只是这几篇可以先看。

陈映真是一个文学家、艺术家，他忠于他自己的文学，这些都会大过政治、超越政治。因为他对文学有心，所以他是一个真正的艺术家，他的小说成就最后会替他作定位——外在的政治社会是经常在变动的，今天的真理明天就不是。但文学有一个永恒的真，至少我自己相信陈映真写的是一个人性与人情、对人之观察，因此他的小说写得最成功也是写人。像是鲁迅或有自己的政治信仰，但他在写《呐喊》或《彷徨》的时候就是一个艺术家。所以我尊敬陈映真，他有他的信仰与追求、有他的一往情深；小说很复杂，因为人生也是复杂的，但他的信仰很单纯，因为越单纯的信仰越会激起我们的激情，所以他小说中一个重点在基督教信仰的情操。他出生于基督徒家庭，那宗教性的博爱精神也是他小说中珍贵之处。

归到最后还是要说，陈映真真的修炼出很特殊的文风，他的文字就是他的才华、他的敏感、他的诗意与抒情——忧郁、怅然，都是他文字上动人的地方，年轻读者应该会很喜欢他那浓重忧郁、浪漫情绪的文风，这是他很大的成就。

我的老师陈映真

蒋勋

对于作家陈映真先生及我的老师陈永善先生之间，我一直有着混淆和尴尬。

初识映真先生时，我还是强恕中学的高中生。当时耽于文学，荒废了学校的课业；暑假参加学校的英文补修，映真先生便以他的本名陈永善出现在我的教室。

他刚从淡江英专毕业，被介绍到我就读的高中教英文。印象中，他的穿着比一般老师随便。长发蓬松，一条皱巴巴的裤子。常常是一双凉鞋，拖拖趿趿，走在校园里，同学们觉得老师很性格，便给他取了一个外号“贾利古九”（贾利·古柏为当时好莱坞西部片中的性格演员）。

我们不喜欢上英文课，有时他就弹起吉他，教大伙儿唱歌；用低沉而厚的嗓音教唱美国的蓝调。

不久，他担任了学校里文学社团和戏剧社团的指导老师，我们便熟悉了起来。

读了他当时在《笔汇》《现代文学》上发表的小说：《我的弟弟康雄》《一绿色之候鸟》《将军族》《文书》等，那个在作品中流露着深沉的感伤与忧郁的作家陈映真，和在校园里因为逐渐熟悉起来，可以跟孩子们又笑又闹的随和的老师陈永善之间便有了一种奇异的混淆。

然而，有时他是十分严肃的。

他痛恨作弊的人，他在监考时对作弊者的严厉在校园里盛传着。

同学们不太了解，一个个性随和的老师，对顽皮捣蛋的学生，对功课不好的学生都有宽容之心的，为什么对作弊者有那样严肃的态度。

我和映真先生熟起来是因为对文学的爱好。

第一次拿小说给他看，隔了好几天都没有回音。对初尝写作，渴望别人肯定的年纪，那等待回音的几天，真是忐忑不安啊！常常要故意绕道到教员休息室，窥探一下，他是否手上正拿着那份稿子看。

有一天，他终于找我去了。

是上地理课之前。已经打过上课铃，一个同学跑来叫我："陈永善老师叫你去教员休息室。"

我像弹簧一样跳起。三脚两脚跑下楼梯。

教员休息室的老师正络绎抱着课本走出，往各年级的教室去。

一下子空下来的教员休息室显得特别寂静。一张一张办公桌，一落一落搁在桌面上等待批阅的学生的作业簿。

他招呼我坐下。他自己则靠在他的那张藤椅上，膝上摊开我的小说稿，逐页翻看着。

沉默了一会儿，他忽然说起他的弟弟来了。

他说："弟弟最近在学吹小喇叭。吹得吱吱歪歪，难听极了。吵得四邻不安，大家都恨不得把他杀掉。"

"但是，"他停了一下，安静地告诉我，"我想：一个好的、吹出优美曲调的小喇叭手，肯定是要经过这难听的、吹不成曲调的阶段的罢！"

然后，他开始逐段和我讨论起我的小说来了。

那个空寂的教员休息室，桌面上等待批阅的学生的作业，他的低沉而有说服力的声音，我都不能忘记。

以后在我自己的教育工作上，每每碰到对学生不耐烦的时刻，便不由想起映真先生和我逐字逐句讨论的种种；以及，关于他告诉我的他那个学吹小喇叭的弟弟的故事。

高中毕业的时候,我请他在纪念册上写两句话。他在走廊上站住，想了一会儿，接过笔和册子，便写了两句：

求真若渴

爱人如己

从高中到大学，我和映真先生谈论的多是文学上的问题。有时因为观点上的不同有所争辩。

我较倾向于着迷他早期的小说《我的弟弟康雄》《兀自照耀着的太阳》《乡村的教师》《苹果树》等。我内里极其颓放和感伤的部分，大学以后，由于课业压力的消失，由于整个台湾社会更趋于欲乐的消费形态，愈发如霉菌一样，蔓延开来。

长头发，破烂的牛仔裤，日夜颠倒的生活，苍白忧愁，似乎已不仅是文艺青年向往波希米亚生活故作的调调儿，也确实反映着一种内在的虚空与无力，在那为苦闷封锁的年代，在一种近于自戕式的毁灭里也感觉着某种自我惩罚而快慰着罢!

然而，映真先生显然已比较自觉地挣脱了他一手塑造的“康雄”“小淳”“吴锦翔”无力而颓苦的世界，在更大的历史的、或人类的共同生存中锻炼了凝视苦难的气力，可以从颓废自苦中超拔而出了。

收在这个集子中较早的两篇:《期待一个丰收的季节》(一九六七),《知识人的偏执》(一九六八),都完成于那一段时间。

> 可以用最一般性的意义这样说：现代主义是一种反抗。能够对于现代主义稍作发生学的考查的人，就能明白：现代主义如何是对于被欧战揭破了的、欧洲既有价值底反抗，又如何是对于急速的工业化社会所强施于个人的、划一性底反抗。台湾的现代派，在囫囵吞下现代主义的时候，也吞下了这种反抗的最抽象的意义。我说“抽象的意义”，是因为在反抗之先，必须有一个被反抗的东西。然而，与整个中国的精神，思想的历史整个儿疏离着的台湾的现代派们，实在说，连这种反抗的对象都没有了。
>
> ——《期待一个丰收的季节》

陈映真先生对于台湾现代主义深刻的反省与检讨，有一个重要的原因恐怕来自于他自己曾经切身经过最深的对现代主义的摸索罢。他早期小说中颓放自苦的主角，理想堕落之后的自戕毁灭，那种蚀啃生命的本质上的绝望，放之于台湾现代主义所有的作品中，至今亦仍然是不可多得的佳作。

“现代”对于他，并非外在形式上的造作，却来自于政治禁闭年代对那苦闷的反弹。映真先生“现代主义”时期的作品不同于他同时期的作家，以及他较早地反省到了台湾现代主义的虚假性，都可以从这一基础上看到端倪罢。

大学以后，我有时在西门町一带的咖啡店遇见他，或者他写信给我，谈起我的作品，他大致已有上述这种批评，只是当时我自然是不能十分懂得的。

一次在明星咖啡屋，为了现代诗，我竟和他论辩起来。那是我觉得他少有的焦躁与愤怒的一次。

没有几天，他就被逮捕入狱了。

他入狱的原因没有人清楚。在那个戒严的时代，一切消息皆完全封锁。文化圈中只有交头接耳着各种恐怖的传言。

也就在那时候，我开始重新读起他所有的作品，重新思考起他和我论辩文学时提到的"文学的关怀""人的主题""民族的现实"等等我原来十分模糊的概念。

也就在那时候，映真先生重新成了我的"老师"。

曾经教学生弹吉他、唱英文歌的老师，曾经在校园中手搭着肩膀随意谈笑的老师，曾经与之争辩至于动怒而依然坦荡容纳你的老师，因为他的入狱，才使我重新思考起那随和背后人格与思想上的包容与深邃。

此后的几年，他在狱中，我大学毕业、服役、出国；逐渐养成了不断阅读他作品的习惯。在寂寞的巴黎，配着冼星海的"黄河"颂读《乡村的教师》吴锦翔想着的中国人的改革的一段，竟至于泣下。而结合着新读到的中国近代史与近代文学撼人的事件，映真先生的作品，也仿佛可以置放到更大的背景上，有了较为清晰的轮廓了。

我至今没有问过他入狱的原因。他所有的作品，从康雄到吴锦翔，从贺大哥到蔡千惠、宋蓉萱，似乎是再清楚不过的"自白"。那里面，理想的、赎罪的知识分子的颓放自苦到宗教热狂式的自我牺牲，似乎是近代所有中国优秀的知识人注定的一张"罪状"罢。

因为一贯地从自己的反省与赎罪出发，映真先生的小说与随笔之间，有着特别密切的关联。许多人惋惜鲁迅放弃了小说创作，浪费时间于随笔杂文。这样的论调，也许恰恰错误地理解了鲁迅之所以为鲁迅的理由罢。

同样地，收在这个集子中的随笔，似乎也恰恰是小说家陈映真更为率真直接的自白。细读《作为一个作家……》，仿佛竟是《山路》中蔡千惠那封撼人心魂的书信；而读完忧虑商品文化下青少年的《新种族》，赵南栋的面容也就历历如绘了。

陈映真的文体一贯委婉缠绵。节奏特别缓慢，连续的形容词、副词的间隔，使阅读者的呼吸也跟着静定下来，进入他思想与反省的层次。这种文体，在他的小说与随笔中都可见到。而文体自然来源于作家内在对事物“求真若渴”的细密的、近于科学家的分析与观察；也来自于对人、对生命宗教情怀的“爱人如己”的宽纳与包容罢。

先生全集付梓，随笔卷嘱我为序，愧不敢当。“求真若渴，爱人如己”，铭记于心。

英特纳雄耐尔

王安忆

一九八三年去美国，我见识了许多稀奇的事物。纸盒包装的饮料，微波炉，辽阔如广场的超级市场，购物中心，高速公路以及高速公路加油站，公寓大楼的蜂鸣器自动门，纽约第五大道圣诞节的豪华橱窗。我学习享用现代生活：到野外 picnic，将黑晶晶的煤球倾入烧烤架炉膛，再填上木屑压成的引火柴，然后搁上抹了黄油的玉米棒、肉饼子；我吃汉堡包、肯德基鸡腿、pizza——在翻译小说里，它被译成“意大利脆饼”这样的名词；我在冰激凌自动售货机下，将软质冰激凌尽可能多地挤进脆皮蛋筒，每一次都比上一次挤进更多，使五十美分的价格不断升值；我像一个真正的美国人那样挥霍免费纸巾，任何一个地方，都堆放着雪白的、或大或小、或厚或薄、各种款式和印花的纸巾，包括少有人问津的密西西比荒僻河岸上的洗手间——这时候，假如我没有遇到一个人，那么，很可能，在中国大陆经济改革之前，我就会预先成为一名物质主义者。而这个人，使我在一定程度上，具备了对消费社会的抵抗力。这个人，就是陈映真。

我相信，在那时候，陈映真对我是失望的。我们，即吴祖光先生、我母亲茹志鹃和我，是他有生以来第一次，面对面看到的中国大陆作家，我便是他第一次看到的中国大陆年轻一代写作者。在这之前，他还与一名大陆渔民打过交道。那是在台湾监狱里，一名同监房的室友，来自福建沿海渔村，出海遇到了台风，渔船被吹到岛边，被拘捕。

这名室友让他坐牢后头一回开怀大笑，因和监狱看守起了冲突，便发牢骚：国民党的干部作风真坏！还有一次，室友读报上的繁体字不懂，又发牢骚：国民党的字也这么难认！他发现这名大陆同胞饭量大得惊人，渐渐地，胃口小了，脸色也见丰润。以此推测，大陆生活的清简，可是，这有什么呢？共产主义的社会不就应当是素朴的？他向室友学来一首大陆的歌曲——一条大河波浪宽，风吹稻花香两岸，我家就在岸上住，听惯了艄公的号子，看惯了船上的白帆……

和我们会面，他事先作了郑重的准备，就是阅读我们的发言稿，那将在爱荷华大学“国际写作计划”组织的中国作家报告会上宣读。他对我的发言稿还是满意的，因为我在其中表达的观点，是希望从自己的个人经验中脱出，将命运和更广大的人民联系起来。他特别和聂华苓老师一同到机场接我们，在驱车往爱荷华城的途中，他表扬了我。他告诉我，他父亲也看了我的发言稿，欣慰道：知道大陆的年轻人在想什么，感到中国有希望。这真叫人受鼓舞啊！从这一刻起，我就期待着向他作更深刻的表达。可是，紧接下来的事情是，我们彼此的期望都落空了。

在“五月花”公寓住下之后，有一日，母亲让我给陈映真先生送一听中华牌香烟。我走过长长的走廊，去敲他的门，我很高兴他留我坐下，要与我谈一会儿。对着这样一个迫切要了解我们生活的人，简直是千头万绪不知从何提起。我难免慌不择言，为加强效果，夸大其词也是有的。开始，我以为他所以对我的讲述表情淡然是因为我说得散漫无序，抓不住要领。为了说清楚，我就变得很饶舌，他的神情也逐渐转为宽容。显然，我说的不是他要听的，而他说的，我也不甚了解。因为那不是我预期的反应，还因为我被自己的诉说困住，没有耐心听他说了。

回想起来，那时候我的表现真差劲。我运用的批判的武器，就是二十世纪八十年代初期，从开放的缝隙中传进来的，西方先发展社会的一些思想理论的片段。比如“个人主义”“人性”“市场”“资本”。先不说别的，单是从这言辞的贫乏，陈映真大概就已经感到无味了。对这肤浅的认识，陈映真先生能说什么呢？当他可能是极度不耐烦了的时候，他便也忍不住怒言道：“你们总是说你们这几十年吃了多少苦，受了多少穷，我能说什么呢？我说什么，你们都会说，你们所受的苦和穷！”这种情绪化的说法极容易激起反感，以为他唱高调，其实我内心里一点不以为他是对世上的苦难漠然，只是因为，我们感受的历史没有得到重视而故意忽略他要说的“什么”，所以就要更加激烈地批评。就像他又一次尖锐指出的——不要为了反对妈妈，故意反对！事情就陷入了这样不冷静的情绪之中，已经不能讨论问题了。

一九八九年与一九九〇年相交的冬季，陈映真生平第一次来到大陆。回原籍，见旧友，结新交；记者访谈，政府接见，将他的行程挤得满满当当，我在他登机前几个小时的凌晨才见到他。第一句便是：说说看，七年来怎么过的？于是，我又蹈入千言万语不知从何说起的境地。这七年里面，生活发生很大的变化，方才说的那些个西洋景，正飞快地进入我们这个离群索居的空间：超级市场，高速公路，可口可乐，汉堡包，圣诞节，日本电器的巨型广告牌在天空中发光，我们也成熟为世界性的知识分子，掌握了更先进的思想批判武器。我总是越想使他满意，越语焉不详，时间已不允许我啰唆了，而我发现他走神了。那往往是没有听到他想要听到的东西时候的表情。他忽然提到“壁垒”两个字——block,是不是应该译成“壁垒”？他说。他提到欧洲共同体，那就是一个block，“壁垒”，资本的“壁垒”，他从经济学的角度解释这个名词。而后，他又提到日本侵华时期，中国劳工在日本发生的花冈惨案，他正筹备进行民间索赔的诉讼请求。还是同七年前一样，我的诉说在他那里没有得到应有的回应,他同我说的似乎是完全无关的另一件事。可我毕竟比七年前成熟，我耐心地等待他对我产生的影响起作用。我就是这样，几乎是无条件地信任他，信任他掌握了某一条真理。可能只是一个简单的理由，就是我怀疑自己，怀疑我说真是我想。事情变得比七年前更复杂，我们分明在接近着我们梦寐以求的时代，可是，越走近越觉着不像。不晓得是我们错了，还是，时代错了，也不晓得应当谁迁就谁。

陈映真在一九八三年对我说的那些，当时为我拒斥不听的，在以后的日子里一点一点呈现出来，那是同在发展中地域，先我们亲历经济起飞的人的肺腑之言。他对着一个懵懂又偏执的后来者说这些，是期待于什么呢？事情沿着不可阻挡的轨迹一径突飞猛进，都说是社会发展的规律和终极。有一个例子可说明这事实，就发生在陈映真的身上。说的是有一日他发起一场抗议美国某项举措的游行示威，扛旗走在台北街道上，中午时，就在麦当劳门前歇晌，有朋友经过，喊他：陈映真，你在做什么？他便宣讲了一通反霸权的道理，那朋友却指着他手中的汉堡包说：你在吃什么？于是，他一怔。这颇像一则民间传说，有着机智俏皮的风格，不知虚实如何，却生动体现了陈映真的处境。一九九五年春天，陈映真又来到上海。此时，我们的社会主义体制下的市场经济，无论在理论还是在实践，都轮廓大概，渐和世界接轨，海峡两岸的往来也变为平常。陈映真不再像一九九〇年那一次受簇拥，也没有带领什么名义的代表团，而是独自一个人，寻访着一些被社会淡忘的老人和弱者。有一日晚上，我邀了两个批评界的朋友，一起去他住的酒店看他，希望他们与他聊得起来。对自己，我已经没了信心。这天晚上，果然聊得比较热闹，我光顾着留意他对这两位朋友的兴趣，具体谈话内容反而印象淡薄。我总是怕他对我、对我们失望，他就像我的偶像，为什么？很多年后我逐渐明白，那是因为我需要前辈和传承，而我必须有一个。但是，这天晚上，他的一句话却让我突然窥见了他的孱弱。我问他，现实循着自己的逻辑发展，他何以非要坚执对峙的立场？他回答说：我从来都不喜欢附和大多数人！这话听起来很像是任性，又像是行为艺术，也像是对我们这样老是听不懂他的话的负气回答，当然事实上不会那么简单。由他一瞬间透露出的孱弱，却使我意识到自己的成长。无论年龄上还是思想上和写作上，我都不再是十二年前的情形，而是多少地，有一点“天下者我们的天下”的意思。虽然，我从某些途径得知，他对我的小说不甚满意，具体内容不知道，我猜测，他一定是觉得我没有更博大和更重要的关怀！而他大约是对小说这样东西的现实承载力有所怀疑，他竟都不太写小说了。可我越是成长，就越需要前辈。看起来，我就像赖上了他，其实是他的期望所迫使的。我总是从他的希望旁边滑过去，这真叫人不甘心！

这些年里，他常来常往，已将门户走熟，可我们却几乎没有见面和交谈。人是不能与自己的偶像太过接近的，于两边都是负担。有时候，通过一些意外的转折的途径，传来他的消息。一九九八年，母亲离世，接到陈映真先生从台北打来的吊唁电话。那阵子，我的人像木了，前来安慰的人，一腔宽解的话都被我格外的“冷静”堵了回去，悲哀将我与一切人隔开了。他在电话那端，显然也对我的漠然感到意外，怔了怔，然后他说了一句：我父亲也去世了。就在这一刻，我感受到一种深刻的同情。说起来很无理，可就是这种至深的同情，才能将不可分担的分担。好比毛泽东写给李淑一的那一首《蝶恋花》——“我失骄杨君失柳”。他的父亲，就是那个看了我的发言稿，很欣慰，觉着中国有希望的老人；一位牧师，终生传布福音；当他判刑入狱，一些海外的好心人试图策动外交力量，营救他出狱，老人婉拒了，说：中国人的事情，还是由中国人自己承担吧！他的父亲也已经离世，撇下他的儿女，茕茕孑立于世。于是，他的行程便更是孤旅了。

二〇〇一年末的全国作家代表大会，陈映真先生作为台湾代表赴会，我与他的座位仅相隔两个，在熙攘的人丛里，他却显得寂寞。我觉得他不仅是对我，还是对更多的人和事失望，虽然世界已经变得这样，这样地融为一体，切·格瓦拉的行头都进了时尚潮流，风行全球。二十年来，我一直追索着他，结果只染上了他的失望。我们要的东西似乎有了，却不是原先以为的东西；我们都不知道要什么了，只知道不要什么；我们越知道不要什么，就越不知道要什么。我总是，一直，希望能在他那里得到回应，可他总是不给我。或是说他给了我，而我听不见，等到听见，就又成了下一个问题。我从来没有赶上过他，而他已经被时代抛在身后，成了落伍者，就好像理想国、乌托邦，我们从来没有看见过它，却已经熟极而腻。

二〇〇三年十一月二十六日 上海

陈映真与鲁迅

吕正惠

一九九三年，陈映真发表《后街》，谈他自己的创作历程，其中几次提到鲁迅。这是陈映真对他早年精神构造的形成所作的最详尽的追忆。二〇〇八年，在一次学术讨论会上，专门研究中国现代史的沈松乔发言，他说：现代中国知识分子，常把中国的旧社会比喻为“吃人”的社会，这是鲁迅在《狂人日记》里首先谈到的，后来，陈映真的《乡村的教师》也提到“吃人”的问题。

《狂人日记》是鲁迅的第一篇白话小说，也是新文学革命以后所发表的第一篇具有重要性的白话小说。可以这样说，《狂人日记》本身就像“很好的月光”，照亮了许多中国知识分子的眼睛，让他们从发昏状态觉醒，让他们清楚看到，自己一向是生活在“吃人”的社会中，而且自己也是其中的一分子。这就是鲁迅的《呐喊》，特别是《狂人日记》，在少年陈映真心灵中所产生的重大作用。陈映真在《后街》中，谈到他小时候看到二·二八事件片段，谈到一九五〇年他的一位小学老师和他家后院外省人家庭的一对兄妹在白色恐怖中被带走，谈到一九五一年他每天在台北车站出口看到大张告示，上面一排用猩红朱墨打着大钩的被枪决的名单。然后在初中时，他无意中找到了《呐喊》，在不断地阅读下，终于有了“较深切的吟味”。陈映真的长期“吟味”之后，体认到什么呢？我认为可以在分析《乡村的教师》后清楚地看出来。

《乡村的教师》写于一九六〇年八月之前，小说的主角是一位光复后一年才从南洋战场回来的台湾青年，由于从小爱读书，回来后被推举到山村小学任教。陈映真把他塑造成一位具有民族意识、同时也具有左倾的阶级意识的青年。这篇小说有几个地方值得注意：首先，是其中所表现的浓厚的中国情怀，对中国每一条河流、每一座山岳、每一个都市的感情。其次，他所描绘的那一幅老大中国积重难返的图像，当然可能得之于鲁迅《狂人日记》《孔乙己》《药》《风波》《阿Q正传》那些气氛灰暗、然而让人印象强烈的小说。最后，他对吴锦翔沉溺于中国情怀的那种“美学态度”加以有意识的嘲讽，无疑透露了他在国民党统治下不能真正为自己的国家、民族尽一己之力而感到的强烈的颓丧和愤激。

一入晚，便看见一轮白色而透明的月挂在西山的右首……

“一轮白色而透明的月”，这是多么熟悉的句子，它让我们想起《狂人日记》中让人感到可怕（因为它使人清醒）的、贯串于全篇之中的“很好的月光”。陈映真写这一段时，恐怕是意识到鲁迅这一“月光”的，因为吴锦翔正是在“白色而透明的月”中“看清”了“改革这么一个年老、懒惰却又倨傲的中国的无比困难”。就在不断的纵酒之后，吴锦翔终于忍不住说出，他在南洋吃过人肉。狂人意识到自己也“参与吃人”，想要自其中超越出来，而吴锦翔则只能清醒地承认，自己也在吃人，但绝对无法跳脱出来——自杀是他唯一解脱之道。

《乡村的教师》是陈映真早期极重要的作品。我们可以肯定地说，陈映真如果没有真正“吟味”过《呐喊》，是不可能写出《乡村的教师》

的。长期以来台湾很少人真正了解过早期的陈映真，因为他超出他的时代太远了。

在《狂人日记》中，疯狂者反而是清醒者。不过，在陈映真的早期小说中，也曾有一篇以类似的方式来描写疯狂者。这一篇《凄惨的无言的嘴》，我一直留有深刻的印象，但似乎很少看到有人加以讨论。小说的主角正住在精神病院疗养，即将痊愈，被允许到院外散步。主角在外面散步时，被许多走动的人群吸引着。听说杀人了，他也跟过去看。死者是一个企图逃跑的雏妓，被卖了她的人从背后用起子刺死的。在将莎士比亚的诗句转用来描述被迫害、被杀害的雏妓尸体上的伤口时，陈映真在这一刻将精神病和苦难联系起来，并赋予他的小说以象征意义。这是一个疯子看出来的，这样的设计让人想起《狂人日记》，虽然大半的叙述技巧和文学风格显然和鲁迅大异其趣。再进一层讲，《狂人日记》讲的是“吃人”，这一篇则是转换角度，把“被吃者”展示给我们看，并借此而呈现出一幅吃人的世界，同时也映衬了一个到处是精神病人的世界，而就是一个即将痊愈的精神病人才能清楚地认识到这一点。在小说的结尾，主角向医生讲述了他的一个“梦”。

> 梦见我在一个黑房里，没有一丝阳光。

这里的“黑房子”很容易联想到《呐喊·自序》中的“铁屋”。

> 后来有一个罗马人的勇士，一剑划破了黑暗，阳光像一股金黄的箭射进来。

“阳光像一股金黄的箭射进来”这一句，突然让我想起鲁迅《故乡》中极为著名的那一段：“深蓝的天空中挂着一轮金黄的圆月，下面是海边的沙地，都种着一望无际的碧绿的西瓜，其间有一个十一二岁的少年，项带银圈，手捏一柄钢叉，向一匹猹尽力地刺去……”“金黄的圆月”这一意象，在结尾处又重复了一次，而那个手捏钢叉的少年是否也可以化身为一个拿着剑的罗马的勇士呢？所以，我们看到鲁迅的狂人、铁屋、“金黄的圆月”，都融入了这一篇《凄惨的无言的嘴》中。

《乡村的教师》和《凄惨的无言的嘴》，是我能找到的陈映真最接近鲁迅的两篇小说，这两篇小说，无疑在陈映真的早期作品中居于中心位置，鲁迅认识封建社会的方式，成为陈映真在白色恐怖时代批判台湾社会的基础。

陈映真的山路

蓝博洲

出版于上世纪八〇年代末的《陈映真作品集·出版缘起》指出，在国际冷战与中国内战所造成的民族分断时代的台湾，陈映真“一直孤单却坚定地越过一整个世代对于现实视而不见的盲点……掀起日本批判、现代主义批判、乡土文学论战、第三世界文学论、中国结与台湾结争论、台湾大众消费社会论、依赖理论和冷战民族分断时代论等一个又一个纷纭的争议”。因为这样，长久以来，“陈映真”在台湾一直代表着一种奇特而复杂的文化现象。这种现象既反映着陈映真个人的传奇性，同时也体现了台湾历史与社会的矛盾。

一九六〇年出生的我，其实也是众多受到陈映真先生影响的文艺青年之一。我出生在苗栗乡下一个客家工人的家庭，家里几乎没有一本文学课外书。我的文学启蒙很晚，也很偶然，大概是在一九七五年秋天失学浪荡的十五岁左右。也就在那时，我立下了写小说的人生志业。

回想起来，第一次读到陈映真先生的小说应该是在一九七八年高二快要结束的春夏之交，在一个准备报考美术系的同学的画室，无意中翻到了发表于蒋勋先生主编的《雄狮美术》的《贺大哥》，记得那天晚上，原本要准备第二天月考的我就被他那叙事迷人的小说所吸引，任由那枯燥的教科书让窗外吹来的夜风随意吹着……

刚刚升上高三的某个刮着冷风的冬夜，同样是在那个功课不好却很会画画的同学的画室，他又带着一脸得意的笑容递给我《第一件差事》和《将军族》，同时指着《将军族》，压低嗓门说："听说这本被禁了呢！"但是，这一次，为了贯彻自己考上大学的决心，我随手翻了翻那两本以吴耀忠先生朴实的速写作封面的小说集之后，还是把它们搁到一边，开始复习无聊的功课。

第二年秋天，我侥幸考进台北近郊一所教会大学的法文系就读。不久，南台湾发生了一场"高雄事件"。事件后的校园处于一种沉郁的状态。在思想和行动都没有出路的情况下，我于是回到文学的世界，寻求心灵的慰藉与思想的出路。就在那种苦闷情境下，我自觉系统地读起日据以来的现实主义的文学。其中，尤其深深吸引我的则是陈映真的小说。

在大学生涯的前两年，从封闭、保守的客家乡村来到台北都会的我，也一直过着小说家早期作品所描写的那些小知识分子的精神苦闷的生活。那时候，在南来北往的旅途中，每当搭乘的纵贯线火车经过莺歌小镇时，我内心总是不由得升起一股莫名的激动，望着过站不停的快车窗外急速流逝的风景，脑海里自然就想起了这样一句话："——我不要回家，我没有家呀！"（《故乡》）而小说家笔下"那个栽着修剪得滑稽的矮榕的月台的故乡小站"莺镇就在某种意义上成了我难以忘怀的文学风景了。我一方面在日记本上学舌地呐喊着："我不要回家，我没有家呀！"另一方面，也像康雄那样幻想着"在乌托邦建立许多贫民医院、学校和孤儿院"（《我的弟弟康雄》）。

一九八一年，我担任学校文学社社长。因为杨逵的孙女也加入文学社的缘故，我有机会经常利用假日到大溪拜访杨逵，实际接触到了一些神秘的"绿岛归人"，更聆听了许多学校课堂里听不到的历史与道理，从而扩大了思索与关怀的领域。一年的任期内，除了经常找当时在学校兼课的蒋勋老师闲聊之外，我一方面有计划地带领社团的同学阅读日据以来的现实主义文学，一方面也邀请杨逵、钟肇政、陈映真、尉天骢、吴晟和宋泽莱到学校演讲；其中，陈映真先生就邀请了两次。

当时，“陈映真”还是一个禁忌。第一次向学校课外活动组申请时，被以“此人不宜”之类的理由否决。后来，因为社团指导老师的指点，再次以小说家的本名陈永善提出申请；这次，课外活动组的负责人虽然教训说：“你们办演讲，怎么不找个有名气的人，却找个没听过的人来？”终于还是盖了通过审核的章。这样，我终于如愿请到陈先生到我就读的那所大学讲演。

众所周知，作为一个小说家的陈映真先生总是在文章中提出：为什么写？写什么？以及为谁而写的命题。我因为联想到曾经读过的加缪一篇题为《艺术家与他的时代》的文章，于是就自作主张地定了“小说家与他的时代”的讲演题目。约定讲演的那天晚上，陈先生准时来到已经挤满了喜欢小说家作品的同学、老师乃至监听的教官的学校某个大演讲厅。然后，我看到他说了一段简短的开场白以后，随即转过身去，自然地擦掉原先写在黑板上的讲题，另外写上“大众消费社会的文学家和文学”那样的文字。

陈先生的那场讲演在死寂的校园获得了热烈的反响。会后，许多识与不识的同学纷纷向我致意说那是一场非常有启发性的讲演；当然，也有一些人表示不以为然的敌对意见。后来，这场讲演记录也整理出来，在校方所办一份对外刊行的综合杂志上全文发表。我记得，应该就从那个时候起，作为小说家的陈映真经常地发表着批判大众消费社会的文章与言论，并且强调作家应该努力在生活中有意识地抵抗人在消费社会中被商品所异化……与此同时，我也认真地读着他的“华盛顿大楼”系列的小说。

在思想的成长上一路跌跌撞撞的我，通过阅读小说家对自己早期作品彻底总结与批判的《知识人的偏执》等论理文章，虽然也逐渐知道了要“从社会的全局去看家庭的、个人的沦落”的道理，可因为欠缺社会科学的理论武装，我还是只能在找不到思想出路的现实生活中继续怀抱着那种“康雄的”暧昧的理想，困处在他早期“忧悒、感伤、苍白而且苦闷”的小说所带给我的惨绿的个人的内心世界，走不出来。因此，一九八二年冬天，当我为了抒解长期以来的思想苦闷而拿起笔来开始习作小说时，也就很难不受到陈映真先生早期作品风格的影响。

在白色恐怖年代的台湾，“安那其”（“无政府主义”的音译）竟然是唯一不被禁忌化的左翼名词。事实上，就我实际的接触范围，不只是陈映真写康雄的一九六〇年代（我在作品发表的稍后才出生），一直到我大学毕业前后“反共”戒严令尚未解除的一九八〇年代初叶，帕米尔书店出版的《无政府主义》及克鲁泡特金的自传，都还是一些思想左倾化而又阅读不到马克思主义经典作品的、参与党外运动的文艺青年的精神支持。而这样的带着浓重虚无气息的“黑色青年”，就我所知，后来也就在看不到理想的复杂党外杂志圈子打滚一阵后无可避免地堕落了。我知道，在那样的时代氛围下找不到真正的思想出路的我很快也会步上后尘。

怎么办？

对五〇年代的书写

一九八三年三月，我发表第一篇小说，步上写作之路。

稍后，我看到了陈映真先生在政治禁忌犹存的年代接连发表的小说《铃珰花》与《山路》，勇敢地展开了揭露上世纪五〇年代白色恐怖历史的系列创作。

到了一九八三年的《山路》，“从矿山蜿蜒着莺石山，然后通向车站的煤矿起运场的、那一条细长的、陈旧的、时常叫那些台车动辄脱轨抛锚的台车道”，已经不再是二十三岁的陈映真写《故乡》时想要远离的、有着“通到数十里外的矿山的台车轨”的破败故乡的意象，而是“一心要为别人的幸福去死”的革命青年寄托理想的“山路”象征了。

一九八三年七月，陈映真先生又在《钟鼓锣》杂志发表《绿岛的风声和浪声》，公开呼吁当局立刻全部释放五〇年代被捕的政治终身犯。一九八四年元月，坐满三十年以上监牢的十一名政治终身犯假释出狱；他又进一步在三月号的《夏潮论坛》发表声援最后两名监禁已达三十三年以上的五〇年代政治终身犯（林书扬与李金木）的文章——《打起精神英勇地活下去吧！》。

通过陈映真先生的小说与报告，我第一次具体地触及到长久以来台湾社会“夫不敢传妻，父不敢言子”的恐怖政治的历史源头，也因此有了想要进一步认识台湾历史的渴望。

一九八七年春天，我终于正式加入了陈映真先生主持的《人间》杂志，成为《人间》报告文学工作队伍的一名小兵。那时正值“二·二八”事件四十周年，“台独”派在街头展开“二·二八”夺权运动。基于认识台湾历史的渴望，我选择了陈先生策划的“台湾民众史”专题，作为我在《人间》采访的“第一件差事”。

历经台北的事件现场，台中、高雄到台南的盲目摸索采访后，我写完了第一篇关于“二·二八”的报道，稿子交出去后很快就得到陈先生的批示：“Rewrite”。因为禁忌犹存，采访困难，被退稿之后，我想要放弃，改做劳工或原住民的题目。但陈先生在退稿的同时却习惯性地拍拍我的肩膀，鼓励我说：“写得很好，继续做下去！”我只好回去阅读在前段采访时新搜集的材料，看看有什么题目可做。终于在阅读“总政治作战部”出版的“二·二八”小册子时，我发现一个之前未曾听闻的线索，经询问林书扬先生而偶然知道了地下党人郭琇琮的名字；再经一番寻访之后，我真正地走入了长期被湮灭的五〇年代白色恐怖的历史现场。

以“美好的世纪”为题的报告交出去之后的那年六月，陈先生又在《人间》杂志发表了一篇震动人心的小说《赵南栋》。七月，《美好的世纪》在《人间》低调刊出却获得超乎我的意料的反响。严格说来，那是台湾第一次比较完整地报道了五〇年代地下党人的生命史。这一次，陈先生给了我真正的肯定。后来，我才侧面听到：因为在“解严”前夕刊登了《美好的世纪》，陈先生遭到警总的约谈，《人间》也面对某种程度的压力。但陈先生一肩顶了下来。

阅读《赵南栋》，我们看到陈映真先生在更广阔的历史与社会背景下，一方面借由更直接的牢狱生活的描写，谱写了一代革命者为理想献身的慷慨悲歌；另一方面也以革命者后一代人的精神迷失与堕落为对照，对资本主义消费社会作了再一次的批判。实际接触了那段历史以后的我认为，陈映真先生显然已经通过这篇小说向历史交了他个人的答卷。我很想知道，当小说的思想高度已经拉到那样高的调性以后，接下来，作为小说家的陈映真还会写出怎么样的小说？

一九八七年以后，台湾岛内外的政治局势都有了一番惊天动地的变化，《人间》也在后来停刊了；陈映真也因为这样那样的因素，暂停了小说创作。

一九九三年，台北六张犁公墓偶然出土了二〇一个五〇年代被刑杀的革命者的墓石之后，陈先生又及时地写了报告文学《当红星在七古林山区沉落》。几年后，他又开始了《忠孝公园》系列的晚期创作。

从题材来看，从《铃珰花》到《忠孝公园》是以两岸分离的历史为主题。除此之外，陈先生早期的《乡村的教师》《故乡》和《祖父和伞》也是以本省左翼分子或老党人在白色恐怖下的命运作为书写的主题。那么，造成两岸长期分离以及日据以来的台湾左翼传统断裂的五〇年代白色恐怖的历史，对陈映真个人，乃至于对台湾进步运动的发展有何意义呢？

承先启后

在一九九三年十二月发表的《后街：陈映真的创作历程》中，陈映真第一次比较清楚地表白了他所目睹的这段历史的印象：在半夜里被军用吉普车带走的级任老师；分别在莺镇和台南糖厂被人带走的、他家后院住的外省人陆姐姐兄妹俩。中学时，每天早晨在台北火车站看到的枪决告示和在告示上看见亲人名字的民众的悲痛；以及不知来自何地、带着幼儿的农村老妇人在看守所等待探监的情景……

我想，同样的历史场景，其他同年龄的同学，乃至于后来同样在写作的同时代的文学创作者们不可能没有看见吧！差别恐怕就在于：恐怖让其他人刻意回避历史，独独善感的陈映真却敢于直面历史吧！他写道：

> 从看守所高高的围墙下走过，他总不能自禁地抬头望一望被木质遮栏拦住约莫五分之三的、阒暗的窗口，忖想着是什么样的人，在那暗黑中度着什么样的岁岁年年。

青年陈映真这“不能自禁地抬头望一望”，就像着魔一般，无可抵挡地吸引着他也要走进那“高高的围墙”里头吧！

于是，在上世纪二〇年代以来的进步思想、运动与先辈们被彻底肃清的荒芜年代，“突然对于知识、对于文学，产生了近于狂热的饥饿”的大学青年陈映真，开始透过台北旧书店街残存的一些进步书籍寻找思想的出路。《大众哲学》《联共党史》《政治经济学教程》《马列选集》等等禁书，在“思想、知识和情感上”“一寸寸改变和塑造”了这个文学青年，并且在他的“生命深处点燃了激动的火炬”。

一九六八年五月，青年陈映真也走进那道“高高的围墙”里头了。在一九七〇年春节前，他终于在被移监的台东泰源监狱，“头一次遇见了百数十名在一九五〇年朝鲜战争爆发前后全面政治肃清时代被投狱、幸免被刑杀于当时大屠的恐怖、在缧绁中已经度过了二十年上下的政治犯。”他激动地说，通过这些老政治犯，“他终于和被残酷的暴力所湮灭、却依然不死的历史，正面相值了。”这时候，对身系监牢的青年小说家陈映真来说，那些在“五〇年代心怀一面赤旗，奔走于暗夜的台湾……不惜以锦绣青春纵身飞跃，投入锻造新中国的熊熊炉火的一代人……再也不是恐惧、神秘的耳语和空虚、曲扭的流言，而是活生生的血肉和激昂的青春”。

正因为有过那样直面被湮灭的历史的经验，我想，陈映真后来才会有不同于他那一代人的发展与坚持吧！如果不是有过不同于同代人的生命经历，后来的陈映真也许不过只是另外一个自我流放海外的“蜉蝣群落”吧！

从台湾近现代左翼运动的历史长河来看，历史恰恰在这里让陈映真扮演了一个承先启后的角色。

山路与初心

陈映真是台湾主张两岸和平统一人们中的一面旗帜。他的中国心源自于他在青少年时期阅读了鲁迅的《呐喊》。他曾经说：“鲁迅给了我一个完整的祖国。”

一九七九年的“高雄事件”，让台湾知识界的民族认同再度分歧。在此之前，陈映真已经敏感地意识到问题的严重性而表达了他的忧虑。

十月三日，陈映真“第二次被调查局拘捕，三十六小时后始释放”。在描述历劫经过的报告《关于“十·三事件”》的最后，他语重心长地写了这样的一段话：

> 我深深地感觉到我的事业毕竟在文学工作上……我自知我在文学上的成就是微不足道的。驮负着与我的才能不称的

关爱，我决心不论今后的生活多么艰难，我要把这支笔献给我所爱的中国和她的人民。

当历史走到他面前的时候，他抉择了一个理想主义者应该走的路；即使理想不一定能在自己的有生之年实现，或者曾经一度实现后来又遭到遗忘或背叛。因为他对历史进程的认识，对社会公平的真理的坚信，应该清楚明白“道路是曲折的，前途是光明的”。毕竟，他所走的路是前有古人后有来者的啊！重要的是，在重重“山路”的进程中要时时不忘初心吧。

不合时宜的左派

梁文道

陈映真在一个非常特殊的意义下，是个“爱国者”。这里所指的“爱国”，在当年的台湾，可能会为他带来杀身之祸。

从一个左翼中国知识分子的角度来看，你如果光是谈爱中国，认同中国文化，这只不过是大华夏主义，是一个空泛的、没有实质意义的民族主义而已。要是再加上国民党当年的威权政府，它就变得更危险了，因为那是国家主义，一种右派的“法西斯主义”。只有为“爱国”加上共产主义的理想，加上马克思主义的阶级分析工具，以及历史唯物辩证法所推动的政治指导原则，这个国家才是一个值得向往和去爱的国家。

如此一位作家，又左又爱国，曾被认为是鲁迅精神的最后接班人。表面上听，你大概会觉得他的小说都是“伟光正”，非常沉闷，可能会像今天的一些正能量文学，歌功颂德。但不要忘记，他是陈映真。

接受过西方现代主义文学观念洗礼的陈映真，乃台湾本省人，接受日文教育长大，他的文字语言，以及介入世界的角度，跟我们所熟悉的那一套呆板、树典型、歌颂革命的社会主义写实主义是完全不一样的。他的小说有很多长句，但绝对不是那种左派文学常见的气势汹涌宏大，却又难免苍白空泛的句子；相反地，它带着一种日本文学式的柔美、曲折、迂回。

他的小说从不刻板单面地去塑造一些人物典型，然后上演正邪决战的剧情。他的作品，总是充满了各种价值上的探问。他没有那么多大是大非的判断，反而时常自我怀疑；他带给读者的不是说教和灌输，而是刺激，刺激你不断地反省、怀疑、提问。这，才是一个左派应该具有的批判精神。

身为左派，应该具备什么特质？当时在台湾创办的《人间》杂志创刊语里，陈映真写道，大家要有信心，要有希望，要懂得爱。这听起来几乎有点基督教的感觉，居然讲起了信、望、爱。这种“爱”指的究竟是什么？它跟左派有关系吗？

这种“爱”指的不是单纯地去爱一个今天经济这么发达繁荣的国家，爱国家发展，爱了不起的建设；更不是说我学会了马克思主义之后，考试成绩会好。不，它绝不是这种爱法。左派的爱，指的是去爱那些在社会上，所有被侮辱、被伤害，同时还发不出声音，被遗忘在历史角落的人。一个左派的爱，是要去爱这样的人。

创办于一九八五年的《人间》杂志，被认为是两岸三地有史以来最了不起的杂志之一。摄影家阮义忠，原来就是《人间》杂志的特约编辑，他那种黑白社会纪实摄影，当时带给大陆很大的冲击。这本杂志的创刊号里面，有在台北垃圾山上讨生活的拾荒者，有一群备受歧视、混迹街头的侏儒，有一些当年美军撤离台湾后留下来没人要、没人管的混血儿，有在台湾被欺负的少数民族的故事；同时还有国际视野，例如当时正在闹饥荒的埃塞俄比亚难民的报道。

这本杂志让我们看到，所谓的左派，他该有的关爱是去爱那些活在世界底层的人。我们常常在北京晚上的街头走来走去，你见过晚上在大街上睡觉的人吗？你见过那些拾荒的人吗？你见过那些扫垃圾的清洁工吗？你见过那些一早起来要去开大巴、开货车的人吗？

你见过那些房子被拆的人吗？你见过那些被欺负、被侮辱的人吗？你爱不爱他们？这是每一个自命左派的人都该扪心自问的问题。

《赵南栋》这篇小说里，就是这么一群左派爱国分子，他们坐牢，他们的左派身份，使得他们本身就成了当年台湾社会里被侮辱、被伤害的人。

陈映真书写那一代左派的后人，以及这些后人跟那一代左派之间的关系。这些台湾左派，他们关心弱势，但是他们本身就是弱势，他们甚至可能是整个社会里面，最受侮辱和伤害的一群人，这个伤害还会蔓延到亲戚朋友身上，当然也包括了他们的后人。

这个家庭的下一代为什么会有故事里的这些遭遇？追溯原因，那是因为他们有不幸的父母，他们的父母没办法像正常的父母一样，把他们抚养长大。这就是那一代很多左派家庭共同面对的问题。你们家里有人是政治犯，于是你们整个家庭就沦落了。这种沦落，这种伤害是要延续好几代下去的。

陈映真在上世纪八十年代写这篇小说，几乎就是要告诉当时的华文读者，社会上有这么一群你看起来很沦落的人，满身伤痕，活得很不像样子。你是不是该想一想，他们是怎么来的呢？也许其中就包括了像赵家这样的人，因为他们的上一代怀抱的左翼爱国理想，叫他们付出了代价。不只他们自己付出代价，他们的下一代还要继续承担这份代价。

陈映真给了大家一个很大的挑战。如果左派就要注定承担这样的命运，那你还要不要当左派？陈映真自己已经用他的生命给了答案：要！

陈映真说，坐牢的那七年里，他认识了一群朋友，那群朋友使他觉得，他要沿着他们的道路走下去。如果他不说他们的故事，他不继承他们的精神的话，那一代人是不是就都白活了呢？

那个时候的台湾，就有点像今天的大陆，是一个经济高速发展，人人都在追求个人美好生活的时代。你这时候来和大家谈左翼理想，谈平等，谈自由，谈大爱，然后你再谈为了这样的理想要付出什么代价，那不是很可笑吗？

赵南栋长大后是那么地虚无。仿佛在警告所有这些有理想的人，你有理想吗？你可要小心点，你要付出的代价，就是你的儿子都会变成这个样子。你愿意付出这样的代价吗？

小说最后的结尾就是被托孤的叶小姐，当年的小女孩，这时候已经是四十多岁的女人了，决定把赵南栋带回自己的家，要好好照顾他，因为她当年在牢里答应过赵南栋的母亲。

陈映真仿佛就是要用自己全部的作品，去对过去百年来抱持左派革命理想，并终于为此被牺牲被埋没的那些人，说一句"我会好好照顾他的"。托付与他的，他也必将带着走下去，直到最后那一天。

文章出处

《文学心灵的敬重》，首发于二〇〇九年九月《文讯》杂志第二八七期，韩良露采访，黄咏梅整理。

《我的老师陈映真》收入《陈映真作品集：鸢山》（台北：人间出版社，一九八八年）。

《英特纳雄耐尔》收入王安忆著《乌托邦诗篇》（上海：华东师范大学出版社，二〇〇一年）。

《陈映真与鲁迅》收入《陈映真创作五十周年国际学术研讨会论文集》（台北：文讯杂志社，二〇〇九年），本文为节选内容。

《陈映真的山路》收入陈光兴、苏淑芬编《陈映真：思想与文学》（上册）（台北：台湾社会研究杂志社，二〇一一年），本文为节选内容。

《不合时宜的左派》整理自梁文道读书节目《一千零一夜》第一五二夜《赵南栋》，本文为节选内容。

他走过的历史巷道，是小学吴老师的失踪，是枪决政治犯的布告，是被带走的陆家姐姐，是禁书上的署名和印章，是禁书为他打开的激进主义的世界，是他在政治监狱中相逢的五〇年代残酷肃清的大狱中一段激烈、喑哑、抑压着一代青春和风雷的历史……

如果要他重新活过，他无疑仍然要选择去走这一条激动、荒芜，充满着丰裕无比的，因无告的痛苦、血泪，因不可置信的爱和勇气所提炼的真实与启发的后街。

imaginist

想象另一种可能

理
想
国

imaginist

陈映真作品

将军族

陈映真

九州出版社
JIUZHOUPRESS

图书在版编目(CIP)数据

将军族 / 陈映真著 . -- 北京 : 九州出版社 ,2020.6 (2025.11 重印)

ISBN 978-7-5108-8739-0

Ⅰ . ①将… Ⅱ . ①陈… Ⅲ . ①中篇小说—小说集—中国—当代 Ⅳ . ① I247.5

中国版本图书馆 CIP 数据核字 (2020) 第 002784 号

将军族

作　　者	陈映真
出版发行	九州出版社
地　　址	北京市西城区阜外大街甲35号（100037）
发行电话	（010）68992190/3/5/6
网　　址	www.jiuzhoupress.com
电子信箱	jiuzhou@jiuzhoupress.com
印　　刷	肥城新华印刷有限公司
开　　本	850mm × 1168mm　1/32
印　　张	14.375
字　　数	263千
版　　次	2020年6月第1版
印　　次	2025年11月第6次印刷
书　　号	ISBN 978-7-5108-8739-0
定　　价	78.00元

1975年台北远景出版社出版

1975年台北远景出版社出版

编辑说明

陈映真先生是中文世界卓越的文学家，他的作品影响和感动了一代代华文读者。理想国推出陈映真小说全集，此为大陆首次出版，完整呈现作家跨越半个世纪的小说创作面貌。全集共为《将军族》《夜行货车》《赵南栋》三册，完整收录作者从一九五九至二〇〇一年创作的三十七篇中短篇作品。

本版以台北人间出版社二〇一七年出版的《陈映真全集》二十三卷本为底本，同时参考台北洪范书店二〇〇一年出版的《陈映真小说集》六册进行详细校订。为尊重原作，书中专有名词保留台湾译名，附译名对照表，以便读者查阅。

陈映真文学年表以洪范书店版所附“陈映真写作年表”为底本，同时参考人间版全集所附“著作年表”整理而成。

感谢台湾人间出版社吕正惠先生对陈映真作品出版工作的大力协助，并为丛书作跋。感谢陈丽娜女士的授权与支持。

文学，为受凌辱的人找回尊严。在今天，展读陈映真先生的小说，依然被深深打动。

鞭子和提灯 *

陈映真

初学写作的几年，用了许多的笔名，差不多是一篇文章一个笔名罢。也记不得从什么时候起，才开始固定用陈映真作小说的笔名，以许南村作论说、随想的笔名。

我有过一个形貌、心灵都酷似的双生的哥哥。我们曾在共同编织的幻想中驰骋；曾在上学的途中，蹲在一块，讨论田埂上一朵清晨的、方开的小野花；或者一块追逐在稻田里飞跃的、翠绿色的蚱蜢，而往往都得迟至早晨的第二节课，才到达那所古老的莺歌小学。我们也曾在墙上、地上画满了图画，互相评判；曾把捡到的，死了的昆虫和鸟雀，埋在门口的菜圃边，用竹枝、树叶和碎石，搭盖小小的墓园，并且

* 本文是作者为自己笔名许南村所著《知识人的偏执》（台北：远行出版社，1976 年）撰写之自序。

日日去供些采来的野花……

由于形貌的酷似，幼时另一个深刻的记忆，是不断地有亲戚和长辈，打断我们正热衷着的游戏，睁着好奇的、兴味的眼睛问：

“告诉我，你们哪个是阿真、哪个是阿善？”

我们于是只得停下游戏，耐心、或者竟不胜其烦地做一番解释和说明。幼时这种对于自己的认同不断的、意识的说明、解释和确认，似乎使我对于名字和其所指谓的实人之间那种微妙的关系，产生了很大的兴味。也许这就是为什么我喜欢使用一个又一个笔名；为什么每次要为故事中的人物取名的时候，总是感到盎然的兴味的缘故罢。

我的小哥，在九岁上，病死了。

两岁许的时候，我过继给我的三伯父——父亲的三兄。光复前的一年罢，生家和养家都疏散到莺歌。我们这一对双生兄弟，便一块儿玩、一块儿上学，在那小镇上和国民小学中，成为诧奇的、有趣的话题。

有一个清晨，我正要到生家去邀小哥上学，却在路上看见比我早到，想要到养家来约我上课的小哥，青苍着脸，蹲在人家的廊下。

“肚子疼。”

他细弱地说。路上的行人还少，远远地有叫卖油条的恹弱而抖颤的声音，在小镇清晨凉冽的空气中传来。我大约陪他回生家，便径自上学去了。

其后的几天，我一个人上学、下学，一个人默默地玩耍。我还记得几次到生家去探望小哥，看见他沉睡在榻榻米上。有一回，榻榻米上没有了他，说是送了他到台北住院去。

记不得又过了多久，当我眺望着养家门口通向车站的大街，远远地看见父亲捧着白色的骨灰盒子，逐渐走近，又沉默地走远。有些人伫足，有些人嗫嗫地耳语，有些人小心地叹息。

小哥死了。

我始而流泪，继而出声哭泣。那时，还记得谁在说：

“唉唉，难为他也知道悲伤呢！”

那是我一生中初尝死别之苦的。这以后，我一步一步地成长。但数十年来依稀总是觉得他的死，遽而使我失落了一个对等的、相似的自我，同时却又仿佛觉得，因着形貌、心灵的酷肖，那失落的一切，早在小哥病死的一刻，与我重叠为一。这或者是无稽的玄想罢。我曾一半出于怀思、一半出于青年的恶戏，使用过好几个族中已经亡故的人们的名字作笔名。直到有一回，我用了小哥的名字，竟也蓦焉感到满足和安定的情绪，就此沿用了下来。

“为什么要用真儿的名字作笔名呢？”父亲曾问过。

“不知道啊，”我说，“我只是想，这样，我们就一起活着。”

父亲笑了笑，便不复说什么。

我真不知道，如果小哥尚在，他会是怎么样的一个人。前不久，家人闲谈，说起我前此的一次久客远行，父亲沉思地说：

“要是真儿也在，怕不也跟着你去走那一遭……”

我沉默不能语。

如果小哥是个与我全然相同的人，那么，我又是怎样的一个人呢？

为了躲避盟军的轰炸，养家和生家都疏散到小镇莺歌。村镇的童年生活，即使是战时，也是充满着欢乐的。忽而有一天，我看见了前所未见的景象：喧天的锣鼓，令人目瞪的舞狮队，张灯结彩，焚香祭祖。大人们哄传：“日本仔打输，台湾光复了！”

两个驻在附近的日本老兵，和邻人闲谈着。其中有一个抚摸着隔壁小孩的脑勺子。

“想家啊，”他说，“出门的时候，我的娃儿也这般大。”

“你们就要回去了，高兴罢？”有人问。

两个日本兵沉默着。然后，那另一个日本兵，像是说给自己听似的嗫嗫着说：

“日本已经残破了，回去也难于生活罢。”他于是哼哼地笑了，“军部，家伙！早说过没有好下场的！”

问他以前干什么，他说：

“我是佃农，他是木匠。”

“如果可以的话，我们真愿意留在台湾种田、做工。对罢？”想家、想儿子的那个日本兵说。

另一个日本兵没说什么，两人默默地走了。

动乱

小哥死后几年，屋后迁来一家姓陆的外省人。陆家小姑*，于今想来，是二十上下的年纪罢。直而短的女学生头，总是一袭蓝色的阴丹士林旗袍。丰腴得很的脸庞上，配着一对清澈的、老是漾着一抹笑意的眼睛。她不懂闽南语，养家的大姐不识“国语”，但是借着手势和有限的笔谈，她们竟成了闺中腻友。

她陪我为一小畦我所种植的绿豆浇水，几乎每日，她看着我做功课，她教给我大陆上的儿歌……曾几何时，她成了我生活的中心。放学回家，扔下书包，就找到屋后去看陆家大姐，唠唠叨叨地述说一日间的种种。

一个索漠的、冷冽的早晨。我大约因为发了高热早退。回到家，高烧已使我昏昏沉沉的了。但扔下书包，几乎习惯地往屋后跑。

---

* 人间版全集和洪范版此处均为“陆家小姑”，后文均称“陆家大姐”。

陆太太怀抱着那方甫出生的婴儿，哀哀愁愁地哭着。陆家大姐在一边絮絮地、温婉地劝慰着些什么。然后，她跟着两个陌生的、高大而沉默的男人走出房门。就在她跨出门槛的时候，她看见了我。她的丰腴得很的脸，看来有些苍白。然而她还是那么迅速地笑了笑，右手使劲地按了一下我的头，走过幽暗的走廊，走出屋子……

这以后的几日，我再也不曾看见陆家大姐。接着，陆太太也搬走了。

有好长一段日子，我一个人默默地蹲在绿豆畦边，看着它们一寸一寸地在竹架上攀延，小哥死后，这是第二次感到深刻而无从理解的寂寞。

大约是快升上六年级的那一年罢，记不清从哪里弄来了一本小说集。其中有一个故事，说着一个可笑的乡下老头的可笑的冒险经历。当他被人家揪着辫子，在冷硬的墙上捣打，待人走远了之后，他就对自己说那凌暴的人是他的儿子，然后认真地为一个儿子忤逆的时代，摇头叹息，于是他的屈辱便得到了安慰。

那时候，对于书中的其他故事，似懂非懂。唯独对于这一篇，却特别地喜爱，当然，于今想来，当时也并不曾懂得那滑稽的背后所流露的、饱含泪水的爱和苦味的悲愤。随着年岁的增长，这本破旧的小说集，终于成了我最亲切、最深刻的教师，我于是才知道了中国的贫穷、的愚昧、的落后，而这中国就是我的；我于是也知道：应该全心去爱这样的中国——苦难的母亲，而当每一个中国的儿女都能起而为中国的自由和新生献上自己，中国就充满了无限的希望和光明的前途。

几十年来，每当我遇见丧失了对自己民族认同的机能的中国人，遇见对中国的苦难和落后抱着无知的轻蔑感和羞耻感的中国人，甚至遇见幻想着宁为他国的臣民，以求取“民主的、富足的生活”的中国人，在痛苦和怜悯之余，有深切的感谢——感谢少年时代的那本小说集，使我成为一个充满信心的、理解的、并不激越的爱国者。

曾有一个时候，面目黧黑的，饱受风霜的，贫穷的，忧愁的，愤怒的，经常和罪人、穷人和被凌辱的人们为伍的，温柔的耶稣，以及那位对生命怀着肃穆的敬意，对于周遭世界的不幸，怀有苦痛的同情，并在原始的非洲建造兰巴仑医院的史怀哲医生，成了我青少年时代的偶像。这以后的几年，我耽读的书、相与的朋友，像一个又一个紧密相扣结的环节，构成了现时的我，也打成一条命运的链条，使我拴锁其中。

我时常怀着深切的、谦卑的感谢，回忆这些曾经这样、那样地点燃了我内里的，并不辉煌的火光的人、书本、事物和经历。陈映真的一些小说，许南村的一些议论，便是这样卑微的我的形成过程中，所留落的足踪。

初出远门作客的那一年，父亲头一次来看我，在那次约莫十来分钟的晤谈中，有这样的一句话：

“孩子，此后你要好好记得：

首先，你是上帝的孩子；

其次，你是中国的孩子；

然后，啊，你是我的孩子。

我把这些话送给你，摆在羁旅的行囊中，据以为人，据以处事……”

记得我是饱含着热泪听受了这些话的。即使将“上帝”诠释成“真理”和“爱”，这三个标准都不是容易的。然而，唯其不容易，这些话才成为我一生的勉励。

回到故里，深刻地感到故旧、新知，以及许多遥远的，不曾谋面的朋友们所加予我的温暖的友情、关怀和激励，使我感激，使我羞愧，使我惶恐。让我对这些错爱于我的人们，表示无言的、最诚挚的感谢。但是我着实不愿意他们不知道：我是个平凡的、充满了许多矛盾和缺点的人。但愿他们的关切和他们对我的，超乎我所能驮负的期待，都成为严厉的鞭子和脚前的提灯，使我用功些、谦卑些、诚实些、勇敢些……

一九七六年九月

目录

面摊

1

“忍住看，”妈妈说，忧愁地拍着孩子的背，“能忍，就忍住看罢。”

但他终于没有忍住喉咙里轻轻的痒，而至于爆发了一串长长的呛咳。等到他将一口温温的血块吐在妈妈承着的手帕中时，妈妈已经把他抱进了一条窄窄的巷子里了。他虽然觉着疲倦，但胸腔却仿佛舒爽了许多。巷子里拂过阵阵晚风，使他觉得吸进去的空气凉透心肺，像吃了冰水一般。

“妈妈，我要吃冰。”

他的两手环抱着妈妈的肩膀，将半边脸偎着妈妈长长的颈项。他的呛了满眶泪水的眼睛，正看见妈妈背后远远的巷口穿梭地来往着各样的人群和车辆。除了有些疲倦，他当真觉得很安适的。妈妈轻轻地摇着他，间或也拍拍他的背。

“等大宝养好了病，妈妈给你吃很多的冰，很多很多的。”

黄昏正在下降。他的眼光，吃力而愉快地爬过巷子两边高高的墙。左边的屋顶上，有人养着一大笼的鸽子。妈妈再次把他的嘴揩干净，就要走出去了。他只能看见鸽子笼的黑暗的骨架，衬在靛蓝色的天空里。虽然今天没有逢着人家放鸽子，但却意外地发现了鸽笼上面的天空，镶着一颗橙红橙红的早星。

“……星星。”他说。盯着星星的眼睛，似乎要比天上的星星还要晶亮，还要尖锐。

2

妈妈抱着他回来的时候，爸爸正弯着腰，扇着摊子下面的火炉。妈妈一手抱着他，一手随手拿起一块抹布擦着摊板子。他们还没有足够的钱安上一层铝皮，因此他们就特意把木板的摊面擦得格外洁净。大圆锅里堆着尖尖的牛肉；旁边放着一个箩筐的圆面饼，大大小小的瓶子里盛着各样佐料。

“又吐了么？”男人直起腰来忧愁地说，一面皱着脸用右袖口揩去一脸的汗水。牛肉开始温温地冒起气来。黄昏分外地浓郁了。也不知道在什么时候，沿着通衢的街灯，早已亮着长长的两排兴奋的灯光。首善之区的西门町，换上了另一个装束，在神秘的夜空下，逐渐地蠕动起来。

妈妈没有说什么，顺手舀了一碗肉汤给她的孩子。他很热心地喝着浓浓的肉汁。爸爸用一种安于定命的冷漠看着他，随又若有所思地切了一块肉放到孩子的碗里，仿佛这样便能聊以补补孩子被病菌消耗的身体。

肉汤沸滚起来的时候，摊旁已经有两三个人坐着。他们从人潮的行列里歇了下来，写写意意地享受了一番，又匆匆地投入那不知从哪里来也不知往哪里去的人群里。

"加个面饼么？"

"您吃香菜罢？"

"辣椒——有的。"

男人独自说着。女人和孩子却闲坐在摊子后面。虽然他们来到这个都会已有半个多月，但是繁华的夜市对于这孩子每天都有新的亢奋。他默默地倾听着各样不同的喇叭声，三轮车的铜铃声和各种不同的足音。他也从热汤的轻烟里看着台子上不同的脸，看见他们都一样用心地吃着他们的点心。孩子凝神地望着，大约他已然遗忘了他说不上离此有多远的故乡，以及故乡的棕榈树、故乡的田陌、故乡的流水和用棺板搭成的小桥了。

（唉！如果孩子不是太小了些，他应该记得故乡初夏的傍晚，也有一颗橙红橙红的早星的。）

3

大约是最后一抹暮晖消逝，以及天上开始亮起更多的星星之后，忽然从对街传来匆促的辘辘声。妈妈抱着孩子朝着爸爸伫视的方向看去，看见两三个摊车正忙着推过街去。这个骚动立刻传染了远近的食摊，于是乎辘辘的声音就越聚越大了。爸爸也推着他的安着没有削圆的木轮的摊车，格登格登地走了。这些摊车们冲坏了仿佛也有些规律的人潮，辘辘地涌过通衢去了。而人潮也就真像切不断的流水一般，瞬即又恢复了他们潺潺的规律。

女人和孩子依旧坐在原来的地方，不一会果然看见一个白盔的警官。他慢慢地从对街踱了过来，正好停在这母子俩的对面。他把纸夹挟在他的左臂下，用右手脱下白盔，交给左手抱着，然后又用右手用力地搓着脸，仿佛在他脸上沾着什么可厌的东西似的。店面的灯光照在他舒展后的脸上——他是个瘦削的年轻人，他有一头森黑的头发，剪得像所有的军官一样齐整。他有男人所少有的一双大大的眼睛，困倦而充满着情热。甚至连他那铜色的嘴唇都含着说不出的温柔。当他要重新戴上钢盔的时候，他看见了这对正凝视着他的母子。慢慢地，他的嘴唇弯成一个倦怠的微笑。他的眼睛闪烁着温蔼的光。这个微笑尚未平复的时候他已经走开了。孩子和妈妈注视着他慢慢地踱进人的流水里。

——至少女人应该认识这个面孔的。

那是他们开市的第一天，毫无经验的他们便被一个肥胖而暴躁的警官带进派出所。他们把摊车排在门口的两个面摊和一个冰水摊的中间。

“我是初犯，我们五天前才来到台北……”爸爸边走边说着，陪着皱皱的笑脸。然而那个胖警官似乎没有听见他，径自走进内室，猛力地摇起扇子。

对面的高柜台边，围着三个人，两个年轻的都穿着高高的木屐，也差不多都留着很长的头发。另一个较老的穿着没有带子的黑胶鞋，光光的头配着一个比孩子的爸爸更皱的脸。孩子的爸妈便不安地站在另一端。爸爸时而张望着门口的摊子，时而看看壁上的大圆钟，又时而看看门外的夜色——

“到这里来！”

爸爸于是像触电一般地走向呼唤他的高高的柜台。这时候，那三个人在参差不齐地鞠躬以后，陆陆续续地走出去了。柜台上坐着两个人，一个低着头不住地写，一个抽着烟望着他们。

“我是初犯，我们——”爸爸说。

“什么地方人？”抽香烟的说。

“我是初犯，我们——”爸爸说。

“什么地方人？”他的鼻子喷出长长的烟。

“啊！啊！我是——”爸爸说。

“苗栗来的。”妈妈说。

柜台上的两个人都不约而同地注视着妈妈。正是那个写字的警官，有着男人所少有的一对大大的眼睛，困倦而深情的。妈妈低下头，一边扣上胸口的纽扣，把孩子抱得很紧。

由于附带地被发现没有申报流动户口，他们不得不留下六十元的罚款，才能推走他们的摊子。当妈妈从肚兜里掏钱的时候，那个大眼睛的警官忽然又埋头去写他的什么了。

“这个警察，不抓人呢。”孩子说。那个年轻的警官已经消失在街角里。

“大宝长大了，要当个好警官。那时候，你们不用怕我了。”他说。妈妈一直没有说话，只是把孩子抱得更紧，一面扣上胸口的扣子。街灯照在她的脸上，也照着她优美的长长的颈项。这年轻的妇人无言地凝视着晦暗中的人潮，大抵她的心也漂得很远了。

4

到了行人开始渐渐稀少的时候，他们已经换过许多地方。最后他们终于停在一个街口。孩子可以看见左对面的大房子的楼上，挂满了许多画像，有拿刀的，有流血的；有男的，也有女的。他也看见一排长长的脚踏车，似乎都在昏昏的路灯下打瞌睡。夜里像是蒙着雾，潮湿而且阴凉。满街的灯光，在远远的夜空中，看起来仿佛使这个城市罩着一层惺忪的光晕。人潮渐退的时候，汽车的喇叭和三轮车的铜铃就显得刺耳起来。

“加个面饼么？”

“……”

“您吃香菜罢？”

“……”

“辣椒——啊，您！”

孩子和女人都抬起头来望着摊子。爸爸正皱着脸笑着，那个客人也新奇地望着爸爸，他的温情的嘴抿抿地微笑起来。

女人和孩子都兴奋地望着那个疲惫的警官开始热心地吃着他的点心。爸爸用皱皱的笑脸巴结地替他添了两次肉汤。汽车的灯光偶尔扫过坐在阴暗里的母子，女人下意识地拉好裙子，摸摸胸口的纽扣是否扣好。

年轻的警官满意地直起身来，开始拿起他的皮夹。

“不要，不要啦！”爸爸说，皱着一脸的笑。

年轻人注视着爸爸的脸，不久那个温蔼的微笑又爬上了他的困倦的脸，终于留下十块钱走了。

“啊，啊！不要——啊！”爸爸说，“呵呵！那么也还得找钱，啊，啊，不要——”

爸爸着急地拿着十块钱追了几步，又跑了回来，慌忙拿了一张红色的五元钞正要再追上去。这时候孩子看见那左对面的房子里涌出了大批的人，胸前挂着箱子的小贩们，三轮车夫们都在向他们兜售。有几个人已经坐在他们的摊子边了。

“啊，啊！”爸说，“啊唉，金莲！你快追呀！”于是爸又忙着招呼客人，“金莲！”爸爸喊着说。

妈妈默默地接过五元钞，不一会便消失在黑暗里。孩子独自坐在角落里，看着那川流不息的人群，看着台子上不同的脸。三轮车们载着它们的顾客，拖着各种不同音色的长长的铃声，分别奔向不同的方向去了。街口的自动的红绿灯机械地变着脸，但不论或红或绿，在它似乎都显得十分困顿而无聊。这个夜市的最末的人潮，也终于渐渐地消退下去，甚至连车声都变得稀落了。

这时候妈妈悄悄地走了回来。她低着头只顾走向孩子，甚至没有抬头看看爸爸。她走近孩子就一把将他抱在怀里。他感到妈妈的心在异乎寻常地剧跳着。他又把双手围住妈妈的肩，将半边脸偎着妈妈长长的颈项，细腻而冰凉的，他感到舒适。妈妈像是把他抱得更紧了。

爸爸打发了最后一个顾客以后，开始忙着收拾起来。妈妈帮着把洗碗的水倒进水沟里，孩子似乎觉得妈妈出奇地沉默。

“他不要钱么？”孩子说。

“追上了么？”爸爸说。点起一根绉折的香烟：“啊——他是个好心人。啊——”

他们推着那没有削圆的木轮格登格登作响的车子离开街口时，这个首善之区的西门町，似乎开始沉睡下去了。街灯罩着一层烟霭，排着长长的行列，各自拉着它们寂寞的影子。许多的店门都关了起来，有的还在门外拉上铁栅。几家尚未关门的，也已经开始在收拾着。有些瞌睡的店员，颠颠仆仆地关着板门。街上只剩下稀落的木屐声。那唯一不使人觉得生活的悲愤的街车在谦逊地寻找它的生活。街道显得十分寥落。一只狗嗅着地面窜过一条幽暗的巷子。

他们逐渐走出了这个空旷的都城，一拐、一弯地从睡满巨厦的大路走向瑟缩着矮房的陋巷里。

“他是个好心人，”爸爸说。半截香烟在他的嘴角一明一熄：“好心人。”

走在摊车左侧的妈妈，只是默默地走着，紧紧地抱住孩子。沉思的脸在洩漏暗淡的街灯下显得甚是优美。孩子舒适地偎着妈妈软软的胸怀和冰凉的肩项。

“他，不要钱的么？”孩子说，“不要，不要——”

而不幸地，孩子又爆发了一串串长长的呛咳。父母和格登格登的摊车都停了下来。痛苦的咳声停止以后，只留下妈妈轻轻地拍着孩子的项背的声音。这声音在如许沉静的夜里，听起来会叫人觉得孩子的体腔竟是这样地空洞。

“吐到地上去罢。”妈妈说。也不知为什么，女人竟而觉得心头一酸，就簌簌地淌下了泪。甚至她不确切地知道这个眼泪是否是由于怜悯自己的病儿。她只是想哭罢了。她觉得纳罕，她说不清。男人和孩子都没有察觉到女人的眼泪。夜确乎很深了。

孩子的眼眶又呛满了泪水——但是除了有些疲倦，他倒当真很安适的。模糊中，他仿佛从天边又寻到了几颗橙红橙红的星，在夜空中赫赫地闪烁着。

“……星星。”他脆弱地说。他看见爸爸抛出去的烟蒂在暗夜里画着血红的弧，撒了一地的火花之后，便熄灭下去了。夜雾更加浓厚。孩子吸着凉凉的风，使他记起吃冰的感觉。(——妈妈，我要吃冰。)然而他终于只动了动嘴唇，没有说出什么来。

孩子在妈妈软软的胸怀和冰凉的肌肤里睡着了。至于他是否梦见那颗橙红橙红的早星，是无从知悉了。但是你可以倾听那摊车似乎又拐了一个弯，而且渐去渐远了。

格登格登格登……

一九五九年五月廿四日夜

初刊于一九五九年九月《笔汇》第一卷第五期

署名陈善

我的弟弟康雄

当我还是个少女的时候，我写日记，也写信。除此以外，我不曾想过我会写其他别的什么。然而，现在，不可思议的我，竟会在这结婚以后的第二年，拾起笔来记载一些关于我的弟弟康雄的事。两天前，我花了三天的时间，方才读完了我的弟弟康雄的三本日记。我的弟弟康雄死后的一段时间里，甚至于到了婚后的几个月内，每当我展读我的弟弟的日记时，都会叫我哭啊哭地毫无办法。我看见他稚拙的字体，立刻就看见这细瘦而苍白的少年，对坐在我的案前，疲倦地笑着，无名的悲哀便顿时掩盖了我。于是，我就哭着哭着，怎么也不能读完它们了。

两天前，我总算平静地看完了这三本日记。大约是日子渐渐远去了；再次当是婚后的生活使我觉得不仅因为我的被属于一个男人，以至于在肉体上、精神上有了极大的变异，而且这个婚姻也使我突然从贫困匮乏的生活进入了一个非常富裕的家庭里。这个辛德烈拉姬一般的变幻，使我目不暇接了。总之，那种思慕的悲哀，仿佛和我富足的生活正相对地逐渐饿死了。“富裕能毒杀许多细致的人性，”我的弟弟康雄的日记曾这样说，“贫穷本身是最大的罪恶……它使人不可免地，或多或少地流于卑鄙龌龊……”这是我的卑鄙，我的龌龊吗？……我一点也不想抗辩。记得我的弟弟康雄还活着的时候，总讲一些我不懂的，或者一些十分无理的事。但我从来没有抗辩过。一次也没有过。(现在这很使我觉得慰怀的。)

我觉得很怅然。

我在我的弟弟康雄死去的那年的冬天结了婚。离那个满志着颓落和幻灭的新冢上的初秋还不到四个月。我的突然愿意嫁给我现在的很富足的丈夫，十分使我可怜的父亲感到惊讶。这件婚事拖延了将近半年的时光，我曾有意地要拖垮它。这一面是因着当时我正远远地恋爱着一个将要在次年夏天毕业的苦读的画家，另外也是很受了我的弟弟康雄的影响。不知不觉中，我竟也跟着毫无理由地鄙夷那些富有的人们了。除此之外，现在的他总是那样敦厚有礼，衣服整齐，说着一些每个字都熨平了的上层人的话语。这些和我的弟弟康雄或者那个远远的小画家都是那样地不同。他们都留着长发，涨红他们因营养不良而尸白尸白的眼圈，讲着他们各自不同的奇怪但有趣的话，或者怯怯地沉默着，半天不发一语。

到了我的弟弟康雄突然死去之后，经过了一阵子的麻木、恸哭、瘫痪而终于冷冷地清醒过来了。仿佛自己在一夜之间变得格外智慧起来了。我用一种近于一个悲壮的哲人一般的声音对自己说：一切都应该让它从此死灭过去罢！我觉得我的弟弟康雄和那个远远的画家，以及他们所代表的一切，真有些一如父亲所说的“小儿病”了。我的可怜的父亲，这个独学而并未成名的社会思想者，转向宗教已有六年之久。我的“安那其”(Anarchist) 的弟弟康雄自杀了，我的远远的小画家也因贫困休学，而竟至于卖身给广告社了。而我这个简单的女孩子，究竟意欲何为呢？（一切都该自此死灭罢！）

于是我这悲壮的浮士德，也毅然地卖给了财富。这颇给予我那在老年丧子的重苦中的可怜父亲一些安慰。他曾努力地劝说我认真地考虑这个丰裕的归宿，因为“人应该尽力地摆脱贫苦这一恶鬼，一如人应努力摆脱犯罪一样”。而另一个原因似乎是因为对方是一个有名望的虔诚的宗教家庭，像是宗教的慈悲，使富者超过了门户之见，而垂顾于如我这样一个小家碧玉。但我并不很想到这些。我答应这桩婚事，也许真想给我可怜的父亲以一丝安慰，叫他看见他毕生凭着奋勉和智识所没有摆脱的贫苦，终于在他的第二代只凭着几分秀丽的姿色便摆脱掉了。从此流着一部分他自己的血液的子孙，该永远种植在一块肥美的土地上了。而事实上，我是存着一分最后的反叛意识，掷下我一切处女时代的梦的。在我的弟弟康雄死后才四个月，我举行了婚礼；一个非虔信者站在神坛和神父的祝福之前……这些都使我感到一种反叛的快感。固然这快感仍是伴着一种死灭的沉沉的悲哀——向处女时代、向我所没有好好弄清楚过的那些社会思想和现代艺术的流派告别的悲哀。然而这最后的反叛，却使我尝到一丝丝革命的、破坏的、屠杀的和殉道者的亢奋。这对我这样一个简单的女子已经够伟大的了。

然而，如今我方始知道：终其十八年的生命，我的激进的弟弟康雄连这样一点遂于行动的快感都没有过。“我这虚无者，却没有雪莱那样狂飙般的生命。雪莱活在他的梦里，而我只能等待一如先知者。一个虚无的先知者是很有趣的。”我的弟弟康雄的日记这样说。那三本日记的一本多的时光，就是这样的等待、等待，而终至于仰药以去了。这年轻的虚无者就是这样童稚地等待着，也同样童稚地吞下了他的青酸加里。这日记除了怀恋的意味之外，最重要的是它叫我无意间寻到了这少年虚无者半生的龙脉；在其余两本多的时光里，第一本写着一个思春少年的苦恼、意志薄弱以及耽于自渎的喘息；第二本的前半，写着这少年虚无者的雏形。那时候，我的弟弟康雄在他的乌托邦建立了许多贫民医院、学校和孤儿院。接着便是他的逐渐走向安那其的路，以及和他的年龄极不相称的等待。

日记愈离他绝命时近，我的思慕也更加浓而且重了。我于是真正发见了我的弟弟康雄的真实。我的弟弟康雄死在一个哀伤负罪的心灵里。虚无者的字典里应是没有上帝，更没有罪的。我的弟弟康雄竟而不是虚无者吗？竟而不是雪莱吗？……

那年暑假，我的弟弟康雄在一个仓库那里找到了一份职业，为了筹聚下学期的学费。因此他就赁居在仓库附近的一所专租给劳动者的客寓。客寓的主妇是个“妈妈一般的妇人”，我的弟弟康雄这样说。于是他们大约是相恋起来，而且从那样晦涩的字句中也会使人看出我的弟弟康雄已经失去了他的童贞了。因为我的弟弟突然辞去了职业，到邻县的平阳岗去了。我还记得这一段时间他的家书特别多，因为职业无着，又没有能力赁居。我的弟弟康雄终于勉为其难地住进了一间圣堂。此后的日记尽是自责、自咒、煎熬和痛苦的声音。“我求鱼得蛇，我求食得石。”我的弟弟康雄绝望地嚎叫着：“我没有想到长久追求虚无的我，竟还没有逃出宗教的道德的律。”“圣堂的祭坛上悬着一个挂着基督的十字架。我在这一个从生到死丝毫没有和人间的欲情有份的肉体前，看到卑污的我所不配享受的至美。我知道我属于受咒的魔鬼。我知道我的归宿。”这些是我的弟弟康雄留下的最后的轨迹。他的自戕是此后约半个月的时日了。这个末日的日记上所印的格言是：

> Nothing is really beautiful but truth.*
>
> ——N. Boileau

因此我感到了一个极大的轻蔑和滑稽的、一种近乎快乐——发现秘密的快乐——的感觉。这世界上没有人知道我的弟弟康雄，连我也在内。但至少如今我已经知道我的弟弟康雄死前挣扎的线索了。甚至我的父亲所只能说出的世上最了解的话，只是如此，他说他的孩子死于上世纪的虚无者的狂想和嗜死。而至于那坚持不肯为我自戕的弟弟康雄举行宗教葬仪的法籍神父，就更加惶惑了。“这是不可解的，我亲眼看见他在最近几天，深夜里潜进圣堂长跪……这是不可解的。”但是他们都不知道这少年虚无者乃是死在一个为通奸所崩溃了的乌托邦里。基督曾那样痛苦而又慈爱地当着众犹太人赦免了一个淫妇，也许基督也能同样赦免我的弟弟康雄。然而我的弟弟康雄终于不能赦免他自己罢。初生态的肉欲和爱情，以及安那其、天主或基督都是他的谋杀者。

---

* 意为“只有真理才是真美”，语出尼古拉·布瓦洛，法国诗人，文学理论家。

（所以我要告状。）

我的弟弟康雄的葬仪，是世上最寂寞的一个。平阳岗里，我们连半个远亲都没有。一个粗制的棺木后的行列，只有一个年迈的老人和一个不伦不类的女孩子。没有人哭泣。这个卑屈的行列，穿过平阳岗的街道，穿过镇郊的荒野。葬仪以后的坟地上留下两个对坐的父女，在秋天的夕阳下拉着孤伶伶的影子。旷野里开满了一片白绵绵的芦花。乌鸦像箭一般地刺穿紫灰色的天空。走下了坟场，我回首望了望我的弟弟康雄的新居：新翻的土，新的墓碑，很丑恶的！于是又一只乌鸦像箭一般地刺穿紫灰色的天空了。

然而这卑屈的感觉却在我的婚礼中得到了补偿。神父和司仪们都穿上了最新的法衣，圣诗班听说是特地选了一童男为我献唱的。整个仪式中我都抬着头。我要看看这些宗教社会的人们，看看这些有闲者的高级娱乐，看看五彩的嵌镶画……但我却无意间看见了那个挂在木头上的基督。这个虽是男人但超出于性别和生理的裸体，使我立刻想到我的弟弟康雄入殓的一刻。我和父亲走进我的弟弟康雄的房间时，一个仰卧床沿的尸体迎着我们。我的弟弟康雄一手垂在地板上，一手抚着胸，把头舒适地搁在大枕头上。面色苍白，但安详得可爱。雪白的衬衫染着一些大约是呕吐的血。这个童子曾稚气地在禁园里扮演着一个背德者，稚气地偷尝了情欲的禁果，而终于又稚气地撕掉了自己的生命。如今，我的弟弟康雄的一切都泯没消逝了，但是那童稚的气息，却涂满了整个尸体。我第一次看见了那失去已久的、惯为我所抚爱的亲爱的弟弟。我泪如雨下，而终于泣倒在我的弟弟康雄冷凉的怀里了。清洁的时候，我的父亲几乎不能帮助什么，于是我第一次看见小学以后不曾看过的我的弟弟康雄的十八岁的裸体。他的胴体白皙一如女子，头发多而秀美，眉目清秀，一身未熟的肌肉。

我仿佛看见我的弟弟康雄带着这个未熟的躯体从十字架上下来了，而且温和地对我笑着。突然间我想起了他的一封信，听见他喃喃地说着：

“虽然我是个虚无者，我一定要看你的婚礼，因为我爱着你，深深地爱着你，像爱着死去的妈妈一样。”

顷刻间，我的眼睛为泪所模糊了，但我坚持着。无非是要反叛，反叛得像一个烈士。烈士是不应该哭的罢。

而于今两年了。我变得懒散、丰满而美丽。我的丈夫温和有礼，而且誉满他们的社会。做弥撒的早上，当他扶着我走上圣堂门口的台阶的时候，我的丈夫显得尤其体贴温柔。我们是注定要坐在最前排的阶级，然而我始终不敢仰望那个挂在十字架上的男体——因为对于我，两个瘦削而未成熟的胴体在某一个意识上是混一的——与其说是悲哀，毋宁说是一种恐惧罢。流泪的哀恸已经是没有了。这使我感到歉然——富足果真“残杀了一些”我的“细致的人性”吗？贫苦果真使我“卑鄙”，使我“龌龊”吗？我一点也不想抗辩，但我尽力企图补偿过；我私下资助着我那可怜的父亲，如今他在一所次等的大学教哲学，一面自修他的神学和古典。至于我的弟弟康雄，我也曾考虑到利用我的得宠于公婆，发动我的有势力的公公通过教会为我的弟弟康雄修个有十字架的墓碑——为的要补偿深藏于我内心的卑屈和羞辱。然而我旋即想到那行为未必是我的弟弟康雄所喜悦的罢。于是我一心要为他重修一座豪华的墓园。此愿了后，我大约也就能安心地耽溺在膏粱的生活和丈夫的爱抚里度过这一生了罢。

初刊于一九六〇年一月《笔汇》第一卷第九期

署名然而

家

刚吃过晚饭。我坐着点燃一支香烟。我意识到妈妈正瞧着我，因此我小心地在脸上塑着成人一般的风景。我想起了父亲死后第一次在伊面前吃烟的时候，伊的那种困惑、惊奇而又承认着的表情。伊始终没有说我过。如今我已经十分清晰地了然于这一个意义。打比方说罢，我方才问伊为什么在这拮据的日子里，还吃这样好的菜时，伊回说，我已经是这一家里唯一的男人了。在外面念了一学期的书，好不容易看见我回来过年假，总不能叫我吃不好。我慢慢地送着烟圈儿，突然之间很想向伊说明我实在并不常常抽着烟的。因为这次慢慢的回程，坐在车上闷着无聊，才买了一包放在身上；到今天回到家里已经是第五天了，却还不曾抽掉半包。我弹着一截烟灰，看着它带着那种灰烬的重量，跌散在地上。蓝色的烟熏着食指袅袅地爬上来，郁结于电灯的瓷罩之下。在伊，我对自己说，我已经是个大人了；说不定这样望着我抽烟，也是一种安慰罢。我终于咽下想说的话，小心地在脸上塑着一个成人的风景，夸张地皱着眉宇，用嘴烧着重苦的烟叶。妹妹静悄悄地收着碗筷。半年来，伊真长大了许多。父亲死后，伊变得沉默了。才半年呢，我无声地说。半年以前伊总是跟我斗气，虽只不过是一个妹妹的撒娇，但我记得几次把我气得直吼。可不是么，自父亲死后才只半年，伊竟变得安静而且柔顺了。也许真的长大了，再不，那就是我真的已经是这一家之长了啊！

“妈妈，”我说，我用指头转着烟蒂，手指上似乎竟熏出汗来。我听见妈从喉咙的深处答应着，声音里带着一种母亲的爱抚。“我不想念下去了。”

“不可以的。怎可以呢……”

“妈妈，你不明白，”我说，“那里学费贵，而且又念不出道理。”

我听见自己和妈妈几乎在同时叹了口气。咀嚼着烟熏了的苦辣的口腔，心里有说不出来的烦躁。我有些愤怒起来。半年来，我一直不能有片刻能够逃出自己因屈辱而来的伤痕。父亲死后不久便赶上联招考试，因此全村的人都在望着我——以一种我所厌恶的善心，期待着一个发奋有为的青年，在丧父后的悲愤中，获得高中金榜的美谈，好去训勉他们的子弟们。然而我终于在全村中带着可恶的善心的凝视之前落了第，而后在一种热病的状态中离开了家。我对妈妈说我要到台北补习。离家的前夜，全村便都传着我的将负笈于台北的事，似乎这样一个次一等的故事，也聊以满足他们那需求美谈的欲望了。

“人家有志气。”他们说。

当北上的列车开动的时候，我感到了一种逃避之后的在庇荫中的安定。然而我不曾料到自己正走进一个更大的梦魅里去。那些新新旧旧的落第者们，那些生手们，云簇于地狱一般的教室里——不幸，我自小幻想着的地狱里的光，正像这些强烈的日光灯之萤色——眦眼咧齿地听着课。唉唉，那些仿佛握有大学之门的钥匙的名教授们，在玩弄着神秘的介系词、数多而巧妙的动词，和狡诈的几何证题以及藏着魔术的代数方程式。后来我几乎每堂课都看见无数青而瘦的学子们的手在空中挥舞着，抢夺授业者的嘴里降下来的“吗哪”。渐渐地，仿佛也听见无数的悲鸣之声流行于这凄惨的抢夺之上。忽然也自觉：这个幻象无非是引源于儿时对于忌中之家的功德场上那种挂图中的血湖的印象罢了：也是许多的青而瘦的手挥舞着，曲扭的嘴脸们呐喊着。

我为这突如其来的争夺和竞争休克了。从此在屈辱之外，更有两个大的不安的死荫日夜地随着我，拂之不去。无疑地，这两个大的不安，从落第的即刻，就出现在我的意识之中，然而从没敢像在补习班中那样的作祟于光明之间。一个阴影照在一条象征的路上，那里挣扎着、践踏着蚁一般的学生们；无非是想通过一扇仰之弥高的冷冷的窄门……

“不可以的，怎么可以呢……”妈妈说，“考不上大学，一晃马上就是兵期了。那时候，”妈妈哽咽起来，“叫我们怎么办呢？”

这样一个绝望的战争年代的阴影哟！我无力地摔下烟蒂，用一种愤怒的努力踩熄了它，竟翻出其焦黄的肚里了。

小屋子里变得死寂。我无目的地溜着眼睛。道林纸糊起来的板壁，角隅里已经开始有蜘蛛营丝了。钟没有挂直。昨天的日历还不曾撕去。而我仍止不住把眼睛留驻在几次都蓄意避开了的放大的人像上。我的父亲。

爸爸！我无声地叫着。

出葬的时候就是用它镶着白花挂在灵车之前的。人们说这帧照得很神似。他的右胸前挂着一个小证章，那是××县第三届议员证。那段时间里，他过得挺愉快的。“只差没有产业，”有一次他对我说，挂上刚拭好的上半世纪的圆框眼镜，“不然生意不做了，一心做个地方的有志者。”我时常要私下嘲笑这样一个欺罔的代议制的美梦。然而这时我看见照片上那个自信的微笑时，不禁有些犯渎的歉厄之感了。我止不住战栗起来，不过已经不是哭泣的悲哀了。这样的微笑又引申成为那么一次他带我到“和食”店吃午餐，看看我吃“萨西密”时的一种微笑。半年了，可不是嘛？却仿佛已经是很遥远的故事了。

而我迅速地从照片上逃开了我的视线，因为我相信我听见母亲的低泣。唉，我又无端地愤怒起来，我应该知道：这几天妈妈为什么一直看着我，而又这般地易于夸张伊的感伤呢？抽噎平息的时候，屋子又跌进死寂里了。间或我也想起半年以前的日子：那个永远挂着紫窗帘的客厅，我的小书房，一大堆珍爱的标本……而随之又为一些琐碎的记忆冲走了。很想再烧起一支烟，但忽然厌烦于在脸上塑起成人的风景的恶戏，我终于在口袋里搓着烟包，并没有给拿出来。

“哥哥，”妹妹细弱地说，“洗脚呢。”

厨房里已经料理得十分干净，洗好的碗碟们放得齐齐整整的。我再添了些冷水，然后将脚泡着，感到一种冲心的、欲睡的快感。以前叫伊为我取一支铅笔都足以争吵的妹妹，五天来都是伊在为我预备一切早晚的盥洗的。想着想着，真叫我起了一阵爱怜之感。果真我已是这一家之主，来日嫁妹妹的事也该是我的责任罢!

——唉，唉……

妈已走了进来，在余火上温着菜过夜。伊拣了一块肉塞进我的嘴里，咀嚼之间，有一阵成人而受宠的羞怯的激动。

“那边的伙食吃得惯吗？”伊说。伊的悲愁绉起来之后原是容易舒平的。

“……”我点点头。仍旧咀嚼着肉和浅浅的羞怯。

“钱，够用吗？”

我又点了点头。

“这几个月来领的息，全为我背上的鹰疮给花了，不能多寄——”

“那是该用的。我那边尽够了。”

一段的沉静。我倒了水又走到厅上。妹妹在角落里做着功课，伊比往时更其用功了。善心的村人们都主张伊之应该辍学，而我往往用装着怒目的谦恭的脸回说我立意让伊念完高中的课业，他们总是惋惜地困惑着我的意见，而竟都不把这事列入他们需求美谈的标准里。这些毛虫们！我无声地说。我坐了下来，开始我每日三十页的史地、两个习题的几何……

“再别胡思乱想了，明夏考上大学，体面呢！”妈说。

我咬着嘴唇，抗拒着那两张大的不安的阴影，而实际上也就是那两张大而不安的阴影，煎熬着我去定规着自己每日去做三十页的史地、两个习题的几何……

不一会妈就在房里打鼾了。我望着妹妹镇着眉心深怕吵了我似的、小声地暗记着英语生字的风景。我于焉又仿佛看见了数多的青而瘦的众手之中，新添了一只我的妹妹的素白的手，在半空中乱舞着。其中自然也禁不住引起了那一地狱里的血湖的印象，然而它再也不至于撕裂我了。在对恶无可如何的时候，恶就甚或成了一种必需。而况我随后在日记中记下这样一句英雄式的话，即欲对恶如何，必须介入于那恶之中。

我把日记锁在抽屉里，趁着这一丝唐·吉诃德的英武，霍然而起，以明日之我将大有作为的意思决定去睡了。于是用父兄的口气吩咐妹妹去休息。我换了睡衣，系扣子的时候，我看见，在窗外的街道上，一只猫跃进了饮食店的窗口。

我躺了下来。冷呢！于是止不住卷成一只虾的姿态了。妹妹在妈妈的房间里关掉灯，屋子便顿时关进暗黑里了。街上汽车的灯光好几次从窗口照在我的墙上，好几度我看见墙上的父亲的微笑。我记不清在我睡着之前，总共看见了几次墙上的父亲的微笑，在墙上点亮了又熄灭了……

初刊于一九六〇年三月《笔汇》第一卷第十一期

乡村的教师

1

青年吴锦翔自南方的战地归国的时候，台湾光复已经近于一年。那时候，差不多该活着回来的，都回来了。就如现在这个依山的大湖乡里的五家征属，都已不知不觉地在热切的悬念中吹熄了数年来的希望了。然而这样的幻灭却并不意味着他们的悲哀。这大约是由于在战争中的人们，已经习惯于应召出征和战死的缘故。加之以光复之于这样一个朴拙的山村里，也有其几分兴奋的。村人热心地欢聚着，在林厝的广场，着实地演过两天的社戏。那种撼人的幽古的铜锣声，五十余年来首次响彻了整个山村。这样的薄薄的激情，竟而遮掩了一向十分喜欢夸张死失的悲哀的村人们，因此他们更能够如此平静而精细地撕着自己的希望——

“我们健次是无望的了，”老头说，诅咒着，“有人同他在巴丹岛同一个连队。那人回来，说，后来留在巴丹的，都全被歼灭了！”

傍晚的山风吹着。人们一度又一度地反复着这个战争直接留在这个小小的山村的故事，懒散地谈着五个不归的男子，当然也包括吴锦翔在内的了。没有人知道他们在哪一年死去。或许这就是村人们对于这个死亡冷漠的原因罢。然则，附带地，他们也听到许多关于那么一个遥远遥远的热带地的南方的事：那里的战争，那里的硝烟，那里的海岸、太阳、森林和疟疾。这种异乡的神秘，甚至于征人之葬身于斯的事实，都似乎毫无损于他们的新奇的。

但是，这一切战争的激情经过了近于一年的时光，已经渐渐地要平静下来了。一切似乎没有什么改变，因为坡上的太阳依旧是那样地炙人，他们自己也依旧是劳苦的；并且生活也依旧是一种日复一日的恶意的追赶。宿命的、无趣味的生活流过又流过这个小小的村社，而且又要逐渐地固结起来的了。

在这样的时候，吴锦翔竟悄然地归国了。村人们在雨天的燠臭和别人的肩项之间，惊叹地注视着这个油灯下的幸存者：一个矮小，黝黑的（当然啦）但并不健康的青年。森黑森黑的胡髭爬满了他尖削的颊和颔，随着陌生的微笑，这些胡髭仿佛都蠕动起来了。

“太平了。”他说，笑着。

“是啊，太平了。”大家和着说。他竟还记得乡音啊！当然的，当然他记得。只是这人离开故乡已有五年。他还说，太平了。众人都兴奋起来。

“我们健次呢？”老头说。是呵，他们都无声地和着说，健次他们呢？回来吗……

吴锦翔出乎众人意表地只回了一个惶恐的眼色。他扳着手指，咯吱咯吱的声音在静默中响起来真是异样的。

“他们一直送我到婆罗洲，”他站了起来，“我在巴丹就同他们分手了。”

人众感动起来。那么遥远的地方呀。他们说，婆罗洲，日本人讲的 Borneo，多么遥远的地方呀。归来的青年终于回到他那不自在的微笑里，他说：“太平了。”

“太平了。”他们和着说。可不是的吗？即使说征人都已死去，或许说不定也会像吴锦翔一样突然归来的罢。然而战争终于过去了。夜包围着雨雾的山林。月亮照在树叶上、树枝上，闪耀着。而山村又一度闪烁着热带的南方的传奇了。他们时兴地以带有重浊土音的日语说着 Borneo，而且首肯着。

2

寡妇根福嫂变得健硕而且开心了。她不但意外地从战火里拾回她的儿子，而且更其重要的是：第一，锦翔依旧像出征前那样顺从和沉静；第二，由于他自小以苦读闻于山村，现在竟被乡人举到山村小学里任教去了。这是体面的事。一向善于搬弄的根福嫂，便到处技巧地在众人前提起她战争归来的儿子。一等大家少不得要称赞他的顺从、他的教师的职位的时候，她便又爱着而且贬抑地自谦起来。

“是啦，”她总是这样地说，“是啦。不过他依旧是不更事的。像那样的身体，像他那样的人，怎样也不是能够下田的料唷……”

在她这样说的时候，她的母性的心是饱满的了。她是个力强的母亲，健康而快活的。她评论着二十六岁的儿子好像他仍旧是个虚弱的孩子一样。而大约也正是这种母亲的欲望，使她执拗地继续租种着一块方寸的小园地，天一亮便去赶镇上的集。她要养活儿子，她满心这样想着，摇晃着肩上的担子。太阳从山坡后面的断岭升了起来。清晨的雾恺结在坡上、田里和长而懒散的村道上。

在四月的时候，吴锦翔接下了这个总共不到二十个学生的山村小学。五年的战火，几乎使他因着人的大愚和人的无助的悲惨，而觉得人无非只是好斗争的、而且必然要斗争的生物罢了。知识或者理想在那个定命的战争、爆破、死尸和强暴中成了什么呢？然而当战争像梦一般过去了的时候，当他又不可思议地活着回到这个和平而朴拙的山村以后，因着接办这样一个小小的学校，吴锦翔的小知识分子的热情便重又自余烬中复燃了起来。

忽然所有他在战争以前的情热都苏醒了过来。而且经过了五年的战争，这些少年的信仰，甚至都载着仿佛更具深沉的面貌，悠悠地转醒了。由于读书，少年的他曾秘密地参加过抗日的活动；由于读书，由于他的出身贫苦的佃农，对于这些劳力者，他有着深的感情和亲切的同情。而且也由于他的读书和活动，锐眼的日本官宪便特意把他征召到火线的婆罗洲去。“而我终于回来了。”他自语着，笑了起来，扳着指头咯吱咯吱地响着。爆破、死亡的声音和臭味，热带地的鬼魂一般地婆娑着的森林，以及火焰一般的太阳，又机械地映进入他的漫想里。然而在这个新的乐观和入世的热情之前，这些灼人的悲惨，无非只是简单的记忆罢了。而何况在他里面，有一种他平生初次的对于祖国的情热。“这是个发展的机会呀。”他自语地说着，从小学的大而明亮的窗口望着对面的山坡：那些梯子一般的水田，那些一任坡上的太阳烘烤着褐黑色的背脊的农民们，那些窗下山脚的破败但仍不失其生命的农家。四月的风，糅合着初夏的热，忽忽地从窗子吹进来，又从背后的窗子吹了出去。一切都会好转的，他无声地说，这是我们自己的国家、自己的同胞。至少官宪的压迫将永远不可能的了。改革是有希望的，一切都将好转。

开学的时候，看着十七个黝黑的学童，吴锦翔感觉到自己的无可说明的感动。他爱他们，因为他们是稚拙的；爱他们，因为他们褴褛而且有些肮脏。或许，这样的感情应不单只是爱而已，他觉得甚至自己在尊敬着这些小小的农民的儿女们。他对他们笑着，简直不知道应该怎样把自己的热情表达给他们。务要使这一代建立一种关乎自己、关乎社会的意识，他曾热烈地这样想过：务要使他们对自己负起改造的责任。然而此刻，在这一群瞪着死板的眼睛的无生气的学童之前，他感到无法用他们的语言说明他的善意和诚恳了。他用手势，几度用舌头润着嘴唇，去找寻适当的比喻和词句。他甚至走下讲台，温和地同他们谈话，他的眼睛燃烧着，然而学童们依旧是局促而且无生气的。

五月的下旬，“国定”的教科书运到了。教师吴锦翔一直是热心的。设若战争所换取的就仅是这个改革的自由和机会，他自说着，或许对人类也不失是一种进步的罢。五月的风吹着，他已习惯于这山岗上的风声和竹篌拽动的音响了。只看见山坡的棱线上的丛树，在风里摇曳于五月的阳光之中。这世界终于有一天会变好的，他想。

3

第二年入春的时候，省内的骚动和中国的动乱的触角，甚至伸到这样一个寂寞的山村里来了。新的激情再度流行在简单而好事的村民社会中。每个人都在谈论着，或者喧说着夸大过了的消息。这时侯，教师吴锦翔逐渐地感到自己的内里的混乱和朦胧的感觉。他努力地读过国内的文学，第一次他开始不用现存的弊端和问题看他的祖国。过去，他曾用心地思索着中国的愚而不安的本质，如今，这愚和不安在他竟成了中国之所以为中国的理由，而且由于这个理由，他对于自己之为一个中国人感到不可说明的亲切了。他整日阅读着“像一叶秋海棠”的中国地图；读着每一条河流、每一座山岳、每一个都市的名字。他仿佛看见在浑浊而浩荡的江河上的舢板，宿着龙和留着白胡子神仙的神秘山峦；石板路的都市，挂满了优秀的正楷写成的招牌的都市；病穷而肮脏的、安命而且愚的、倨傲而和善的、容忍但又执着的中国人。在这样的感情中，他固然是没有像村人一般有着省籍的芥蒂，但在这样的感情中，除了血缘的亲切感之外，他感到一股大而暧昧的悲哀了。这样的中国人！他想象着过去和现在国内的动乱，又仿佛看见了民国初年那些穿着俄国军服的革命军官、那些穿戴着像是纸糊的军衣军帽的士兵们、那些烽火、那些颓圮，连这样的动乱便都成了中国之所以为中国的理由了。这是一个悲哀，虽其是朦胧而暧昧的——中国式的——悲哀，然而始终是一个悲哀的；因为他的知识变成了一种艺术，他的思索变成了一种美学，他的社会主义变成了文学，而他的爱国情热，却只不过是一种家族的（中国式的！）、血缘的感情罢了。

幼稚病！他无声地喊着。这个喊声有些激怒了自己，他就笑了起来：幼稚病！啊，幼稚病！有什么要紧呢？甚至于“幼稚病”，在他，是有着极醇厚的文学意味的。他的懒，他的对于母亲的依赖，他的空想的性格、改革的热情，对于他只不过是他的梦中的英雄主义的一部分罢了。想着想着，吴锦翔无助地颓然了。中国人！他嗫嚅着。窗外的梯田上的农民，便顿时和中国的幽古连接起来，带着中国人的另一种笔触，在阳光中劳动着、生活着。

入夏的时候，他已陆陆续续地看到许多来自内地的人，戴着白色的草梗西帽，穿着白色的南方衬衫，靛青颜色的软而宽的裤子，脚上是长的白袜子和黑布鞋。这虽然和意想中的中国人有些距离，然而这距离是极易于和解的。撤退的那一年，有一队军队驻在村外的祠堂。他特意地去看过他们。他们的笨拙绑腿、军械的油味、兵的体臭、军食的特别味道，每一样事物都是典型的。他仿佛从他们看见了数百十年来的中国的兵火了。兵众的那种无可如何的现世的表情，他是能一张张地读出而且了解的。这样古老而且奇怪的中国呀，他自说着。走到乡村道上，感到一种中国的懒散。中秋方才过去，一入晚，便看见一轮白色而透明的月挂在西山的右首。田里都灌满了水，在夕阳的余晖中闪烁着。不久便又是插秧的时节了。秧苗田的细致的嫩绿，在晚风中温文地波动着。吴锦翔吸着烟，朦胧之间，想起了遣送归乡之前在集中营里的南方的夕霭。自这桃红的夕霭中，又无端地使他想起中国的七层宝塔。于是他又看见了地图上的中国了。冥冥里，他忽然觉到改革这么一个年老、懒惰却又倨傲的中国的无比的困难来。他想象着有一天中国人都挺着腰身，匆匆忙忙地建设着自己的情形，竟觉得滑稽到忍不住要冒渎地笑出声音来了。

4

逐渐地，过了三十岁的改革者吴锦翔堕落了。他如今只是一个懒惰的有良心的人；他绝不再苦读到深夜如少年时一般，因为次日的精神不振对于学生是一种损失。每学期剩下来的簿本一定卖掉以添购体育用具；他从没有让学生打扫他自己的房子或利用他们的劳力为他自己的厨房蓄水；他为贫苦的学生出旅费参加远足。凡此种种，当然少不得有人嘲笑他的愚诚的。但这些行为对于吴锦翔毕竟不只是一种道德或良心而已，而是一个大的理想大的志愿崩坏后的遗迹。所以对于那样的嘲笑，他倒是能够承之有余了。他的另外一个基于同一个良心的行为，是他的坚持不娶。这是颇使根福嫂伤心的事。可是结婚对于吴锦翔，将会成为一个小的社会问题。这个堕落了的改革者，是连自己的生活都懒于料理了。此外，他已经有他的排遣之道了：偶尔到镇上去看一场便宜的电影，顺便带回来几本出租的日文杂志，津津有味地读着其中的通俗小说。但另外的嗜好则就有些可责了：他成了一个喝酒的人。不过他毕竟是个温和的人物，他没有什么酒癖，但偶尔也会叫人莫名其妙地醉着哭起来，像小儿一般。不过这到底还是少有的事。

那一年的夏天，他赴了一个学生的席。这是他的学生第一个应召入营的。席筵摆在正厅里，围坐着一家大小。红桓桌子下排着一大瓶一大瓶的土米酒。在灯光下，每个人都兴奋着，都红着脸。

“身体得顾着呀！”老头说，伸着一只酒杯到青年人的面前。

“当然的。”青年人说，端起自己的酒，喝了，说，“谢谢。”

青年人笑着，注视着狂饮的老师。一只大狗在桌子下咯吱咯吱地吃着骨头。

“老师！”青年人说。

“来，喝酒罢。”吴老师为学生筛着酒，眯着眼。除了刮得发青的下腮子脸，满脸都通红了。

“可也真快。”老年人说。

“快呢。”大家和着说。青年人兀自笑着，都沉默了。

“快什么，嗯？”吴老师说，强瞪着眼，“快么？……人肉咸咸的，能吃么？嗯？”

大家笑了起来。

“能吃吗？人肉咸咸的啦，岂是能吃的吗？”他细声地说，询问于老年人。老年人笑着，拍着他的肩，说：

“自然，自然。人肉是咸的，哪能吃呢？”

“我就吃过。”大家都还懒散地笑着，“在婆罗洲，在Borneo！”

于是大家都沉默了。

“没东西吃，就吃人肉……娘的，谁都不敢睡觉，怕睡了就被杀了吃。”他眯起眼睛，耸着肩，像是挣扎在一只刺刀之下。

“真是咸咸的么？”

“咸的？——咸的！还冒泡呢。”

“……”

“吃过人心么？嗯？”

“……”

“吃过么？……拳头那么大一个，切成这样……一条一条的——”他用筷子蘸着酒，歪歪斜斜地在桌子上画着小长条子，“装在 hango（饭盒）……”

大家都危坐着，听见桌底下咯吱咯吱的声音，却有些悚然了。

“放在火上，那心就往上跳！一尺多高！”

“……”

“就赶紧给盖上，听见它们，叮咚叮咚的，跳个不停，跳个，不停，很久，叮叮咚咚的……”

大家都噤着。这时候，吴老师突然用力摔下筷子，向披着红缎的青年怒声说：

“吃过么？都吃过么？嗯？……”

接着就像小儿一般哼哼哀哀地哭了起来。

5

第二天酒醒的时候，吴锦翔从窗口看见一队锣鼓迎着三四个披着红缎的青年走出山村去了。家族们穿着花花绿绿的衣服，簇拥在后面。他感到一阵空虚，无意义地独自笑了起来。锣鼓的声音逐渐远去，但那铜锣的声音仍旧震到人心里面。太阳燃烧着山坡；燃烧着金黄耀眼的稻田；燃烧着红砖的新农家。山坡的棱线上的树影，在正午的暑气中寂静地站着。突然间，他仿佛又回到热带的南方，回到那里的太阳，回到婆娑如鬼魅的树以及炮火的声音里。锣鼓的声音逐渐远去，炮火的声音逐渐远去。他倾听着雨打一般的脆鼓声，顷刻之间，又想起了在饭盒里跃动的心肌打在盒盖盒壁的声音来。他擦着一脸一身的汗，有些诧异于自己的这个突然的虚弱和眩晕了。

吴锦翔吃过人肉人心的故事，立刻传遍了山村。从此以后，吴锦翔到处遇见异样的眼色。学生们谈论着；妇女们在他背后窃窃耳语；课堂上的学童都用死尸一般的眼睛盯着他。他不住地冒着汗。学生的头颅显得那么细小。那些好奇的眼睛，使他想起婆罗洲土女的惊吓的眼神。他揩着汗。夏天的山风忽忽地吹着，然则他仍旧在不住地冒着汗。

他的虚弱不住地增加着。南方的记忆，袍泽的血和尸体，以及心肌的叮叮咚咚的声音，不住地在他的幻觉中盘旋起来，而且越来越尖锐了。不及一个月，他就变得瘦削而且苍白了。再过了不到一个半月的时光，根福嫂发现她的儿子竟死在床上。左右伸张的瘦手下，都流着一大摊的血。割破静脉的伤口，倒是十分干净的。白色而有些透明的，那种切得不规则的肌肉，有些像新鲜的旗鱼肉。眼睛张着。门牙紧紧地咬着下嘴唇，衬着错杂的胡髭、头发和眉毛。无血液的白蜡一般的脸上，都显着一种不可思议的深深怀疑的颜色。

直到中午，根福嫂在死尸的旁边痴痴地坐着出神，间或摸摸割切的伤口，看看那一摊赭红的血和金蝇。及至中午，她就开始尖声号啕起来了。没有人清楚她在山歌一般的哭声中说了些什么。年轻的人有些愠怒于这样一个阴气的死和哭声，而老年人则泰半都沉默着。他们似乎想说些什么，而终于都只是懒懒地嚼嚼嘴巴罢了。但到了入夜的时候，这哭声却又沉默了。那天夜里有极好的月亮、极好的星光，以及极好的山风。但人们似乎都不约而同地提早关门了。

初刊于一九六〇年八月《笔汇》第二卷第一期

署名许南村

故乡

吃光了父亲的人寿保险金，四年的波希米亚式的大学生活也终于过去了。现在，我忧愁的倒不是职业，倒不是前途，也不是军训，而竟是我之再也没有借口不回到一别四年的故乡了。自从房产和家具被那些曾向父亲陪笑鞠躬的债权人运走以后；自从父亲咯血而死以后；自从叛教的哥哥开了一间赌窟……故乡便时常成了我的梦魇了。

不论如何，家是不得不回去的。一毕了业，仿佛和学校的一切的关系全都断了。日复一日地继续住在宿舍里，竟感到出奇地陌生和不安了。大的太阳斜照在寂寞的、零乱着的校园，在肮脏冷落的宿舍走廊上倒画着瘦瘦的栏杆们的影子。懊恼的是归程只有不到一小时的火车；那就是说，一登上火车，就等于到了那个栽着修剪得滑稽的矮榕的月台的故乡小站了。想着这件事，手里无目的地弹着的吉他声音，便顿时显得可恶起来。

平心说，特别是我的那个故乡，是怎样看也无法说它是美丽迷人的，或者说可思念的。它是个异常地缺水的地方。所以熟悉的人每当想起它来，几乎都感到一种仿佛在盛夏里午睡方醒的时候的那种无气味的干燥来。此外，那里有将近六十支陶瓷工厂的烟囱，和一家公营的焦炭炼制厂。这样，便把这小镇常年地罩在煤烟底下了。高一些的尤加利树和竹丛的末梢，全都给烟熏得枯萎了，以至于幼小者们用弹弓打落的麻雀，也是一身烟灰。

而人的身上也在不知不觉中扑了一身烟灰。在鼻孔、在沁着汗的皮肤上，人们都可感到那些可厌的细小的煤屑颗粒的。若是那些焦炭厂的工人，则因着他们都在手、脚、鼻槽、眉宇之间和颈项，以及臂窝里，都盖着乌黑而发亮的煤烟的缘故，看起来竟分不出是男是女了。那是个很大的焦炭厂。或许因为没有见过更大的，我还不该这样说。但是其实它有着八个日夜火烧着的火炉，有一条通到数十里外的矿山的台车轨。冲洗的水流到溪里，便使半截的溪流里再也看不见游泳的小童和浣衣的妇人们了。

那时候的我的哥哥，便是日日从这焦炭厂带着汗水和煤烟勾画的脸谱，在黄昏的时候，回到我们富有的家里来。

我崇拜他，我的哥哥。即使现在，对于开着赌窟，并且娶了一个娼妓的赌妇的我的哥哥，我的崇拜只有相反地因着我的受了满不是那么一回事的大学训练，而有增无已的。哥哥自日本归国的时候，我才是个甫上初中的小子。那个时候，在机场看到的我的哥哥，高大、强壮，的确很英伟的，在深冬时节的空气中走下飞机。那个时候，以至于后一段很久的时间之中，我都迷惑地不能分辨他和父亲的声音和脚步的音响。那个时候，虽说父亲的生意缩小了，而父亲却整日地微笑着。

大的太阳，红冉冉地，更其西斜了，以至于离远远的山顶只有三竿四竿的光景。余晖从宿舍的走廊照在这室内的没有整顿的书籍上，就越显得它的没有整顿了。

哥哥带回来的，除了一箱箱的书，便是他的基督教信仰。这事在起初很叫一家都不安起来。每天晚上，我都听见哥哥和父亲大部分用着日语谈论着信仰。哥哥的日语真是好听，连听不懂的我，都会沉醉在那虔诚的、热情的、雄辩的低音里了。自然，不到两个星期，全家受了洗。以后的时光，全镇的人都用异样的眼色看着我们一家，在礼拜天早上走向通往教堂的街道去。

过了不久，哥哥便在焦炭厂里做着保健医师。这便很使父亲失望了。全镇的人都在议论着：开业医师是怎样高尚而且赚钱的事，而某人从日本学成回来的儿子，竟是怎样的想法呢？但是我的哥哥却热心地生活着。白天在焦炭厂工作得像个炼焦的工人，晚上洗掉煤烟又在教堂里做事。他的祈祷像一首戴维王的诗歌。当他用伏拜的亲切的声音说着“耶和华啊！感谢您又一度将我们这群小羊聚集在您的约旦河傍，这里有您甘甜如蜜的溪水，这里有您嫩绿如茵的牧草……”的时候，我激动得不禁偷偷地张着眼看他。而往往都看见他的有着海一般宽而深的额，仰向无可知的高天，喃喃地倾诉着。

到了我考取高中的时候，我的家里，便起了相连不辍的风暴了。正无措于生意的大失败的时候，父亲就不为人所注意地病倒了。及至于看见他咯血而慌忙起来的时候，他早已咽了气。这个时候的我的哥哥，青苍着脸，条条理理地清算着债务，估价着房产家具。我茫然地看着他在灯下，一手支着他的海般的额，不亢不卑地同债权人交涉着。葬掉了父亲，理清了债务之后，一家便搬出了老屋子。我第一次从半月来的麻木中醒回，便哇的一声，哭了起来。

万没料到的是，我的虔诚和蔼的哥哥，竟左右开弓地把我掌掴在地上，并还像狂人一般践踏了我。

大太阳落了。远处的山顶，因着背光，变成暗紫色的缎带了。早应是吃晚饭的时候，但是这个时候的我，却涨满了哽咽直到喉根上。家是不得不回去的了，至少也因为到十月入营之间生活的无着之故。可是一想起必须回到因着那一次的无端的掌掴而骤然变得陌生的我的哥哥那里，便不禁踌躇了。这样的踌躇，和我对他日日增加着的崇拜，变成一种微妙的矛盾，这时在我的心里噬咬着。四年之间，我不时地怀恋着我的俊美如太阳神的哥哥。虽然说这太阳神流转、陨落了，但是他也由是变成了一个由理性、宗教和社会主义所合成的壮烈地失败了的普罗米修斯神。

那个时候，是二舅妈救了我，便把我带回外婆的家住着。伤愈之后，经过怎样的劝解，我始终执拗着不回到哥哥那里去。不久，关于哥哥的恶评便一天一天地流到我们这镇郊的乡下了。传说中的我的哥哥，变成了放纵邪淫的恶魔。这时我突然想到那支据说比创造的太初还要早的故事来：魔鬼不也是天使沦落的吗？思索之间，一向在观念中狰狞恐怖的魔鬼，便也有着深阔如海般智慧的额和青苍的脸，穿着一身玄黑的依利萨白时代的英国紧身，长着一副大的蝙蝠翅膀，或许还拖着一条粗黑带钩的尾巴罢。突然间，这魔鬼振翼而飞了，扑着阴冷的风，带着如钟鸣般的叛逆的笑声，向云涌的、暗黑的天际，盘旋着飞起。

——啊！哥哥！

我惊叫几乎出声。天上的云，戏要似的卷着、飞着，闷雷滞滞地响着，仿佛有个空了的大油桶在天上滚动一般。又是骤雨的时节了。

两年过去了。不论我对于哥哥的怀恋怎样浓重，我却始终没有去探望过我的哥哥。我是个懒惰而荒嬉的青年，但也不知道为什么也考取了大学。到镇上乘火车入学的时候，我终于情不自禁地踏进了陌生的哥哥的家。一上了玄关，就看见了支颐蹲坐在牌桌旁的哥哥。这个模样叫我想起那年在灯下清算着债务的他的神情，顿时间觉得胸腔都梗塞了。哥哥的身边，守着一个女人。伊在我走进房间的时候，就失神地望着我。在一股沉默的空气中，听见伊沙哑地说：

“马撤奥，马撤强*，”伊嗫嗫地说，用肘臂撞着哥哥，“喂，一定是他，马撤奥来了。”

牌桌上的人都望着我。新奇的是他们的眼也都是无神的。唯独哥哥仍支颐而坐，只是右手指突然停止了一种他在沉思时的轻轻的敲击。我跨过拥挤地沉睡在榻榻米上的死尸一般的赌徒们，走向牌桌去。

“哥哥！”我说。

没有人答应我，哥哥静静地打出一张牌，三人又半睡半醒地赌着。女人站了起来，领着我到厨房去。

---

* “马撤奥”日本话是胜雄的意思。“强”是对少儿下辈的昵称。

“吃饱了，我吃饱了。”我说。然而女人却兀自忙着。好小的女人，我想着，看着伊蹬着脚在大灶打下了一个蛋煮着。我只好坐在食桌边，望着这一间狭窄而汗臭的赌窟。女人盛了一碗粥和两个煮蛋、一盘酱渍摆在桌子上，对着我坐下来。

对着这样一个披着长而散的发，苍白但在某一方面却显得饱实的，年纪同我不过上下的小女人，处男的不更事，使我怎样也抬不起头来。

“吃一些。”伊说，口气与伊的作为我的嫂子的身份是极相称的。“我听见他说起过。我一看就知道是你。你们兄弟长得真像。”

我端着碗，把粥一口一口扒进其实是毫无食欲的肚子里，连两只蛋都吃了，却都是食而无味的。

“你哥哥都说过，”伊说，声音满满地是凄惶的，“其实你不要弃嫌他。”

“没有……”我抢着说。

“他是个好人，”伊说，“他或许不记得——其实我到后来才知道。他在焦炭厂的时候，救活了我爸爸。”

过去的生活在脑子里流动起来。我于是又听见他的戴维王的诗篇一般的亲切的倾诉了。我望桌子底下的伊的肉白的踝和腿，忽然想起赌徒们传出去的笑话来。说是有一天哥哥外归，为了走进屋子里，用脚踢了一个睡得拥挤的赌徒，不料那赌徒一个翻身成了大字形态，哥哥才知道是个女子。全屋子的人都笑了起来。哥哥于是支颐而坐，轻拍着那可怕的脑子，在牌桌上赢得了那女子。

这样地想着，竟脸红了起来。

辞出来的时候，哥哥依旧没有看我一眼，没有对我说一句话。嫂子送我到门外，在行李中塞了一包钱。我回绝了。

“傻子！”伊说，“是自己人，还客气吗？”

便又塞进我的衣袋里，我躲了。

忽然沉静起来。我抬起头，看见晨光照在伊惊惶忧怨的无神的大眼睛。伊嗫嚅地说：

“弃嫌吗？”

我急忙甩着头，说：“没有，没有。”

伊的眼神使我慌张起来。何况我真的没有，这是必须说明的，因此我便说：

“我有。在台北，我有……爸爸有一笔人寿保险金，放在银行里，吃着利，我就够用了。”

说着，我怎样也抗不住伊的眼睛，便低着头走了。走在街上，仿佛是个重到人间的爱丽斯，一时无法将哥哥的世界和阳光联合起来。渐渐地，我感觉到街上的人都伫着脚看我。窗户上、门里、走廊上，无数的眼睛瞧着我，而且议论着：这岂不是某人的儿子吗？岂不是某人的兄弟吗？是啊，就是他呀……售票员奇怪地注视着我，月台上的旅客望着我。我家的历史，我家的衰颓，在他们都太熟悉了。我的心开始剧烈地绞痛起来。

跳上列车，我感到的不是旅愁，而是一种悲苦的、带着眼泪去流浪的快感。我投进了繁华的、恶魔的都市，支用着平生第一次归自己安排的金钱，过起拉丁式的堕落的生活。留着长发，蓄着颚须，听着悲愁的摇滚乐，追逐着女子。

追逐着女子！追逐着像故乡的小女人的女子！惭愧吗？但这是不得不承认的事。赵仿佛有那小女人的眼睛，李则有伊的身段。至于梅，或许因为有伊的长而且散的发罢！

我于是簌簌然地流着泪了。沉沉如山的哥哥、细致到我的血肉里去的伊，可憎的镇上的无数的嘲讽着的眼睛……然而，家是不得不回去的了，是的罢……

夜已经十分地深沉了。索性不吃晚饭也罢。我躺在床上，熄掉灯，屋子便只剩下户外的青紫色的繁星的夜了。

——我不回家。我没有家呀。

我用指头刮着泪。我不回家，我要走，要流浪。我要坐着一列长长的、豪华的列车，驶出这么狭小、这么闷人的小岛，在下雪的荒瘠的旷野上飞驰，驶向遥远的地方，向一望无际的银色的世界，向满是星星的夜空，像圣诞老人的雪橇，没有目的地奔驰着……

我翻过身，枕头上的泪痕凉凉地贴在脸上，帐子外面的蚊子们又嗡嗡地哼起来了。

——我不要回家，我没有家呀！

……

初刊于一九六〇年九月《笔汇》第二卷第二期

署名陈君木

死者

1

林钟雄自宜兰赶到桃园镇郊的外婆家里，天已经入夜了。这真是个劳苦的行脚。接到凶电的时候，确是有些叫人怵然的。但车尚不曾到达台北，奔丧者的沉重，便早都烟散了。这是十分不肖、不敬的罢，但也是没法子的事。他的事业正赶着景气。乡下人实在渐渐地阔气起来啦，这于他这个招租着旧影片在东北台湾的几个小镇上巡回放映的人，感觉得尤其之实在。有时候，在一个乡下戏院，偶尔也有可以映上两天的片子，戏院也还满满地挤着农村的青年男女们。他们阔起来，至少比往常更敢于花钱，他总是这样想着，我也好发财哟……唯独可惜的是他明年入秋就得入营了。正碰着景气，这一入营怕就是三年罢。但生意总归是生意，这次是不得不回来的。这是情理，何况亲族本已十分寥落了呢。

下了末班的客运汽车，一眼便认出遥遥的他所熟悉的老屋了。因为这小村镇仅不过对峙于一条村路上约莫一二来里的两排矮矮的房子，老屋又正坐落在村镇的入首，加以倚着一株标帜似的茄苳树，而况在这夜里，唯独那一家灯火通明。他开始真的觉着沉重不安了，心跳得十分忐忑的。他摸起一支香烟衔着，点上了火，方才觉得很不合适：离开老屋子或许尚没有一支烟的时辰呢！虽记不得有这一道忌讳，但是叼着烟走进丧家，终于和穿着花衣服一样显得无同情的罢。于是他便用力吧吱吧吱地抽着，丢了它，溅了一小摊细碎的烟火。实际上最不好的是，到时候一跨进门槛，怕是哭不出来的这件事情。他真切地感到事情的严重了，但那感觉无论如何却不是悲戚的。

林钟雄做起很忧愁的脸走了进去，立刻便觉着有些近乎失望的空洞的感觉了。竟没有女人们的哭声，竟没有赭红发亮的棺材，也没有箔纸和香火的气味呢。但死了人是大约不错的。因为整个的正厅的大半，用着甚是肮脏的白布围成一个帏幔。按着风俗，里面应正停放着死尸了。正在这迟疑的时候，里面探出了一个女人的头，于是他们几乎都在同时招呼起来：

“阿雄！”

“二妗！”

林钟雄迅速地低下头去，他料定少不得要听见一阵哀哭中的述说了。他是怎样也流不出眼泪的。这样，特别是对于乡下人，似乎是十分不得体的事情。然则在无法之中，只好低下头去了。而实际上那女人并没有哭，径自走了出来，招呼他落座。这很使他纳闷，便仍旧站着问伊：

“什么时候……？”

他这便看清了他的舅母。阔别两年，伊似乎并未像他想象中那样地衰老，虽其显得疲倦，却似乎比往年壮健得多了。伊穿着一件短小的贴身，和长及膝头的宽阔的裤子。或许由于多年在市镇上的生活，或许由于他已是长成了的男性，觉得她竟很不适于这样穿着，便不由得低下头去了。而仿佛也觉得自己的这种羞涩的无理，便又斜偏着头，探望着那一块肮脏的白布帏幄去了。

“清早呢，”伊说，幽幽地，“清早约莫六点，看见他咽了气，便忙着替他梳洗穿衣，一面赶去拍了电报。等到移出厅堂里，看见他的气色竟转回来了，他便一直痴痴地睡到如今。”

伊一壁说着，二人便都走进帏幔里了。在灯光之中，林钟雄便看见了一个仰卧而沉睡的老人。为了要确知那只不过是沉睡，他便十分仔细地观察着老人的呼吸。——肺腑的气息是果然尚有的，只是已经微弱了，但却显得很急促；这在全新的白色的殓衣上，因着新布的胶硬，又在灯光之下，便是这一丝游气也颇费辨明的了。看着这样的殓衣——白色的褂子和黑色的长裤，脚上是白单袜和黑色的大布鞋，而又沉沉地睡在那里，介之乎生与死之间，林钟雄是说不出自己的那种复杂而困惑的感觉。

“阿公！”他轻轻地叫着。这又是习俗上应该的。

“叫他！”伊说，热心地，“人可是清醒着。叫他，大声些。”

他忽然记起阿公多年来便一直是个极重的聋子。他记得这老人终年默默地生活着，关闭在他那料必是十分寂静的世界里。熟悉的人们，早已惯于用手势和唇的动作同他交谈了，要不就需要用很大的声音扩大到人所不愿负荷的。

“阿公！”他加大了声音，并且敬畏地叫着他，“阿公，是我啊，阿雄回来看您！”

“快答应他，阿爸，答应他，阿雄回来看您呢。”伊说，竟哽咽起来。

于是他便又阿公、阿公地叫着，觉得自己的声音里，竟酿起一层薄薄的悲哀来了。但这又无非是剧情中的一种自我悲悯，无论如何，总不是实际的悲戚吧。

而老人始终没有答应他，虽然也微微地动了动口唇，但是否即是那呼唤的感应，他是并不十分把握得住的。这使他有些失望的感觉了；若使阿公能醒过来，说些叮咛、诀别或祝福的话，然后头软软地一垂，像电影上常有的情景，这或许他能流下眼泪来的吧……

伊拉着极短的衣袖擦着眼泪，两个人对坐在一个半死的活人之间，便只剩下一种令人感到极端不安的沉静，使那依旧是微弱的、但却又急促的一丝游气显得更其微弱和急促了。

“许是睡了。”伊说，眨着微红的眼睛，“下午他还喝了半小碗的粥，好好的呢。”

林钟雄只能小心地叹了一口气。是的，他嗅到一种薄薄的腐臭，一种由老年人的口腔和重病的胴体所发出的腐臭了；这腐臭随着那一丝丝呼吸弥漫着。他叉起腿，伸手抓住了口袋里的烟包，顿时又觉得不适当，便触了电似的抽了回来，握着自己的左手，于是他便握着一把汗了。

“可怜。”伊说，“‘男穿统，女罩褂。’* 你看他那一双脚。正是他家的老病呢。”

他于是便看看床上的一双脚，果然在纸糊般的殓衣下那一双水肿的脚，涨得那穿着布鞋的脚盘显得十分笨重。

“正是他家里的老病呢！”他无声地说着。二舅据说也是死在水肿；年前死在南部的大舅，也是一个肿肿的身体挤进棺材里，不过医生倒说是一种叫肝癌的病了。

“你母亲怕也是这种病呢。也是肿得一个脸像罩了褂。古人就不知道叫什么癌。伊也是吐了红死的，同你大舅一样。你二舅则是一程程地拉了血去的……他们家的老病呢，真

---

* 谓凡人生病，男性忌在脚部肿水，如穿长统；女性忌在头部额前肿水，如古时罩褂然。

奇！”伊说着，仿佛震慑在神秘的、受了咒诅的命运之中了。

说起他的母亲，自从他知道自己是个螟蛉子*的时候，他就不再纪念他的母亲了。而且实际上，对于他，伊也只不过是个急躁鲁直的贫苦的寡母，但想起来那也未曾是恶毒虐待的。只是，叫他不能忘怀的是，伊临死之前的呕血的情景。母亲强壮如男人的手，紧紧地抱着一个老旧而敲撞得变了形的铝脸盆，一大口一大口地吐着血，一双眼睛死死地盯着冒波的血水，等待着下一个呕吐。直到牙床发僵，血还不住地从齿缝里溢了出来。他恨过他的母亲，也咒过伊死，但那时候他却扳着窗架喃喃地求着菩萨……

他汗流如注了。

“你说咧，”伊说，喁喁地，“说是人做好了，就有好结尾。看他们家，也不然呢。说你二舅吧，从日本时代的壮丁团到光复后入了农会，不贪不取。说你大舅吧，辛辛苦苦从劳役升到工务股长，从外乡月月汇钱养这老人，谁不说他孝顺。就他老自己，从小拖磨着养了弟兄家小，结果呢？妈妈跑了，在他的老境，接连两个儿子都死了，到如今，落得他这般模样……”

或许是的吧，他想着。然而，这个对于命运的抱怨，显然地并不曾包括他的母亲。因为母亲的一生，并不曾“做好”

---

* 养子，过继的儿子。

过。伊有过许多的男人，但伊却永远那么贫苦和不快乐，那么重地殴打了年少的他。一代一代的呀，他想着。如今自己也算是成长了，虽然尚没有属于自己的女人，尚弄不清自己的生父母。但他要成立起来，让他的后生们有一个好的母亲、好的家庭。虽然他不明白癌并不遗传，也不传染，但他仍庆幸自己的身上到底没有流着含有“他家里的老病”的血液。但他也止不住对于这一家的神秘的死，感到一种不可思议的恐惧。老人依旧是沉沉地睡着。昏黄的灯光，照着年老的黑斑，在那黄而发亮得像蜥蜴之皮的脸皮上，若不是那尚存的一丝游息，便俨然是一具死尸了。在这半死的眉宇之间，他能依稀地寻出了母亲的脸庞。但是壁上的二舅的照相则连轮廓都是母亲的了。虽然放大技术的粗劣，但穿着日本国防服的二舅，那种沉着的自信，不仅跃然欲活，更令人感到一种不属于村夫的漂亮的表情。它的旁边是一帧新的炭精画像，画着一身儒服的阿公，坐在乌木椅子上，倚着一个书桌，桌上有书册，手里还握着一本半掩的册子，书皮写着：“史记”。但林钟雄所觉得不适当的，倒并不是阿公不识字的事实，而是那画工实在拙劣。盆景、儒服、《史记》等等，他几乎看惯了；它已经是传统的结构，只要人一死了，他便是一个员外型的儒人，这正如再穷苦的人，哪怕是生时无立锥之地，在他死后，也有遗族烧给他一串串的纸钱，和一幢起码的纸屋子。

两帧画像之下，挂着一个镜框，装帧着许多发黄的照片。

而那也无非是一些结婚照、个人照，和一些发着呆的后生：他的表弟妹们。这镜框的两边，齐齐整整地贴着二舅壮丁团时代的奖状，同一些新旧不齐的油印的小学奖状，说明表弟妹们如何在考绩上进了步。它们都因着年代，张张有其不同的色泽。再下一层的便是一些画册上的图样，最古旧的是一张校园的蜡笔画，描写着一群学生在高高地荡着秋千。左面的壁上则是一帧抗战期间的委员长的画像：精神而且豪华。下面则是一张印着笑着的日本影星若尾文子的日历。只是它们都蒙着灰尘，显得十分肮脏了。

一切都似乎很熟悉，但如今都罩着一层垂死的阴气了。所幸他不过是母亲的螟蛉儿。这便使他超出这一族一家的垂死的咒诅之外了。而且又有正赶着景气的事业，他终于要成立起来的吧。但是这种疏远的感觉，渐渐地使他感到一种不安；在这样的深夜里，对着一个无关的、濒死的老人以及一个强壮的妇人，他觉着一种轻微的噬人的蛊惑了。这蛊惑与不安连锁地增大起来。然而，在伊，他似乎永远只是个孙辈。伊说：

“休息去吧，路程太远。但早上他确是过了气的，秀子也是好不容易从基隆赶了回来，你来前不久便先睡去了。但这也是不久的事，看他只沉沉地睡，怕最迟也是明天后天的事了。”

伊站了起来。他重又切实地感到那种噬人的蛊惑了，伊确是个强健的女人，在短薄的衣物中，伊是粗犷而结实的。秀子便是伊的女儿。去年有个传说传到他的耳里，就是这女儿到新竹的矿区为人帮佣，后来和一个矿夫在一个坑里躲了足足一个星期，连饭也不出来吃，结果两人像鬼一样地被拖了出来。

他的心剧烈地跳起来了。

二舅母为他收拾了阿公的房子。在被物中，他重又嗅到那种腐臭的气味，混合着帐子外面一个巨大的尿桶的臭味，使他感到十分疲乏了。

“五年前，伊才只是个又脏又瘦的小女孩子呢……”他想起秀子了。矿坑的罗曼史在他里面引起了新的蛊惑。隔着一层板壁，便是他的强健的舅妈，今夜伊得通夜地守着老人呢。

虽是蛊惑在噬着他，但他也终于睡过去了。

2

老生发伯觉着厌倦，觉着不爱走动而至于病着躺下，已经一个多月了。这期间，阖村的人都在议论着他，说，生发伯老来孤独，可怜可怜。但这些同情在重聋的他，自然是领受不着的。上港下港他都走过。不少的相命仙说他会活个大老头，如今他果然活过七十五岁了。但却从来不曾有人预言过他的老来孤独，十年之内会丧尽了两个好儿子。

可怜他不成声调地哭了足足的三日三夜，阖村的人大约也是初次听见那种发自一个七十五岁的老喉咙的怪异的哭声，但也不暇诧异，只觉得十分之可怜，可怜。往后，人们也时常看见他老泪纵横，成天红着枯涩滞板的眼睛，发着呆。

“可怜，可怜。”人们都这样说。但现在卧着病的生发伯，已是心止如水的了。三餐有二媳妇照料，虽然短了大儿子的接济，也好在二媳妇近年来变得强壮能干，干着些杂工，莳田和采花生，加上秀子的贴补，像他这样的没落人家，也是再也无法可施的了。

命呢，他想着。这样的三餐受人服侍，便不由得使他想起他的父亲了：成年地躺在床上，大烟抽得连饭都要母亲来照料。那时候，他虽只是十来岁的后生，便有一个志愿，决定不在老境这样拖累家人。而如今，他想着，命呢！

病症一天天地沉重，但他的记忆却比什么时候都要活泼起来。他也自知这一病难起，其实也绝不曾想再活下去。不过今晨醒来，似乎听见媳妇在哀哀地哭着，屋子里也黑压压的满是人影，再一看见自己的衣服和床板的位置，顿时明白了始末。这自然要使他们十分吃惊的。媳妇讪讪地问他可精神些，但对于发生过的事却极力地掩讳着。然而他倒是反而更加地平安了；因为死亡若只是刚才的那种神智渐远的睡眠，也就无所恐惧了。但是在那一个还魂的顷刻之间，他更活泼地想起一桩旧事，那就是他父亲的死。他的父亲死过了约莫两刻工夫，也还阳过来，似乎为了特别要叮咛母亲一句话，用着仍旧是那样无作为而懒惰的声音对母亲说：“老伴，我死了，可不要做些难看的事，使儿女见羞。玩玩四色牌，倒是不要紧的……”

那时候他还幼小，不会懂得这句话的意思。及至他成了家，他就懂得了。原来这里是个败德的庄头，私通的事情，几乎是家常便饭的事。没有一个父亲保得住自己的儿女都出于自己。然而他的母亲果然不曾为子女们做了“难看的事”。后来他的奉母至孝，也并不是没道理的。

但是他在自己那醒转的一个片刻，看见自己的媳妇。伊的孝顺、周到，是无可责备的。便想起一件讳秘心中已久的事来。因为不幸他曾数度看见家里似乎曾有神秘的男人的影子。无奈的是自己老眼昏花，加以重聋，自己也不敢贸然断定了。何况那时候，一屋子暗压压的外人，也不好当着他们这样叮咛伊，说：“媳妇呀，可千万不要为我们家做些见羞的事……”

总之，他想，一切都是因为住在这个败德的庄头招来的了。上港下港，他不曾看见一个乡社像自己的故乡。那年自己的妻，留下二男一女，逃到邻村去了。后来据说伊也经不起劳苦和赤贫，投下涧里死了。就在次一年的时候，他便出来外县，四面八方去讨生活。有一年，他在一个深山制材厂做工的时候，目睹了一件先住民部落里的流血的事：一对私通的男女在族中受审，活活地在荒郊中被家人投石至死。在故乡里极平凡的事，在别的地方却难得听闻；即连这样一个教化未开的先住民社会，也目为致死的罪恶了。这一件事使他立志要叫他的后代离开自己那淫奔的故乡去。如今，大儿子总算在南台湾落了户，总算为自己留下血裔而去了。老二死于壮年，寡媳无依，加以自己的衰老，便只好又回到故乡，守着这间破败的祖厝了。他终于不曾逃开他的故乡。命呢！他想。

命运如今在他是一个最最实在的真理了，否则他的一生的遭遇，都是无法解释的：他劳苦终生，终于还落得赤贫如洗；他想建立一个结实的家庭，如今却落得家破人亡；他想尽方法逃离故乡，却终于又衰衰败败地归根到故乡来。而那些败德的，却正兴旺。这都无非是命运罢。这样想着的他的心情，倒不见得有多少的悲愤。一切打击所换来的认识竟是：若早先有了这认识，他便或许可以免于败得如此凄惨。这种想法有矛盾，但这矛盾却正是命运之神所以神秘的理由了。

这次他是自分必死的人。而且事实上，他一向不曾期望再活下去。命运的恶劣，总算是遭受了；而且除了捶心痛哭之外，似乎也是没有法子的事。就比如那天从南部来了一通电报，再看着二媳妇惊愕的表情，心里料定是久病沉疴的大媳妇的凶耗了。匆匆地赶了去，竟不料死的是自己唯一的儿子。那时他便感到在自己的身上遭受的最恶毒的运命，顿时间觉得从未有过的苦楚和寂寞了。但除了捶心痛哭之外，总是没有法子的。

该遭遇的，都过去了。在这时候，一切的苦楚和寂寞都只不过是单纯的记忆罢了。因此，他所剩下的，甚至是一种轻微的欢喜：他终于要睡在那巨大而光亮的樟木棺材里了。他在制材所的时候，辛辛苦苦运回木料，做成两副漂亮的樟棺，一副给母亲，一副较小的留给自己。他永不能忘记母亲入殓的时候，众人那种佩服和钦敬的眼色。如今他自己就要睡在另一副发亮的樟木箱里了。

他觉着轻轻的欢喜了。

他睡着，虽然渐渐自觉手脚已经和大脑脱了统御关系；虽然自觉呼吸急促，但他却一点也不觉着痛苦。他还能觉着紧闭着的眼睑外的一个大大的光亮的圆圈圈的人间世；他的心境活泼而平安，甚至有些许的欢喜。唯一的心事，是想在一个适当的机会，向媳妇叮咛那一句话，像那时父亲吩咐母亲的一般。中午,媳妇招呼着他喝了半碗粥水,但仍碍着人前，不好出口；刚才似乎观着有人摇着他，唤他，但已经觉得自己反应都不便当了，便也懒得答应。

希望和计划是早已破灭了。而且经过了大苦楚和大凄惨，此刻的他的心，便仿佛经了剧烈的波动之后的潭水，便是涟漪也没有了。如今他一心等着归去，他想起少壮的时候，自己撑着山里的木材编成的木筏，驶出山涧，驶向多雾的淡水河，驶过烟雨的村落，驶向清洌而朦胧的前程——或许他要归去的，正就是那烟雾的远地，凛洌而且朦胧的。只是他不再撑着木筏，他要撑着发亮的、上好的樟木船……

“媳妇呀，可千万不要为我们家做见羞的事情……”他说着，但嘴唇早已和大脑失了统御，兀自紧紧地抿着。他终于也觉着自己就走上一个凛洌而朦胧的旅次，他觉着轻轻的欢喜……

3

林钟雄在睡梦中听见了女人们的哭声，霍然地跃下床来。他的心剧烈地跳着，觉得猛烈的眩晕和耳鸣，但那哭声却十分地实在。他站了起来，走出厅堂的时候，便闻出银纸箔和香火混合的烟味了。

“成了。”他想着，觉着终于完结了一件事。

屋子里陆续地进来一些邻人和帮闲的，他的舅妈有声有调地哭着，旁边还有一个结实的少女，留着极长的头发，素色的洋装中，隐约地可以看见妇女的胸衣的复杂的带子。这该是秀子罢，他想。而且从那扮相，一眼就断定了伊的那种大部分出乡的少女在都市上所能找到的唯一的悲惨的职业。

他已然没有了蛊惑的感觉。一面是因为这屋子里正逢着生死之间的严肃的事故；而另一方面，是他的心整个地被那稀有的巨大而漂亮的棺材所魅惑了。它的脸部约有一般的两倍那么大，俨然地像一副威武逼人的面孔；它的长度虽和一般的差不多，但那由高而低的线条，有一层雄壮而庄严的气息，而且赭红发亮。箔纸的火光在陈年的漆面上跳着舞，这个棺木便仿佛有了无比的生命力了。

他的舅母需要一面哭着，又要一面应答那些为伊筹划的人。伊回答着一个老人的询问说：

“我那时看了时钟，正是五点半。”

“五点半，”老头沉吟着说，“那正是酉时啰。”于是他便轻身在灯下用心地写着一张什么。

伊也回转身，向一个年轻的农夫叮咛着。那农夫严肃地听着，顺从地点点头，便回身挑着箩筐出去了。大家都明白伊和那后生农夫之间的关系。但像林钟雄那样长年在外的后生，却是无从知道的。因为这些平板苦楚的脸孔里，实在无法感到这里竟有这样一个怪异的风俗。而且一直十分怀疑这种关系会出自纯粹邪淫的需要；许是一种陈年的不可思议的风俗罢；或许是由于经济条件的结果罢；或许由于封建婚姻所带来的反抗罢。但无论如何，也看不出他们是一群好淫的族类。因为他们也劳苦，也苦楚，也是赤贫如他们的先祖。

无论如何，这对林钟雄是完结了一切事了。而况他又正逢着事业的景气，到明秋入营之前，他得筹好娶妻的本钱。一切在他只不过是个开始，他立了志，也筹划着许多的事。

而且由于自觉是个螟蛉子，这家族的倾颓，并不曾使他十分为之悲愁。他此刻完全地迷惑于那一具沉默而有生命的棺材了。火光在陈年的漆面上乱舞，照耀得满室都有了一层阴气的活泼的生命了：肖像们活了起来；若尾文子憨憨地笑着；纸画上的秋千上下摇荡起来了，加上女人们轮番的哭声，使得这丧家充满了热闹的生气。

而至于死者，料必正划向那凛冽而朦胧的旅途罢!

初刊于一九六〇年十月《笔汇》第二卷第三期

署名沉俊夫

祖父和伞

我尽力摒除一切的杂念，一心要去想那一支伞的故事了。这一向之间，那一支伞的回忆，常常要成为我的无端的悲愁底契机。这或许便是成人的——由于知道了女性而觉醒了的——悲哀罢；因为伊竟对我说：

“我撑了伞，也犯不着生那样大的气。人家穷，买不起雨衣……”

伊于是便哭了。雨落着。不料我的恶作剧的生气，竟无意之间看见了一个女人的真情，更自食了触破旧疮的恶果。雨落着。我竟而突然披着一身湿湿的乡愁了。我拦腰将伊围近身边，殷勤地说着一些讨好的话。这可怜的傻女孩就开始笑了起来，捶着、打着我的肩膀，便沉湎在我的欺罔的幸福之中了。

我们在雨中走着，那样地亲爱。伊语无伦次地问着说着一些话，我也格外地顺着伊。有一次，伊又问起我何至于憎恶一支伞到如此。那时我几乎要把整个的故事告诉伊了。但我看得出这个傻子其实并不真心地问话。那无非是伊在满足和快乐时的一种亢奋的状态罢了。伊的易于满足，几乎令人生厌。然而我依旧护着伊：小心翼翼地护着我的乡愁。

唉唉，雨落着呀……

但是，终于会有一天，我要好好地对一个真正为我所爱的女人说这一支故事罢，我想。我要伊在我的怀里静静地听完它。我要说：亲亲我讲个故事你听。那时辰一定也落着雨罢。伊拍着手说：讲故事讲故事。我要如今夜一般围抱着伊，这样，我便怀抱了整个的乡愁了。我要说这故事，这故事满满的是我的乡愁。

我说，亲亲你听着：我的故乡在一个荒远的矿山区，那里卫护着三个母亲：一个尤加利树林和两座满是相思树苗的山丘。这三个母亲终年怀抱着十来轩矿工的小茅屋、肌肉发达的矿夫、他们的妻子以及一群近乎畜牲的孩子们。

有一年，离着这些小茅屋的群落，远远地添盖了一轩更小的茅屋。我和我的祖父便成了这村落的新客了。父亲是自小就不曾见过，妈妈倒是有过的。只是我不爱伊。喂，听见吗？我恨死伊了！没什么。只因那时伊时常和祖父争吵，而且时常不在家里。有一天，祖父说伊再不会回来了，问我难不难过。

我居然说：不。祖父便惨然地笑了，不久我们便搬到这矿山中的小村子里。

从此，祖父便也是个矿夫了，一个老矿夫。托福托福，他还健朗。当然，那是个赤贫的生活。但对我，似乎并不曾缺乏什么。我们有一床发黑而十分厚重的棉被；一张粗木桌子，配着两张关节发松的椅子；一支不上釉的红陶茶壶，和一支新买的油灯。此外，我们还有一支绝顶美丽的长柄雨伞。

听着，亲亲。那真是再也不曾见到过的一支美丽的伞了。它的模样要比现今一切的伞大些，而且装潢以森黄发亮的丝绸。它的把柄像一只双咀的锹子，漆着鲜红的颜色，因着岁月和人手的把持，它是光亮得像一颗红色的玛瑙了。天晴的时候，它是祖父的拐杖；雨天的时候，它便是他的遮蔽。我说不上我多么地爱着它，不但因为它是我底亲爱的祖父的雨伞，也实在因为它有着一种尊贵魅人的亮光。晚饭的时候，伞就挂在左首的墙上，在一颗豆似的油灯光之中，它像一个神秘的巨灵，君临着这家穷苦命乖的祖孙两代了。

这样地，我们便在这荒芜的矿山区生活起来了。柴是不愁的，满山遍野的都是。密植着一个大人高的相思树苗的两个山峦上，终日高高地盘旋着山鹰，飞呀飞呀地画不完的圆圈圈。矿夫的孩子们说，那些山鹰是天后的使者，筑巢于天外的巨岩之中。粥也不愁的，何况偶尔也能吃些咸肉和豆腐干之类的。除了玩耍，我得看着别人的炊烟升火，为我的祖父预备晚食。此外，我终日都能听见矿区上辘辘不息的台车声，一回一回地由远而近，再由近而远了。即使是矿夫的山歌，也是随着车声而即逝的。

但是天一入晚，我便全心地等待着我的祖父和他的高贵的伞子了。亲亲，真是一支好美丽的伞子。脏了，我就拂拭它。湿了，我就张开它，阴晾着，可占去了我们床下的整个空地呢。

两个新的春天过去了，尤加利树林开始有砍伐的人。我们，全村的人，都彼此知道自己有些难过。但这又似乎是十分之不值得难过的事情；他们有固定的工作，年轻力壮的只多推出几车煤来，好多带些工钱回家。只是我的祖父，便是他自己也说年迈不行了。有一天他出门的时候，听着斧头叮叮的声响，感伤地对我说：

“好些漂亮的尤加利树呀！”

便默默地拿着他的伞上工去了。然而我尚幼稚得无由了解这样的感伤，只是我永远也忘不了祖父的那样寂寞的悲楚的表情。

那天晚上，他变成一个病人回到家里。他果真的年迈不行了，我想着。天开始落起很大的雨。没什么，这是我们的雨季呢！但是我的祖父，到夜半就病得沉笃起来。我看着他那垂死的脸色，又看见那一支右墙上的大雨伞，顷刻之间，我得到无比的启示和助力了。我添了衣服，拿起祖父的伞，跑出茅屋，冲进倾盆大雨的暗夜里了。

甚至我不知道镇上往哪边走。但我犹为一个坚定而实在的思想引导着：我要去请医生。我爬上第二个相思树林场，在泥泞和暴雨之中，借着明亮的闪电，我终于看到一向只闻其声的台车轨道了。我不顾一切地顺着台车轨奔跑着；树林的黑影，在雨夜中不住地左右摇摆。可是我所感到的并非恐怖，而是因着我终于发现了在白天听得它辘辘地吼叫的台车轨道的这一新的亢奋。在闪烁不住的电光中，它像四条修长的银蛇，蜿蜒在无穷的夜路里。

结果吗？好，我并不曾跑出山村，反倒跑进山坳的矿寮去了。我一五一十地告诉守更的……亲亲，不要哭泣，那还太早了。我一五一十地都告诉守更的了。他们面有愁色，彼此说：那老家伙在坑里吐血已不止一次了。最后他们决定推一辆台车出去请医生，要我顺便坐着回家招呼。

现在我坐在台车上。我为这新的经验兴奋得心里跳跃。看，我又听见那庄严的辘辘声了。在雨夜之中，那车轮辗转的声音怒吼着，我们就在那晶莹的银蛇身上滑了过去。树影依旧摇曳着，风雨益加凄厉了。

在风驰电掣之中，哗的一声，我的祖父的伞翻成了一朵花。

“喂！小心呀！”车夫叫着说。

我居然对他大声地笑了起来，一把抱着伞的尸骨。雨密密地打在我的脸上，闪光数度照耀着前面无尽的两条银色的蛇。

我下了车，车便继续开向镇里去了。我抱着支离的伞骨，推门走进我的家里，觉得屁股上还黏着辘辘的感觉。我对祖父诉说路上的奇景，诉说着第一次乘了台车的经验，诉说着他们去请了医生就来。呃，许是果真年迈不行了罢，我想，他再也不对我说的感到有趣了。至于伞，那真抱歉呀……

看，亲亲。我于是才发觉我的亲爱的祖父断气已经多时了。这一顷刻之间，我只觉得这小小的茅屋好不宽敞，好不寂静！

次日早上，他们就把他埋了。落土的时候，我将那一把伞的尸骨也放进墓穴里。几个矿夫的妻子们开始啜泣起来。但是我并不哭——其实说哭是哭过的，但那可是好几天以后的事了。

从此以后，雨伞的形象，便成了我的无端的悲楚的契机了。所以我不要你撑伞同我出来。但是现在无所谓了，不要哭不要哭，把伞给我罢——

"哗！"伞自动地开了，使我一惊。那女人开始吃吃地笑了起来。和着伊的感动和爱底眼泪，伊是沉湎在我底欺罔的幸福之中了。我们就这样在雨中走了许多的路，全身都是雨水。伊的发因着雨水，重重地贴在伊的额和颊上，而且还淌着泪一般的水珠。虽然我一点也不爱着伊，但也知道的，乡愁并不就是爱。然而容我开始罢!

唉唉，雨落着，雨落着呀！……

初刊于一九六〇年十二月《笔汇》第二卷第五期

署名林炳培

猫它们的祖母

1

娟子老师她祖母病了。伊病得十分沉笃，极其痛苦。

——嫘祖呀，您得施施德哟……

伊呻吟着。想起了自己毕生的际遇，便立刻又想到了自己半生诵佛焚香的事迹了。嫘祖不应不知道这些事迹的罢，伊想着。但无论如何，若使这便是伊的末日，这样的痛苦终究与堂里的德兴先生所说的那种神圣而泰平的圆寂相去太远。伊因此便感到了自己原来尚不曾得道的大恐惧了。然而伊深信德兴先生是个道根深厚的高僧。高僧曾说 :

——这样，我告诉你呀，你这人有慧根。你半生拖磨，造了一个金身，奉献的也不少。至于你后身的香火，堂里定必为你供奉，不必挂记。

因此伊便一直在等候着那神圣泰平的一天。德兴先生说那时辰无病无灾，但自己能知道自己的时刻，而且要趁着那时刻未到，便得妆扮整齐，盘坐诵经直到末了。伊憧憬着那样的幸福的时刻，仿佛那样的末了已足以补偿伊的毕生的不幸和劳碌了。然而此刻伊病得十分沉笃，极其痛苦。伊无力地张开了眼睛，看见伊的局促的房间里，满满的是一幢幢雪白的母子猫们的影子：有的在懒懒地走动着，有的在洗着脸和窝肢，有的舒展地睡在伊的被铺上。

这些畜牲们知道我的德行的，（嫘祖呵！）伊无声地叹息着说，自从泉儿被他们咒疯了，我就发了愿：举凡有牲界来依的，我这丐婆就是饿饭也要供它们。这几年来，我留过多少批猫猫狗狗的。去年夏里来了一对白猫，这春天就生下了六只小猫了。我这丐婆就自己浇着酱油吃，却天天买着鱼腥供它们。（嫘祖呀！）伊又呻吟起来。

伊这便想起泉儿青瘦的脸来。他疯狂不以伊为母已经有十二年了；被锢禁在医院里，蓬头垢面，发着谵语。那年高商毕业，正巧逢着他父亲瘐死在一个荒远的岛上的狱中。他叔伯欺负我们孤寡，把他父亲一切产业全夺了去。他那时一心想去日本学画不成。而据说他们又给下了药咒，这便使他疯得不成人样，直到如今。

德兴先生详详细细地问起过他，伊便说到他年少的时候好用气枪猎鸟。德兴先生便要伊此后供养牲界，放儿回生。

从此伊便努力地为泉儿赎偿罪债。然则泉儿依旧只是疯着，依旧只是发着谵语，而且蓬头垢面。

是啦，伊倾听着，便轻蔑地想：那可不是泉儿的谵语！这贱胚……伊又听见那声音，心如刀割了。外孙女儿结婚快满四个月了，这四个月来伊几乎每夜都听见那羞人的声音：那轻笑声，那碎语，那肆妄的呼吸。伊全心怨起那个外孙女婿了。一个外省人的少尉。德兴先生倒赞成过这门婚事。他说，外省人也无妨，家里有个男人，也才成其为家。何况娟子乖巧孝顺。现今真是引狼入室了。然而德兴先生只是叹着气，说这是劫数，债总是要偿清的。

——嫘祖呀……

伊重又呻吟起来，想起了伊自己半生的际遇，便顿然地想起失去音讯凡二十余年的女儿阿惜，娟子她的妈妈来。伊要娟子成婚，大半也是因着不愿娟子重又步入她母亲的命运那样，因生下私生儿不能立身而漂泊以去的缘故。伊感到大的寂寞了。然则伊终于是个有慧根的妇人，德兴先生说过，伊终于要得道，好叫善童幡引到西天界去。

伊觉得气喘起来，痛苦着。那轻笑，那碎语，那肆妄的呼吸仿佛凶猛地回旋起来。母子猫它们雪白的影子也回旋起来了。

“嫘祖呀！”伊微弱地说。

2

娟子老师她祖母病了。伊有些负罪的感觉。结婚以后，伊的恶风评就逐渐地多了起来。这极使伊伤心过。然而或许那些风评是无谬的罢，伊想着。这数日来三餐的侍奉，使伊想起了婚前的生涯了。（才只是四个月前，却像是极远极远的童年了。）伊懒惰地感到自己的不孝，正如他们所传的。祖母说，不要吃不要吃了，早上吃了一点，至今扎心。伊那时险些淌下眼泪来。伊感到茫然的绝望和无助了，便只好用心地炖着肉粥。或许祖母会在夜里觉得饥饿罢，伊无声地说。

伊的祖母的猫儿们在庭子里嬉戏着。六只稚猫，使得不大的竹篱内的庭院显得十分热闹了，到处走动着雪白的影子。父母猫静静地坐在夕阳的红光中，呆呆地注视着伊，伊便由不得战栗了起来。

——死猫！

伊挥着手说。父母猫便一个捷步跳了起来，并相排挤着，竖着笔直的尾巴狎昵着。伊为那母猫臃肿的体态和淫猫的低叫声蛊惑得不安定起来。

——死猫！

伊说，几乎是喟然地，仿佛一切的气力都消失了一般。伊想起了他，微微地感到心悸，至于有些愤懑起来。身世有什么用？伊说，想起了外面对他的风评来。一个外省人，当兵的。然而总是个少尉呢！他没有学历，孤苦一身。然而他疼我，伊想着，呼吸着满满的幸福：然而他疼我，而且他漂亮呢！……身世有什么用咧，伊继续想：喂，你自己的身世咧？

自识事之初起，伊便一直不能宽恕私养了伊而流亡一生的伊的母亲。家败之后，伊的祖母便带着年幼的伊来到这个小学当着校工。由于祖母奉着嫘祖，诵经焚香，很得着数任前那个有着诵经的校长娘的校长的爱护，配给祖母这一间宿舍。娟子在小学毕业以后，便接着祖母的位置，当着小校工。祖母便在单身宿舍的伙食团里做起炊妇了。这样地相依为命，到了学校增设幼儿园的时候，娟子便就近被采用为保母，便俨然地成为娟子老师了。

伊那时是个高大而美丽的少女。伊的头发森黑而且浓密，伊的眼神充满着青春的惊诧。假日里，学校时常有人来打篮球，伊偶然地为他捡了一个球，但他们便这样地相恋起来。

伊在依稀之中尚能记忆他第一次的爱抚的感觉。那时伊像婴儿一般战栗着，在月光中，伊看见他那恶戏的侧脸；他的每一块脸上的肌肉，都满是那种可怕的恶戏的表情。伊感到恐怖，但伊更感到他的慑人的魅力了；伊便如此像一个古巴比伦淫神的少女牺牲一样，含着热情的微笑和死亡的恐惧，被投落于那火烧的洞窟里了。

伊于是从此终其日生活在强烈的希求和满足里了。在这些希求和满足之外，伊遗弃一切既有的价值和意义，包括伊的祖母在内。但伊从未有现在那样的负罪之感。一切似乎是无奈的。除却欲望之外，伊尽力地懒散而延宕地过着日子，关于伊的恶风评便日复一日地明显起来。伊因此觉得愠怒，便益发在他的情热之中，完全地成了奴隶了。为了讨好他，伊拒绝与祖母共食，甚至另外隔开一间十分局促的小房间给祖母。风评算什么，伊叫着说：风评算得什么？

他推着竹篱的门回家的时候，天已暗了起来。伊看见他穿着新发的冬季军官呢服的他，那么英伟神气，便不由得爱恋地微笑了起来。伊幸福地看着他粗鲁地吃着饭，敏捷地卸装，穿着草黄的军用内衣走进浴间；伊看见他光着上身走出浴房时那个优美的倒三角形的项背，他的恶魔似的眊眼，伊便重又感到傍晚的时候看着猫们狎嬉时的那种无力的蛊惑的感觉了。

夜似乎极深。因伊自己也羞涩地听到了那些音响。幸福在回旋着；伊依稀地想着祖母和伊的猫们，那些猫们！死猫们呀！

3

娟子老师她祖母病了。大约有半个月了罢，他想着，觉得心烦。他看见伊的微笑中，似乎有些忧愁了。也许老人家的病更重了些，他想着：这老太婆！

卸了装之后，看着伊忙着把它挂上衣架，他茫然地点起一支烟。他也感到那些恶评的威力了。但他也有过自己的祖母，哼，出奇的是伊们竟会长得那么相像。他的祖母是个后娘，他的父亲死后，便百般地苦待他。他一气出走了，便投到军旅去。就这样地他开始了半生的戎马的生涯了。

他感到一阵疼痛。在片刻之间，那些战火的记忆成为一种单一的概念闪过了他的脑际。濒死的高连长说："张毅，张毅，你给咱带个信回去呀。"他搜过一袋一袋的银元，都渗着血。他毙过不少的敌兵，他们叫着说："妈妈呀！"

（妈妈呀！）他无声地喷着最后一口烟，刷啦啦地他洗起澡了。热水使他亢奋起来。他愉快地哼着一些粗短的军歌。他感到青春，他感到平和而安定。真是的，他感到平和而安定，这是他半生的军旅生活所没有过的。他捞起一把水贴着胸膛，拍着。他对自己的俊美有着自信。他曾被几个连长太太爱过，而且最近升了官。这固然由于他的聪明机智，但据说他的美貌很使上司喜欢也是个原因。至于伊，则完完全全地在他的掌握之中了。

——老张混得不错，官儿也升了，老婆也有了，还赚了间房子呢。

袍泽们这样说。他有些感到屈辱，又想着他自己的祖母，便无端地愤怒起来。他有着饱满有力的青春，他便借着这青春役使着伊。他翻身抱住了伊，感到整个生命都跳跃起来，在夜暗之中，他仿佛感到战火半生的那种无常的恐惧；这恐惧每每会在这样欢愉的片刻中袭击着他，这很激怒了他，便吻着伊吻着伊，高连长的声音这才逐渐地荒废过去。

他兴奋起来，因着他故意的音响，他感到生命唯其在这种短暂的时刻中才是实在的。他感到征服和残杀的快乐了。

夜似乎极深，但欲望却一直在上升着。

4

第二天早上，娟子老师披上外衣下了床，正想准备早炊，看到火炉上的肉粥，便突然地感到自己的脸红了起来。伊微笑着揭开了盖子，肉粥又焦、又冷。甚至负罪的感觉都没有了的娟子老师，探头望了望祖母的房间。

清晨如此刻，人们听见娟子老师一声尖削的惊叫了。

人们在娟子老师她祖母的房间，看见娟子老师她祖母歪歪斜斜地穿着一身法衣，头带着法巾，靠着墙壁，坐着的尸身了。人们惊叹地议论着。突然有人想到若有猫跃过死尸，那死尸必然起立，并要到处去拥抱一个替身的这件事，人众便哗然地奔跳开去了。

不久，德兴先生和堂里的几个帮手来了。

——善哉善哉！

德兴先生说。他还说能如此泰平宁静地圆寂，真是佛家之幸。他询问娟子寂于什么时刻。伊胡乱说了一个时刻，但突然悟到那辰正是伊自己耽于欲情的时候，便哇的一声哭了起来。

德兴先生满意地札记着，漫不经心地劝慰着伊。他们排起简单的供物，对着坐姿的死尸焚香念诵起来。

这念诵的声音平添了这些小学宿舍的热闹。娟子老师看着庭园里的父母猫们，突然感到自己的祖母是多么地遥远。

——伊是猫它们的祖母罢。

伊幽幽地、沉默地说。

初刊于一九六一年一月《笔汇》第二卷第六期

署名陈秋彬

那么衰老的眼泪

细细地读着青儿的来信，康先生止不住地心悸着，竟而在桌子上按着信纸的手也抖索起来。年岁的意识，朦胧但也极其实在地闪过他的头脑，便使劲儿把摊着的手掌握成一个结实而有些枯干的拳。

青儿的信依旧简短。青儿的信是一向简短的。但最近使康先生觉得特别地简扼。无非只是说他很好，附带地要些零用罢了。康先生读着，舒了一口气，似乎是放下了一块沉沉的心事，但立即又感到某种威胁下的不安了。虽然青儿在家书中一直沉默着，但是他确信着青儿定已洞悉了一切。二十一岁的孩子，而况又念着大学，有知识的人。他感到一层极其微妙的羞耻的感情，使他很不习惯地，在他行将衰老的细白而悠闲的双颊上，闷闷地泛起红来。

康先生是个刚刚踏出五十的男子，是个纤细白皙的有地位的人。没有戴着眼镜的康先生的脸，有一种柔和得有些弱质的男性的美貌。现在康先生由不得喟然了。他觉得有些倦怠，一种极为虚无的倦怠，像一片薄薄的梦一样，黏着他就要衰老的、仍旧有些余悸的心脏。他仰着，满满地沉入沙发之中，无助地寻觅着一个舒适的姿势。这个高级住宅区的客厅，寂静得使人慌乱。窗外是湿湿的初春，鸡冠花赫然地盛开着，依在蓖麻丛中，分外地红艳。他痛苦起来了。一种嘲讽的声音在寂静中絮絮着，狞恶地絮絮着。一切近年以来的失利，老来的荒唐，都在这个死的寂静中作祟起来，撕裂着他。康先生挣扎着，然而他已无由解释地耽溺在这种剧烈的痛苦之中了。他无力地摸到了香烟，狠狠地点上了火，便吧嗒、吧嗒地抽了起来。

这个时候，他听见呀然的开门声，接着就是那个熟悉的、愉快的呻吟。上了玄关，一阵鸭子似的笨重的脚步声，走过客厅的走廊。

"康先生我回来了。"伊说，鸭子似的脚步声便消失在厨房里了。

康先生冷漠地"嗯"了一声，直起腰来，把青儿的信装进封里，关进他的抽屉去了。

"父亲大人膝下……"康先生想着青儿的信，以及那一手欲要起飞似的字体，不觉寂寞起来了。门开的地方，阿金走了进来，把带回来的罐罐儿饼推在他面前，又复为他倒了半杯开水，自己取了一只饼，便坐在窗下的沙发吃了起来。康先生因此便看见伊那样怡然的神态，觉得着实不类，微微地感到无可如何的厌恶了。伊穿着新买的暗色毛线窄裙，花格子单衣套着大红的毛外套。着实地打扮起来了，康先生想着。自从开始了夫妇的关系，单纯、质朴的伊，却也能使伊自己在伊所能想象的各个方面，与身份的改变相称起来。才过不久，伊便能一面为他添饭，一面听着他说话；伊便能漠然而关切地、皱着眉头替他打掉西服上的灰垢；伊便也会在小事上为他出主意甚或合宜地反对一些琐事。但这一切都没有使康先生感到逾越的不悦，因为这都是一个女人在身心都为一个男人所属的时候发于女性的自然而来的适应和变化。然而在某一面说来，感到这种由仆人而主妇的变迁，不习惯者，并不是阿金伊自己，而是无时不在觉得诧异的康先生了。

初春的潮湿的阳光，从窗口照着阿金慢慢嚼着饼的脸。以一个南部台湾僻壤的女子，伊的肉白，是不可思议的。伊绝不是个美丽的女子，像那些另外的台湾下女一般。阿金有一种似乎是命定要为人仆婢的、略略发胖着的脸。没有眼睑的眼睛，看起来像是偶然地开在那里似的。伊的鼻子肥而略略下塌，发着良善的油光；嘴唇倒是不大，只是有些过于肥厚了。特别是月前拿掉了他们之间的第一个孩子，伊的嘴唇似乎因此更见肥厚。老是含着一种母亲的寂寞和忧愁似的，重重地下垂着。

康先生想起那个被迫着折回去的生命了。医生还说是个男孩子呢。但是说什么也得拿掉他。这使他颇费了一番唇舌，好不容易才说服了执拗的伊的那颗母性的心。但是从斯以后，他从阿金那里得来的妻子的细心和照拂虽然不曾减少——在某些地方，他所得的似乎要更为浓烈，然而康先生渐渐地感觉到伊的无识的眼神中隐秘着的、可悯的茫然和寂寞的光彩了。这种一个母亲对于未谋一面的生命的爱恋，对于康先生是个可惊奇的事。然则他也不是不曾想过要留下那个孩子的。那时候，他打算在寒假里青儿回来的时候，便用某种方法使他能接受这种新的关系。如果必要，还可以完成结婚之类的形式和手续，把孩子养下来。不料青儿在感情上尚幼稚得无法接受这样的关系，整个寒假使家里的空气变得十分尴尬了。康先生觉得极为狼狈起来，便将他一切美梦，赌气似的撕毁了。青儿返校以后，阿金的敏感的心，似乎也察觉到这个不可容的事实，变得沉静了。取掉了孩子的那天晚上，出院的阿金卧在床上，握着康先生汗冷的手，咽咽地哭了起来。康先生才始看见了一颗温柔地向着他的妇人的心，也不由得激动了。

现今阿金便以这种唐突的、知命的沉静，坐在那里。那个一直老去的病的苍白的脸，甚至在爬满了细细的雀斑了。康先生拨开了纸包，无意义地挑了一个饼，咬了下去。面粉的香味和甜甜的红豆馅使他慢慢地咀嚼起来。

“前日——我还没同你说起——”伊说着，细心地用手抹去唇边的饼屑，“前日，他来过了。”

“嗯，”他慢应着，随即诧异起来，“嗯，谁来过了？”

伊轻轻地叹了一口气，说：

“我的哥哥。我的哥哥，在前日，来看我。”

康先生于是想起了那个黝黑的、粗鲁的青年来了。

大约是两年以前的一个秋天的上午，康先生外归，在玄关看到破旧的包袱和一双满是风尘的大皮鞋。走过客厅的时候被青儿叫住了。康先生走进客厅，便听见阿金的房间里的絮絮地谈话着的男人的声音。然而阿金始终不发一语，好像因此很激怒了那个男人。不久以后，这个陌生的男人要走了，阿金送他到门外，两人还絮絮了一些时候。了解闽南语的青儿告诉康先生，说是那个男人劝着阿金回去嫁人。那天晚上，父子两人便合伙嘲笑了伊。那时伊说：

“我对哥哥讲了，说我不嫁一样可以赚钱回去，何必急着拿我的聘金。”便无邪地笑了起来。

那时候，康先生的事业正旺盛着。他对阿金说如果伊真要返乡适人，他一定要好好为伊热闹一番的。

那青年第二度来访的时候，青儿已考上大学。而也正是阿金搬进康先生的卧房以后的第一个星期。康先生腼腆地退到客厅里，他听见男人凶狠但却极力抑制着的斥责。然而阿金依旧不发一语。康先生自客厅的门缝里，第一次看见了那个高大、黝黑而且暴跳如雷的青年。他看见阿金在玄关上平静地看着那个青年穿着鞋子，任他愤怒地比画着。不久，阿金轻轻地走进客厅来，康先生看到对着他憨憨地微笑着的伊的无识的眼神，闪烁着一种青春的、安定而幸福的光彩了。

康先生不曾回话，客厅里遂死一般地寂静起来。阿金珍爱地抚弄着伊的毛线窄裙，搓揉着，说：

“这次我答应了。说是要做给人为后的，”伊说，幽幽地，“这次我就答应了。他明天来带我，我明天跟他走。”

康先生茫然了，或许这算是了结了一件事罢。阿金第二度拒婚之后，康先生狞恶的男性的心，曾经少许为伊的痴情烦恼过。不想如今伊会变得这样地爽快了。

“买了两条鱼。下午吃呢，晚上吃？”伊说着，立起身来。康先生有些惊慌地回了一句自己都听不清的话。

“下午吃罢，”伊自说着，愉快起来，“最近我极想吃条鱼呀。”

然而下午或晚上，两人都吃得很少。收拾晚饭的时候，两条黄鱼只是被斑斑驳驳地挖了小小的破片罢了。初春的夜晚，渗着微寒，在重苦地沉默着的二人之中，徐徐地降了下来。康先生提早上了床，拉上了被窝，照常嗅到了由两种体臭混合起来的，一种近乎粮谷的干燥的气味了。他燃起了一支烟，吐着和他的心思一样荒芜而杂沓的烟云。康先生记起了那一夜怎样诱惑了阿金的往事。青儿负笈南下之后，在赋闲的时日中，这个相随数年的女佣，竟成为他的蛊惑了。他所受到的抵抗，竟出乎意外地薄弱而无力的。那天深夜里醒来，第一个跳进他的意识的是身旁的沉睡着的女体的呼吸。那时候，他也像现在那样地仰卧着，悄悄地抽着烟。他想起了出门的青儿，想起了工厂倒闭以后的这一段突然使他意识及年岁的闲得可咒的日子，想起了他的半生，想起了辽远辽远的家乡，想起了更其辽远的童年了。悲怆和虚幻的感觉，如虫豸一般噬着他的心，他的即将衰老的欲情，便又燃烧了起来。

便是这样地过了将老的一年的时光。康先生从阿金的二十三岁的女体，仿佛感觉到他的失去了的青春，失去了的生命，更使他感觉到衰老已经大大地占领了他的肉身了。伊并非一个冷淡的女子，但对他所求的并不多。这很使他安心了。而且和这样一个强健的青春共眠，康先生仿佛也感到丰满的青春能够渗渗地流入他的将老的躯壳里去。

阿金收拾完毕，熟悉地爬进了卧床，放下蚊帐。两人都沉默着。这沉默变成一种无告的悲哀和寂寞，攻击着康先生。他痛苦起来，撩开蚊帐，将烟蒂小心地弹在远远的地板上。他感觉到阿金翻过身去，侧面着墙，孩子气地弄着弄着蚊帐的缝线。康先生注视着伊的丰厚的项背，使他重又感到一种心悸的绞痛了。

“喂！”他细声地说。

女人不曾反应。

“喂！”他说着，伸出抖索的手，搬着伊的肩，伊也便分外驯顺地仰躺过来。

“明天就走吗？”康先生嗫嚅着，凄楚之情如蜡霜一般地封冻着他的暮空一般青苍的脸。

伊点着头，侧目注视着一张曾经那样从无疑惧地爱过的脸，不禁悲悯起来。如此靠近着的二人之间，却叫他们感到这世界上最大的离愁和孤独的氛围了。

“我要一个孩子，”伊轻柔地说，“我要有一个孩子。但你不能有，不想有……”

康先生悲愁地抱住了伊。用他的全部的生命，把伊绞紧在他瘦弱的怀里。

“我能给你，”他说，痛苦地气喘着，略略哽咽起来，“阿金，我能的。”

伊喟叹起来了。望着帐外晖晖的灯光，全心地悲悯起来。

“你不能，你已有了阿青。”伊说，渐渐地闭下了伊的眼。“你不能……我要有一个孩子。”伊无声地说。

夜开始不安定起来。

次日早晨的事情。

九时过后不久，阿金便要和那个青年出去了。康先生独自坐在客厅里，听见阿金进来辞行，便把一大把不曾点过的钞票扎好，预备做伊的工钱之类。然而伊却说：

“不要了，你前几天才给了我，都寄回去了，”伊说，羞赧起来，“只是我想要这一身衣服，好不好穿回去？”

他茫然地答应了，也听不清伊再说了些什么，只是听着伊走下玄关，听着伊走出大门，听着伊随着那钉着铁跟的男人的皮鞋声，渐去渐远了。

康先生回到卧室，注视着悲愁地空旷着的床铺。突然之间，他看见床隅绉绉地堆着阿金的亵衣。这使他如跌落一般扑向它，狂人一般地嗅着。他觉得哽塞起来了，在顷刻之间，康先生的身体一寸一寸地苍老下去了。他感到一种成人以后久已陌生了的情绪，因为他的枯干的眼眶里，居然吃力地积蓄着那么衰老的眼泪来了。

初刊于一九六一年五月《笔汇》第二卷第七期

加略人犹大的故事

1

黎明的蓝色从石砌的窗户泻了进来，自阴暗中画出粗笨的一桌一椅，并且那样匀柔地抅出了墙角的四支陶甄的轮廓来。地中海的海风糅进这曙光里，吹着纱帐，吹着加略人犹大密黑的发和须。

“我想我已经遇见了一个聪明的人，极聪明的人，”他喃喃地说，“也许他正就是全犹太人的希望，这世界的希望罢！”

希罗底伏卧在他的身边，睨视着伊的男人，感到有些害怕起来。曙光照着他的茶铜颜色的脸，虽然比离家前瘦了些，但是旅行和日曝使他脸上的每一寸肌肉都发着结实的光彩了。他的髭和须更加浓密起来，以一种怀疑的森黑的颜色，鬈鬈地爬满了削瘦的颊、颔而至于喉梗。他的鼻子高而且瘦，有一种泱然的、峥嵘的感觉，连着浩瀚似的额，伊觉得犹大在一种智慧和倨傲的氛围中，像高居云丛中的犹太人列祖或先知一般不可企及了。

伊看见依旧仰卧着的他，伸过一只手来。伊闭下眼睛，便感觉到一只厚而大的手，温柔地抚摩着伊的头发了。伊真切地觉得到耶路撒冷远行之后的他的改变：他变得生意盎然，他的眼睛里重又燃烧起一种逼人的火焰，那一度震慑了少女的希罗底的火焰！三日来伊重又得到他完全的、一无保留的自由的爱情，这匆促的幸福使伊的女性的心大大地欢喜。但是，伊想着，这一切毕竟是怎么一回事呢？

摒挡就绪的时候，天色已是将要破晓的时候了。加略人犹大穿着洗濯干净的衣服，显得十分焕发。这形象看在希罗底的眼里，爱恋和喜悦，即便在这个离别之前的片刻，也油然地充满于伊的眉宇和嘴梢了。伊是个美丽的女子，有利未人的血裔所特有的高贵的气质。伊有一头为犹大所爱的油润的东方的乌发，高高地梳在脑后，便因此裸出了一段像希利尼人的圆柱一般匀整而神奇的颈项来。一种仿佛初熟的橄榄的肤色，衬着白色的疏松的衣裳，身柄小巧的希罗底更像一小朵树荫草地上的菌子一般可人了。

犹大正系着一条红颜色的腰带，动作有些粗鲁而且草率。他抬起头来，照样是那么冷漠的表情。但他的热情却不可掩饰地从他的眼和密闭的嘴唇中流泻出来。伊不由得走近他的身边，就被他温柔地抱住伊的肩膀了。伊感觉到他在轻轻地亲吻着伊的头发，一种幸福的快乐在伊里面激荡起来。他的苏醒了的生命力，他的那些伊所不能了解的新的希望，掺杂着他完完全全的情热，在这样的轻柔的抱拥里传给了伊。

“妇人，”他低低地唤着伊，“妇人，我就走了。”

门开的地方，以色列地的晨风吹了进来，轻轻地叫人闻着一种仿佛是无花果的香味。凌晨的紫色在逐渐地褪去，星星的光芒也疲倦起来了。伊看见犹大走进仍旧沉睡着的瘦长的街道里去。他的一身白净的衣服，使得那艳红的腰带显得分外地明亮了。远远近近散落着各种方形的石砌的房屋，在太阳尚未升起之前，浸渍在这种柔和的晨风之中，令人有一种冰凉之感。希罗底注视着犹大的身影，在这一片乳白色的石砌的城市中，渐渐地远去了。他始终没有回转过来，伊想着他那强忍着热情的冷漠习惯，止不住一个人倚在门边爱恋地微笑起来。

2

希罗底目送着犹大翻越市街的高地，消失在一片湛蓝里去，轻轻地便掩上了门，习惯地收拾起来。伊打扫着，搬动着一些顿时显得陌生的家具，终于觉得怎样也摆脱不了犹大的影子。伊回身坐在床上，细心地打理着伊的头发。但一想起他才出门，便不禁对自己的这份细心发笑了。伊放下手来，注视着它们交握在自己的怀里，轻轻地舒了一口气。伊想起这匆促的三日之间，伊是如何目不暇接地感觉着犹大为伊带回来一种全新的热情和生活。一切他往常那种不可知的忧戚全都烟散了。伊想不透毕竟什么力量使他回归到他那动人的青年时代去。伊沉思起来了。

五年以前的往事。大耶路撒冷在初夏的夜里，以一个男子的壮美之姿，浸渍在夜的安详和柔和里了。但是在这一切的平和与宴乐之中，反罗马人的呼吸却糅合着四郊的葡萄畦里散发出来的香味，像犹太人的眼睛一般狡慧而隐秘地流传在这以色列的都城。巡夜的罗马兵丁，以一种异邦人的粗犷的步伐，走在南耶路撒冷的一条石砌的路上。他们的盔甲闪烁在几家门窗流露出来的灯光里，但随又隐进夜分的阴影之中。当他们从一家犹太人的会堂转向对街的时候，夜已十分地浓密，因为许许多多的星星已在不为人知的某一个片刻里亮了起来。

这会堂矗立在黑夜里，因着它的历史的庄重之感，格外地显得沉静了。羊脂灯的光辉，幽幽地涂抹在它的门窗之上。在这暧昧的亮光里，寄宿着以色列人的灵魂和他们的执着。然而那些巡夜的罗马人却不知道在这会堂的地窖中，奋锐党*

---

* 为犹太人反罗马统治的秘密结社。

正进行着一个秘密的聚会。

地窖是一条幽暗的甬道。尽管两壁上有数对灯架，通常只点燃其中的三座。党人们用各自的姿势列坐在墙根，但却都用心而且困惑地聆听着一个年轻的犹太人。

“这是经典上的应允，是我神耶和华的应允，”一个亢张的声音打断了那年轻人的话，几乎是愤怒地，“必使以色列复归故土，雅各布家的必得复兴，锡安将蒙救赎，年轻人，锡安将蒙救赎，因耶和华有报仇之日！”

人众于是沉落在一种迷惑和疼苦的沉默里了。年老的祭司亚居拉，这聚会的首领，一面粗声厉色地说着，已经走近了那个年轻人。他将那种亢张的嗓子抑压成为一种威胁的低语了：

“你这不分洁净的与污秽的，你这传说异端的，”他急促地说，“我们信万军之耶和华的杖，我们的重担必将离开，我们的轭必被折断！”

这样地，使众人的目光都集中在这年轻人的身上了。他是个高而瘦的青年，不知道为什么给人一种肮脏的感觉。也因此使他那红艳的腰带显得极不相称了。他的发须浓密，茶铜颜色的脸在谨慎的羊脂灯中，闪烁着某一种橄榄果似的绿色了。他看来老而且疲倦，但一切青春的火焰仿佛都汇集在他的嘲笑的、狡慧的、不驯的眼睛里，因此使他的脸有着一种微妙的狂野和倨傲。他最近才参加他们的聚会，却不是他们中的一员。他对复国运动有不亚于他们的热情，但是他那某一种形式的世界主义却怎样也不容于奋锐党人那种褊狭的选民思想了。这个加略人西门的儿子犹大，使他们十分困惑了。

“罗马人的担子，罗马人的轭一旦除去又如何呢？因你们将代替他们成为全以色列人的担子和轭。”年轻的犹大说着，仿佛激怒起来，“你们一心想除去那逼迫你们的，为的是想夺回权柄好去逼迫自己的百姓吗？”

“我看不出你明白你自己的口里所说的，”亚居拉说，“若使我们忘却以色列人如何散落在异邦之中，忘却以色列的民如何在列邦的手下为奴，忘却了耶路撒冷覆灭的血腥和哀恸之声，则我们冒险的图谋又是为了什么呢？”

“我告诉你为什么罢！”犹大说，他的眼睛因着嘲弄而狞恶地明亮起来了，“我来告诉你们为什么。你们既然冒着万险自罗马人手中图谋他们的权柄，那么将来分享这权柄的，除了你们还有谁呢？你们将为以色列人立一个王，设立祭司，法利赛人和文士来统治。然而这一切对于大部分流落困顿的以色列民又有什么改变呢？耶和华所哀哭的既不只是为着你们，那么他将复兴的也必不只是你们的罢！”

“一切的权柄来自耶和华神。”亚居拉说，振开两手仰望着。在这地窖之中，上天仿佛格外地贴近了。他的脸色痛苦，然而这一振臂之余，祭司衣服的精美的希伯来式的刺绣，便在这三盏弱灯里头魅惑起来：“如何立王，又如何设立祭司全都有律法的规定。律法的规定来自摩西，摩西授自我神耶和华！至于怜恤穷人，那是为耶和华所喜悦的事，在我们的律法中自有多方的体恤——”

“怜恤？千万不是的！”犹大愤然地打断了他的话，“你们配去怜恤他们吗？那供应着你们从容为以色列的首领的，不正是日日辛勤却不得温饱的他们吗？主人倒受怜恤，这当是律法的正义吗？况且——”他说着，立起身来，注视着每一个人：“况且，正如我们所说，一切的权柄源自耶和华，那么罗马人的权柄——她的权柄如今遍布世界——又源于谁呢？”

这是个痛苦的问题。祭司亚居拉坐到位置上，因着迷失而苍白起来。

“这些轭，这些重担不只加在以色列人的身上，这些轭和重担同样加在那些在该撒权下的一切外邦人的身上，也在那些无数的为奴的罗马人身上。”犹大说，脸色变得极为凄楚，“反对罗马人应不只是以色列人的事，也是……”

“也是异邦人的事！”亚居拉叫了起来，“所以以色列民当与他们联合——哼！你这异端，你这不分洁净的与污秽的！”

犹大颓然地回到他的座位，那眼睛里的火焰像灯火似的在顷刻之间熄灭了。大家都落入一种忧戚的沉默里。角隅的一堆供祭的银器在灯光里闪耀着，这地窖的甬道开始有深夜的阴冷了。

这一切都看在少女希罗底的眼里。她是祭司亚居拉的女儿，在这秘密的聚会中为他们掌灯并服侍饮水和食物。自从这夜以后，这个一向觉得肮脏而且粗鲁的青年的眼睛和音容，便逐渐地占领了伊的惊诧的少女的心了。

3

少女的希罗底等待着，然而也终于不得不使用了一些以一个少女的细致的心所设计出来小小的诡计，才赢得了犹大。他们秘密地相恋起来，于是这种生命的新的呼吸，便为犹大开辟了一个惊奇的世界了。当然，老祭司亚居拉是不会将女儿委身于像他那样狂妄渎神的青年的，何况利未人的婚姻有着它森严的戒律。这一对恋人便相约私奔，从伯利恒城西转，放浪到这个濒临地中海的城镇迦萨来，默默地生活着。

迦萨是个美丽的商都，有着吹不尽的温柔的海风和经年都在微笑的太阳。那边的棕榈树高大而且健壮，那里的橄榄树常青，葡萄肥硕。这一对年轻的情侣来到这辽远的地方，便卜居在城东近郊的一条小街的尽头。背着放牧的一大片青翠的草地，面对着一条过往伯利恒，通往耶路撒冷的驿道。

犹大在当地的会堂里得了一个微小的职务，便懒懒散散地生活起来。他在这初度的激情之中，觉得一座由少年的正义和伦理筑成的都城，以一种目眩的速度全部崩溃殆尽了。

他为以色列人，为这全世界的人所构思的正义的无有之乡消失了。他的一切青年的野心、抱负也像一阵海风似的吹到无极。

然则犹大自己不久也终于发现他并不是能够完全地耽溺在情热之中的人。他爱着希罗底，他不容自己怀疑这个事实。然而即使是在那极其热情的片刻之中，他感到自己却不能完完全全地沉溺在欢悦里，甚至一直在狰狞地清醒着。他日甚一日地在爱情中追索着某种完全，但他一天比一天真切地感觉到一种无可如何的失败。他爱恋着希罗底，这爱浓过烈醇。也便是这爱一直在抹杀着他从内里感觉得到的矛盾。每次他轻轻地抱着伊，埋首于伊的头发、伊的颈的时候，他的心总不住地喃喃着：

"看我多么爱着伊，看我多么爱恋着伊……我可不是拥抱着吗？……"

他于是便又感觉到那种失败了，使他忧戚地把伊紧紧地绞进他的怀里。激情燃烧起来，然则他觉得自己又渐渐地远去了，去到那繁星的空际去，他的心是寂寞的。所幸的是希罗底的幸福的、无识的、满足的脸往往在这种悲愁的片刻里带给他一线安慰。他感觉到一种仿佛一个父兄在注视着一张甜蜜地沉睡着的子弟的玫瑰般的脸孔的时候的温暖和安慰了。这温暖流过他的全身，想到羁旅异地，不由得全心爱恋起来。

他便是这样地度过漫长的五年。尽管在外表上犹大变得壮硕而且焕发，他已经在不觉之间成了一个忧郁病患者。一种温和的、幽暗而且仿佛无极的颓废和缠绵的、无名的忧愁在他的心的深处筑巢而且营丝了。青年犹大的那种厉风激浪的一面已经沉沉地睡去，有时他自己在怀疑年轻的过去，再也不会苏醒了。

这样的改变在细心的希罗底的眼中是极其清楚的。伊在暗暗地担心着。虽说那迷惑了少女的希罗底的，正是他那现在已经失落了的狂悍狡慧的动人的青年时代，但伊却在日深一日地宿命般地爱恋着他。伊服侍着他，为他收拾这小小的房子，为他做着各样的饼食。他的喜悦和忧愁会直接地传到伊，而且完全成为伊的忧喜。伊时常瞭望着门前那条通往故乡耶路撒冷的驿道，那些成队的商旅，往往会那么致命地叩动了伊的乡愁。伊默默地想起那座苍老的会堂，伊的逝去了的如花的少女的冠冕，伊的年老而且慈爱的父亲。那些来自埃及和跨海而来的异邦的商人们各种不同的风情和衣饰，或许会给予伊一种寂寞中的娱悦罢。但羁旅的感觉也因此益加深重了。这一切都使伊更加深深地依附着犹大。伊付出伊的全部，也完全地栖息在他的不可测的胸臆之中。

五年的岁月使伊变得益发丰腴美丽了。伊的眼睛像纯净的鸽子的眼，伊的身子像牡鹿一般的俊俏。伊像一朵花似的开放着，然而却是一朵寂静的花。一直到这次犹大从耶路撒冷的远门回来，在这匆促的三日之间为伊带来从未有过的完全的爱情。伊从未感觉过像这次那样被完整地所有，那样清楚地看见他对伊的爱恋。希罗底呼吸着充足满溢的爱情，一朵明艳的微笑就在伊的脸上开放了。伊立起身来，看见天色已经亮开了，那条良人走过的瘦瘦的街道开始熙攘起来。伊注视着那通到家乡的驿道，止不住轻声呼唤起来。

4

犹大在旅次中，觉得比回家的时候更加充满着生活的热情。他重新为生活拾得一个目标，那沉睡了五年的生命苏醒了，活泼地在他的身上循环起来。在这短促的三日之中，当他发现曾几何时自己已经能够越过那一道不可思议的鸿沟，用完全的自己去爱希罗底的时候，他的心止不住雀跃起来。头一次他感觉到爱人的幸福，充满在他的每一个脉动之中，使两个灵魂合而为一了。

他想起这数月来在自己身上的改变，就仿佛一盏灯被点燃一般地打亮了在他内里的黑暗。两年来，尽管罗马的巡抚一再加添着镇压的措施，反罗马人的运动却一天比一天地抽长起来。各处哄传着自称为以色列的王，弥赛亚和基督*的人，招纳徒众，传讲各种不同的教训。这很引动了犹大的好奇心，便在数月前独自动身到耶路撒冷去。当他到达圣城附近的伯

---

* 弥赛亚、基督均为“救赎王”之意。

大尼城的时候，已是晌午的时光。犹大正犹豫着是否继续走进耶路撒冷，徘徊在这久违的伯大尼城的街道的时候，被一个熟络的声音叫住了。他一回头,立刻便认出奋锐党的西门来。

“我听说过你住到迦萨去，”西门说着就赶上了他，“发福了，几乎叫我认不出来。”

犹大的脸红了起来。他想问起老亚居拉的消息，但终于没有开口。

“犹大，你知道，”西门说，“我们都想念你——”

犹大，在心里懒散地微笑起来。他看着比他矮了半个头的西门。西门是个壮硕的汉子，神韵卑俗。但在这卑俗之中却存在着一种聪慧，完全平民的聪慧。他的不太浓密的发须在阳光中发生着仿佛干枯了的棕榈的褐色，使他看来比实际年轻了许多。犹大不太熟悉他，但不久也发现西门并不是那种难于被人喜欢的人。

“我一直在思想着你那天和老亚居拉的话，”西门说，就像是一个深交的朋友，“那些思想使我迷乱，我就离开他回加利利去了。回到家里才知道我的兄弟安得烈也跟从了一个称为施洗礼的约翰。我曾在约旦河滩上远远地听他教训人。他居住在旷野之中，以粗羊毛为衣，以蝗虫野蜜为食。我忽然从他身上看见了一种属于真正是以色列人的东西，正如你说过的。但我仔细听着他的教训，稀奇的是他一直用一种谦卑的爱慕在预言着一个必来的弥赛亚……”

不知不觉中，他们已经走出了伯大尼的城门，来到一个放牧的高地了。天已向晚，犹大遥遥地望见耶路撒冷的城墙和无数方形的屋宇，在夜凉中默默地倨立着。锡安山的高处，挂着一朵朵牧草般的晚云。约旦河远远地闪耀在夕阳之中，这里已经没有迦萨的油绿了，牧草和风都是干燥的。

西门拔了一根草梗含在嘴里，继续说着：

“他的预言给人一种不可思议的希望。但我想他既明说他不是那将要来的，且那将来的又大大地高于他，我便索然了。”但西门的眼睛突然光亮了起来，说，“一直到有一天，我的兄弟安得烈匆匆地跑回来，宣说他已经遇见弥赛亚了。据他说，那天他同另一个门徒站在约旦河边，那施洗的约翰忽然指着一个远远地行走着的寂寞的身影，说，看哪，这是上帝的羔羊！他们就立刻离开了约翰去跟随他。第二天安得烈带我去见那个人，才知道那人并不是别人，却是一个叫作耶稣的拿撒勒人。你听闻过这个名字的罢！我和他有过一面之缘，但从未料到他就是那野人约翰所宣言的救主。过了一年，耶稣的行迹和教训使他的声名逐渐高涨。他的教训有无比的权威和爱。这些又使我想起你和亚居拉的话了。有一天耶稣在加利利的海边直接呼召了我，说也奇怪，我便立刻舍了打鱼，做他的门徒。”

犹大沉吟了起来。一个有权威的教训是什么，他是不难料想的，就比如古希利尼人的辩士罢。但一个宣传着爱的教训的人，却使他的辽远的心志动荡起来。

“我细心地跟从他，”西门望着他说，“知道他果然便是以色列人的领袖。他和城中的罪人、穷人、病人、娼妓、税吏和做贼的为伍，却有自在的圣洁，便又叫我想起你的话了。来日他的国度定必是我们真正的以色列人的国，他的权柄必使每个以色列的民得福。”

西门于是极力地怂恿犹大去看看这新的领袖。犹大也决心要观察这个料定是个极为贤明的领袖。

数日以后，犹大终于在耶路撒冷城西南马可的母亲马利亚的家看见了耶稣。

拿撒勒人耶稣是个极高大的犹太人。最引人注目的是他那有着葡萄酒颜色一般的头发。虽然并不光润，但都优美而柔软地微鬈着，自头顶整齐地下垂，而在耳际动人地翻成均匀的波浪。他的胡须浓密，和头发有同样的颜色，自下颔的正中分向左右向内鬈曲着。他的额宽而平滑，发散着一种辛苦和忧愁的情感。他的眼睛像加利利的海水一般的蓝。这一对因削瘦而张大的眼睛，在他的谈论中随着他的情感时而忧悒，时而温慈，时而凶张，时而充满着爱的光彩。他的鼻和嘴都甚优美，无疵可寻。但是日晒、贫困和竟日的旅行，使他显得削瘦。脸色在旷黑之中泛着一种虚弱的苍白，但是在他这一切的风霜和憔悴之中，流露着一股高贵的仁慈的风采。

犹大使用着他那种冷峻的犬儒的智慧，抑住他五内那种不由自主的倾慕。他像在疾跑中突然强使自己驻脚时那么吃力地抗拒着耶稣的风采所发出的魅力。“他真是一个天生的领袖呀！”他这么想着。但尽管他那样努力地抑制着自己，他已经不由得不每日跟随着耶稣，细心地听着他的教训，留心观察着他的言行了。

他看出这拿撒勒人绝不是个诡辩的人。他的语言固然优美，但却极为简单，甚至有些笨拙。他并不是个没有幽默感的人，但他却从未被看见开心地，像一个男人那样地哄笑过，倒是有人看见他数度哭泣，那么伤心而且忧戚地哭泣着。他有时谈论着极深的奥秘，有时说话像一个生活在纯真稚幼的美梦中的无邪的孩子。他能用他那优雅而朴质的语言讲述各种比希利尼人的寓言更美丽的比喻和暗喻，但时常说着一些充满了慑人的权柄的话，每一个听见他说“我乃真理”“我即复活！”“我就是那基督，我就是弥赛亚！”的人，都无法将这些似乎荒谬妄诞的话视为滑稽。

但是使犹大决心归从他，是他对待罪人、贫贱者和受侮辱者的诚挚的爱情。他对这些为上层犹太人所唾弃的以色列人，充满着亲切、仁爱和温慈。但当他指责法利赛人和文士的时候，他的语言严重而且震怒。犹大终于被收为第十二个使徒，一个唯一的加利利的外省来的使徒。耶稣召他任为使徒中管银钱的人，因为犹大的经理银财上有过人的智慧。

犹大想着现在他所找着的绝不只是一个像其他野心的十一个师兄弟所料想的政治的弥赛亚，而且更是一个社会的弥赛亚。他终于找到他的思想的偶像了；他自知自己缺乏行动的魄力，如今他找到了那正是他所缺少的，极为聪明的行动家了。他的少年的正义在顷刻之间复苏了，他的生活开始有了一种强烈的目的。他自信在十二人之中，只有他才是真正了解这贤明的拿撒勒人的人，因为他感到自己的重要性几乎仅仅次于耶稣。他相信耶稣的智慧必能了解并赏识他，因为每次耶稣注视着他时的眼光，是他所从没见过的那样扎心而叫人迷惑。“这就足够了，”犹大想，敬畏之心油然起来，“他知道我，我不必像彼得那样热情地讨好他。有什么事是这聪明人不能看透的呢！”

他就是怀着这样火热的心回到迦萨去，预备一些必要的行装，做长久奔波的计划。他的生命像一把火也似的燃烧了起来。

“我想我已经遇见了一个聪明的人，极聪明的人，”他不住地对自己说，“也许他正就是犹太人的希望，这世界的希望罢！”

5

从迦萨回来的犹大，以一种无比的工作的热情，沉默地跟随在耶稣的后面。恰好他赶上耶稣在耶路撒冷有名的清洁圣殿的事件。犹大站在殿门口，第一次看见耶稣用那样真实的愤怒驱逐着殿中买卖的牛羊牲畜，把兑换银钱之人的柜子哗啦啦地倾倒在地上，像一阵旋风似的推倒他们的桌椅。他的堂堂的风貌，使他手执绳鞭纵横殿内，竟没有一个人敢于反抗他。

“拿去这些东西！”耶稣说，“不要将我父的殿当作买卖的地方！”

犹大的眼睛亮了起来。这岂不是对于支配者的正面反抗吗？这岂不是对于神职人为着图谋暴利的制度的公然的挑战吗？犹大预想着一个更大的行动，然而祭司和法利赛人在他的凛然的威严中，只是暗暗地增加了杀害耶稣的计划，而耶稣却也一点没有扩大这个激愤的行动的意向。犹大开始有些轻微的失望了。

犹大一直十分称职地行使他作为一个司库的人。他以一种沉默的尊敬和爱慕向着耶稣，他自信他们之间有别的门徒所不能分享的了解。但是过不多久，他的自信开始动摇起来。他本以为耶稣极端聪明而巧妙地将他政治的、社会的目的，掩护在以色列人迷信着由上帝遣来救赎主的传统寓言的心理，扮演着古先知的神采。但是犹大渐渐觉得他的扮演太过于认真，认真得超过了他的政治和社会的目的。他发现耶稣花了太多的时间去向人宣明他是“神的儿子”之类的消息。他说起他和天上的“父”的关系时，竟真切得令人困惑；他强调着自己的神性的权柄，一点也不能给一个最冷静的人一种妄诞之感。他煞有介事地宣称他赦了别人的罪，温柔地倾听并同情一个负罪者的声音，好像他真的超乎于一切的罪行之外，并真的因而有着绝对而完全的赦罪的权柄。而且更使犹大困惑的是，耶稣没有一次不在群众疯狂地拥戴他的时候，悄然退隐。起初犹大得意地断定这种引退是一种引起一个更大的群众运动的诡计，然而耶稣三番四次地漠视群众的激情，实在使他不解。因此，经过竟日的奔波之后，犹大常常要在深夜临睡的时候对自己询问并答辩着：

——他有三种可能，要不是个疯子，不然就是个有病的梦想家，再不然便真是他说的神之子了。

——然而，他会是疯子吗？

犹大立即想起许多耶稣那些极有智慧的谈论来。

——况且，一个疯子不会用那样非常的急智去答辩法利赛人的诘难的。他的作为显明他是个清醒的大智慧者。

——一个梦想家吗？

犹大苦闷地翻了一个身。

——梦想家，倒是有点像的。什么“天上的国度”，什么“天上的父亲”之类的。

但是就在同时，犹大想起了那次五千人的宴会的场面。他观察到耶稣是喜好秩序的人，因为他将群众分成五十至一百的小组。他命令门徒收拾狼藉的饼屑，足见在穷国中长大的耶稣是十分经济而且实在的人。

——那么，就是神之子了。

犹大疲倦地嘲笑起来。睡意极浓，最后的询问已经不屑去研究了。

——还是一个梦想者罢！

他无声地说，便沉入深睡里去了。

这拿撒勒人耶稣的声望已经风闻全以色列的地方了。无数的人信从他，有的是因为耶稣的风貌引起他们纯属感情的爱慕；有的是因为希望这个能够分发饼和鱼给他们吃饱的人正是他们未来的王，以便将来他们都能如摩西时代的列祖一般，无须劳动而有一日之食；有的因为他们负罪忧愁的心从他得到了真实无比的安慰和释放；大部分的人都托望于他就是那能够将他们从罗马人的铁蹄中拯救出来的政治的弥赛亚。但在另一方面，罗马人监视着他，耶路撒冷的法利赛人、文士和祭司们嫉妒地想谋害他。就在这样的情势中，耶稣和众门徒来到圣城附近的橄榄山那里。犹大看见耶稣指使他的门徒，要骑着驴子走进对他满是风险的耶路撒冷去。犹大立刻就想起这无非是要故意去应验《撒迦利亚书》* 上的预言罢了。犹大忽然对这一切的布置感到厌烦和不屑了，他想着正当耶路撒冷的那些支配者们对他满有敌意和危险的时候去扮演这喜剧，未免太过于昏妄了。

---

* 书为《旧约圣经》中之一章，预言为王的弥赛亚必将骑驴进城。

耶稣骑在驴背上，漫漫地走进耶路撒冷的城门。合城的人在那一片刻里欢腾起来。

“和撒那！和撒那！”

“哈利路亚，哈利路亚！”

“和撒那归于戴维的子孙！奉主名来的，应当称颂！”

“那将临的我祖戴维之国，应当称颂！”

“高高在上，和撒那，和撒那！”

“奉主名来的王，该受称颂！”

“在天上有和平，在至高之处有荣光！”

犹大为这雷动欢声震惊得驻足良久。他看见群众纷纷解开衣裳，铺在耶稣面前。群众摇撼着象征胜利和王权的棕榈树叶，全城便进入一种疯狂的欢喜之中。犹大顿时为一个意念所抓住，以为这必是耶稣取得政权的时候了。他走进群众，大声喧嚷起来：

“复兴我祖戴维之国！”

“奉主名来的王呵！一切荣典归给他！”

整个圣城的墙砖和路边的顽石都仿佛在张口称颂着。罗马人恐惧着、远远地观望着，那些撑着神职之旗的以色列的支配者呆呆地从会堂的小窗，望着这狂欢的时刻。犹大感觉到人民的崛起和革命的胜利就在眼前，兴奋得在人众中来回奔跑呐喊着。

但是过不多久，喧腾的声音渐渐零落，而至于完全寂寥下去。城里的居民欢喜而且满足地回到他们的日常生活里去了，仿佛他们在一起过完了一个愉快的节日一般。耶稣又在那最欢腾的时刻，不知隐退到哪里去了。犹大一个人站在街角，眼看着满地狼藉的棕榈叶和尘土纸屑，沉入一种从未有过的失望和悲戚之中了。这失望和悲哀顿时转化成一股不可思议的愤怒，满满地胀着他的胸膺。

“这傻瓜，这个梦想者！”犹大在心里嘶叫着，止不住淌下极热辣的眼泪来。

6

自从那次荣耀的进城之后，犹大对耶稣的失望，使他终日感到噬心的痛苦。他已经明白耶稣真的不对世上的权柄和荣耀抱有野心。但另一方面犹大却发现了以色列人对耶稣那种绝对无可取代的爱戴。他为这些他的智慧所无由理解的现实觉得悲愤难堪。但是耶稣却在不断地向他们晦涩地暗示着他将受死的事，这益发使犹大困恼起来。

——他要死掉，也好，不过真太可惜了。他像一点也不知道以色列人的倾慕使他拥有多么宝贵的力量！

每次听着耶稣预言自己的命运时，他总是忿忿地这样想着。直到有一天一个黑暗的意念涌上他的心，使他终夜不能成眠。他想既然耶稣要死，为何不布置让他死在罗马人的手中，激怒那些深爱着耶稣的群众，叫奋锐党人起来领导推翻罗马人的运动呢？这一刹那的意念使他兴奋了，他不由自主地计划着细节和估计着后果。犹大的心又热烈地燃烧起来。但是当他想起耶稣的可敬爱的素行和风貌的时候，他的心就大大地不安起来。

——他既是神之子，他不会让别人过分伤害他的罢！

这个思想给他一点嘲讽性的安慰。天一亮，犹大就匆匆地来到殿堂，会见祭司亚居拉。一些奋锐党人列坐在四边。

“我们给你多少代价呢？”亚居拉说，并不抬起他那大大地苍老了的头。

犹大不知为什么竟笑出声来，但没有人知道他是在努力地忍着他的眼泪。

“给你三十个银子罢！”

那是当时一个奴隶的身价。犹大低下头去，亚居拉数着银钱，犹大悉数收进他的袋子里了。

接着他们和两个领袖到内室去商议适当的时机，因为犹大不愿意在交到罗马人的手之前惊动以色列人。他按着他所熟悉的耶稣的行迹的习惯，决定在夜里拿他。

沉默了许久，亚居拉背着他们望着窗外，以一种极为衰弱的声音问起希罗底。

“伊想念你，”犹大说，“伊极好！”

一个尖刻的寂寞袭进他的心，他在外处心积虑地奔波已过了一年，他顿时感到疲倦起来，想起了希罗底的母亲似的怀抱了。

——不会太久的，事情一了，我就要回去了。

犹大沉吟着。但一回想那将了的“事情”，一阵不安之感使他微微地颤抖起来。犹大默默地走出了殿堂。

除酵节到了。耶稣吩咐门徒去张罗过节的食物。在节日的晚宴上，犹大静静地看着他的师兄们争论着一旦耶稣掌权，谁将为大的问题。他看见痛苦而且忧戚的耶稣默默地站立起来，开始一个个为他的门徒洗脚。犹大好奇地看着耶稣那样熟练地做着奴仆的服侍。当耶稣洗着他的脚的时候，犹大感觉到一种由欢喜和忧愁混合的攻心的暖流，触到他心灵的底层了。他没有等揩干脚就离开酒席出去了。一路上，他像一个婴孩似的不住哭泣着。

就在那天深夜，犹大用那闻名于历史中的一吻，将耶稣交给一个由五百个兵丁组成的罗马的队伍。

第二天早上，罗马巡抚彼拉多的法庭前，集合了全耶路撒冷并周围诸城的人，一个震天的浪潮涌着：

“钉他十字架！”

“钉他十字架，钉他十字架！”

“除掉这人！”

“他的血归我们，同我们子孙身上！”

犹大远远地望着，在恐怖之中痴呆着。这些疯狂地喊着处死耶稣的人众，不正就是七日前以王称颂着他的那些人吗?

“钉他十字架，除去这人，钉他十字架！”

现在他们要他死去，要一个曾一度为他们所深爱的人死去。犹大像死尸一般地青苍起来。他听见一个更黑暗而且凶张的呼嚣声。耶稣的磔刑已定。犹大的计划完全覆灭了，现在他永远不是一个以色列的志士了，他只是个卑鄙地出卖了师长的门徒。犹大明白了这一切，他觉得浑身冰凉起来。

群众蜂拥地走向城外一个称为各各他（翻译出来就是髑髅地）的刑场。犹大失神地同群众走上那哀叹的悲愁之街，走出城外。

挂在十字架上的耶稣在噪杂残酷的嘲弄声中被竖了起来。犹大凝神地望着他，他的眼睛忽然因着惊叹微微地亮了起来。他初次看到耶稣有着一对十分优美的两臂。这曾以木匠而劳动过的双手多肉、结实而且十分地笔直。

“多么优美的一双手臂呀！”犹大对自己嗫嚅着。

但是就在这一顷刻之际，犹大完全了解了一切耶稣关于天上乐土的教训和他上连于天的权柄。他知道耶稣已经这样赢得了他实现于人类历史终期的王国，这王国包容着普世之民，它的来临和宇宙的永世比起就几乎可以说已经来到人间了。他忽然明白：没有那爱的王国，任何人所企划的正义，都会迅速腐败。他了解到他自己的正义的无何有之国在这更广大更和乐的王国之前是何等地愚蠢而渺小，他的眼泪仿佛夏天的骤雨一般流满了他苍白无血的脸。

“多么优美的一双手臂啊！”犹大说着，伸张开自己的两臂，对着十字架调整它们的角度。突然间，他调转身来，像幽灵似的走回城里去了。

7

关于犹大的结局，《福音书》上有这样的记载：

犹大……就后悔，把那三十块钱，拿回来给祭司长和长老，说：“我卖了无辜之人的血，是有罪了。”

他们说：“那与我们有什么相干？你自己承担罢！”

犹大就把那钱丢在殿里，出去吊死了。祭司长拾起银钱来，说：“这是血价，不可放在库里。”

他们商议，就用银钱买了窑户的一块田，为要埋葬外乡人。所以那块田，直到今日还叫作血田。这就应了先知耶利米的话，说：“他们用三十块钱，就是被估定之人的价钱，是以色列人中所估定的，买了窑户的一块田。这是照着主所吩咐我的。”

这段短短的记载，除了对这可怜的犹大有一份嫉恶的乐祸的感情，实在是十分精彩的。犹大确是吊死了的，好像一面破烂的旗帜，悬在一棵古老的无花果树上。当黎明降临的时候，我们才在曙光中看到那绳索正是他那不称的红艳的腰带，只是显得十分肮脏了。

一九六一年六月二十七日凌晨于台北永和

初刊于一九六一年七月《笔汇》第二卷第九期

署名许南村

苹果树

1

是个春寒三月中的某一个中午。设若单看天候，便是个极可爱的大晴的日子。然而因为寒流正占领着这个城市，特别是保安宫后面这一条长长的贫民街，在可笑地炫灿着的冬阳之中，瑟缩得叫这瘦长的街衢看起来尤其狭窄了。

可是尽管说是十分狭窄的街道，却在远远处巍巅巅地驶进一辆三轮车来。当然，在我们这条街道上，自然也住着好几户车夫的。因此早早晚晚地也有许多上工下工的三轮车，小心地躲着路上的家畜以及和家畜差不多的三五成群的儿童，通过路面。然而这时候开进这长巷里来的，大约应该是很特别的罢。在屋檐底下曝日的嶙峋的大老头，伸着瘦瘦的颈子望着它；脏兮兮的小子们停下游耍，把冻得红通通的手掩在身后盯着它；让婴儿吮着枯干的奶的病黄黄的小母亲，张着一个幽洞似的虚空的嘴瞧着它；正在修理着一只摊车的黑小伙儿也停下搥钉，用一对隐藏着许多危险的眼睛瞅着它。这个冬日里的破烂巷子，在它的寂静中，本有它的熙攘的，但都在这个片刻里全部安静下来了。不用说，这巷子里的居民是不会有人奢侈得以车代步的，然而毕竟也不会有那种花钱雇车的人到这里来找什么人的罢。

车子停在那个嶙峋的大老头的斜对门儿的一个人家前面。下车的是个后生小子。他的脸色和衣着立刻暴露在这些对于鉴别贫富上特别锐利的贫民的眼光中，使他们都失望了。一个大而且粗笨的家伙，老天，很长的头发，镶着一张极无气味的苦命的长脸。他穿着的那件海军大衣算是不错的行头了，然而我们这巷子里就有三个人穿着这种衣服：一个摆书摊的，一个患着气喘的车夫，另一个就是那个估衣商。而另外两个都是从估衣商那里买了来的。何况这后生穿着的已经十分陈旧，好几处呢毛都脱落了，留下仿佛布袋一般粗陋的布面，光是看着都不能使人有温暖的感觉。卸下三件行李，其中一件显然地是铺盖，另外两件也看不出是什么出色的东西，然而都仿佛十分沉重。另外有几个破旧的框子，以及一只米黄色的吉他琴。

这个海军大衣的青年人，冲着倚在门口的妇人弯了腰，使伊惊慌地退进暗暗的门里。他们似乎在交换着几些询问，然后伊便指着一家门口栽种着一株不高的树的人家，待命着的车夫同那青年便一道搬着行李过去了。

呵哈，是个房客。旁观的人这才想起廖生财家——他家门口有一株不高的青青的树——的阁楼要租给一个学生的事来。另外一个穷人加进他们的生活里，如此而已。于是今天又似乎没有什么特别了。在这样局促、看不见生机的地区里，每个人仿佛都在企望着能在每一个片刻里发生一些特别的事，发生一些奇迹罢——或者说：一场斗架也好，一场用最污秽的言语缀成的对骂罢，哪家死个把人罢，不然哪家添个娃娃也一样。只要是一些能叫他们忘记自己活着或者记起自己毕竟是活着的事，都是他们所待望的。

于是那个嶙峋的大老头儿又瑟缩地曝他底冬日去；脏兮兮的小子们又野起来了。婴儿也依旧使劲地吸着那个暴露着青筋的枯干的奶，致使那个病得黄黄底小小的母亲皱起眉来；搥钉着摊车的声音又叮当起来。总之，除了廖生财家正忙着安顿，一切又回归到熙攘的寂静中去，回归到执着的、无可如何的生之寂静中去。

而冬日也更其可笑地绚灿着。

2

这新来的后生，称作林武治，是个大学生。虽说是个法律系的学生，他却一心要成为一个画家。他的算学和英语很不得意，所以几次参加考试都无法考上艺术系里去，便只得被分发在一个十分野鸡的大学里的法律系里挂着学籍。林武治君的赁金九十元整的小阁楼，东墙西角地摆上一些陈旧的破书，以及号数不齐的十来张画布框和关节发松、石膏脱落的画框框等等的，使那斗室看起来就局促得十分热闹了。然而以一个艺术青年的怪癖来看，林武治君对于这个在墙上贴满一些日历上留下来的名画复制品，和若干自己的素描速写的成绩的小世界，毋宁有一种如鱼得水的快乐的罢。

他是个懒惰的家伙。我们并看不见他整天忙着画，而他的课业就更不必说了。他的务农的家里一个月给他寄个三百元，当然也真没有余钱购买颜料画布什么的了。于是他便一天三次像一条懒狗一般地从他的窝居溜出来吃饭，老披着一身黑色的海军大衣，呆头呆脑地在街上迈着很无生息的步伐。这一带是经常不乏那种失业闲居、让胡楂子荒荒废废地爬满腮帮子的那种男人，但是他们却谁也没有林武治君的悠悠哉的写意劲。

但是这也并不是说我们这里的居民是过着如何非人的生活，至少他们自身并不以为是“非人”的。因为他们实在没有功夫去讲究“人的”与“非人”的分别。他们只是说不清是幸还是不幸地生而为人，而且又死不了，就只好一天挨过一天地活着。因此之故，生活对他们既无所谓失意，也就更无所谓写意什么的了。这就仿佛我们常见的猫狗之属，因为它们是活着的缘故，就得跑遍大街小巷找寻些可以吞吃的东西以苟活一般。但其实若万一找不着，一样只能睡个霉气的觉，等着一觉醒来睁开眼睛，又去寻找些什么。哀乐等等，对它们是不成意义的。

比方，就廖生财说，他只是一味从早到晚坐在他的家里，把一块块粗木砍砍削削地使其成为木屐：各色各样的木屐，大的，小的，男的，女的。若使你看见他那种专心不稍休息的模样，或许你会极为热心地相信他在工作中，自有某些“价值”的罢。其实却极不然的。他只是整天不言不笑地踞坐在暗黑之中，让他的双手不住地劳动，让各种不同质的、不同颜色、不同气味的木屑撒满他的周边；让他左边的粗木块的堆堆逐渐减少，让他右边的木屐的雏形一个个增多起来。等到再从头逐一加上细工修削完毕，往往已是深夜了。他于是便伸伸腰，爬进他的被窝去，睡在他的妻子留下的空地上。他的妻是个轻度的精神病患者，瘦长枯干，青苍得几乎要发绿。这固然是病的缘故，但或者也是由于终年不见阳光所致。这里的人全知道伊白天睡着闷觉，到晚上才出来坐在门槛上，像一只看门的狗，直到破晓。

再说那个十分嶙峋的，白遍了头发胡须的大老头罢。他总是夏天乘凉冬天曝日的，用同样的姿势坐在同样的位置上，漠然地看着由他面前经过的每样东西，包括小小的蚂蚁行军在内。他有个十分孝顺的拾荒的儿子，二十来岁罢，让太阳晒得黑而且发青。眼圈鼻孔和皮肤上终年都积着仿佛闪光的污垢，而且患着眼病。眼皮红通通地外翻着，镶在黑瘦的脸上。他瞧着你的时候，会叫你有一种眼里刺扎的感觉。他是个说不上快乐，然而却是个极良善的美食者。一下工，把烂箩筐一放，就拿起一小便当盒的小菜，比如那些咸渍猪肺、烟熏的猪肠肚、卤鸭翅鸭爪、豆腐干之类的，摊在地上就同他的父亲津津有味地吃起来。

再说到那个病黄病黄的瘦小的母亲。伊的丈夫强壮得像一只灰熊。传说他有一手颇为高明的汉药医道，但是大概是才高不羁的缘故，他是个很厉害的纵酒者，而且生性凶暴。曾有许多药号聘用他，但都受不住他的纵酒和傲烈，不得不辞掉他。他的纵酒也便日甚一日了。他向人乞酒的时候，卑怯懦弱得好比一个乞丐。

"大哥，讨碗酒喝。"他柔声说，便把他的庞大的身体坐在摊子边，"我们大哥慷慨，将来发财昌盛，谁也比不了你！"他于是便堆着十分恶心的谦卑的微笑。由于他身材出奇地彪大，因而他的乞求几乎不曾被叱拒过。他一喝醉的时候，真不幸呵，他一喝醉的时候，便直直地颠回家去，抓着他病黄病黄的女人，仿佛要撕裂似的抽打起来。然则这个小小的女人也够勇敢的，看见那个醉酒的男人撞进家门，伊便开始骂不绝口，用语之狠毒污秽那是不用说的。但伊能在那样快速的语句中，口齿清晰，一点也不含糊，确实是很叫人惊叹的。

而且在厮打之中，伊也用尽伊的力量抵抗甚至反击着。牙齿、利爪、手头抓得到的木屐之类的都用上了。那其实是十分叫人感动的悲壮的格斗，特别是伊一面要护着怀抱中的婴儿的时候。所幸的是那个大汉在扑打之际，会忽然扑倒下去，呼呼地沉睡过去了。这时候，这可怜的小女人也就舒了口气，抱着孩子，到厨下自己咕噜咕噜地喝上一碗冷水，便又让怀里的受惊的小子吮着伊的暴露着青筋的枯干的奶了。一切都因习惯而变成很是漠然了，就连那男人酒醒之后，必然的一阵牛嗥似的恸哭，继而沉默，继而又溜出去讨酒喝的事，也成了日课似的定例了。然而尽管如此，他们之间依旧一年复一年地生下他们的孩子。

这里的这样的日子，便因此似乎十分热闹。然而由于总是这样一再重复着同样的沉默，同样的扑打、饕餮、恸哭乃至于生死，这样的一出演不完的可悲的生之闹剧，就变得十分沉闷而且无聊了。而我所以说林武治君在他那种类似颓然的懒惰的生活里，犹颇有他人不能有的写意者，一方面固然由于一个艺术青年——至少是个自我的艺术青年——的气质，另外则是因为他无须直面于生活。他无须为生活劳力，也便因此得以逃避大部分的狰狞的压力了。林武治君应算是生存在我们这里的唯一能从那无气味的生之重压支取一些他自己的自由人——如果我们不算廖生财的妻在内的话。伊生活在另一个常人所惯于取笑但却无由企及的月光一般的世界里。谁也不知道伊那终年沉默若哑的语言，在诉说着些什么；谁也无由了解伊坐在门槛上和无数个夜的世界里的关系。伊的世界有月圆月缺，有繁星，有寒霜，有猫的脚步声，有远归的雁的啼叫。然则除此以外，就是我也无由探索伊的。但伊的世界，伊的生之迥然于吾人，大家料必都得同意的罢。

3

如此日复一日，和暖的五月也真无私而且慈爱地来到我们这里。无论如何，天气和暖是好的。因为暮春初夏的太阳，使这里的人从寒冬中释放了出来。快乐的阳光在每一个矮矮的屋顶上跳着舞，使得在屋檐下打盹的猫们能够不必蜷成一个局促的圆圈，而长长地舒展着，让五月的太阳轻轻地抚摸着它们因沉睡中的呼吸而一起一落的小毛肚子。一种轻轻的、不可言说的愉悦的氛围，叫阳光散发给每一个活物，甚至一草一木。

就是在这样的暮春里的一个傍晚，林武治君吃过了晚饭，便取了他的吉他琴坐在门前的树下，抽完叼着的半截香烟，便抚琴轻唱起来。那是一只出色的琴。米黄的颜色，靠近共鸣洞的边儿已经有些掉漆了。那自然是只老货色。它的胴体有些椭圆的形式，不若现今美式的那样泼辣。然而这毋宁更加近乎纯粹拉丁的血缘，平添一份西班牙的乡愁之感吧。琴声圆而且沉，柔而且实，仿佛六根弦里宿着六条幽灵一般。可惜的是武治君的趣味不高。加以他来自南部乡下，唱的固然是东洋日本流行歌，弹奏也是东洋风的。

高地之上，巧巧农舍是我家。
高地之上，黝黝松林我祖业。
高地之上，累累果园父手植。
守园的姑娘，依稀，依稀……

他这样地唱着。他的声音带着一种可笑的感伤。那感伤又和歌词的原意是不太合适的，而况他的声音也说不上是美的。所幸他的音感还准确，而他的声音之所以有些感伤的意味，或许是由于他误将感伤的情绪为爱情的表情之故罢。因为爱情之为物，对他尚是陌生的。所以漂流在琴弦的和音中的他的歌声，在渐浓的夜分中，是极动人的。特别是他唱着——

浓雾罩着松林，
寒霜结在苹果树园。
　　守园姑娘，依稀，依稀……

——的时候。许多小子们围在他的周边，一些被屋子的蚊子驱逐出来的老少大小，或倚或踞地，静静地听着林武治君的歌声。

果树青青，
我的乡愁轻轻，
……

他不住地唱着，竟而自己也感动起来了。好像他那荒瘠偏僻而且火热的故乡，也真变成了一个寒冷肥沃的北地，有松树林，有霜雾，有一大片无际的苹果树园，以及依稀的一个守园的少女。他是个幻想气质的青年，因此他便不觉地沉醉在自己的琴音、歌声以及幻觉的错综的世界里了。他仰望着由青而紫的天空，看见自己倚着的树荫成了一大块黑暗的影子，在门窗泄露的灯光里，随着夜风轻轻地摇动着。他在不可思议的感动里兴奋起来。他突然停止了歌唱，自语似的说：

“嗨，我说这株苹果树怎么老不结果子呢？”

没人答话。他的眼睛好像挑长了灯蕊的灯似的亮了起来：

“嗨，我说这苹果树怎的不结果子哩？”他说，声音像是极诚挚的祈祷，“该结果了，该结得累累地。绿的，粉红的，黄金的……”

小子们在偷偷地咽着唾沫，因此有一个急切的问题是不得不问的。于是一个腼腆的、饥饿的声音说：

“你可说说：什么是——什么是苹果呢？”

“苹果吗？”林武治说，有几分愕然，“苹果吗？呵——”

他有些忧愁起来了。他在保罗·塞尚的静物里看过，但绘画到了塞尚的时候已经使实物和它的美给分离了。但是他可以推想苹果定必是比柠檬大比香瓜小的、比柿子较淡而且有更高尚的红色的一种果子。至于它的口味可就无从推断了。然而这有什么相干呢？他伤心起来，说不准为什么，也许是为着他自己也竟都不知道苹果之为物的缘故罢。

“苹果吗？”他说，心疼起来，“告诉你们苹果是什么。苹果就是……幸福罢。”

他噤不能语了，对于自己的话诧异起来。然而，他想着：为什么不是呢？幸福！……一盏灯火在他的眼睛里亮了起来，他用全心灵浸渍在他的信仰里。

“我们的苹果树该结实了，”他说，兴奋在刺激着他的泪腺，“该结实了。那时候我们都可以有一只苹果，一只我们自己的苹果，我们所要的幸福。”

夜在什么时候覆盖了下来。即使蚊蚋猖獗，五月的夜终究极其可爱。好美的月光，像一层银片一样，薄薄地镶着这一株幸福之树。许是由于月光之故罢，大家都迷失在一种苍白的、扎心的欢愉里去。

“我所要的幸福，”他说，“该是一双能看见万物的灵魂的眼睛。呵，我要看见一桌一椅、一瓶一壶的灵魂。我要看见隐藏在天籁自然中的精灵，我要看见囿于人体之内的真实，然后我能将这些入画，唉！……”

“至于你的幸福，”他对着一个营养不良的小子说，“该是一碗香喷喷的白饭，浇着肉汤……

“这些都会有的，只要我们的苹果结了实。

“那时候，男子们再也不酗酒，再也不野蛮。那时候母亲都健康美丽。那时候宝宝们都有甜甜的奶，都有安稳的怀抱。那时候我们的房子又高又巧，红的墙，绿的瓦。那时候老头儿们都有安乐椅，那时候拾荒的老李的眼病会好好的。

“那个时候，再没有哭泣，没有呻吟，没有咒诅，唉，没有死亡。

“那时候，夜莺和金丝雀们都回来了。它们为了寻找失去的歌声离开我们太久太久。当夜莺和金丝雀唱起来的时候，唉唉，人的幸福就完全了。”

林武治君泪流满面。然而他是快乐的，欢喜的。月光照着他一头浓密的黑发，照着他削瘦的青白的脸，照着他温柔的、梦一般的眼睛，照着他干枯而极薄的魔术一般的唇。

幸福的希望像小小的火种一般围着这幸福之树烧燃起来。人们仿佛看见了拯救一般仰面无极的高空。一切想要的和不可及的都在那里。每个人都遥遥地看见了自己的苹果，或笨如冬瓜、或小如蜜柑、或黄、或绿、或银、或青。

林武治君重又抱起吉他琴，在一组组优美的和弦声中，唱着那只东洋风的怀乡之歌。一个幸福的乐土在远处，在高地，在霜和雾里。那里有一片片寒松的树海，有一望无垠的苹果园，开着银色的花，结着累累的实，啊，夜莺唱着，金丝雀和着……在遥远的地方。

夜十分地深了。人们疲倦地打着哈欠，舒着腰，都回到他们的窝居去了。关于那苹果的消息，的确叫我们燃起了许多荒谬的、曲扭了的希望。但也不是没有反对的人。其中以那三个有海军大衣的人：一个摆书摊的，一个估衣商（换言之就是赃衣买卖者）和那个气喘病的车夫，都异口同声地主张苹果是极毒之物、虫蛇鸟兽所不近的毒果。另外有一个人，就是拾荒老李的老子，那个十分之嶙峋的大老头儿，实在是我们当中真正尝过苹果的唯一的人。他年壮的时候是个纨裤，在日人时代自其父承受了一个洋行，从日本购办一箱箱的苹果。不过他佬现在是个很重的聋子，苹果的消息他是听不见的，因此我们也休去管他。

4

夜凉若水，月色由白而至于发青了。林武治君抱着琴，一步步爬上那局促的阁楼。

他看见伊，廖生财的疯了的妻，坐在他的铺上。天窗有月光流在伊的脸上。疯人和死人的脸，虽然同是人类的脸，却不知道为什么总是十分骇人的。自然，其骇人的样式，在疯子和死尸之间，又是不同了。

但是武治君并没有因而丧胆。那绝不是由于他有过人的胆魄之故，而是由于他一仍在方才的他自己的幸福的福音的兴奋里。

在月光里，他看着伊的枯燥的长发，伊的漠然的、死鱼一般的眼睛，伊的失去了女性的丰润的、干枯而瘦板的身体，止不住油然地悲悯起来。

他坐了下来。伊是个文静的疯子，哭闹是不会的，就是连那种很叫人悚然的笑和自语都没有。因此，伊的神秘的沉默，在伊那种修长的青苍的脸上，便表现了某种近乎智慧的、沉沉底悲怆了。这种无可解说的，就仿佛生之悲哀的本身那样的沉痛，在武治君的锐利善感的眼里，尤其是戚然的。

一首歌一般的欲望，使他抚摸着伊的不干净的长而油腻的头发。他只不过想安慰伊的——或者说，他们之间的——无告的哀伤罢了。然而不料这是很不该的，特别是对于一个从不知女性的男子。他终于抱住了伊的头，偎在她的怀里。

“苹果树就会结实的……到那时候，你就会好起来，一定会好起来的……请相信罢……”

他慌乱地说着，也许他自己都听不清楚罢。然而他却不知为什么微微地发抖，而且无端地哭泣着。

这是毕竟不该的，也是不好的。

那夜，他犯了伊。

我很难过。我不知道怎么说他们才好。然而除了他们之外，我想那是由于月光之故。那夜的月光太迷人了，青得像一片深泉，青得叫人心碎的深泉，一定是的，一定是由于那至今从未见过第二度的那种月色之故。

自斯以后，廖生财的疯了的妻，再也不守着又长又厚的夜了，因伊另有所守。

林武治君在那一个无由解说的一夜之间的偶然，顿时成为一个男子。一个成长的男子。一个全新的感觉的世界为他敞开来，好像仙境。由于他在毫无存心和预备之际进入了一个生命的另一个世界，使他说不清是喜是惊。但是有一种感觉或是十分明白而且实在的：那就是一种新的凄绝的寂寞盘踞了他的甫失童贞的心。这种寂寞和童贞以前的少年的感伤主义是十分迥然的。他在朦胧但又动弹不得的瘫痪中，意识到许多这一向自己所藉以存在的支架，都像炎阳下的冰雪一般地消蚀着。故乡再也没有乡愁的意义，父母亲朋兄弟都只不过是一群又滑稽又愚笨更无相干的人，童年的许多记忆都远远地离去了。武治君回头看见了自己孤零零地沉落在一种茫茫的无极之中，感觉到一种叫人动悸的绞疼，使他的拥抱尤其显得不安和惶恐了。这全个生命的抱拥所揭去的不只是他的童贞，而是整个的过去和历史中的某一条锁链。而这种过去之失落，又使他更焦虑地纠葛着伊了。

是某一夜。而月甚圆。

“……我的父亲和地政人员勾结着，用种种的欺罔诈骗我们家那些不识字的佃户，然后又使人调解息讼。我明明知道这些，但我只好像父亲所期待的那样装着不知……”

这当然是武治君的声音。但他并不是独语。每每在热情之后的疲倦里，他都止不住喁喁地、低低地诉说着，尽管他的听者一直都在那种神秘的迷离和缄默里，他一次比一次地向伊诉说着他的梦，他的抑压着的无数的过去。

“我什么也做不了。但是我终于走出来。也许在逃避着自己家的恶德罢。然而，若我们没有了那些土地，我们更只好等着沦为乞丐了。我的父亲什么也不能做，一个哥哥因肺病养着，另一个哥哥自小便是个赌徒。

“但是我出来了又有什么用呢？每天每天我的用度仍旧是那些不义的铜钱。”

他于是笑出声来，感觉到一种无可如何的哀愁。但是这种哀愁，让他觉得在无底的寂寞里投进一些什么，更叫他感受到仿佛一个教徒在告解着自己的秘密的负罪时那种安慰人的感伤。这个不见得在倾听着的女人，在他却成为某一种神明。他像中古时期的年轻的僧侣一样向伊倾倒着自己除了面对神明之外不容敞开的自我：他的幼妹如何出乎意外地和一个野鄙的外乡人私奔，使他蒙受何等的内伤；他的侄儿如何因兄嫂耽于赌博而死于乏人照顾的斑疹里；他的母亲如何由于少时受了父亲的冷落，哭成一个瞎子。凡此种种，都在夜复一夜的喁喁之中铺述出来，就如今夜一样。

月色流满了斗室，照在伊的裸而无肉且枯干的肩膀。伊的呼吸平稳，在一种疯人的漠然之中，是看不见那种爱人的欢悦的，但至少伊的心境的完美的和平，是可以信然的。

他顺着伊的眼光仰望过去，一轮明月悬在天窗的稍右。突然间他想起了他自己的苹果树来。曾几何时他已经超出了幻想而深深地信仰着那幸福的苹果了。他翻身伏卧着，月光流在他褐色的背脊。他侧倚着头注视着伊的分不出死活的侧颜，在月色中反射着一层薄薄的青色的光彩。他开始用新的热心述说着一个苹果园，在寒冷的高地，一望无际的苹果树林开满了银色的花，结着累累的实……

渐渐地，伊在那一高大银盘中看见了一个幻象。正如他说的，一片苹果树林的乐土，夜莺歌唱，金丝雀唱和。幸福在四处漂流着。而在林间悠然地漫步着一对裸着的情侣，男的武治，那女的可不就是伊自己吗?

林武治看见伊的死鱼一般的眼睛第一次点起了灵秀的人间的光彩。一朵静静的微笑第一度浮在伊无色的嘴唇。这使他惊愕良久，止不住狂喜地摇撼着伊的肩膀。

“喂，你知道了，你苏醒了，你相信我的苹果树！”

也不知道在某一个刹那里，伊已静静地死去了。然则在那月色之中，武治君一直没有发觉着，何况伊又在微笑着：那么沉静而且和平。武治君像一个被喂饱的稚婴一样满足而愉快地睡去，直到天明。

5

当然，第二天林武治君便成了秽闻的人物。一个裸的女人死在他的房间里，而况又是一个疯妇。我们的正义的报纸大篇幅地披露着这个新闻，在那些淋漓的神妙的文笔里，诸君您等必甚详细。

不到中午，警车便载走了林武治君。他的表情是近乎雕刻般的死板而且漠然。

这确乎是一个大的变故。我们这儿的人从老到少都谈论着这事。廖生财更是愤不欲生。若不在警察保护下，林武治君在带局之前怕已死在乱斧之下。廖生财深爱着他的妻，这真是不幸的事体。

然而过了不久，一切便又回复到过往的规律里。老头儿仍旧是坐着，仍旧是那个坐姿；小子们更野了；婴儿仍旧饥饿地吮着无汁的奶……昨日今日之间，昨年今年之际，或而至于长得无可知的未来，都一仍只是一样的事故，一样的反复。

而若再说及武治君的苹果园，那就早被人干干净净地遗忘了。而且，林武治君所指称的苹果树，其实只不过是一株不高的青青的茄苳罢了。

……

初刊于一九六一年十一月《笔汇》第二卷第十一、十二期合刊本

署名陈根旺

文书

致耀忠毕业纪念

Ⅰ　公文

一、钧部○○字第○○○号令奉悉。

二、兹随文赍呈报告书乙份，并检附疑犯安某自白书，另诊断证明书各乙份。

三、恭请鉴核。

局长（略）

年　月　日

Ⅱ　报告

年　月　日

○级巡佐　周○○

一、职自奉钧部〇〇字第〇〇〇号令，即着手调查该案始末。核对之后，方知疑犯安某为职旧日同僚。职识安某颇深，知其为谨慎小胆之人，不意竟成此次血案之疑犯也。安某〇〇〇〇人也，为旧军阀某幕僚之后，其家人世代读书，精于兵法谋略。抗战军兴，安某以少年投军，历经战事，功不在小。〇〇年退役后，即独力经营纱厂，辛勤创业。三年前妻娶杨氏，家庭美满，为邻里所羡。

二、职自其厂中员工与疑犯平日接触之人调查，皆谓安某平素为人信实敬业、忠厚勤恳。至于其家居生活，尤为和乐美满，有佣人黄氏可以作证。故血案之起，职以为出于疑犯劳碌终年，致精神异常所致也，有省立进德精神科医院诊断书为证（见副本）。案发之夜，邻人破门而入，见安某坐地不语者良久，继而哭笑无常，又继则问而不答。侦讯期间，则时而清醒与常人无异，时而发病语无伦次，是以其语录口供多谵语，无由采证。

三、职乃利用其清醒时间，服以大量镇定剂，促其写自白书，历三昼夜而成。职拼排删修数日，乃得疑犯亲笔自白书乙份（另见副本）。疑犯自少颇工于文艺，唯其中仍多荒谬妄诞之陈述，语多鬼魂神秘，又足见其精神异常之状态也。虽不足采信，或不无参考之价值焉。

四、今疑犯安某病况转剧，终日已无清醒之时，且暴戾凶狠，已送交上开精神医院治疗中。其经营之纱厂已暂予关闭，调查继承及员工资遣问题。死者杨珠美，经法医验讫，已发交其娘家收埋。

五、恭请鉴察。

Ⅲ　自白书

（一）

回想起来，第一次看见它，便是我十岁的那一年。

是始终都不能够遗忘的秋冬之际。故乡一向风劲，到了这个时分，便尤其地疾厉了，即使是高高地堵着围墙的我们的家，也抵挡不住这初冬北风的凌厉。老秦望着又暗又低的天空，愣着。愣了许久，便说：

“今年的初雪，怕要早了许多。”

老秦有些傻了。人们都说他已老耄。他的声音带着很重的江北的腔调，有一种化外的钝重之感。在那个十分寂然的片刻里，除去我，便没有人听见他的“今年的初雪，怕要早了许多”的这么一句无谓的话了。我们于是并坐在南厢房的石门槛上，瑟缩着。那时他已然有了年老者的一种颇难以堪的臭味了。但我仍一样向着他。不过若说这是由于我的一片清纯的童心，倒不如说是因着他有一肚子好故事，一肚子安师长、我的祖父的故事。

然而那一天，我们只是默默地瑟缩着，细细地听着满天满院的北风的呼啸。我没有说：

"老秦，老秦，说说我们安爷爷罢。"

而他也自然没有说：

"这回老秦给你讲一个，一个包你没听过的。"

我们只是那样地坐着，都有一种那时候的我所不解的忧愁和恐惧之感，仿佛在等待着什么。我试图想一些老的故事，因为我开始有些心慌起来了。我望了望老秦，看见他用一只又老又干的脏手，擦着被劲风冻出来的鼻水。

"老秦，老秦。"

我想唤他。然而也终于噤着。我于是便想起一件曾经不大满意的事。

"奶奶的。"老秦说过，"奶奶的，一个真冷的天。可便在那大冷天里，我们安师长把丢了半年的石家垒打回来了。

"上面大帅真高兴啊，便赏给我们安师长三年的税。过了半个月，好，我们收税去了。不料百姓们都睁着死牛眼，一个瘦庄长说了：

"'税，十年后的税都缴完了！'

"'谁缴了？'

"'给打走的那个敌团长缴的。'"

老秦说着，竟笑了起来。

"奶——的。还有人把十年后的税都吃了。

“我们安师长说：

“‘混账东西！’

“大大小小的事，也便只有这样一句话。师长吩咐了：五天内来收税，收不上便枪毙你们这些老百姓。

“日子一到，安师长便派我缴粮收税去。嘿，奶——的，你说怎么了呢？整个村庄的人都逃个精光，一只麻雀都没剩下，嘿嘿，奶——……”

那时我出神地听，便觉着很不满。而方今又记着这不满，极想问个清楚。

然而便在此时，我忽然看见东院里有几个老妈子匆促地走动着，我便一下子飞蹿到东院的柴房去。

许多的人撞破了柴房的门，一伙人都跌撞着冲进去了。我钻进人群中，看见冯炘嫂赫然吊在横梁上，微微地摇摆着。我伏在地上，很惊悸于这在那时对我并不十分明白的场面。也便是在那阴暗的柴房里，看到一只极幼小的鼠色的猫，用它鬼绿得很的眼，注视着我。

我跑回南厢，老秦依旧只是坐着，他开始抽着一根乌油油的烟斗。我挤在一旁便坐下，惴惴地瑟缩着。冯炘嫂原先只是一个人哭着，到了被送进柴房，便连日连夜地号啕着。但今天清晨以后，忽然没有了哭声，徒然地留下满院子的风吹，令人凄楚得不堪了。阖家的人们因此不祥地沉默起来。于今冯炘嫂那样地悬挂着，或使合屋的沉默化了开去。老秦也于是把烟斗越抽越慢了，甚而竟合起他的双眼。然则我仍旧驱不去那十分惴惴的重量。逐渐地，在呼号的北风里，也传起“——竟想不开呀——呜……”的哭声来。这自然是少不了应景的意味的。我忽然想起数日来传自柴房的号啕，说：

“……我便是死在你安家啊……”

十分细而吃紧的声音。早听老妈子们耳语着，说是二叔糟蹋了伊。父亲十分震怒，然而二叔只是闷着他那细长的黄脸，早已上了城了。

可是这一切，在当时的我，自然是不懂的。然则我是怎么也挥不去冯炘嫂的那种犹自稍稍动荡着的钝重之感，而十分沮丧起来。这沮丧逐渐地使我不满意，我于是漫说道：

“老秦。”

“嗳。”他也漫应着，却依旧抽着早已熄了的烟斗。

“老秦，那些百姓怎么了？”

“百姓儿？”

“你去收粮缴税，他们跑得精光精光了啊！”

老秦沉吟了一会，忽然说：

“啊，那些百姓儿！”他说着，又用他那又老又干的脏手擦着嘴，“嘿，奶——的。全庄大大小小，逃在路上，也不知碰了那一路的兵，全给杀了，一个也没留下，精光精光！那条路臭了好多月，都没有人通行。”

我听着，不料更加地沉闷起来。我的脑子便阴暗得仿佛那间小小的柴房。我忽然便想起那小的鼠色的猫来。这时它用那一对翠绿得很的眼睛，温柔地、洞识地注视着伏在地上的我。在那个相持的片刻里，它便用那桃红的、微湿的鼻子嗅着我。大约便从那时起，这鼠色的猫便噬住我的灵魂了。它嗅去了我的灵魂了。

（二）

许多许多的岁月过去了。我的父亲原先还到处做了几任幕客，也终于不甚得意。他死了之后，家道自然也中落了。然而，我的大哥，却也颇能守着先人的田园屋宇，依旧是一个乡绅。可是身历了中落的我，加上少不更事，我便离了故乡，到南方去。在南方，很顺利地读完了中学，却怎也考不取大学。蹉跎了好些年，越是觉得无颜回乡，便悄悄地投了军，正赶上全国抗战的时候。

我是未料到军旅之苦的，尤以那时的军旅为然。等到我能过惯了那种生活，在这一切的苦楚里，我逐渐地脱掉了一个富裕人家的子弟的癖性。升了准尉的那一年，请了个短假回家，家人才知道我投军的事，不料竟颇以为耻。老秦早死了，大哥当家，那夜彼此都不曾交谈。次日大早，我便又匆匆地离了家，随着部队开驻塞北的地方。原来我竟厌恶着家和故乡的啊。

在那辽阔的塞北地方，一向只有很少的鬼子，把持着市镇作星点的占据。我们的排，便是许多包围着这星点的部署之一。战争是还很频繁的，但大约都只是小小的接触罢了。

有一天的深夜，我们竟遭到稀有的夜袭。战争延续了一整夜。然而在接触不久，我便亲眼看见关胖子——我们的排长，在我的射程里栽倒在一阵乱枪之中。我接着负起指挥的责任，不料鬼子也在天亮前忽然地撤走了。

太阳升起。在那一霎之际，极处的山巅的积雪，全都闪亮起来。尽管近处都弥漫着烟硝和血尸的恶臭，远处却依旧是个那样明媚的、塞北的晨光。而在这晨光之中，逐渐地浮刻出许多可辨与不可辨的尸体。

"排副——"一个声音说着。

我按着很近的声源，猛然地扳起一具死尸。它的冰凉、硬僵，足以见其死去已经良久了，当然不会是它叫的。我看着它仿佛竟很安适的表情，放下了它，一恁它很不体贴地僵卧在地上。我觉得疲惫得不堪了。然而那声音又说着：

"排——副——"

一个不久便要死去的声音。原来声源竟还颇远的。我找了一个兵，说：

"听到吗？"

兵点点头。

"找去罢。"

兵于是扛着很长的七九步枪，走开了。

我想起了——实则战事一停，我便一直想着——战死的关胖子。我们的第一排子弹发过去后，胖子便扬着手枪跳上前去。他是个豪勇的人，不住地咒骂着。就仿佛平日咒骂着我，咒骂着兵们：

“这狗 × 的！”

那时我举着枪一发一发地放着。胖子跳跃着，便在我的射程里，踉跄着栽下一身肥膘。

“狗 × 的！”

他仿佛说。

很混乱的枪声呵！我想着。许多的兵都回头走着，扛着两只三只的七九步枪。在远处，一个兵垂直着枪身，朝地上开了一枪。极脆弱的声音。他执行了我的命令了。

我走过胖子的房间。那个平日受尽掌掴之苦的他的传令兵，竟坐在门槛上用肮脏的衣袖默默地拭着眼泪。我注视着他，他马上便站立起来，立正，但眼泪却怎也抑不住的样子。我忽然想起关胖子藏了不少龙洋大头，便上去把门落了锁。我卸下枪给传令兵，说：

“看着。”

“是。”他说着。便立刻摆着卫勤的姿势。

然而我益发觉得无主，觉得慌乱得很了。开饭后，兵们都沉沉地睡着。我躺在床上抽着抽着当地的土烟，我依旧想着胖子排长的事。

关胖子是个湖南人，一个极其刻薄凶蛮的人。自从他不知何以竟晓得我是安某之裔，待我便尤其地凌厉了。

那一次，我被传唤到他的房间里。我一进门，便敬以军礼。然而他却只是那样眈眈地注视着我。许久，他便说：

“来。”

我笔直站在他的前面。他十分冰冷地只是看着我有良久的时刻。我原是由于他作虐惯了，一直都有挨拳受腿的觉悟的，因此原先岂止没有恐惧，并且颇愤愤然有嫉仇的心。但此时在这样不平常的注视中，我却逐渐地胆怯起来了。

“据说安○○是你的老太爷，真的吗？”

这是个我万不曾料到的问题。我于是很惶惶起来，而且似乎在不可自已地发着抖。他用一个紫色的小土罐子喝着水，看来丝毫没有怒意。然而我也从未看过他的那样敷着冷酷与恶毒的脸。他开始慢慢地脱着棉袄，眼眶和嘴唇都发着白。我抑止不住地抖索着，汗如雨下。

就在那样的隆冬，他在我面前裸了他的上身。一个多肉而异常强壮的身体，在左胸脯很怵目地低洼着一个窟窿，在不充足的光线中发着蛇皮一般的光亮。

“他们割去下了酒，在我的面前煮着吃。很好的一块肉哟……”

他抚摸着窟窿，说着，便沉默起来了。这时我才忽然地停止了抖索，很肃然地立正着，脑际只剩下一片空明之感，汗却依旧不住地流着。

“这狗 × 的！”他低低地说。他回身望着窗外，慢慢地加衣。

“当然不是你安〇〇割了的，”他说，“但却是他那些下人。那时一样都是被拉夫出来干。他们竟何必……”

说着，他悲愤起来了。他猛然地转过身来，掏起手枪重重地拍在我面前的桌子上。

“自己死吧，或者我把你这狗 × 的枪毙了！”

我几乎毫不考虑地举枪对着自己的天门。但也便在此时他抢上前来，拳头脚踢如雨一般地落在我的身上。

此后，我的日子便是不尽的苦刑和凌辱了。但每次我想着他的低注着的左胸脯，便徒然地失去了愤愤的心。我便仿佛成了一个受卖身契束缚着的古奴隶，生活在毒恶的鞭笞之中。但在另外的一面，我的如火的怨毒在与日俱增地成长着，一层层地在我的心魂之底层沉淀着、堆积着。

日落以后，我打开关胖子的房间，点上了油灯。便在这个时候，我第二度看见了它，一只鼠色的猫——在这塞外的野战地！——端坐在排长的案头，张着翠绿得很的眼睛，注视着我。时间在一秒一秒地摆渡着，我开始惴惴起来。我在那悲楚的、哀怜的、鬼绿的眼光里恐怖起来。我终于霍然而起，那鼠色的、矫健的猫便烟云一般地逃窜而去。我匆忙地出了房间，锁上了它。

那一夜，我始终不得安宁。我不由自主地想着关胖子，来来覆覆地想着。当我的思潮迂迂回回地又回到了胖子在我的枪口栽倒的一景，我便立刻起身，叫了一个兵随我走到战场去。

塞北的深夜是十分冷澈的。天上挂着一眉新月。那兵一路上瞌睡地踉跄着，直到战场才醒。我们用灯火仔细地照着每一具我们经过的尸体，照着仿佛沉思着、愤怒着、期待着、痛苦着的死脸。

而我终于找着了胖子的身体。我剥开了军装。在提灯光里，看见他的腹部有一排敌人的子弹的入口，颇干净地收缩着。但在他的右肺上有一个子弹的出口，很是灿烂地开着血和肉的花朵。顷刻之间，远远地传来一声猫的长啸，继而又一声、一声地渐去而渐远了。

（三）

又过去了许多许多的岁月。

来到台湾不几年，便退了军职。借着一位有力的同乡的援引，在三年前终于能够在小镇上开设一家小型的纱厂任职。

由于一生倥偬和不安定，我之好近渔色，是在我三十岁之后的事。自此以后，我便一直在买卖的爱情里求得满足。由是，我对于女子的眼光，也一直便是恶戏的。我也便是这样地得到了珠美的身体。

伊是第一批上工的女工中较为美貌的一个，却也是最瘦小的一个。伊的皮肤皙白，眼睛大而且深。我引诱了伊。

然而当我的手触摸到伊的一小手把的乳房，一种从未知道过的爱怜之感，流遍了我的全身体。伊自始至终都出奇地柔顺而羞怯。从那一夜起，我第一次感觉到色欲以外的对于女子的爱情了。那夜，我握住伊的小手，告诉伊我终要娶伊。伊沉默着，继而轻声地哭泣起来，也轻轻地捶打着我的胸膛。

我一次比一次更多地体会到我对于伊的爱情。那是一向不曾有过的生之丰富之感。而纺纱业在那时又遇着好景气，我开始发觉到工作、生命和利润、安适的强烈的兴味了。第二年，雇了五辆小包车到南部的小村庄去迎娶了伊。

婚后的生活是很幸福的。一个浅识的女子，这时不只成为一个十分柔顺的妻子，也成了极得体的主妇。伊的美貌、伊的伶巧，不久便很容易地为我的同乡亲朋接纳了。

有一天的晚上，我回到家里看见伊竟万般怜爱地怀抱着一只鼠色的猫，抚弄着。即使是在新婚的愉悦中的我，也止不住为之怔然地呆立着。

“猫！”伊兴奋地说，“没有错，竟是我家的猫呀！”

伊几乎叫嚷着，来回地抚弄着那只瘦而强壮的猫。

伊说：“想想看，它独自走了那么远的路找到了我！”

我很快地从那一刹之间不由解释的木然中清醒过来。我笑着，说：

“呵，呵呵。”

伊的脸兴奋得泛着桃红。婚后开始有些丰腴起来了的伊的身体，穿着浅黄色的朴质的衣服，怀抱着这样的一只鼠色的猫，在灯光下，这样的构图，竟而有着一种说不清的魅力。而我却在这魅力中偷偷地淌着一身的汗。

然而那畜牲始终眈眈地注视着我，以那样翠绿的眼睛呵！它怒鸣着，便霍然地跃开伊的怀抱，消失在窗外的薄暮之中。那半天，它一直没有回来。伊为它留下半条的比目鱼，然而在逐渐地担心着。我温婉地安慰着伊，似乎也并不能使伊安静下来。然而伊便一直絮絮地谈着那只鼠色的猫。对于它竟从南部迢迢北来，也使我极其稀奇的，稀奇到有些忧戚之感。

“它第一次到我家，我还极小。”伊说着，掠了掠头发。那夜里伊便是这样地利用着每一个抚爱的间隙谈论着猫。

“它来的第二天清晨，哥哥便死了。”伊说，“我母亲伤心之余，便很以为它是不祥之兆，一定不要它。”

伊笑了起来。我有些不安适起来，然而我说：

“你还有过一个哥哥的吗？”

“我很小，他便死了，记都记不清他。”伊说，咽了一口口水，“但是那只猫便是怎么打它，怎么饿它，都不走的。我一见着它，便是喜欢。”

“五天以后，”伊接着说，“我们把哥哥的身体领回来葬掉。从那一天起，也不知什么缘故，母亲竟收留了它，全家的人都喜欢它。”

伊于是又微笑着。然而我纳闷起来，说：

“你的哥哥，是怎样了呢？”

伊静默着，望着蚊帐的圆顶。我看见伊有些疲倦地呵欠着，说：

“他死在监里。”伊说。忽然转过身来，用手摸着我的脸，说：

“枪杀的。”

“啊——”

或者确然是很辽远的记忆吧，伊竟没有丝毫的哀悼的意味的。伊于是又絮絮地说着猫。但我似乎什么也没有听清楚。我的手尖和脚趾开始冰凉起来。仿佛有一只手在撩拨着纠缠着的思绪，寻找着什么。

伊终于沉睡。我望着干净的蚊帐布的纹路。望着一张逐渐在记忆里清醒过来的脸。

我坐起身。窗外的夜，并没有月亮，却撒着一个天宇的细碎的星斗。那个刑场的清晨也是满天寒星的。很高的芦草在晨风中柔美地摇曳着。我走过去扶着他，他望着我，笑了。很苍白的笑。

“对不住，我真是没有用的。”

他说着，勉力站了起来。那时很少的犯人能说得这样一口清晰的“国语”。而我只得扶着他。

他努力地站着，我于焉才发现到竟有这样年少的死囚。剃着光头，有些女性化的脸，在那时看来仿佛一个极惨淡的尼姑。幼稚得很的脸，或者说，纯洁得很的脸。

时间一到，我上去替他蒙着眼。蒙好了，他却忽然说：

“不要，不要这布啦，请挪开，请——”

我于是取下了布。他羞涩如处子一般地微笑了一下。他站定了位子。有些死囚开始嘶喊着口号，但他只是那样沉默地，如处子一般地站立着。我按着号令举起了枪。我在准星尖上看见他很匆促地看了我一眼，便微斜着脸去看远处的沙滩。我又按着口令扣动了扳机，他便那样简洁地应声而倒，好像断了线的傀儡，好像从来就不曾有过生命的土块那样地向前崩落。他只是那样不沉重地扑倒下来罢了。连最微小的挣扎都没有过的。

然则那幼稚得很的脸，那年少的纯洁——这些是一般凶恶的人所没有的——使我很不适了数日。这不久，我便退职了，于是那女子一般的少年便成了我的最后的祭物了。我由是格外地记着他。然而记着记着，也终于淡忘了。而于今竟又回到过去了的那一个眼点。生命原来便是这样地纠缠不开的羁绊呀。

第二天回家，看见伊又高兴起来了。因为那鼠色的畜牲，在白天里一直都陪伴着伊。

“今天我在院子里，亲眼看到它扑杀了一只麻雀。”伊说。伊于是轻盈地蹑着脚走在光滑的地板上，双手突然地一抓，很快乐地笑起来。

“这样地便扑杀了麻雀，是我一向不曾见过的。”伊说着，眼睛明亮着骄傲。“那时一只蝴蝶自草丛中惊起，”伊飘动着扬起伊的一只素手，说，“它竟还想抓住那花蝶，差一些将麻雀都放了。”

伊便又铃子响了似的笑着。在此后的一个半月里，伊为着生活中新的乐趣逐日丰盈，逐日焕发着，而有着一种极细致的女子之美了。伊待我也尤其地温顺体贴，然而我却日复一日地在伊的焕发里相对地下沉着，仿佛忧虑着什么，也似乎在躲藏着什么。

于是便有一天，是个四月前的下着雨的日子罢。我因着不适，提早回到家里。一进卧室，竟赫然地看见一个少年伏卧着读书。珠美却十分安详地午寐着。那少年慢慢地抬起头来，沉静而有些怡然地望着我。呵，那样纯洁得很的脸，那样幼稚得很的脸，那样如女子般美貌的脸啊。我猛然地踣地下跪，像孩子一般地哭了起来。哭声惊醒了妻，少年蓦然地消失，只见那瘦长而健捷的鼠色的猫，跃下窗子，消失在院子里。

自此伊开始十分地忧虑着我的病了。我仔细地说明了我所见的事实，问了伊许多过去的往事，形容了那少年的模样。然而对于伊的哥哥，伊已全然不复记忆了。伊只是流着泪望着我，把我的头抱进伊的怀里。

“你竟病了，”伊哭着，“早要你多休息，你便还要是那样没日没夜的……”忽然伊便号啕起来：“你竟难道信不过我了吗？什么时我一个人出过这大门呀？”

伊这样地误会了我，然而我便如何地解释呢？我忍心不顾伊的苦劝，还是到厂里去，因为我受不住那魂灵的恐惧。然而我终日都在一种绝望的苦恼里了。那样清楚地看见了魂灵，岂非我便是伊哥哥的凶手吗？我疑问着，我自我宽慰着，我也便因此日日枯萎了起来。我们都憔悴着。在夜里，伊万般忧愁地抱着我，亲着我，问着一些不相干的问题，检查我的神志。伊便这样好久没有提起伊的猫了。

“嗳，不要紧的，”有一夜，我说，“那猫呢？说说那只猫罢！”

伊望着我，疲惫地笑着。

“它近来可肥得很嘞。越肥便越乖。”伊说，“有一次，我担心着你，竟一个人哭了。好久，我才看到它端坐在你的枕头上，望着我，好像它很知道我了。”

伊说着，竟自怜地呜咽起来。我哄着伊，想着伊的话，不觉浑身战栗起来。那一夜，伊初次有些开朗了。我看着伊高兴着，不觉也跟着绝望地怡然起来。伊于是沉沉入睡了。

我的心刺痛起来。因为我知道了我竟如此深深地爱恋着伊。看着伊的消瘦了的脸，想起了那第一个温情的夜，不觉哑然地独自淌着泪了。我披衣而起，在大厅里找到烟火。我在厅里木然地抽了一支烟，再点燃了一支。回到卧室里，赫然地竟又是那少年站在我们的床边。他的脸色苍白，在夜光的回照中，十分柔美而和善，我的心悸动着，在茶几的抽屉里握住左轮，对着他开放起来。少年也是那样简洁地仆落在床下，不料却成了关胖子的伏卧的死尸；我于是又朝着胖子连发两枪，枪弹打翻了他的身体，忽然又悬挂在半空里了；冯炘嫂背着我轻轻地动荡着伊的影子。我不住地发着枪，直到弹尽。

枪声过后，仍复归于夜的寂静。不见了少年，不见了冯炘嫂的摆动，也不见了关胖子的开花的胸膛了。一床淋漓的血，僵卧着那鼠色的猫。妻，我的妻竟也仰卧在血泊里。伊弯着一只白皙的腿股，右胸染满了鲜血，胶贴出伊那一小手把的乳房。

以上所述均属实情。

写自白书人　安○○
年　月　日

Ⅳ　诊断说明书

（略）

初刊于一九六三年九月《现代文学》第十八期

将军族

在十二月里，这真是个好天气。特别在出殡的日子，太阳那么绚灿地普照着，使丧家的人们也蒙上了一层隐秘的喜气了。有一支中音的萨士风在轻轻地吹奏着很东洋风的《荒城之月》。它听来感伤，但也和这天气一样地，有一种浪漫的悦乐之感。他为高个子修好了伸缩管，别起嘴将喇叭朝着地下试吹了三个音，于是抬起来对着大街很富于温情地和着《荒城之月》。然后他忽然地停住了，他只吹了三个音。他睁大了本来细眯着的眼，他便这样地在伸缩的方向看见了伊。

高个子伸着手，将伸缩喇叭接了去。高个子说：

“行了，行了。谢谢，谢谢。”

这样地说着，高个子若有所思地将喇叭挟在腋下，一手掏出一支皱得像蚯蚓一般的烟伸到他的眼前，差一点碰到他的鼻子。他后退了一步，猛力地摇着头，别着嘴做出一个笑容。

不过这样的笑容，和他要预备吹奏时的表情，是颇难于区别的。高个子便咬住那烟，用手扶直了它，划了一支洋火烧红了一端，哔叽哔叽地抽了起来。他坐在一条长木凳上，心在很异样地悸动着。没有看见伊，已经有五年了罢。但他却能一眼便认出伊来。伊站在阳光里，将身子的重量放在左腿上，让臀部向左边画着十分优美的曼陀铃琴的弧。还是那样的站法啊。然而如今伊变得很亭亭了。很多年前，伊也曾这样地站在他的面前。那时他们都在康乐队里，几乎每天都在大卡车的颠簸中到处表演。

“三角脸，唱个歌好吗！”伊说。声音沙哑，仿佛鸭子。

他猛然地回过头来，看见伊便是那样地站着，抱着一只吉他琴。伊那时又瘦又小，在月光中，尤其地显得好笑。

“很夜了，唱什么歌！”

然而伊只顾站着，那样地站着。他拍了拍沙滩，伊便很和顺地坐在他的旁边。月亮在海水中碎成许多闪闪的鱼鳞。

“那么就说故事罢。”

“啰唆！”

“说一个就好。”伊说着，脱掉拖鞋，裸着的脚丫子便像蟋蟀似的钉进沙里去。

“十五六岁了，听什么故事！”

“说一个你们家里的故事。你们大陆上的故事。”

伊仰着头，月光很柔和地敷在伊的干枯的小脸，使伊的发育得很不好的身体，看来又笨又拙。他摸了摸他的已经开始有些儿发秃的头。他编扯过许多马贼、内战、私刑的故事。不过那并不是用来迷住像伊这样的貌寝的女子的啊。他看着那些梳着长长的头发的女队员们张着小嘴，听得入神，真是赏心乐事。然而，除了听故事，伊们总是跟年轻的乐师泡着。这使他寂寞得很。乐师们常常这样地说：

“我们的三角脸，才真是柳下惠哩！”

而他便总是笑笑，红着那张确乎有些三角形的脸。

他接过吉他琴，撩拨了一组和弦。琴声在夜空中铮鋐着。渔火在极远的地方又明又灭。他正苦于怀乡，说什么“家里的”故事呢？

“讲一个故事。讲一个猴子的故事。”他说，叹息着。

他于是想起了一支故事。那是写在一本日本的小画册上的故事。在沦陷给日本的东北，他的姊姊曾说给他听过。他只看着五彩的小插画。一个猴子被卖给马戏团，备尝辛酸，历经苦楚。有一个月圆的夜，猴子想起了森林里的老家，想起了爸爸、妈妈、哥哥、姊姊……

伊坐在那里，抱着屈着的腿，很安静地哭着。他慌了起来，嗫嗫地说：

“开玩笑，怎么的了！”

伊站了起来。瘦楞楞的，仿佛一具着衣的骷髅。伊站了一会儿，逐渐地把重心放在左腿上，就是那样。

就是那样的。然而，于今伊却穿着一套稍嫌小了一些的制服。深蓝的底子，到处镶滚着金黄的花纹。十二月的阳光浴着伊，使那怵目得很的蓝色，看来柔和了些。伊的戴着太阳眼镜的脸，比起往时要丰腴了许多。伊正专心地注视着天空中画着椭圆的鸽子们。一支红旗在向它们招摇。他原想走进阳光里，叫伊：

“小瘦丫头儿！”

而伊也会用伊的有些沙哑的嗓门叫起来的罢。但他只是坐在那儿，望着伊。伊再也不是个“小瘦丫头儿”了。他觉得自己果然已在苍老着，像旧了的鼓，缀缀补补了的铜号那样，又丑陋，又凄凉。在康乐队里的那么些年，他才逐渐接近四十。然而一年一年地过着，倒也尚不识老去的滋味的。不知道那些女孩儿们和乐师们，都早已把他当作叔伯之辈了。然而他还只是笑笑。不是不服老，却是因着心身两面，一直都是放浪如素的缘故。他真正地开始觉着老，还正是那个晚上呢。

记得很清楚：那时对于那样地站着的，并且那样轻轻地淌泪的伊，始而惶惑，继而怜惜，终而油然地生了一种老迈的心情。想起来，他是从未有过这样的感觉的。从那个霎时起，他的心才改变成为一个有了年纪的男人的心了。这样的心情，便立刻使他稳重自在。他接着说：

“开玩笑，这是怎么的了，小瘦丫头儿！”

伊没有回答。伊努力地抑压着，也终于没有了哭声。月亮真是美丽，那样静悄悄地照明着长长的沙滩、碉堡和几栋营房，叫人实在弄不明白：何以造物要将这么美好的时刻，秘密地在阒无一人的夜更里展露呢？他捡起吉他琴，任意地拨了几个和弦。他小心地、讨好地、轻轻地唱着：

——王老七，养小鸡，

叽咯叽咯叽咯——

……

伊便止不住地笑了起来。伊转过身来，用一只无肉的腿，向他轻轻地踢起一片细沙。伊忽然地又一个转身，擤了很多的鼻涕。他的心因着伊的活泼，像午后的花朵儿那样绽然地盛开起来。他唱着：

王老七，……

伊揩好了鼻涕，盘腿坐在他的面前。伊说：

“有烟么？”

他赶忙搜了搜口袋，递过一支雪白的纸烟，为伊点上火，打火机发着殷红的火光，照着伊的鼻端。头一次他发现伊有一只很好的鼻子，瘦削、结实。且因流着一些鼻水，仿佛有些凉意。伊深深地吸一口，低下头，用夹住烟的右手支着颐。左手在沙地上歪歪斜斜地画着许多小圆圈。伊说：

“三角脸，我讲个事情你听。”

说着，白白的烟从伊的低着的头，袅袅地飘了上来。他说：

“好呀，好呀。”

“哭一哭，好多了。”

“我讲的是猴子，又不是你。”

“差不多——”

“哦，你是猴子啦，小瘦丫头儿！”

“差不多。月亮也差不多。”

“嗯！”

“唉，唉！这月亮。我一吃饱饭就不对。原来月亮大了，我又想家了。”

“像我罢，连家都没有呢。”

“有家。有家是有家啦，有什么用呢？”

伊说着，以臀部为轴，转了一个半圆。伊对着那黄得发红的大的月亮慢慢地抽起纸烟，烟草便烧得“嗞嗞”作响。伊掠了掠伊的头发，忽然说：

“三角脸。”

“呵。”他说，“很夜了，少胡思乱想。我何尝不想家吗？”

他于是站了起来。他用衣袖擦了擦吉他琴上的夜露，一根根放松了琴弦。伊依旧坐着，很小心地抽着一截烟屁股，然后一弹，一条火红的细弧在沙地上碎成万点星火。

“我想家，也恨家里。”伊说，“你会这样吗？——你不会。”

“小瘦丫头儿，”他说，将琴的胴体掮在肩上，仿佛扛着一支枪。他说：“小瘦丫头，过去的事，想它做什么？我要像你：想、想！那我一天也不要活了！”

伊霍然地站起来，拍着身上的沙粒。伊张着嘴巴打起呵欠来。眨了眨眼，伊看着他，低声地说：

“三角脸，你事情见得多。”伊停了一下，说，“可是你是断断不知道，一个人被卖出去，是什么滋味。”

“我知道。”他猛然地说，睁大了眼睛。伊看着他的微秃的、果然有些儿三角形的脸，不禁笑了起来。

“就好像我们乡下的猪、牛那样地被卖掉了。两万五，卖给他两年。”伊说。

伊将手插进口袋里，耸起板板的小肩膀，背向着他，又逐渐地把重心移到左腿上。伊的右腿便在那里轻轻地踢着沙子，仿佛一只小马儿。

“带走的那一天，我一滴眼泪也没有。我娘躲在房里哭，哭得好响，故意让我听到。我就是一滴眼泪也没有。哼！”

“小瘦丫头！”他低声说。

伊转身望着他，看见他的脸很忧戚地歪扭着，伊便笑了起来：

“三角脸，你知道！你知道个屁呢！”

说着，伊又弓着身子，擤了一把鼻涕。伊说：

“夜了。睡觉了。”

他们于是向招待所走去。月光照着很滑稽的人影，也照着两行孤独的脚印。伊将手伸进他的臂弯里，渴睡地张大了嘴打着呵欠。他的臂弯感觉到伊的很瘦小的胸。但他的心却充满另外一种温暖。临分手的时候，他说：

“要是那时我走了之后，老婆有了女儿，大约也就是你这个年纪罢。”

伊扮了一个鬼脸，蹒跚地走向女队员的房间去。月在东方斜着，分外地圆了。

锣鼓队开始作业了。密密的脆皮鼓伴着撼人的铜锣，逐渐使这静谧的午后骚扰了起来。他拉低了帽子，站立了起来。他看见伊的左手一晃，在右腋里挟住一根银光闪烁的指挥棒。指挥棒的小铜球也随着那样的一晃，有如马嘶一般地轻响起来。伊还是个指挥的呢！

许多也是穿着蓝制服的少女乐手们都集合拢了。伊们开始吹奏着把节拍拉慢了一倍的《马撒永眠黄泉下》的曲子。曲子在震耳欲聋的锣鼓声的夹缝里，悠然地飞扬着。混合着时歇时起的孝子贤孙们的哭声，和这么绚然的阳光交织起来，便构成了人生、人死的喜剧了。他们的乐队也合拢了。于是像凑热闹似的，也随而吹奏起来了。高个子很神气地伸缩着他的管乐器，很富于情感地吹着《游子吟》。也是将节拍拉长了一倍，仿佛什么曲子都能当安魂曲似的——只要拉慢节拍子，全行的。他把小喇叭凑在嘴上，然而他并不在真吹。他只是做着样子罢了。他看着伊颇为神气地指挥着，金黄的流苏随着棒子飞舞着。不一会他便发觉了伊的指挥和乐声相差约有半拍。他这才记得伊是个轻度的音盲。

是的，伊是个音盲。所以伊在康乐队里，并不曾是个歌手。可是伊能跳很好的舞，而且也是个很好的女小丑。用一个红漆的破乒乓球，盖住伊唯一美丽的地方——鼻子，瘦板板地站在台上，于是台下卷起一片笑声。伊于是又眨了眨木然的眼，台下便又是一阵笑谑。伊在台上固然不唱歌，在台下也难得开口唱唱的。然而一旦不幸伊一下子高兴起来，便要咿咿呀呀地唱上好几小时，把一支好好的歌，唱得支离破碎，喑哑不成曲调。

有一个早晨，伊忽然轻轻地唱起一支歌来。继而一支接着一支，唱得十分起劲。他在隔壁的房间修着乐器，无可奈何地听着那么折磨人的歌声。伊唱着说：

——这绿岛像一只船，

在月夜里飘呀飘……

唱过一遍，停了一会儿，便又从头唱起。一次比一次温柔，充满情感。忽然间，伊说：

“三角脸！”

他没有回答。伊轻轻地敲了敲三夹板的墙壁，说：

“喂，三角脸！”

“哎！”

“我家离绿岛很近。”

“神经病。”

“我家在台东。”

“……”

“他 × 的，好几年没回去了！”

“什么？”

“我好几年没回去了！”

“你还说一句什么？”

伊停了一会，忽然吃吃地笑了起来。伊轻轻地叹了一口气，说：

“三角脸。”

“啰唆！”

“有没有香烟？”

他站起来，从夹克口袋摸了一根纸烟，抛过三夹板给伊。

他听见划火柴的声音。一缕青烟从伊的房间飘越过来，从他的小窗子飞逸而去。

“买了我的人把我带到花莲，”伊说，吐着嘴唇上的烟丝。伊接着说：“我说：我卖笑不卖身。他说不行，我便逃了。”

他停住手里的工作，躺在床上。天花板因漏雨而有些发霉了。他轻声说：

“原来你还是个逃犯哩！”

“怎么样？”伊大叫着说，“怎么样？报警去吗？呵？”

他笑了起来。

“早上收到家里的信，”伊说，“说为了我的逃走，家里要卖掉那么几小块田赔偿。”

“啊，啊啊。”

“活该，”伊说，“活该，活该！”

他们于是都沉默起来。他坐起身来，搓着手上的铜锈。刚修好的小喇叭躺在桌子上，在窗口的光线里静悄悄地闪耀着白色的光。不知道怎样地，他觉得沉重起来。隔了一会，伊低声说：

“三角脸。”

他咽了一口气，忙说：

“哎。”

“三角脸，过两天我回家去。”

他细眯着眼望着窗外。忽然睁开眼睛，站立起来，嗫嗫地说：

“小瘦丫头儿！”

他听见伊有些自暴自弃地呻吟了一声，似乎在伸懒腰的样子。伊说：

“田不卖，已经活不好了，田卖了，更活不好。卖不到我，妹妹就完了。”

他走到桌旁，拿起小喇叭，用衣角擦拭着它。铜管子逐渐发亮了，生着红的、紫的圈圈。他想了想，木然地说：

“小瘦丫头儿。”

“嗯。”

“小瘦丫头儿，听我说：如果有人借钱给你还债，行吗？”

伊沉吟了一会，忽然笑了起来。

“谁借钱给我？”伊说，“两万五咧！谁借给我？你吗？”

他等待伊笑完了，说：

“行吗？”

“行，行。”伊说，敲着三夹板的壁，“行呀！你借给我，我就做你的老婆。”

他的脸红了起来，仿佛伊就在他的面前那样。伊笑得喘不过气来，按着肚子，扶着床板。伊说：

“别不好意思，三角脸。我知道你在壁板上挖了个小洞，看我睡觉。”

伊于是又爆笑起来。他在隔房里低下头，耳朵涨着猪肝那样的赭色。他无声地说：

“小瘦丫头儿……你不懂得我。”

那一晚，他始终不能成眠。第二天的深夜，他潜入伊的房间，在伊的枕头边留下三万元的存折，悄悄地离队出走了。一路上，他明明知道绝不是心疼着那些退伍金的，却不知道为什么止不住地流着眼泪。

几支曲子吹过去了。现在伊又站到阳光里。伊轻轻地脱下制帽，从袖卷中拉出手绢揩着脸，然后扶了扶太阳镜，有些许傲然地环视着几个围观的人。高个子挨近他，用痒痒的声说：

“看看那指挥的，很挺的一个女的呀！”

说着，便歪着嘴，挖着鼻子。他没有作声，而终于很轻地笑了笑。但即便是这样轻的笑脸，都皱起满脸的皱纹来。伊留着一头乌油油的头发，高高地梳着一个小髻。脸上多长了肉，把伊的本来便很好的鼻子，衬托得尤其地精神了。他想着：一个生长，一个枯萎，才不过是五年先后的事！空气逐渐有些温热起来。鸽子们停在相对峙的三个屋顶上，恁那个养鸽的怎么样摇撼着红旗，都不起飞了。它们只是斜着头，愣愣地看着旗子，又拍了拍翅膀，而依旧只是依偎着停在那里。烧纸钱的灰在离地不高的地方打着卷，飞扬着。他站在那儿，忽然看见伊面向着他。从那张戴着太阳眼镜的脸，他很难于确定伊是否看见了他。他有些青苍起来，手也有些抖索了。他看着伊也木然地站在那里，张着嘴。然后他看见伊向这边走来。他低下头，紧紧地抱着喇叭。他感觉到一个蓝色的影子挨近他，迟疑了一会，便同他并立着靠在墙上，他的眼睛有些发热了，然而他只是低弯着头。

“请问——”伊说。

“……”

“是你吗？”伊说，“是你吗？三角脸，是……”伊哽咽起来：“是你，是你。”

他听着伊哽咽的声音，便忽然沉着起来，就像海滩上的那夜一般。他低声说：

“小瘦丫头儿，你这傻小瘦丫头！”

他抬起头来，看见伊用绢子捂着鼻子、嘴。他看见伊那样地抑住自己，便知道伊果然地成长了。伊望着他，笑着。他没有看见这样的笑，怕不有十数年了。那年打完仗回到家，他的母亲便曾类似这样笑过。忽然一阵振翼之声响起，鸽子们又飞翔起来了，斜斜地画着圈子。他们都望着那些鸽子，沉默起来。过了一会。他说：

“一直在看着你当指挥，神气得很呢！”

伊笑了笑。他看着伊的脸，太阳眼镜下面沾着一小滴泪珠儿，很精细地闪耀着。他笑着说：

“还是那样好哭吗？”

“好多了。”伊说着，低下了头。

他们又沉默了一会，都望着越画越远的鸽子们的圈圈儿。他挟着喇叭，说：

“我们走，谈谈话。”

他们并着肩走过愕然着的高个子。他说：

“我去了马上来。”

“呵呵。”高个子说。

伊走得很亭亭然，然而他却有些伛偻了。他们走完一栋走廊，走过一家小戏院、一排宿舍，又过了一座小石桥。一片田野迎着他们。很多的麻雀聚栖在高压线上。离开了充满香火和烧纸钱的气味，他们觉得空气是格外地清新舒爽了。不同的作物将田野涂成不同深浅的绿色的小方块。他们站住了好一会，都沉默着。一种从不曾有过的幸福的感觉涨满了他的胸膈。伊忽然地把手伸到他的臂弯里，他们便慢慢地走上一条小坡堤。伊低声地说：

“三角脸。”

“嗯。”

“你老了。”

他摸了摸秃了大半的、尖尖的头，抓着，便笑了起来。他说：

“老了，老了。”

“才不过四五年。”

“才不过四五年。可是一个日出，一个日落呀！”

“三角脸——”

“在康乐队里的时候，日子还蛮好过呢，”他紧紧地挟着伊的手，另一只手一晃一晃地玩着小喇叭。他接着说：“走了以后，在外头儿混，我才真正懂得一个卖给人的人的滋味。”

他们忽然噤着。他为自己的失言恼怒地别着松弛的脸。然而伊依然抱着他的手。伊低下头，看着两双踱着的脚。过了一会儿，伊说：

“三角脸——”

他垂头丧气，沉默不语。

“三角脸，给我一根烟。”伊说。

他为伊点上烟，双双坐了下来。伊吸了一阵，说：

“我终于真找到你了。”

他坐在那儿，搓着双手，想着些什么。他抬起头来，看着伊，轻轻地说：

“找我。找我做什么！”他激动起来了，“还我钱是不是？……我可曾说错了话么？”

伊从太阳眼镜里望着他的苦恼的脸，便忽而将自己的制帽盖在他的秃头上。伊端详了一番，便自得其乐地笑了起来。

“不要弄成那样的脸罢！否则你这样子倒真像个将军呢！”伊说着，扶了扶眼镜。

“我不该说那句话。我老了，我该死。”

“瞎说。我找你，要来赔罪的。”伊又说。

“那天我看到你的银行存折，哭了一整天。他们说我吃了你的亏，你跑掉了。”伊笑了起来。他也笑了。

“我真没料到你是真好的人。”伊说，“那时你老了，找不上别人。我又小又丑。好欺负。三角脸。你不要生气，我当时老防着你呢！”

他的脸很吃力地红了起来。他不是对伊没有过欲情的。他和别的队员一样，一向是个狂嫖滥赌的独身汉。对于这样的人，欲情与美貌之间，并没有必然的关系的。伊接着说：

“我拿了你的钱回家，不料并不能息事。他们又带我到花莲。他们带我去见一个大胖子，大胖子用很尖细的嗓子问我的话。我一听他的口音同你一样，就很高兴。我对他说：‘我卖笑，不卖身。’

“大胖子吃吃地笑了。不久他们弄瞎了我的左眼。”

他抢去伊的太阳眼镜，看见伊的左眼睑收缩地闭着。伊伸手要回眼镜，四平八稳地又戴了上去。伊说：

“然而我一点也没有怨恨。我早已决定这一生不论怎样也要活下来再见你一面。还钱是其次，我要告诉你我终于领会了。

“我挣够给他们的数目，又积了三万元。两个月前才加入乐社里，不料就在这儿找到你了。”

“小瘦丫头！”他说。

“我说过我要做你老婆，”伊说，笑了一阵，“可惜我的身子已经不干净，不行了。”

“下一辈子罢！”他说，“此生此世，仿佛有一股力量把我们推向悲惨、羞耻和破败……”

远远地响起了一片喧天的乐声。他看了看表，正是丧家出殡的时候。伊说：

“正对，下一辈子罢。那时我们都像婴儿那么干净。”

他们于是站了起来，沿着坡堤向深处走去。过不一会，他吹起《王者进行曲》，吹得兴起，便在堤上踏着正步，左右摇晃。伊大声地笑着，取回制帽戴上，挥舞着银色的指挥棒，走在他的前面，也走着正步。年轻的农夫和村童们在田野里向他们招手，向他们欢呼着。两三只的狗，也在四处吠了起来。太阳斜了的时候，他们的欢乐影子在长长的坡堤的那边消失了。

第二天早晨，人们在蔗田里发现一对尸首。男女都穿着乐队的制服，双手都交握于胸前。指挥棒和小喇叭很整齐地放置在脚前，闪闪发光，他们看来安详、滑稽，却另有一种滑稽中的威严。

一个骑着单车的高大的农夫，于围睹的人群里看过了死尸后，在路上对另一个挑着水肥的矮小的农夫说：

“两个人躺得直挺挺地，规规矩矩，就像两位大将军呢！”

于是高大的和矮小的农夫都笑起来了。

初刊于一九六四年一月十五日《现代文学》第十九期

凄惨的无言的嘴

换好了一套干净的睡衣，我还强使自己平直地躺在床上。但我的心却依然那样顽强地悸动着。这可使我有些儿不安起来了：到底我的病是不曾全好了的。但是，我想着：那也只是不曾全好罢了；而这就要好下去，是没有问题的。半个月以前的一日，那个年纪轻轻的便有些秃着头的医生，照例找我谈了谈，一边还在许多卡片上唰唰地写。最后他说：

“好了。”

我站了起来。他从有一点脏了的白外套摸出一根烟，叼在嘴角上，一边收拾着那些卡片，上了锁。我注视着那一支因为带有烟嘴而显得很长而且白的香烟，便觉得有些不高兴起来。一进了医院，便叫他们禁了烟。我忽然地以为：在被禁了烟的病人面前抽烟的医生，简直是个不道德的人，然而他却只是说着：

“好了，好了。”

他的脸似乎有些高兴的样子。这样的神色，是不大常见于他们那种职业性的冷漠的脸的。这时郭先生走进了办公室，一看见我，便突然在他的似乎已经很疲倦的脸上，展开了虽然并没有恶意，却显然很是虚伪的笑容。他哄着小孩似的拍了拍我的肩膀。在这样的时候，我也只能很和善地笑着。医生把双手插进口袋里，望着我们。我于是走了出去。他一向是个很自以为是的人，就和一般的青年医生一样。但我走出办公室没有几步，便听见医生用日本话对郭先生说：

“这个家伙，显然是在渐渐地好起来了。”

我呆立在那儿约有几秒钟罢。后来怎么也不能不取消当天下午的钢琴课，一个人回到病房里躺了下来。那时我才开始算出来到这个精神病院已有一年半了。

这以后不久，他们便果然允许我在午后作院外的散步。我坐了起来，把衣服拉平了，用双手拢贴了头发，走到值日室去。不料高小姐坐在那里，读着厚厚的日文杂志。我站在门口，远远地看着伊的书上的插画。伊抬直了头，我们的眼光在窗玻璃的映像上碰住了。我赶忙笑着。

然而伊并没有笑。这样使我有点难于打发自己的笑容了。伊是个肥硕的女子，当然并不漂亮的。可是也断乎不是一个丑陋的女人。伊撕下一张外出证填写着。

“去好久？”伊说。

"一样罢，和往常一样。"

"五点钟回来。"

"嗯。"

伊盖着章的时候，我从窗外看见一辆车子驶进医院的大门。高小姐把外出证放在桌角上。我说：

"高小姐。"

伊转过头来望着我。我又笑了一次，说：

"来了一个病人了。"

伊打开了窗子。一个浑身打战的病人被扶了下来。他的家人在后面带着铺盖、脸盆、热水瓶等。这情景使我恶心。然而伊只是懒洋洋地穿起护士的白外衣，在读着的一页上作好了记号，合起书来。伊靠在墙上，对着我说：

"你还在这儿做什么啦？"

伊把书收进抽屉。我走了出去。太阳照着医院的小小的草坪。医院的大门还堵着那辆红颜色的出租汽车。两个仿佛是病人家属的小孩子，坐在车旁的荫蔽处。看着他们那样无邪的悲苦着的脸，我忽然决定从后面的小门出去了。

南风吹着绿油油的稻田。我沿着医院的高墙走着。我想起了高小姐那种无破绽的表情。伊皱着眉对你说：

"你还在这儿做什么啦？"

你还在这儿做什么啦？病人来了不是吗？我得忙碌起来了！伊一定这么想着。我不能说这是虚伪。然而我一直忘记不了约莫在七个多月以前，就是三月间罢，我尚在时而清醒、时而发病的一个晚上。那时我不知何以一个人在病室里哭了起来。伊大约碰巧路过我的病房，便开了门进来，伊一进来我便不哭了，因为我仿佛以为男人在女人的面前哭是很丢脸的一件事。伊问这个问那个，我都没理会。伊似乎便想走了。然而伊站了一会，忽然用手绢为我揩着眼泪。揩着揩着，我听见伊说：

“大学生了，哭什么！”

那声音微弱、慌张，也仿佛有些沙哑。我静静地躺在那里，不作一声。我感到手绢不知在什么时候便成了伊的绵绵的手，在我的脸颊轻轻地摩挲着。

这以后的很久，我对于高小姐便存了恐惧和亲切所混杂的情绪。在白天里，就如方才罢，伊能极其自然地摆着那样若无其事的表情。我曾咬定那是一种可耻的虚伪。但是正如那医生说的：正常的或不正常的人，都有两面或者甚而至于多面的生活。有时或者应该说：能够很平衡地生活在不甚冲突的多面生活的人，才叫正常人的罢。但我始终忘不掉那只曾经抚摸过我的脸的绵绵的手。何况这只手能弹奏很好的练习曲。我曾经在医院里跟伊上过钢琴课。

“你这笨瓜！”伊常常说。我默默地看着伊那发光的眼睛。只有在这时伊才有点称得上美丽。伊热心地为我重弹三四个小节。然而在弹奏上我果然是一个笨瓜的罢，但我有不错的耳朵。我听出伊弹着柴可夫斯基的《沉思》的前一小部分，简直精彩极了。然而那个郭先生却很无知地轻蔑着伊的潜在的才能。有一次我差不多和他争辩起来。他也弹琴的，但那完全是没有训练和素养的玩耍。

这样，我便决心去看看郭先生了。

郭先生住在一个小小的基督教布道所里，他是一个实习阶段的神学生。记得有一次问了他一个这样的问题，我说：

“就神学的观点来说，精神病有什么意义呢？”

“呵，呵——”他说。

接着他的整个人便落入一种困难的沉思之中了。他于是吃力地分别精神症和被鬼附身者的差别。

“这如果不是我自己的体验，像我们这种有知识的人，是不易说出口的。”他说。

于是他开始述说他的“体验”了。说是有一次他随着他的老师，去看一个被恶鬼附身的乡村医生。一进门那恶鬼便借着医生的口说：

“牧师，这是我的私仇，你不用来管。否则我当着这许多人揭开你们一干人的阴私。”

而那医生终于被折磨致死了。据郭先生说，这完全是罪的问题。据说原来这恶鬼便是被医生谋害的，为了夺他的妻子。那个当时做着医生太太的淫妇，也自戕而死了，云云。

不料我被这故事魅惑了。我原是个有些爱好神秘的人。

就这样我们便热络起来。

他出来开门的时候，仅仅穿着不甚干净的内衣裤。我第一次看到他的颇为健康的身体。年纪和我仿佛的他，比起我来，是个多毛发的人。我走进他的房间，一张美国民谣的合唱曲正在他的唱机上转着。我随手在他的书架上取下一本书，随便翻着，等着他开口。因为一向都是他先开口的。然而我翻了半晌书，却依旧不见他说话。我看了看他，他却坐在那儿，似乎在倾听音乐。我于是说：

"我们院里又来了个病人。"

他望着我，有些痴呆的样子。他说：

"什么？"

我加大声音说：

"我们院里，又添了一个病人。"

他点点头，忽然关掉了唱机。房间里便顿时静寂起来。我于是听见很微弱的自来水的声音。我说：

"没有关好？"

他笑了笑。说：

"坏了！"

我们停顿了一会，把书放在书架上。我说：

"那个人浑身抖抖索索。精神病的花样真多。"

他没说话，为我倒了茶。我说：

"谢谢。"

"世道变了很多啊！"他说。

"好像上帝也丢弃这个世界了。太芜杂的缘故。"

他想了想，停顿着。每次到了最后，他总是很英勇地退守住作为一个神学生的立场。

"也不是，"他沉吟说，"《圣经》上也说的：末世的时候，乱世道，灾祸不断；战争、杀伐、异病……而精神病是异病之一。"

我想起了在医院的草坪上那些晒着太阳的轻病人们。一张张苍白的脸上，一双双无告的眼神里，都涂敷着冷澈得很的悲苦。这些悲苦的脸，常常对着你恶戏地笑了起来，使你一惊，仿佛被他窥破了你的什么。

"罪。"我轻轻地说，"这毒蛇的种类呵！"

他没有理会我的揶揄。他小心地把唱机开了，音量放得很细。他说：

"我曾经想过。就像你说的，大半的精神病者是人为的社会矛盾的牺牲者。然而基督教还不能不在这矛盾中看到人的罪。"

我看见他的诚实的眼睛低垂着。他确乎努力地卫护着他所藉以言动的信仰原则，但他已然没有了对于新耶路撒冷的盼望了。我的耶路撒冷又在哪里呢？那么剩下的便似乎只有那宿命的大毁灭。

于是我们都有些忧愁起来。虽说这忧悒的起点各有不同，但性质却是一样的。这时我偶尔看到茶杯旁有一张白色的卡片。我于是捡了起来，才知道是一张照片。一张很旧了的女学生模样的照片。我深怕他会生气，便把它放回原处。但他却伸着手接了过去。他看着，突然有一点羞涩的微微地红了眼眶那一带的脸。

“情人吗？”我说。

“大约是夹在方才那本书里，掉下来的。”

“大约是的罢。”我说。

他只是笑笑，便就近夹进一本英语字典里。

“好久以前的事了。”他终于说，似乎有些许的伤感。

我忽然觉得有些内疚了，便随口说：

“我的恋爱，一直是不顺遂的。”

他正面望着我，关掉唱机。一张颇为整齐的脸，渐渐地布满同情的颜色。我慌了起来，便随便乱编了一个我自己都不满意的恋爱故事。

“后来呢？”他沉重地说。

“后来吗？”我说，装出很愁困的脸，“后来那女的生了一场病，死了。临死还说恨着我咧。”

“可是我相信实际上是爱你的。”他热心地说。

郭先生于是也谈起女子了。他把自己说成英雄，说成为一个为许多女子纠缠不清的男人。这使我很骇异起来。就这一点，他几乎和一般好夸口的独身男人有过之而无不及。后来他说到高小姐：

“我只当作音乐上的朋友。不料我有一天接到伊很热情的信了。”

“哦！”我说。

“看不出来是那样的女子罢，”他得意地说，“年纪又大过于我们。”

我对于他说的“我们”很厌恶起来。当然自始我便不信他所说的，然而不管是否由于妒忌，我对他有些厌烦了。他忽然说：

“你碰到过女子吗？”

过了一会，我才明白了他的语意。我说：

“嗯。”

“啊？”他说。

“有一次一个女子摸过我的脸。”

他呆了一会，便笑了起来。我站起来说我得走了。

“不送了。”他说。

我走出他的房间，又听见滴滴答答的漏水声，心情便有些苦恼了。

我走出小布道所，看见了那依旧显得很无聊的小镇的街道。一路上，我一直对自己说，郭先生所说的八成不会是真的。那一类的男人往往如此。我于是想起一个绰号叫“阿牛”的大学同学来。这个以“少数民族”的名义考进来的学生，便有些像郭先生那样，常常流露着肤浅到令人讨厌的男性主义。所以高小姐的事也是假的。当然，我想：真的或假的，对我都是无所谓的事，何况我的病就要好全了，便要离开这儿了。我真希望能赶上回台北送俞纪忠出国。俞是好同学，来院里看过我四次，信也来得很勤，满脑子都是“美国的生活方式”。就是他常说的：

“离开总是好的，新天新地，什么都会不同。”

我不置可否。但记得曾这样随便问过：

“那是漂泊呀！或者简直是放逐呀！”

他忽然那样笔直地注视着我。看见他的很美丽的眉宇之间，有一种毅然的去意。他说：

“你不也在漂泊着吗？”他笑了，“我们都是没有根的人。”

我仍然记得那时的我的心情是很痛苦的。但我一点也没有因此反对他的想法。一半由于我们是好朋友，另一半便是由于他的话似乎没有错。我的痛苦不就说明了它的正确性吗？但是却不料这句话给了现在的我以一种清新的愉快。俞纪忠说过：

“离开总是好的……”

而我也便要离开这儿的，那个医生说。可惜他以及他们从来不知道我懂日语。大学里选修的。他们那样爱好外国的语言，足见他们也未尝是有根的人。但我对于他们的爱好外国语也不能有一种由衷的愤怒，足见我确乎是没有根的人。俞纪忠的话从来没有全错过。

既然是不久就要离开了，就想起来在未走以前到蔗园那边去看看。但往时每回我总是在平交道沿着糖厂的小火车轨往右走，到仓库那边去看一些工人们。他们总共才只十来个人，脚上都穿着由轮胎橡皮做成的仿佛草鞋那样的东西。我最爱的便是这个。它们配着一双双因劳力而很均匀地长了肌肉的腿，最使我想起罗马人的兵丁。我曾经差一点儿就是个美术学生。因此对于他们那种很富于造型之美的腿，和为汗水所拓出来的身体，向往得很。当阳光灿烂，十来个人用肩膀抵着满载的货车箱，慢慢地向前进行的时候，简直令人感动。我时常情不自禁地在我的信中向俞纪忠描写这些情景，并说这实在是一个极好的浮雕素材。而他总是冷漠得很。他不懂得画，是很可惜的。此外他们在火车的铁轨上啃着甘蔗；或者三两个人蹲着下棋，都很好看。遗憾的是我不懂他们的话，身上又穿着这儿的人都能辨别的医院的衣服，常常只有隔着远远地瞧着他们。

但今天我决定不去仓库那边了。我从平交道那儿开始向左面走。顺着很小气的小火车轨看去，远远的夹道有一片青葱的蔗田，黛绿的山峦衬在上面，看来真有些诱人。我因此便踏着枕木走着，仿佛有点童心未泯。但不久我发觉今天在铁道上走动的人似乎很多，而且都迎着我向仓库那边走。我一问，则说是那边杀了人了。

我于是反踏着枕木往回头走，而且当然走得快些，几乎有了跑步的意思。但枕木间隔不一，所以反而有些局促。果然在仓库那边有许多的人，显得很是热闹。杀人是常听见说的，却从不曾目睹过。

一个细瘦但甚结实的女子的尸体，僵卧在地上，俯向泥土。衣裙已经剪开，伊的背呈着蜡黄的死色，而在脊梁的右边分散着三个乌黑的瘀凝的血块。其中有一个把胸衣的绷带染成橘红的颜色了。一个穿香港衫的验尸官，用很精细的解剖剪刀伸入瘀血的伤口。

“啧啧！呵——”一个旁观的老妇人说。

“用起子凿的。”一个男人说，“从背后追来，仆、仆、仆，就是三下。”

旁观的人中之后来者，都倾听着。一个警官轻轻地挥着手，制止在内圈里被挤向死尸的许多小孩子们。太阳已经偏西，照着仓库的墙，竟也有些红艳。人们仿佛观看肢解牲畜那样漠然地围着。验尸官尽量插入剪刀，左右摇着，然后抽了出来，用尺量着深度，一旁的助手便在一个画成的人体上做着记号，记录着。

“人呢？”有人问着。

“跑了，向蔗田那边跑了。”

我于是听说是一个企图逃跑的雏妓，被卖了伊的人杀了。

验尸官站了起来，将俯卧的尸体翻仰开来。人们于是看见更多的小瘀血，初看仿佛是一些苍蝇静静地停着，然而每一个斑点都是一个凿孔。剪开胸衣，露出一对僵硬了的、小小的乳房。有一只乳上很干净地开了一个小凿口，甚至血水也没有。伊的脸削瘦，嘴角挂着含血的唾液。看不出来是娟好或丑陋的脸，盖满了死亡的颜色，头发因沾满了泥土，显得很是龌龊。这样的裸体，使一些原先忙着说明的男人都奇妙地沉默起来。因此，一些好问的女人们也噤住了。

我挤出人群，好像是因为觉得回院的时间到了，何况我又没有戴着表。我便信步往回院的路走着。暂时间我有些茫然，因为这是我毕生第一次看到的裸的女体。我想起那一对小小的乳房，那印象几乎有点像隔夜的风干了的馒头。而最令人不安的，便是伊的那一头很龌龊的头发。

我回到院里，看见医生在院门口同午间新来的病人家属谈着话。因为他们和车正挡住大门，我便站在一旁看着已经坐在车上的小孩。最小的男孩已歪着头睡着了。这使我一下子难过起来了。医生看见我站着，便让开一条路。我从他们中间挤过，刚好听见医生对那个家属说：

“看看罢，我们会跟你联络的。”

我慢慢地走在草坪上，天气有些凉了。忽然我想起了《朱利·该撒》中安东尼说的话：

——我让你们看看亲爱的该撒的刀伤，

一个个都是凄惨的、无言的嘴。

我让这些嘴为我说话……

第三幕第二场罢。还考过的。我记得教莎剧的黄神父用很美丽的英文读着原句的光景。抑扬顿挫，真有些管风琴的调子。我曾多么激赏过。然而我于今才知道，将肉身上致死的伤口、瘀血的伤口，比作人的嘴，是何等残酷何等阴惨的巨灵的手笔。

第二天刚好又是例行的检查诊断。医生说：

“你大约就可以出院了。”

“嗯。”

他看着我，过了一会儿，才说：

“不觉得高兴吗？”

“啊，啊啊，当然高兴。”我说。医生微微地笑了起来。不知道为什么，我忽然说：

“昨天做了梦，很好玩的梦。”

“哦？”

“不过很无聊，没什么说的。”

“说说看罢。”

“梦见我在一个黑房里，没有一丝阳光。每样东西都长了长长的霉。”

医生撕了一张拍纸，开始唰唰地记着。我有些不安起来了。我实在记不得我是否确乎做过梦，但我还说：

“有一个女人躺在我的前面，伊的身上有许多的嘴……”

“许多什么？”

“许多的嘴，”我指着自己的嘴说，“就是嘴巴。”

医生注视着我，轻轻地皱了眉。他说：

“以后呢？”

“那些嘴说了话，说什么呢？说：‘打开窗子，让阳光进来罢！’”

医生很用心地听着。他很少这样过。一切自以为是的人都很少倾听别人的话。他的倾注使他的脸显得有几分的聪明。我因此说：

“你知道歌德吗？”

“什么？”

我伸了手，他便另外给我一张纸。我用桌子上的蘸水笔写下歌德的全名。

他用德文读着：Johann Wolfgang Goethe。

“就是他临死的时候说的：‘打开窗子，让阳光进来罢！’”

“哦，哦！”医生说。

“后来有一个罗马人的勇士，一剑划破了黑暗，阳光像一股金黄的箭射进来。所有的霉菌都枯死了，蛤蟆、水蛭、蝙蝠枯死了，我也枯死了。”

我笑着，医生却没有笑。他研究了一会，便把它小心地和卡片收集在一处。他抬头看了看我，他的眼睛藏有一丝怜悯的光彩。我站了起来。医生说：

“果然是很好玩的梦。”

但过了一个星期，我还是很健朗地出了院。临走的时候，我又问起那梦的意义，医生说：

“你现在已经不是病人，所以那些梦对我是没有意义了。”

我们便相视而笑了。但我一直记不清我确乎曾否做了那一场噩梦。

初刊于一九六四年六月《现代文学》第二十一期

一绿色之候鸟

1

雨唰啦唰啦地下着。眷属区的午后本来便颇安静，而况又下着雨。我正预备着斯蒂文生的一篇关于远足的文章，觉得不耐得很。中学的时候，就听说过他的英文是怎样的完美。到了大学的时候，便很热心地读遍了他的文章。那时候也不知道为什么，总以为学好英文，便什么都会有了。现在对出国绝了望，便索性结了婚，也在这个大学担任英散文的教席。我于是才认真地明白了我一直对英文是从来没有过什么真实的兴味的。但是奇怪的是我在各级学校时的同学、老师们，乃至于现在的我的学生们，都很夸赞我的英文。这起初也使我有些儿高兴。但是近来，特别是像现在预备这一篇 *Walking Tours* 的时候，简直憎厌得很。

这样地一个人发着呆的时候，窗外雨中的门忽而响起了一声微弱的、却极为沉沉的声音。我想是妻回来了，便望着那在雨中被刷洗得很干净的门。但是过了很久都没人按铃。我忽然想起一件往事，禁不住一个人微笑起来：

“陈先生，”伊说，“我想学英文，请你指导我，好吗？”

我当然谦虚了一番。伊便说：

“请不要客气啦，我听说你英文很棒。”

伊然后便诉说伊在师范学校里的时候，学校方面是怎么不注重英文，英文老师又如何地不行，显得很苦恼的样子。我大概便回说：指导是当不起，彼此研究就是了等等类似的话罢。但当时我却一下子记起来几天前在大使馆里那个A·罗哲尔参事说的话：

“陈先生，你的英文很美丽。你晓得我们该多么欢迎你到我们的国家去，可是我们有规则，有原则的。我们很抱歉，但是你了解的，可不是？”

我说：“呵，是的，我当然了解的。”

于是乃握手如仪。A·罗哲尔参事的大手上，闪闪着很细的汗毛，发着黄得发红的光泽。

而伊当然没有把英文学好。现在想起来，伊是个多诡计的、有些虚伪的女人。但我们便这样恋爱起来，而且结了婚。

这样想着，我便逐渐想念着伊了，毕竟还只是新婚的人呢。现在书是怎么也看不下去了；把很无聊地陈说着远足之功用的那一段文字，反反复复地读了几遍，却怎么也不能明白。然而心里却很执拗地为刚才门外的一声轻击，弄得很不安宁起来了。

——会是邮差送信来吗？

于是便冒着雨去打开信箱。信箱里却什么也没有。我开了门，也只见一条在雨中很寂寞地躺卧着的甬道，以及许多密密地关闭着的别家的门。忽然我听见一阵扑翼之声，才发现了一只跌落在打开了的门底下的绿色的鸟，张着很长的羽翼。人拳大小的身体在急速地喘息着。

2

妻终于回来了的时候，我已将那绿鸟安置在一个铅网编成的捕鼠笼子里了。

“看看这是什么。”我对妻说。

妻甫浴罢。窗外依然紧密地下着雨。妻对镜而妆，伊的那种用绢巾包住了头发的风情，我一直是很喜欢的。伊将双唇含成一条细线，用心地上着面霜。

“喂，”我说。

伊在镜子里瞟了我一眼。伊的极深而大的眼睛，会使你那么微微地怵然一惊。

"喂，看看这是什么东西。"我说。

伊在镜中注视着置在案上的捕鼠笼子，皱起伊的那已经洗掉了眉墨和铅华的眉宇。

"啊！"伊说。

伊于是坐到我的身边来。伊说：

"什么东西？"

我约略地告诉伊我找到这绿鸟的由来。自然我没有告诉伊那时我欲望着伊的心情。伊只是说：

"啊！"

我本就不是喜爱小动物的那种男人。但我却可以从伊的这一张白油油的仿佛面具的脸上，读出来伊不只是不喜欢这绿鸟，甚至有几分厌恶的意思罢。我忽然因此有些忿忿起来。结婚以后，我便发现了伊是个多诡计而又有几分虚伪的女人。在恋爱着的时候，伊便把用以和我接近的英文功课全丢了。那时伊看见了小孩，总是又亲昵又和顺。我尤其不能忘掉伊在我面前怎样地爱抚着伊家的那只白色的、壮硕的，但似乎一直对我不曾怀过好意的牡猫。我那时竟真的这样对自己说：

——一个喜欢小孩和动物的女人，会是很好的妻子罢。

这真是见鬼的荒唐事。其实伊从不曾喜欢小孩的。任了讲师的去年，我对伊说可以有个孩子了。伊说：

"不要。不要，不要！还早嘛！"

我笑着。但心里却第一次感到一种不可自由的凄苦的情绪。而于今伊对于绿鸟的热情竟远不如我。但伊却绝不是一个没有情热的那种女人，尤其在某些方面。

风铃在雨的傍晚的风里叮当起来。这绿色的、不知其名的鸟，在笼子里默默地瑟缩着，它的羽色翠绿，喙长而略勾，双爪深黑、粗大而结实。它就是那样地瑟缩于一隅，不作一声地仿佛标本一般。

3

几天以后，虽然我为绿鸟买了一个很北欧风的笼子，供了鸟食和水，但它依然只是瑟缩着，也不食、也不鸣。这样一来，把我这从小便不曾对鸟兽之类关心过的我，弄得有几分心焦起来了。心思本该比较柔细的妻，却一直很肆意地表现着伊对于绿鸟的那种过分的漠然。有一夜，就寝的时候，我说：

“这不成的，这不会给活活饿死吗？”

妻吃吃地笑了起来。

“你就是神经病，”伊说，轻轻地搓着我的脸，“放它走，不就成了吗？”

似乎除了这么办以外，真的是别无他法了罢。我起身将鸟笼打开，挂在院子里的矮树上。荒唐的是，像我这样漂泊了半生的人，竟因而有些为之凄然起来了。妻在身后拥着我，伊轻声说：

“不要神经病了罢！”

我良久没了话说。伊便很惊讶地也沉默起来。灯光照着伊的白油油的、无眉毛的，却十分女性的脸。那夜我一直睡不安宁。我不住地想着一只空了的鸟笼，想着野猫的侵害，想着妻的面具般的脸。

但第二天一清早，我依旧看见那绿色的飞禽在晨曦里瑟缩在开放着的笼里。我因是感到一种隐秘的大喜悦，妻附和着我的喜悦。妻说：

“它竟不走呢！”

就在这天在我不知什么缘由在休息室里谈起家里的鸟。我明知道这是个极愚蠢的话题，但我却止不住要谈起它来。

“哦，这真是奇异的事。”教英国文学史的赵如舟说。

“赵公对鸟类，熟悉罢？”我说。

“不然，不然，”他说，“虽然家乡是个多鸟的地方，但我并不专门。”

赵公于是述说在家乡的春秋之际，常常有各色的禽鸟自四方飞来栖息，然后又飞上它们的旅途。他说：

“故乡多异山奇峰。我永远忘不掉那些禽类啁啾在林野的那种声音。现在你再也看不见它们成群比翼地飞过一片野墓的情景了，天又高，晚霞又烧得通红通红！”

他于是笑了起来，当然是很落寞的一种笑。

赵公将近六十，却没有多少白发。据他自己说，青年时代还是个热情家呢。他翻译过普希金、萧伯纳和高斯华绥的作品，至今还能有一点数目不大的版税收入。但这毕竟是青年时代的旧事了。十多年来，他都讲着朗格的老英文史。此外他差不多和一切文化人一样，搓搓牌，一本一本地读着单薄的武侠小说。另外还传说他是个好渔色的人，但这也不过是风传罢了。何况他又没有眷属在此，这或许并不太足以为罪的罢。

但至少他是个绝对无害的、晴朗的老教授。在休息室里，只有他一个人能不作矜持，而开口招呼像我这么年轻的人。所以，从此他几乎每次都问起绿鸟的消息：

“陈公，怎样？”他说，“怎样？还是不吃吗？”

“呃，不十分知道，”我说，“我注意着的时候，从来不曾见它啄食的。内人和我都上班，这中间就不知道了。”

他的倾听使我真是感激。因为我明白地看见那并不是话题而已。他总是仿佛要真切地得着一些关于那绿禽的什么消息回去才满意。有一次他忽然说：

“陈公，试试小鱼或野生的果实看。”

他的脸闪耀着老人的兴奋，以至于有些喘息的样子。我也很以为是，一下课便匆匆地绕到市场上去办一些新饲料。

果然那绿鸟找到了它适合的食物了。它由此不再瑟缩，反而在那北欧风的小笼子里跳来跳去。遇着好天气，它竟也会啾啾地啼啭起来。

“呵,那是什么样的声音呢？”有一次赵公热心地问起来。

“乍听起来，它和一般的鸟鸣无甚差异，也是啾、啾罢了。但细听又极不同。那是一种很遥远的、又很熟悉的声音。”

赵公突然沉默起来。他点起板烟，忽然用英文轻慢慢地诵起泰尼逊的句子：

Sunset and evening star

And one clear call for me!

“学生问我：这个 call 到底是指什么。”赵公接着说，“我就是对他们说：‘那是一种极遥远、又极熟悉的声音。’他们哗笑着说不懂。他们当然不懂！”

“是的。”我说。

“他们怎么懂得死亡和绝望的呼唤？他们当然不懂！”

他笑了起来，当然也是一种落寞的笑。他抽着板烟，又“叭、叭”地把口水吐在地板上。这是很不儒雅的，然而我的心竟然微微地作疼起来，仿佛他在一口口地吐着他的苦楚。这是很和平日的爽朗不似的。

“十几二十年来，我才真切地知道这个 call，”他继续说，“那硬是一种召唤哩！像在逐渐干涸的池塘的鱼们，虽还热烈地鼓着鳃，翕着口，却是一刻刻靠近死灭和腐朽！”

“赵公！”我说。

我们终于还是在他的嬉笑中散了。我不敢说我能十分了解他的悲楚感，那大约无非是老年的一种心境罢了。但素来不喜爱泰尼逊的那种菲力士丁底俗不可耐的自足和乐观的我，听见这种对于他的诗的这么悲剧化了的理解，还是第一次。

4

这以后约莫一个礼拜的光景罢。我到大学附近的一家馆子用午饭的时候，一进店门便看见赵公向我招手，我走到他的台子。他说：

“这里坐罢。我们正好在谈着你家的那只 blue bird 呢！”

我于是向着和赵公同坐的一位穿着蓝长衫的瘦小的长者点头示意。赵公说：

“这就是陈公。这位是季叔城，动物学教授，我的老朋友。”

我们都说久仰久仰，然后便都坐了下来。

“一个半月前便从赵公那里听说您得了一只奇异的绿鸟儿。”季公用一种如今广播员都不会用的京片子说了话。那种语言温文而又体贴，使这个健康显然不佳的老教授顿时显得很庄重起来。

“是啊，是啊。”我笑着说。

“我们是多年之交，每天在一块吃饭。”赵公说着，一面便为我们的新杯子斟着酒，“他紧问我，我也紧向你打听。”

这样，三人便笑了起来。

据季公自己说，他有一个卧病已经七八年的妻子，是个极爱小动物的女人。季公偶然把我得着那飞禽的事说给伊听，立刻便引起了伊极大的兴趣。

“伊每天总要在进餐的时候问起你的绿鸟儿，我便只好从赵公这儿带点谈助回去了。”

季公说着，不时有些羞怯地回避我的眼睛，而且微微地涨红了脸。于是我便又说了一些绿鸟的近事，并且为它描写了一番。

“绿色的鸟是一向不少的，”季公说着，因着沉思而皱起了眼镜后面的眉宇，“可是光只是这么听您讲，是不容易判断的。”

我于是便邀他到家里来看，不料他却是个极端胆小而客气的人。在回家的路上，我一直忘不掉这一对相依为命的老夫妻。心里想着：那种爱情一定和我的不同的罢。他们像谁了？像爱伦·坡。但我一下子便为这个不伦不类的联想独自笑了起来。

5

我和妻谈起了季教授的事。就寝后总要无目的地说些话，不知什么时候起竟成了习惯了。

“咦，何不把它送给他们？”妻说着，伸手将台灯熄掉了。寝室的墙壁上便立时由院子里的小灯印上那北欧风的鸟笼的影子。绿鸟静静地停在中央，把羽毛鼓得圆圆的，如一只球。妻的话像凉凉的水浇在我的心上，漫然地流遍全身。我看着那墙上的影像，心想送给季公那样的人也确是好的，而况他又有一个病妻。

第二天下班以后，我便偕妻带着那个很北欧风的鸟笼到东眷区去拜访季教授。他开门一见是我们，竟而有些慌张起来。他怯怯地将我们请进客厅，尚未坐定，他便几乎下意识地接去我们的鸟笼。妻忙说：

“知道季太太喜欢，我们特地送来的。”

季公一下子便涨红了他那衰老的、却极优美的脸。他说：“不敢，不敢！”

这样彼此推让了一番，他突然说：

“那么我让伊看去。伊一定喜欢！”

说着便很兴奋地走进一个房间，又在身后小心地关好房门。

我和妻相视而笑。从不曾知道季公是这样的一个手足无措的人。客厅的摆设很简单，却一点儿也不粗俗。最令人注意的是，这个差不多缺少了一位主妇的家庭，竟是这么井井有条，窗明几净的。我们沉默地坐着，一种说不清楚的氛围使一向饶舌的妻——若在别的场合里，伊一定会趁此低低地唠叨些什么的罢——也只是那样默默地坐着。我读着一幅联上的草书时，季公开了房门，说：

"内人在里面，请里边儿坐罢。"

那是一个同客厅差不多大小的房间。季太太已经起着半身迎着我们。有两件事很在我们的意料以外：第一是伊的优雅。伊的脸并不是没有病的颜色，却看不见全部的枯萎。伊的脸瘦长，配着睫毛很深的有些朦胧的眼，使鼻子分外地精神。伊的嘴笑成一条细长的弧；头发稀少，却梳理得很妥帖，身上的睡衣、床上的被褥，都极干净。第二是伊的年轻，是很使我们吃惊的。

季公为我们介绍了，妻说：

"我们特意来看您，而且把它送给您。"

季妻只是笑着，眼睛闪烁着很漾然的异彩。我看见妻已经为季妻的美貌，发着极大的好感了。季公说他的妻因病不便开口说话，妻便很难过地点着头，说：

"是，是。"

又赶忙对伊笑着，那笑脸是又同情、又友爱的。

笼子被挂在一个向阳的大窗口上。绿鸟不断地跳动着，致使那个很北欧风的笼子轻轻地动荡起来。阳光斜斜地照进房间；窗外是一个不小的庭院，种着几簇绿油油的竹子；满院都是各色的花卉。我从不曾有心于花卉，却也不禁问着说：

“那些，都是自己种的吗？”

“嗳，”季公笑了起来，却看不见原先的羞怯了，“伊喜欢，我又懂得一点，又有的是地，便种着玩儿。”

妻却无心于此，而频频地向季公问着季妻的病况和历史。季公一节节详细地答着。在同情和叹息里，使我们接近了许多。

辞出来的时候，妻紧紧地抱着我的臂膀。默默地走了一段路，伊忽然摇着被伊抱住的我的臂膀，说：

“我要有一天也那样躺着，你要怎么办？”

这是十分女人的问题。然而我原先因着绿鸟而来的对伊几分敌意，却因这个拜访烟散了。

“你怎么办嘛！”伊说。

“我会收拾细软，开溜！”

伊于是使劲地捶着我了。夜已然很夜了，满天都是细碎细碎的星星。

6

次日，我迫不及待地想看赵公，却一直等到下午第二节下了课，才在休息室看到他。我立刻把绿鸟送了季公的事告诉他。赵公笑着说 :“我方才也见过季公，我一向不曾见过他那么快乐过。”

我也笑了起来。能将一件需要的礼物送给像季氏夫妇那样的人，实在叫人心满意足。

“季公叫我告诉你一件事，”赵公说，“说他昨天彻夜研究的结果，那绿鸟据说竟是北国的一种候鸟。什么名字我说不上来。学名有四五个音节，又不是英文，我也记不住了。”

据说那是一种最近一个世纪来在寒冷的北国繁殖起来了的新禽，每年都要做几百万哩的旅渡。季公说如果这个判断不错，那么这绿鸟——至今我仍无以名之——一定是一个不幸的迷失者。候鸟是具有一种在科学上尚无完满解释的对于空间和时间的神秘感应的。然而终于也有在各种因素下造成的错误罢。赵公说 :

“可是季公说，这种只产于北地冰寒的候鸟，是绝不惯于像此地这样的气候的，它之将萎枯以至于死，是定然罢。”

然而我一点也看不出它的萎殆。它不是还跳跃，又啾啾啼啭吗?

话题转到季公的病妻。

“一个真是可怜的女人，”赵公说，微微地用板烟斗指着我，说，“你知道吗？”

“什么？”

赵公庄严地说 :

“是下女收起来的——没想到罢！”

我闷声沉吟了起来。我说：

“怪不得我说季公会有那么年轻的妻子。”

八九年前还在B大的时候，已经颇有了年纪的季公忽然热情地恋爱着他现在的妻子。这在B大成了极大的骚动，学期不曾结束，季公便带着伊到这个大学来。但歧视依然压迫着他们。季公便一直默默地过着差不多是退隐的生活。所幸他的课还颇受欢迎。赵公说：

“你知道他从前印过一本《中华鸟类图鉴》的吗？——呵，你不会知道的，那时他才出三十岁。”

第二年他们有了孩子，这个“身份”不同的结晶，不料竟带来更多恶意的耳语。

“生下了那个男儿，伊便奇异地病倒了，一直到如今不能起来。”赵公说，不胜唏嘘得很，“孩子大些，便带到南部娘家，一方面好让母亲养病，一面也由于不让孩子在压迫的眼色中长大。”

季公尚有一个儿子，却很不以这事实为然。父子便几乎因而成了陌路。季妻病倒以后，家中一切巨细，都由季公一人操作的。

“啊！”我说。

“你到过他家了！你看看他的房间、庭院、妻子的汤药、晨晚梳洗，都是他一双手做的。”

“啊！”我说。我于是落入极深的沉思里了。我们慢慢走下系大楼，看见青年们像往时一般来往校园里。但我的心却有往时未曾有过的衰老和哀伤的重苦之感了。

从此，季公一天天地焕发起来。他从家里带给我们绿鸟以及季妻日益进步着的健康的消息。

“伊能吃些面食了，”季公说，声音有抑不住的喜悦，“我一直就信着伊必有好起来的一日——否则，这天地之间，尚有公道吗？”

我也便天天在就寝的时候，把绿鸟的消息和季妻的病情带给妻。伊再也不是漫不经心地一面让我爱抚，又一面漫应着了。伊像小孩子一般追问着细节，欢喜着、祝福着。

“季太太好了，我们一定是好朋友。这样我在眷属区便不寂寞了。”妻说。

季公、赵公和我们，便这样在绿鸟上结下亲密的友情了。

7

就在这样频传着病况看好的有些令人兴奋的半个月后的一个早晨，赵公突然来报信说是季妻死了。

我和妻立刻赶到季家去。一进季家，妻就止不住嘤嘤地哭泣起来。季公只是静静地坐在床边的藤椅上。季妻的全身覆盖着白色的被单。依然是满院的红、白、黄花，依然是绿油油的竹；只是这些竹都怒开褐色的尖削的竹花儿。

“昨天晚上七时四十分，伊忽然拉住我的手，”季公说，摊开他的双手，自己端详着，“伊说：‘季先生，我真不能过了。这些年，真苦了你。’”

我们都沉默着。妻极力地忍着，却怎也不能不又低低地抽泣起来了。

“就是这样，”季公说，“我唤伊，已不能应。等我去打电话叫医生，回来已经不成了。”

绿鸟兀自伫立在那个很北欧风的笼子里，也不跳，也不鸣，却慎慎地望着一晴万里的初秋的天空。

陆陆续续地来了奔丧的人。季公的大儿子，是个身体很高大的男子。来了不久便一手掌管了丧事的大小事务了。娘家是一对朴质的农人夫妇。应该是岳母的那个晒黑了的老农妇，以略具旋律的声调哭个没停。一个约莫五六岁的男孩，披着一身孝服，肃然着他的很清秀的小脸。应该是季公的幺儿罢。

当夜死者入殓的时候，季公竟忽然号泣起来了。我大约永世也不能忘怀那种男人的恸哭的声音罢。差不多是单音阶的、绝望至极地的哀号，使丧家顿时落入一种惨苦得不堪的氛围里。那位应该是岳丈的老农夫开始轻轻地劝着他。到后来连恸哭着的岳母也止住了哭声，也劝起季公了。然而他就是那样放声号泣着，使他的那个身体极高大的儿子，也有几分无头绪起来了。

那夜，妻在路上，在就寝的床上，时而也切切地哭着。我似乎第一次看见了妻的这个我从未曾知道过的一面，甚至也得哄着伊了。然而我只能说：

“不要哭了，不要哭了，啊啊，不要哭了，好吗？”

从此以后，我和赵公在休息室里，彼此便失去了往日为季氏夫妇，以及因而也为绿鸟热心倾谈的因由了。我们大约只是默默然地各抽各的烟草和板烟。听见上课铃响，便各自夹着书分手而去。一种悲苦如蛆虫、如蛛丝一般在我们的心中噬蚀着，且营着巢。这种苦楚也大约多少同样地感染着妻的罢，致使在我们照例要在熄灯前漫不经心地谈着话的时间里，都只能沉默地仰卧着，听着彼此呼吸声，或者注视一在墙之东、一在墙之西的两条米黄色的、怪干净的壁虎。

几天过去了之后的一夜，我盯着天花板，忽然想起日间赵公说的话：

“两个忌周了！”赵公说。

我忽然惊于他的一向朗笑的脸，于今竟很削瘦了。我漫应着说：

“真快啊。”

“记得那夜季公那样地恸泣吗？”赵公说。

“嗯，嗯。”

“能那样地号泣，真是了不起……真了不起。”他说。

我没回话。沉默了一会，他忽然说：

“我有过两个妻子，却全被我糟蹋了。一个是家里为我娶的，我从没理过伊，叫伊死死地守了一辈子活寡。一个是在日本读书的时候遗弃了的，一个叫作节子的女人。”

我俯首不能语。

“我当时还满脑子新思想，”他冷笑了起来，“回上海搞普希金的人道主义，搞萧伯纳的费边社。无耻！”

“赵公！”我说。

他霍然而起，说：

“无耻啊！”

便走了。

天花板的漆有些脱落了。我说：

“喂。”

“嗯。”妻说。

“哪一天请赵老和季老来家里吃一顿饭罢。”

“嗯。”妻说。

“大家都太难过了。这不好。”

妻又哽咽起来。这一夜破例由我熄掉了灯。我顺势将伊偎进怀里。但那仿佛是死囚们的拥抱，是没有欲望的。我感到伊的悲楚渗入我的臂膀里了。

8

然而赵老毕竟没有来吃饭。好几天没见着他，才知道忽然得了老人性痴呆症，被送进精神病院去了。赵老孑然一身，并没有亲人。校长因我与赵公善，便把我算进身后处理的一个小委员会里。我们同去清点他的遗物时，才发现他的卧房贴满了各色各样的裸体照片。大约都是西方的胴体，间或也有日本的。几张极好的字画便挂在这些散布的裸画之间，形成某种趣味。一说他的病与淋病有关。这忽然使我想起易卜生《群鬼》中的奥斯华在发病前喊着说：

“太阳！太阳！”

而赵公会喊些什么呢？

9

一个月后妻也忽然死了。那是怎样也预料不到的事。然而伊却死了。入殓的时候，我望着伊的白油油的、仿佛面具的脸，感到生平不曾像这个片刻那样爱着伊。我没法像季公那样地号泣，致使娘家有些忿忿的意思了。然而我却深信妻必能了解的。我忽然想起赵公话：

“……能那样地号泣的人，真是了不起呵！”

丧事完毕，已过去一个礼拜了。第八天，季老和他的稚子忽然来访。

“为什么没让我知道呢？”季公说。

季老削瘦憔悴，神色滞缓，前后判若两人。

“彼此都难过，还是不劳伤神的好。”我说。

沉默了一会，季公说：

“什么时候？”

“一个礼拜——不，八天了。”我说。

孩子在院子里一个人玩起来了。阳光在他的脸、发、手、足之间极灿烂地闪耀着。

“一个礼拜——不，八天了？”季公说着，钝钝地扳着指头算起来。

“这孩子真标致。”我说，“像你，也像母亲。”

季老移目望着孩子。他说：

“不要像我，也不要像他母亲罢。一切的咒诅都由我们来受。加倍的咒诅，加倍的死都无不可。然而他却要不同。他要有新新的，活跃的生命！”

于是我们无语地枯坐了约莫半个小时。我感到自己真像赵公所说的那一塘死水中的鱼。只是我连鼓鳃都不欲了。季老终于站了起来，要走了。他说：

“节哀顺变罢！”

“谢谢您。”我说，“您自己也多保重。”

送他们出了门，季公在门外说：

“绿鸟不见了。我算一下，也正在八天前。笼门关得好好的。竹子开花本就不好，而况开得那么茂盛。”

他们于是走了。我关上门，风铃很清脆地响着，初秋的天空又蓝又高。我想：

——季家的竹花，也真开得太茂盛了：褐褐的一大片……

初刊于一九六四年十月《现代文学》第二十二期

猎人之死

猎人阿都尼斯，是并不像传说里说的那么美貌、那么年轻又那么勇敢的。在临近了神话时期的废颓底末代，通希腊之境，是断断找不到一个浴满了阳光的、鹰扬的人类的。其实阿都尼斯是个苍白的家伙。他的苍白使他的高个子显得尤其地恶躁了。更坏的是，他是个患有轻度夸大妄想症的人。因而他是一个孤独的、狐疑的、不快乐的人。

这个孤独的、狐疑的而且不快乐的家伙，据说还确乎是一个狩猎人。然而从不曾有人看见他驰骋纵横于林野之间。他只是那样阴气地蜗居在他那破败的小茅屋里，间或也吹着他的猎号。而那号声也差不多同他的人一样地令人不快乐，而且有时竟至于很叫人悒悒的。

那时候，夏天已经有些迟暮了。爱琴海的风，老是那么地吹拂着，甚且夹带着颇为浓郁的月桂树的馨香。许多的羊齿很怒然地长满了猎人的茅屋的四周。阳光从破碎的叶盖中像台菲尔庙的柱子那样地漏洩了下来。爱之女神维纳斯便出现在那光柱里，让温暖的阳光拥抱着。

猎人阿都尼斯站了起来。在那个极其遥远的古代的希腊，你知道的，一切都是早已被宿命规定了。猎人阿都尼斯便这样地遇见了维纳斯，就像我们所熟知的那样。他迎了上去，看见伊的手臂被蒺荆轻轻地划伤了，且淌着血，染红了凝白凝白的玫瑰花朵。他深受感动了。他说：

“多么安静的夏天啊。”

便笑了起来。那是一个很困倦的，令人发疼的笑脸。

一种恋爱的感觉顿时流遍了伊的里面。伊喟然地说：

“呵，年轻的猎人啊！”

然而猎人阿都尼斯看起来并不十分年轻的。那是另外一种苍老的罢：一种悒悒不欢，一种孤独而来的苍老，仿佛一只在未熟之际便枯干了的果实。他硕长而痴呆，有一种稚幼又茫然的表情。他只是说：

“多么安静的夏天呵！”

一双鹧鸪从不远的草地上扑翼而起，斜斜地刺向一双并立的橄榄树梢去。维纳斯看着那困乏的、而且差不多不识欲情为何物的他的眼睛，便忽然地想到伊的男人，想到那已经差不多快过尽中年的战争之神麦尔斯了。

“阿弗萝黛特！”麦尔斯说，开始很混浊地喘着气了。

兵战之神总是用希腊名唤着伊，于是便近乎自暴自弃地抱着伊。他的眼睛是昏暗的，张满了放纵的却又很无气力的色欲。维纳斯又总是那样地闭起眼睛。伊只能期待着一次新的充足。但这期待又似乎带有些绝望的感觉。

“阿弗萝黛特！”

麦尔斯说。他已经有些衰弱了，就像他们的那个昏庸的、污秽的、充满了近亲相奸的诸神底世界。

维纳斯挽着猎人，恋爱的感觉使伊觉得差不多很幸福了。橄榄树梢里的一双鹧鸪开始歌唱起来。有谁能比这爱情之神更易于感受爱情呢？伊喟然地说：

“阿都尼斯，阿都尼斯！”

这使他一下子很温柔起来了。他的很痴呆的脸松弛着，仿佛极其困顿的样子。猎人阿都尼斯看着伊的很漾然的眼睛，感到一种很令人忧愁的快乐了。伊也是并不若传说里那样的一个美貌的女人。而且倘若没有那一双漾然底眼睛，维纳斯甚至于是平庸的罢。然而裹在希腊的长袍里的伊的身体，或许应该说是丰腴的。那长袍和飘然的披肩，十分优美地折叠着很漂亮的线条，就像我们在雕像上看到的那样。只是伊有些矮小，自没有石像那么样修长的腰身。这短小的身柄，便使伊显得局促了。伊的头发暗红，在那么软软的海风里，稍稍地紊乱着了。

在远远的林荫道上，白的和黄的蝴蝶交错地画着圈圈子。对于维纳斯，这真无疑地是一个恋爱的好季节啊。然则伊又想起伊的麦尔斯了，倒不是因着欺罔的不安，而是想到这个有着仿佛一双病鸽底眼睛的凡尘里的猎人，是一点儿也没有一种男人的淫荡底狡慧的呵。

“猎人哪！”伊说。

他停了下来，满满地俯视着伊。他的痴呆的脸有一种无以名之的自负。他的胡髭已经开始很离谱地长满了他的颊和颚了。伊笑了起来，又忙着收起那样恶戏的笑。然而有谁能抵挡这爱情底女神呢？他吻了伊的头发，伊便那么熟巧地在他的宽松的衣服里抱着他的背。他们跌落在草地上。

然而我们的猎人确乎是一个十分笨拙的做爱者。这笨拙使他自己很是忧悒，而且甚至于有些对自己生着气了。他的痴呆的脸因此便很显得沮丧。

“阿都尼斯。”

伊喟然地说。他只是那么忿忿着他的脸，却又那么柔情地吻着伊的头发。他的散乱的眉宇锁着，因此整个的大而痴呆的脸便显得尤其之芜杂了，像秋天的墓地。伊抚摸着他的宽袍里的胸：柔而缺乏运动的胸。伊忽然也忧愁了起来，真不晓得为什么。

“阿都尼斯。”伊说，“请爱着我罢。”

阿都尼斯很失措起来了。他静静地坐着，搓着搓着手掌上的垢。他的夸大妄想症逐渐地使他有一种悲壮的感觉了。他柔情地说：

“我是个不幸的人。”

他于是不由自已地沉醉在他自己制造的悲戚里了。他说：

“我是个不幸的人。我是无能于爱的罢。”

这自然是一个那么放纵着生命，又那么热切地爱着生底感觉的我们的爱之女神所不能了解的罢。虽然终伊底一生，伊一直都像一只不能停栖的鸟那样地寻找着爱情底真实，而且每一次都在折翼失鸣底痛苦中失望了，但伊从来不曾像这个年轻的猎师那样地说是无能于恋爱的。一次又一次新的恋爱的感觉，给予伊一次又一次新的幸福底希望和幻灭。然而伊却一刻也没有想过，一如这个痴呆的大男人那样：

——我是无能于恋爱的了。

或许这便正是伊底悲哀的罢。然而伊是很被这样的一个阴柔底男人所引动了。伊用伊的耳朵搓揉着他的柔软的、缺乏运动的胸，说：

“哦，来安居于我的国罢，爱。”

“我是不幸的呀！”他空茫地说。

维纳斯忍不住伊天生的恶谑，便笑了起来：

“哦，来罢，来罢，我年轻的猎人。”

他的痴呆的脸，因着温情和忧愁曲扭起来了，像一个濒于死的人那样。他说：

“我是个猎人，你知道的。”

“那么与我同栖，不再狩猎了罢。”

“你知道的，我是个猎人。”他说。

“然而你没有剑，没有弓，也没有矢。”伊恶戏地说，而后又极其女性地幽怨起来。伊说：“来罢，与我同栖。有什么比恋爱更值得你追狩的呢？”

“我没有弓，没有矢，也没有剑。”他惨然地笑了。他是那么热心地醉心于他妄想底悲剧感里的呵。他说：

“但我追狩的，并不是这地上的山猪。”

他深深地看着林荫底深处。依旧是黄的和白的蝴蝶在上上下下地飞舞着。鹧鸪们已经很聒噪着了。对于维纳斯，这该是个多么好的醇酒与爱情底季节呀。然而猎人阿都尼斯只是喁喁地说：

“我所追狩的是一盏被囚禁的篝火……”

维纳斯把玩着猎人很丑陋而单薄的手，吃吃地笑了起来。

“因此我一直被宙斯和他的仆从们追狩着，像一只猎物。”他说。

维纳斯看着他的很粗俗的鼻子上冒着很不健康的冷汗。他在他自己的妄想里亢奋得很了。在伊所阅历了的男子之中，是从没有一个像这样地柔弱而阴气的。他们也都有着一种弱质：一种卑鄙的、低贱的、愚拙的内底弱质罢。但他们都强壮如牛，而且在欲情里都毫不犹豫，不知餍足，像那些追逐嬉戏于牧野的半人半羊的精灵们。其实他并不是没有情欲的人。即便是那么拙笨的抱拥和爱抚里，他的男性也毫无错误地兴奋着。他只不过是一个因着在资质上天生的伦理感而很吃力地抑压着自己的那种意志薄弱的男子罢了。或者他是个理想主义者罢。而且在那么一个废颓和无希望的神话时代底末期，这种理想主义也许是可以宝贵的罢。然而，其实连这种薄弱的理想主义，也无非是废颓底一种，无非是虚无底一种罢了。

"他们终于会得着我的。"他说。他很颓然了，而且有一种宿命底悲哀之感。他的心智显得那么绝望，又那么温柔。他说：

"他们终于要得着我的。"

女神为这种伊所不知的悲楚弄得很无头绪起来。伊断乎不是一个不识悲楚底人。当伊为伊所执着地需要的男人所弃的时候，伊是苦楚的，而且十分之苦楚；当伊在情欲底昏暗而浓浊的日子里忘不掉伊的极里面的荒谬和不曾满足底感觉时，伊是苦楚的，而且十分之苦楚；当伊纵恣地舍弃了一个男人，而又被那么秽乱、那么绝望、那么衰败的神们的世界弄得极为憎恹至于又强烈地欲望着另一个抱拥、另一个怀抱的时候，伊是苦楚的，而且又是十分之苦楚的。但两种不同底苦楚因着或一种共同底频率而共鸣了。伊于是十分女性地忧愁了起来，几乎流下眼泪。

“哦，不要罢，不要罢！”伊说。

“哦哦！”他说。

“不要罢，不要了罢。”伊说着，捶着捶着他的胸：

“不再追狩了罢。让我们栖止，让我们相爱罢。”

年轻的猎人轻轻地抱着伊底肩膀。他的青苍的唇印着印着伊暗红的头发。他困顿地说：

“他们又终于会得着我的。”

“不行。”

“我会被弃尸于野地里。”

“不行。”

伊说。然而伊不觉之间有些厌烦了。一个太弱质的男人，弱质到煞风景的男人。然而有谁能抵挡一个爱之女神呢？伊于是有些忿忿了。

“我的尸身将四分五裂，”他的妄想活跃着，“我的尸身将苍白如青玉。”

伊的天生的恶戏很狰狞起来了。伊差不多要摒弃他于不顾。但伊底恶戏又使伊很奇异地欲望着他。一个色白的，缺乏运动的身体呵！伊想着。伊于是说：

“那么让我枕着你白白的尸首罢。”

“哦，哦哦。”他说。

“然后让紫藤掩盖我们。”

伊笑了起来。他感动地说：

“哦，哦哦。”

“掩盖我们的眼睛，掩盖我们的名字。”

“哦，哦哦。”他说。

伊猛然地一个翻身，便拥抱着他。伊将伊的头嵌着他的颈窝里了。伊说：

“我流浪得恹了，阿都尼斯！”

那时鹧鸪们不再咕咕了。那时也不见了林荫道上的白和黄的蝴蝶们了。只是夹带着月桂底馨香的风，老是那样绵绵地吹着。年轻的猎人有些错愕起来。他轻声说：

“维纳斯，维纳斯！”

伊很颓然了。伊看着他的因为忧愁而显得很滑稽的脸。他的脸惊慌而无头绪，看来虽不是没有温情，却因没有一点意志力而有一种低能者的虚弱感。这样一个薄弱的男人，能给予什么？伊因此就觉得十分无助力了。所以便有些苦楚和悲悯所混合底感觉了。

“我真流浪得恹了，”伊幽幽地说，“让我们恋爱起来罢，阿都尼斯。”

伊说着，便觉着一种大倦怠袭来，令人瘫痪。这已是夏之暮了。然而一切有生命的，一切植物的叶子和茎干，都那样怒然地生发着。但是伊却一下子拂不去那大的倦怠。

“真是流浪得恹了。我不住地从一个男人流浪到另一个男人……”

伊说着，顿时有些自暴自弃起来。腐败的诸神的世界十分紊乱地在伊的里面鼎沸着了。那个颟顸的、愚昧的、凶暴的世界，那个秽乱的、废颓的、阴湿的世界呵。

“然而你始终未曾爱过的吗？”他说。

他的衰弱的温柔很感动了伊底疲惫的心。伊微笑了起来，伊的漾然的眼睛闪烁起来了。

“然而你始终不曾爱过的吗？”

他坚持地问着。他会时常有一种不十分能令人了解的严肃，就仿佛现在那样。伊一下子便想起伊底第一个情人，那个自负而且狡诈的铁匠之神弗尔甘了。然而伊却说：

“我不晓得。”

伊便无可奈何地笑了起来。伊确乎十分沉溺地恋爱过那个狡黠的铁匠的。伊底第一个青春（那时伊曾多么年轻呵）：第一次爱情，而且第一次欲情底生活：那样坚硬而狭小的情欲生活。伊笑着说：

“我不晓得。爱着的时候总觉得比什么都真实。然而一旦过去了，却又总是那么单薄又那么空茫。”

那时他们曾那么集中地生活在感官的悦乐里。然而他终于离开了伊了。这样的离合在神们的淫乱的世界里，是并不离奇的。但年轻的维纳斯却无疑地受了伤了。那曾是何等地疼楚的呵。然而至于今，这一切都只是一场春梦罢了。伊不知道弗尔甘的去处。他于今也该衰老了罢。伊想起那冶炼之神的一只恶戏而壮美的手臂，那只曾因着嫉妒的盛怒而掌掴了伊、撕碎了伊底服饰的有力的臂。然而那嫉妒的盛怒并未曾是他的爱情。他们在愤激的争执中又共宿了一夜。伊于是才知道他们已经相离很远了。而那便是伊的长年流浪的开始罢。伊喟叹起来了，说：

“然而我真流浪得恹了。”

“那么你也是个无能于爱情的了。”

猎人阿都尼斯说。疲倦的维纳斯忽然吃吃地笑了起来。司爱情的女神而无能于恋爱。有谁能说这样的话吗？伊于是不可自抑地笑着。伊想起了许多伊阅历了的男人们：那些淫荡的精灵们，那个开始逐渐肥胖起来的饮喧之神巴考士；那个阴气而已老迈了的笛师奥菲厄斯；那个遗弃了可怜的亚丽安尼的英俊而粗鲁的底索斯，那个总是用希腊名唤伊的兵战之神麦尔斯，以及许多伊所不复记忆的名字、不复记忆的身体。伊于是有一点儿忧烦起来了。伊看着这个稚气得十分愚拙的年轻的猎人，忽然说：

“阿都尼斯。”

他却沉默着。而且那是一种很诚实的沉默。伊注视着他的大而笨重的头颅底侧脸。在这样的侧脸上，伊看见了一个智能薄弱者的可悯的水一样的清纯。伊为这清纯弄得又恶躁又心疼了。伊说：

"阿都尼斯，你还追猎吗？"

"哦哦。"他说。

他很困惑地锁着他的很乱杂的眉宇，因此他的脸便看来极为悒悒了。他轻轻地抚弄着伊的头发。月桂和橄榄底香味在黄昏里格外浓郁起来。他只是困顿地说：

"哦哦。"

"让我们栖息了罢，阿都尼斯。让我们都不复流浪。"伊说。

"流浪？"

"流浪，是的。"伊说。

他沉吟了起来。那已是夏之暮了。所以这林野底黄昏实在叫人温柔。伊说：

"我在爱情之中流浪着。而你却在爱情以外漂泊着。"

年轻的猎人听了，便那样似是而非地微笑了起来。而维纳斯为这样的一个笑脸引动了伊的温柔了。伊又复感到一种恋爱与幸福的十分女性的渴望了。这样的渴望不知有多少次出卖了伊，使伊下堕，使伊自弃。然而当这样柔细又这样的温暖的欲望重又点燃的时候，伊总是那样虔诚地亢奋起来。伊柔声说：

"来罢。来同栖于我的国里罢，年轻的猎人。"

"不。"他说。

"来罢。"

"不。你知道我是个猎人。"他说。

"来罢，来罢。"伊说。伊便整个地荡漾在温暖得很的激情里。伊说：

"来罢，年轻的猎人哪。"

"一个不幸的猎人。"他说，声音有些咽哑了。

然而他们便那样不可自主地互相地拥抱起来。林野里暗淡了下来。虫们逐渐很嚣闹地鸣奏起来了。而远处的树木，包括那一双并立的橄榄树，都越来越成为一幢幢十分婆娑的影子。很孤单的月牙儿升上来了。

很孤单的月牙儿一整夜都不曾下去。而且一直到次日的清晨，还隔着一颗又大又黄的星星勾在西天边上。那夜维纳斯便留在猎人阿都尼斯的破败的小茅屋里。请不要发笑罢。因为如你所知，阿都尼斯是个意志薄弱的可怜的男人，而况有谁能拒绝爱情之神的试诱呢？所以那天夜分以后，年轻的猎人终于很衰弱地说：

"维纳斯。"

"嗯。"伊说。

"维纳斯。"他说。他的乱杂的眉宇因着爱情舒展开来了。维纳斯极安静地笑着。伊说：

"嗯。"

"留下来罢。"他的困乏的眼睑低垂了下来，"夜已经迟了。"

维纳斯没有笑。那个孤单得很的月牙儿在黝黑的枝椏梢上锐利地弯着。伊用食指在他的袒裸的右胸上默然地画着圈。那圈圈越缩越小了，而终至于成为一点。伊将伊的唇印在这一点上。他很微弱地战栗了起来。而其时夜也颇为寒冷的。

清晨的雾气在林野里升腾着，仿佛飘着的乳色的纱。年轻的猎人和这爱情之神走出那差不多便要倾圮的茅屋。伊很温柔地抱着他的臂。这样的过分的温柔使苍白的阿都尼斯有些苦恼了，而且甚至有些屈迫底感觉。他几乎什么也记不清楚了。然而在那时刻伊分明说了：

"阿都尼斯！"

那是一种惊诧和喟然底声音。他沉默着，而且极力地抑压着有如小小的山岚似的喘息。

"你竟是童贞的呵！"

伊说着，顿然感到悲伤了。伊的过分的温柔便是从那时开始的罢，仿佛一个不意之间打破了父母的爱物的小孩子那样，在惊慌里乖顺起来。伊轻柔地说：

"傻瓜。你这傻瓜呵。"

他依然沉默着。童贞的破弃，竟比他所想象的还要平板无奇的。他甚至于一点儿哀惜的感觉也没有。只不过是那样地芜杂，那样地急促而不可思议罢了。但在这些浮浮而且茫茫的里面，满满的都是伊的过分的温情。伊幽然地说：

"这便就是人生啊。"

他于是有些憎恶起来。然而他却一直那么深深地沉默着。

那时分他忽而听见夜莺不知道什么时候起便远远地唱着。那歌声使他安静。

许多的禽鸟们在清晨的林荫之中极热烈地啁啾起来。女神的长袍在披带了露珠的蕨和羊齿的地上拖曳着。猎人的脸苍白有如清晨的东天，却看来安详得很。孤单的月牙儿在晨光中显得很单薄了。他看看渐次飞散着的雾气，说：

“维纳斯。”

“嗯。”

“童贞原是这么个可笑的东西呵。”

伊笑了起来。女神将头靠着他的肩，忽然地想起许久以前失去了的伊自己的童贞。这样一来伊便不可自主地有些悲伤起来了。这种悲伤逐渐使伊不晓得为什么生着气了。伊努力地抵抗着这种愤愤的感觉。伊说：

“你是一个傻瓜呵。”

林野里开始暖和起来。远远地有鹧鸪的喁喁之声，却不知道是否正是昨日的一双了。雾和腐叶的气味清鲜得有些撩拨人。阿都尼斯低垂着脸，感到一种动悸。他想起昨夜伊也是这么说：

“你是个傻瓜呵！”

那时他依然踌躇着。他为伊的那么无拘束的恶戏弄得很懊恼了。伊又说：“点上灯罢。”

“哦哦。”他说。

“请点上灯罢，我不喜欢黑暗。”

他依旧踌躇着。然而他终于点燃了如豆的灯。他的脸红了起来。伊喟然地说：

“你是个傻瓜呵。”

他站立在那里，看见在如豆的灯下底伊的胸、伊的腹的线条，很受了感动了。伊的眼闪耀着。并不一定是一双情欲的眼色罢，但却似乎是一双美食家的眼色。

猎人阿都尼斯沉默地走着。在越发明亮起来的晨光中，他看来毫无血色。其实不知道何以这两人在这时候看来都那样地丑陋。他们看来浮肿、肮脏、倦怠而且鄙俗。他们以滑稽的身影在林野中走着。当然，那孤单的月眉是早已消失了。他的沉默使伊觉得慌乱。

“阿都尼斯。”

伊说。那声音依然是那么女性地温柔而且驯顺的。伊为伊自己的那样的声音弄得凄楚起来了。那只不过是一个匆促而且慌乱的一夜罢了。然而伊已经感到了那种分离的情绪。这情绪使伊惊慌，简直不知所措了。伊从不曾这样快地对一个男人感到这种分离的暗影。这暗影总是在一定底时辰将伊自一个男人的拥抱中拉开；或者将男人从伊底抱拥中分开。伊于是紧紧地抱着猎人的臂。伊忧伤地说：

“说些什么罢。”

“说些什么呢？”他滞呆地说。

“说些什么罢，阿都尼斯。”

他便锁起他的乱杂的眉，真的要想说些什么。

“我有一个感觉。”伊忽而说。

伊抬头望着他，看看那张宽大而痴呆的脸。伊于是为一种不知道是悲悯着他或者自己的那种悲悯所击中了。伊无声地说：

——我们要离开了吗？然而实则伊只是说：

“一种泥泞的感觉。”

他极真切地沉思着伊的话，然后他说：

“什么？”

“一种泥泞的感觉。下雨的时候，泥泞的感觉。”

他于是很和善地笑了起来。这笑脸使伊心酸，伊又复感到很强烈底流浪的感觉了。伊忽然想起利地亚的海岸。太阳照着干净的白色的沙滩。牧童们在极为峥嵘的石壁上唱着淫猥的情歌。伊记不清那时的那个男人。然而伊却鲜明地记着那些漂泊的船只们，那些雕刻着艳笑的裸的女体作为船头的船只们，那些阵阵传来的带着酒臭的水手的歌声。

“去过利地亚吗？”伊说。

“利地亚？”他说。

“喧饮之神巴考士的游踪所至的利地亚。一个遥远的国土。”

他没有说什么。他看着伊的抑制着某种忧心的差不多辨不清男女了的脸。伊恁恣地说：

"我曾一度是那快乐的巴考士的众妾之一。"

"我什么地方也没到过。"他说,"而你却流浪了许多地方。"

伊实在恶躁起来了。伊噘着唇,鄙夷地说:

"你是一个傻瓜呵!"

"然而我们都一样地躲着什么。"他说,"一样地流放着自己。"

"喔,喔。"伊嘲弄地说。

"维纳斯。"

"……"

"其实我不只是个傻瓜呢。"

"唉唉,阿都尼斯。"伊说。

他们在一面不甚大的湖边停了下来。湖边长满了鸢草、蕨类与羊齿。开始有些刺眼了的阳光在湖面上跳跃着。猎人阿都尼斯依然很和善地笑着,仿佛他顿时明白了他所长久困惑着的难结似的。他说:

"我其实只不过是虫豸罢了。"

维纳斯无助地揽着他的发肥了的腰。伊怆然地说:

"阿都尼斯!"

"你使我成为一个男人,"他说着,把着伊的手。那是一只丰满的可爱的手,"我觉着幸福。但我们都迟了。"

伊没有说什么。那时候露水已经干了。爱琴海的风依然只是柔地吹拂着,且夹带着浓郁得很的月桂的芬芳。他们坐在湖岸，看见树木们很凉爽地倒立于水中。年轻的猎人微笑着说：

“或者你依然要流浪的吗？——比如说，到遥远的利地亚。”

伊依旧没有说什么。现在伊已不复回避那暗色的离愁了。伊又想起利地亚的白色的沙滩，利地亚的歌声来。伊听着他喁喁地说：

“然而流浪的年代行将过去。”他说着，站立起来。他的青苍的身影映在水里。他拨弄着伊的暗红色的头发，温情地说：“我们都是很岌岌的危城。寂寞的、岌岌的危城，谁也扶庇不了谁。”

他愉悦地涉足于湖水之中。女神说：

“阿都尼斯。”

“我无非是虫豸罢了。”他伸着懒腰说，“我得回到一个起点去。那里有刚强的号声，那里的人类鹰扬。”

“然而我的耳已聋，听不见号声。我已死亡，鹰扬不起来了。”

“维纳斯。”他柔声说，“我唯愿我不是虫豸。或许你依然要流浪下去的罢。”

伊看见他走向湖心，水将及于腰。伊说：

“阿都尼斯！”

“但流离的年代将要终结。”他说，“那时辰男人与女人将无恐怕地、自由地、独立地、诚实地相爱。”

他回首望着呆立在湖岸的女神。他看来平安。唯他底脸色苍苍如素。他笑着，说：

“那时在爱里没有那暗色的离愁底乌影。请不要流浪了罢。”

就是这样，我们的可怜的猎人便滑进湖心里去了。他的白色的衣服在水中恍惚着，仿佛一条巨大的白色的鱼。或许他便是死在一种妄想的亢奋里的罢。那时维纳斯便朝树荫底深处狂奔而去，伊底暗红色的头发愤然地飞舞着，一如火焰，而且自此便不知所之了。

不过根据罗马诗人奥维德的本子，则说是猎人阿都尼斯死后，湖边便立时长了一棵瘦弱的水仙，寂然地守着它自己的苍白底影子。至于维纳斯，据说也变成了一种流浪的渡鸟，永不止息地梦着一处新底沙滩、一个新底国土。然而自从猎人死后，那个古老而堕落的众神的世界，确乎整个地动荡起来了。那时火种早已自普洛米修斯神之手开始流散在人间。我们便这样地将历史从凶恶而充满了近亲相奸废颓的奥林帕斯山的年代，转移到人类底世纪了。

初刊于一九六五年二月《现代文学》第二十三期

兀自照耀着的太阳

陈哲赶到小淳的家，已经黄昏了。小淳家的老佣人一见是他，便抖抖颤颤地哭了。一路上死得很沉沉的他的心，便一下子芜乱起来。他问着说：

“怎么样了呢？嗯？”

小淳家的老佣人只是低低地哭着。他一抬头，看见魏医生在阳台上，而且就要下来的样子。陈哲那么板板地扬了扬手，说：

“这就要上去了，就要上去了。”

魏医生笔直地站在阳台上，顶着高而且阔的秋的黄昏的天空。佣人慢吞吞地关上门以后，魏医生的狗忽然在院子的那一边，很不耐烦地吠了起来。

陈哲在阳台上草草地和医生握手，魏医生有些发青的脸，即便是在这种时刻，也揭不去那种职业性的冷漠的。陈哲这才开始有些悲哀起来了。他说：

“怎么样了呢？”

魏医生打开客厅的门，陈哲不料竟看见在一张巨大的白色的病床上，斜斜地躺着显然又长高了的小淳的身体。

“啊——”他惊喟着说。

“睡着了，”医生轻声说，“可是我晓得，不会太久的了。”

陈哲专心注视着病床上的女孩。他逐渐地看见了裹在被单的伊的胸，在轻微地却不失规律地起伏着。

“京子。”医生用日本话说。

陈哲望了望通往卧室的门。虚掩的门上挂着一张巨大的日历，精印着西斯利的忧悒的风景画。他走近病床抚摸着铝质的架子。小淳的脸斜斜地埋在干净的枕头里。依然是那么一张朴素的脸呵。

“劳累你了。”医生说。

陈哲微笑着，却并没有看魏医生。他忽然看见小淳的手在被窝外轻柔地握着拳。这是一只曾把几何习题写得像刺绣似的工整的灵巧的小手，依旧瘦削得十分嶙峋，然而身体却长高了许多。陈哲看着在被单里隐约地起伏着的稚气的乳房，感到胸口止不住绞疼起来。

“两天前恶化了的。”

医生说着，为他的客人搬着一只沉重的椅子。陈哲走上前去帮着放好椅子，免得弄出声音来。

"喂，京子。"医生说。

"Hi."卧室里回应着。

"长大了呵。"陈哲说。

他抬起头望着卧室的门。西斯利的忧悒的风景画寂然地垂落着。一种抑制着的极低的抽泣声很安静地流了出来。

"坐罢。"医生无力地说。

小淳依然轻微地，却不失其规律地呼吸着。医生在床头的藤椅上坐了下来，窗外的天逐渐昏暗了，便使一室灯光那么温暖地凝聚起来。

"陈先生。"

走出卧室的京子招呼着，便那么日本风地弯下腰。陈哲无言地也站起来弯着腰。但这个医生的日本妻子似乎怎么也忍不住要哭出来的样子，便又回过身子用手绢捂着嘴。陈哲看见伊的仍然很美好的颈和一头浓郁的发。他默默地坐了下来，交握着手。

"小淳昨天早晨说要见你。"医生说。

陈哲看着抽长得有些不相称的女孩的身体，苦笑着：

"长大了许多啊。"

"初以为还不碍事的。"魏医生说，"要请你来，一趟路程，够远的。"

"但是还好的。"陈哲说。

"今天一早就说一定要见你。"医生说。

医生望着坐在一边的他的妻子。这个深深地忧愁着的日本女人正慢慢地叠着伊的手绢。陈哲忽然说：

“魏医生。”

京子第一次注视着陈哲。他觉得伊的目光像什么东西似的贴在他的侧脸上。他蹙着眉吃力地说：

“魏医生。……可是小淳看来多么平安。”

医生的青苍的脸依然封冻着，却不是看不出一种激动在不可抵抗地翻腾着。他说：

“我一生也不知道看过多少死亡的了。”他看着病床上的女孩，“但从来不曾这样地在生命的熄灭前把自己打倒了。”

“把自己给打倒了？”

“呃。对罢？京子。”医生说。

京子夫人咬着伊的薄极了的嘴唇，吃力地、却很有教养地说：

“可是，不论怎么样……”

伊终于忍不住被女性的悲怆给呛住了。伊挣扎着，说：

“不论怎么样，只要这个孩子好起来……”

陈哲移目看着完全暗了下来的窗外的夜幕，听见伊说：

“……一定要好好地活着……可是，你这个孩子，请好起来罢！”

“好了，啊。”医生劝着说，把手放在伊的肩上，旋又放下。

客厅只听见京子的泫泣的声音。质地很好的挂钟在西边的墙上嗒嗒地响着。小淳却依然那么微弱地沉睡着。医生面向他的妻子，柔声地说：

“喂。……在客人面前……好了罢。”

这时候楼下院子里的狗忽而吠叫起来。在这夜分里，总是有几分刺耳的。魏医生站了起来，说：

“大约是许炘他们罢。”

医生走近窗子，从阳台往下看着。陈哲注视着医生的中等躯干。他很想随便找句话对京子说，却不料京子先说了：

“在城里，一定热闹些罢？”

“呃。”

“……”

“请不要太忧虑罢。”他说。

京子夫人在一瞬间直视着他，却又在一瞬间瞥开了。伊愁困地笑了起来。虽然是许多日子以前的事了，陈哲仍然不能不有一种心膈为之缩紧的感觉。他因着一种绝望而微微地懊忿起来。他虚弱地说：

“何况事情并未确定。”

“谢谢。”

京子夫人开始反叠着手绢的时候，客厅的门轻轻启开。进门来的果真是许炘夫妇。许炘对陈哲说：

“你来了！”

“呃。”

许炘的妻子菊子便紧挨着坐在京子夫人的旁边，把一只手伸进京子的臂弯里，紧紧地抱着。许炘弄了另一只藤椅坐在陈哲的右边。

“劳累你们了。”医生说。

“说哪儿的话。”菊子说，“你们也应该休息休息的。”

菊子然后告诉陈哲说魏医生夫妇已经有两天没睡好了。

“哦哦。”陈哲说。

菊子依然——不，或者更漂亮了，陈哲想。他忽然想起许炘生了第三个孩子的时候，曾经对他说：

“男的呢！”他笑着，“好像我说生什么就生什么。”

陈哲自然向他道贺了。许说：

“然后，不生了。把这第三个带到能走了，叫菊子好好保养身段……”

“来不多久罢？”许炘说。

“他来了好一会了，”医生说，“真是……”

“没什么。真的。买票，转车都很顺利。”陈哲说。

医生看看手表，便抓了抓伸在被单外面轻柔地握着拳的小淳的手。京子站到医生的身旁。客厅沉静下来，只剩下魏医生夫妇小心翼翼地做着检查。

“盖了一栋房子，最近。”许炘细声说。

“哦。”陈哲说。

"一栋小平房。"

"哦，哦。"

许炘看着故意转过头去看着魏医生夫妇的菊子，点上一根纸烟。

"许炘！"菊子蹙着眉宇说，"病房里，怎么好——"

"对了，对了。"

香烟丢在阳台上，阳台外的夜色凝重得不像一个秋的夜。然而毕竟有月亮小小地贴在右首的天空。风轻弱地渡过阳台的时候，使窗幔细微地飘动起来。

"结婚了五年，第一次独立起来住的。"

许炘很认真地微笑起来。

"哦哦。"陈哲说。

菊子把这些都听进去了。伊想：竟对一个独身的男人说着这些啊。伊和许炘一直不互相明说地希望有独立门户的一天，直到公公为了叫许炘出面代理一家美国农药商而另外开了店铺，公公才说：

"三十四五了。好好地做给我看看！"

许炘依然只是笑笑。公公说：

"大学也让你念了。想想我小学毕业的也撑了这几家店。"

菊子也笑着。但那夜伊在丈夫的枕边细声地说：

"许炘，就做给爸看罢。"

伊哭了起来。许炘慌了。他说：

“我要做的，我要做的。”

陈哲忽然说：“孩子有多大了呵？”

“哪个有多大了？”

“我是说第三个孩子。”

“刚能走路。”菊子说。

陈哲看着绽开的花一般的菊子，想着在都市里也不容易看见这么野俗却强烈的美姿罢。魏医生和京子在墙边洗着手。

“怎么样了呢？”许炘用日本话问着说。

“啊啊。”医生说。菊子立起身来，拉着皱折的裙裾，说：

“不要紧的，是罢？”

医生用手巾擦着手。京子热心地望着他。

“啊。”医生说，“变化不大。倘若到一点钟还没变化，就会有些希望也说不定。”

“现在是——”菊子看着银色的手表。

“十点四十——六。”许炘说。

陈哲“叽——叽——”地上着表弦。魏医生坐了下来。菊子帮着京子夫人弄一些咖啡杯子。小淳的睡脸看来十分平静。并不是没有病的衰竭，却在衰竭中有一种不可思议的安详。

魏医生用手赶着一只盘桓在白被单上的朱红色的小甲虫。他忽而说：

“我方才一直在想着一些事。”

"嗯。"陈哲说。

"三个月前又有一个矿坑塌了。"

"我读了报纸，是的。"陈哲说。

"三十多个压得扁扁的坑夫排满了楼下的院子。"医生说。

"这些人啊——"许炘说。

"在这个矿区的镇上，"医生说，"就是我方才讲的：死亡早已不是死亡了。"

"你还是外头来的呢，"许炘说，"我从小在这儿长大。这样的死，就是我父亲时候都有了的。"

魏医生定睛注视着小淳，他的疲倦的青苍的脸敷满了某种深挚的遐思。他柔声说：

"我上来换去血污的衬衫时，"他抬头望着陈哲，说，"这个孩子，把脸贴住那面窗子上，一个人在流着眼泪。"

陈哲叹了口气。医生说：

"我怎么想呢？我想：那只不过是因为伊是个女娃儿，何况又在伊的那种感伤的年纪。我走过伊的身后，瞥见窗子外的楼下的院子，是七八具已经断了气的尸骸。他们的脸和身都用稻草席掩着。家属们在门外哭号，就是那样。"

水壶开始沸着了，在夜深的客厅里"嗤——嗤——"地叫着。京子夫人开始冲咖啡。逐渐浓起来的咖啡的香味飘散着了。魏医生闭上眼睛，看起来像一个下在监里的囚犯。他轻声说：

“那时我甚至没有安慰伊的。”

沉默了一会，许炘说：

“小淳是个好孩子。真是好。”

“我想起了什么，晓得罢？”医生说，疲惫地笑着。

“嗯？”菊子说。

菊子和京子为每一个男人端上加了牛奶的咖啡杯子。

“我们在说，小淳是个好孩子。”陈哲说。

“这怕没有人比你更知道了。你曾是他的老师啊。”菊子说。

陈哲捧着精致的咖啡杯子，突然想起在这个家里当着小淳的家庭教师的情景。每次到七时半，京子夫人必定用这样的杯子盛着咖啡或可可放在桌上，另外还有一盘西点。

“请休息，用点茶点罢。”

陈哲只是欠身致谢。他第一次看见这个女主人，就是那么不可自抑地恋爱着了。在他看来，那是一种深刻的绝望和娴静的感伤所合成的美貌。这样的美貌对于比现在还年轻的陈哲，曾是怎样的一种感动啊。陈哲的茶杯被注满了浓浓的咖啡。他顿时悸动起来，抬头却看见为他倒着咖啡的菊子的笑脸。他赶忙笑着，说：

“谢谢。”

伊的手仿佛鱼一般的丰腴而且尖削。一双被保养着的、刻意修饰着的手。客厅叮叮咚咚地响着搅拌的声音。然后便是低低的啜饮之声。魏医生把杯子放在茶几上，从京子夫人的手中接过手绢，细心而又利落地擦着嘴。他的唇因此泛着血红。在灯光下他的这样的脸，是十分漂亮的。魏医生说：

“我还想了些什么呢？”他对注视着他的陈哲说，“你起初很不同意我，后来也竟然接受了。我这巴该耶洛！”

魏医生轻轻地拍着后脑勺。他无助地笑着说：

“对罢？……我曾自以为是另一种人。我的资产，我的教养，我的专业者的训练……是罢？”

“……”

“你们与我并不尽相同。这我是知道的，当然知道。但我把你们当作表亲似的，终于也是‘同族’的罢。是罢？”

是的。在这样一个尽是抛荒的旱田的矿山区的小镇上，战前的和战后的中产者聚在一起。魏医生只在上半天开业，下半天便把门户关起，和他的“同族”们喝着酒，放着唱片，有时也放下帷幕开着小小的舞会。那些日子啊！装在很精美的玻璃杯子里的酒，似乎只有医生一个人懂得的室内音乐，战前社交界流行的令人迷乱的探戈舞曲……魏医生总是静静地喝着酒然后就和京子婆娑地跳着舞。许炘夫妇几乎爱好魏医生家的每一样的东西；鱼在水里的快乐，大约也便是这样的罢。而陈哲总是一个人坐在沙发上，但酒量似乎一回比一回大了。

“让京子教你跳罢。”医生说。

陈哲涨红了酒酣的脸。他衷心地爱着医生的那种精细的文化人的气味，然而他却以全部的聪明掩藏着他对京子夫人的如炽的恋情。所以医生和京子又跳起舞的时候，陈哲一任那种被友爱、激情和适度的嫉妒加上酒的火热，焚烧得使他耽溺在一种心的阵疼里。

是的，那些日子啊！陈哲想着。

“但是淳儿竟那样地流着眼泪。”医生说。

“小淳是个太好的孩子，”许炘对陈哲说，“对罢？”

“但我从不知道要为别人，或者不同族的人流泪的事，”魏医生说，“淳儿这个孩子啊……”

菊子放下杯子，把伤心起来的京子拥抱着。菊子做得那么富于戏剧性。陈哲说：

“你的心情我或者知道罢……你们连日来也太累了。”

“真的，真的。”菊子说。

“两位，或者哪一位先休息一下罢。”许炘说。

“不碍事的，”医生说，“是罢？京子。”

“呃。”伊说。

“我说过：我面对着死亡，不知有多少次了。就是淳儿的死，在我的专门教养里，也只能有一定限度的伤感罢了……”

“但是小淳是你们自己的孩子呀。”菊子说。

京子抬起头来，深思地望着小淳的朴素的脸。伊喃喃地说：

“请好起来罢，小淳。你活着，妈咪一定也要陪着你真正地活着。”

“我是个医生，”医生说，“所以怎么也不能像妈妈一样自由地许愿。”他无力地微笑起来，说：

“但是现在的心情确是很想为淳儿的生命跟谁商量，或者交换什么条件也好。不曾有一个生命的熄灭如此地使我不安，使我彷徨的。”

“比方说，用我们的死来交换小淳，真的啊……”京子夫人说。

“是的。我和妈妈忽然感觉到从来便没有活过。”医生说。

陈哲深深地坐在沙发上，第一次他感到能自由地直视京子的脸。四十多岁的疲倦的脸，那么样地苍白而且单薄啊。他喟然地说：

“明白了。我们都不曾活着。——谁该活着呢？”

“我们的小淳。”京子夫人说。一种母性的骄傲仿佛一盏灯在伊的松弛的眼睑亮了起来。菊子有些踌躇地握着京子夫人的手。医生说：

“我们所鄙夷过的人们，他们才是活着的。”

“那些像肉饼般被埋葬的人们。”许炘衰竭地说。

“那些尽管一代一代死在坑里的，尽管漫不经心地生育着的人们。”

“可是，陈哲……”菊子惶惑地说。陈哲看见菊子正抓着小淳的手。他失声地叫了起来：

“魏医生，看看小淳！”

小淳的朴素的脸，异乎寻常地红润起来。医生立即套上听诊器，一手摸着小淳的脉搏。

“小淳。”医生说。

“小淳，小淳！”京子说。

小淳的眼睛张开了，一泓清澈的秋天的潭水啊！

“小淳。”京子说着，簌簌地流着眼泪。菊子也哭了。

“妈咪，为什么哭呢？”小淳说，“爸爸，为什么妈咪……”

“小淳，你睡久了。”医生说。他的锐利无比的眼在小淳的上下搜寻着。京子赶忙擦掉眼泪，指着站起来了的陈哲，说：“看看这人是谁啊。这么远地赶来看你。”

小淳看着陈哲，微笑了起来。那样无邪的笑脸，使陈哲的整个心发疼起来。

“你们想我快要死了，是罢？”小淳说。

“小淳！”陈哲说，一面陪着责备的笑脸。

“我不会的，”女孩说，“天一亮，我就好了。”

小淳的眼睛忽又显得沉重起来。伊挣扎着要张开，一面漫不经心地微笑着。

“小淳！”京子说。

“呃，呃。”女孩说，“天一亮，我就好了。我不会的，你们放心好了。”

“小淳，看看这是谁？”医生一一指着说：

“许阿姨，妈咪，许叔叔……天一亮，我就好了。你们要陪伴我到天明……”

女孩又睡了过去。所有的人都站立起来，围着病床。魏医生按着小淳的脉搏。小淳看来安静，像一般的睡了的女孩。这一次伊的脸仰向着，一束柔细的发贴在额前的汗水里。医生看了看手表。每个人也跟着看自己的表。午夜的二时许了。菊子却在这时嘤嘤地哭了起来，许炘哄着说：

“让小淳睡罢，让小淳睡罢。”

“也许淳儿能留下来也说不定。”医生说，俯视着自己按着脉搏的手。京子握着菊子的手，喃喃地用日本语说：

“请好起来罢……你这个孩子。”

“伊会的。”许炘说。医生安静地说：

“要是能好起来就好了。”

“真的。真的。”菊子说。菊子于是哽咽起来了：“不晓得为什么，就是觉得倘若……”

“会的。看看那么安泰的睡罢！”许炘说。

五个坐在床边的人都看着仰睡着的小淳。被单优美地裹着伊的甫苏醒了的女性的身体，虽然很不愿意那么想，睡着的小淳的模样，真像弗罗伦斯文艺复兴时代的石棺上的雕像；看来庄严，却不是没有血肉底温暖的。菊子接着说：

“……就不知道要怎么过完往后的日子。”

“那些过去的日子啊——”陈哲说。

“那些绝望的、欺罔的、疲倦的日子。”医生说。

“成天地躲在帷幔深垂幽暗的房子里。那些酒，那些探戈舞曲！”京子说。

“记得我在那些日子里没有一日不做的美梦吗？”许炘调侃地说。

“到巴西去！”陈哲说。许炘笑了起来。

“到巴西去。对啦。到巴西去盖一个牧场，像电影里说的。每一只牛都烙着我的姓。让菊子成为一个美丽的女主人！”

“许炘！”菊子说。

“我差不多没有一日不渴想着大的产业，像电影里看见的。宫闱式的卧房，还有汽车，以及被一大片青草围绕的安适的家。”许炘说。

“让我像一件装饰品似的保养得又年轻、又好看。”菊子说。

“菊子啊。”许炘说。

“这也是我自己渴想了的，不都是你的错。”菊子说，“唉，那些日子啊！”

“陈哲，这个懂了罢！”魏医生说，“战争前的我，和战争以后的他的差别。我不复求产业的发展。我只求保有——而且渴望保有我的权利、我的业务。巴该耶洛！”

医生伸着手那么轻轻地放在小淳的额际。他说：

“巴该耶洛！——保有我的已有产业，保有我的书斋、我的学养，保有我的帷幕深重的小天地！为什么？因为我的家世、我的资质给我特殊的权利。京子，是罢？”

“呃。那些死灭的日子啊！”京子说。

五个人都轻轻地喟然了，夜惨然地冷洌起来。陈哲想把窗子关起。京子说：

“对不住。窗子还是开着罢。”

“哦。”陈哲说。

“因为这孩子一定要它开着。把病床放在客厅，也是这孩子的意思。”医生说。

菊子爱恋地看着小淳。伊说：

“会好的，一定。”

“菊子当初最反对把淳儿放在客厅里。”京子友爱地说。

“可是按着我们的风俗，那太不吉利了。”菊子说。

“然而孩子一直吵着要在这里的，”医生说，“我是学科学的人。京子又是颇不受风俗束缚的人。”

魏医生夫妇有些愉快地笑了起来。陈哲看着稍微变大了的月亮在天边坠落着。

“可是为什么呢？”陈哲说。

“为了能看见黎明的阳光。小淳说的。”菊子说。

医生再度按着小淳的脉搏。他安静地说：

“如果到天亮时还是这样的调子，我们的淳儿就会留着的罢。”

“请好起来罢，”京子说，“我们都等着同你一块儿重新生活呢。对罢，爸爸？”

“嗯。”魏医生说，“虽然还不晓得要怎样过新的生活，但总是要像一个人那样地生活着。”

“是的，像一个人那样地生活着。”许炘说。

“只要小淳留下来。请好起来。请好起来罢。”菊子说。

京子呵护着激动起来的菊子，温柔地抚摸着伊的手。京子望着小淳喃喃地说：

“我们可要真实地活着呢，小淳——只要你同我们活着。”

“虽说那不会没有困难，对吧，医生？”

“对的。”医生说，“但是抛弃过往的那种生活，恐怕无论如何都是一个最基本的条件吧。”

“抛弃那些腐败的、无希望的、有罪的生活……只要小淳同我们留下来。”

“真的，真的。”菊子说。

小淳依旧平静地睡着，下坠的橘红的月，看来仿佛纸灯一般。

凌晨的时分了。一股不可抗拒的睡意侵袭着他们。京子夫人和菊子互相依傍着睡熟了，他们低垂的脸，仿佛夜里的睡了的水仙。医生斜着头，把双手抱胸前；陈哲沉落在他的大沙发里；许炘仰着天斜在他的藤椅子上；都深深睡熟了。

太阳升起的时候，小淳安安静静地在五人沉睡的匀息里以及在初升的旭辉中断了气。然而太阳却兀自照耀着：照耀小淳的朴素的脸，照耀着医生的阳台，照耀着这整个早起的小镇，照耀着一切芸芸的苦难的人类。

初刊于一九六五年七月《现代文学》第二十五期

哦！苏珊娜

1

暑假一开始不久，我便来到这滨海的观音乡。因为这里有世界上最僻静的海滩、和气的阳光，以及一直好笑而又可爱地自诩为天才的李。

当天的夜晚，在我们同赴海边的路上，我却发现了一间仿佛尚有水泥味道的新而笨拙的建筑。我攀住李的臂膀注视着它。

“是间教堂，”他说，“刚盖好不久。”

“嗯。”

他的兴奋清晰地从他紧张的臂弯里传给了我，使我也跟着荡漾起来。整整的一学期，我们都在期待着这个聚会。然而当我下车后，一眼看见他那种炽热的眼光的时候，却叫我胆怯得不由自主地脸红了起来。他笑着，伸手接住我的行李。阳光照在他的脸上，照着他的一头又粗又黑的长发。他的漂亮又安慰了我的许多不安。看来什么都没有改变，比方说他的沉默罢。我忽然记起，从此我将要和一个沉默得令人窒息的人共处一段时间了，便不禁想起昨日以前充满哗笑的日子，偷偷地忧愁起来。

拐进一条植满木麻黄的幽道不久，他便开始笨拙而性急地揽住我的腰。我的心悸动起来。久别重逢的热情使空气显得异样地局促。

“他们叫末世圣徒教会。”他说。

“嗯。”我想，他终于说话了。

“那个教会，”他说，有些支吾，“管叫末世圣徒……”他笑着。而我却找不到这个笑的理由。

“末世圣徒。”我说。

“嗯，”接着，我听见他在我的身旁颤抖地、小心地叹息着。

那天的夜分，我们坐在沙滩上。橘黄的月亮悬在阴暗的崖石上。我望着月光底下的松林、沙滩和温柔地旋回着的海，猜想着月光下的他的脸不知道是个什么样子。然而我不敢回首望他，因为我知道他一直在眈眈地望着我。我注视喳喋着的海波，恁他的微湿的手掌在我裸着的臂膀胆怯地蠕动着。夏天的时候，他的爱抚总是从我的手臂开始的，正如冬天的时候，他老是从我的头发开始一样。我们知道什么事将要发生，这类的事总是这样的。然而当一阵海风吹过，我却无端地悲哀起来。我想推掉他的手，但是就在这一片刻里，我听见了一片稀薄的歌声传来。

哦！苏珊娜……

于是他很容易抱住了我。我的心神开始渐渐地远去。而在那遥远的地方，又碰见了那个也是十分辽远的歌声：

哦！苏珊娜，你可曾为我哭泣？……

当我们坐起来的时候，两个人都已经开心起来。月亮显得又幸福又温柔。我开始卸下发针，整理沾着沙粒的乱发。突然间我想起一个问题，“什么是圣徒呢？”我说。

他笑了起来。在这样的时候，他常有十分迷人的笑脸。火焰从他的双瞳中消逝，然而那剩下的一片梦一般的迷蒙，却使他的眼睛美丽得令我生妒。他任性地重又仰卧在沙滩上，把一只长腿架在另一只腿上，高高地、不逊地指着月亮。他的脚踝又白又美，如一只初生的小鹿。

“圣徒的意思，”他说，凝望着我，“就是一种和天才差不多的人。因此我们是同类哩。”

于是他又开心地笑起来。这开心传染了我，使我也想笑笑。然而因为我的嘴正含着三四只发针的缘故，不得不把笑一口气吞了下去。

2

两天后的一个早晨，我和李上街买菜的时候，在市场上遇见两个年轻的外国人。他告诉我他们正是末世圣徒会的长老。

“长老？”我觉得滑稽极了。事实上他们显得出奇地年轻，尽管他们长得高大，而且其中的一个已有刮得铁青铁青的胡腮子。

此后我们经常在路上，在车站，在我们的窗口看见他们。太阳晒红了他们的白皙的脸。不论有多么炎热，他们总是衣履整洁，系着领带。渐渐地我对他们那种在头顶上戴着浅浅的草帽的神态入迷了。我第一次领会到一个衣冠整齐、温柔而潇洒的男性的魅力，这是像李那种杂乱而粗野的男人所缺少的。

李和我都是无神论者。也许我们还不配有这样一个代表着知识的某一面的称呼，我们只是不愿意有一个上帝来打扰我们这种纵恣的生活罢了。然而李和他们却有很温和的友情。

“他们都是还在上大学的娃儿们。”李说。

这使我不可抑制地想起了两三年前的盛来。盛是我隔壁大学的法学生，不很漂亮，但高个子补足了这个小小的缺点。此外他也是一脸颊的胡子，每天刮得像初收的高丽菜一样。盛是个狂野的家伙，他在吻了我的那天晚上说他已经订了婚。这一点是和那个有胡子的洋小孩不同的。有一次我在街上遇见他，他似乎想说什么，然而一霎时一阵血红掠过他的脸，他的害羞竟给了我莫名的喜悦。但当我看见他把着单车的毛茸茸的大手，不知为什么，忽然觉得不可自主地悸动起来了。

“他们也在追求着正义，”他说，点起香烟，喝着上床前预备好的冷开水，这个习惯使我不安，也使我恼怒。我凝望着窗外的深夜，听着他在说——“这使得我尊敬他们。他们也信仰着和平、互爱。我不必让他们知道，但是我是他们的朋友。”

李是个奇怪的男人。一个在大学时代里并不优秀、并且时常任意旷课的学生，一个无依无靠的穷汉。只不过读了一小屋子乱七八糟的书，便使他成为一个骄傲的贵族。开始的时候，我曾那么不可理喻地崇拜着他。但是一年下来，他几乎从来没有和我分享过他的莫测的宇宙。有几度我听见他和他的几个也是懒惰而傲气的朋友抨击着毫不相干的政治、新出版的书，以及一些很有名气的作家。此外他只是默默地和我做爱。而且，在这一方面，他并没有和别的男孩子们有什么迥异的地方。然而他总是使我眷恋较久的男子中的一个，这主要地由于他有着我从晓得照镜子起就渴望的乌黑的头发和大而深的眼睛之故。此外，他的吻能带我到一个比外祖母的家更遥远的地方去。

两个圣徒有时也来看我们。我知道那个胡子叫彼埃洛，另一个叫撒姆耳。有一次彼埃洛先生吃力而热心地解释说彼埃洛等于英文的彼得。他是美国籍的法国人，由于我对于法国的仅仅止于直觉的了解，增加了对他的印象。现在我看清了他有一双棕榈色的眼睛，散发着一种童男的可欲的眼光。他的薄薄的唇推销着许多的温柔。

我为他们预备咖啡，当他们来访的时候。他总是用双手捧着杯子，几乎近于虔诚地饮着我的咖啡。这使我像一个母亲一般地喜乐起来。而也往往是这时候，我看见他的一双大而笨拙的手。忽然间一个想念跃过我的脑门，使我十分害羞起来，便悄悄地依在李的身旁，忙着吞下一颗悸动的心。

男人们谈论着。李的英文也因此有了长足的进步。我禁不住偷偷地瞧着彼埃洛先生。他很少说话，他该说点什么，我想。因此当李带着撒姆耳先生去参观他的藏书的时候，我便问彼埃洛先生为什么他们的教会每次都唱着“哦！苏珊娜”。

他用棕榈色的眼睛逼视着我，却脸红到耳根里去了，使本来青青的胡腮子烘成了淡淡的紫颜色。他喃喃地说他还不大懂中国话，我于是便用生疏已久的英文重复了我的问题。

“啊。”他说，绽开了一朵天使一般无邪的微笑，“没什么，只是你习惯于听到一般教堂里的赞美诗罢了。”

他的英文、他的谈吐、他的羞怯，都说明了他来自一个优裕而教养良好的家庭，好像我常常在电影里看见的那种。李是个十足的浪子。我虽有一个也算富裕的家庭，但却没有相当的教养。当李回到我身边的时候，我突然想到我有多么需要一个有节制的、高尚的、甚至虔信的生活，我想象着和彼埃洛先生对坐在一条饰着盆花的长桌子上用早餐，坐在歌剧的包厢里，或者让他轻轻地吻我的额，让他……（我又脸红起来）让他的大而笨拙的手抚摸我。（天哪！）

而尽管李从不放过任何机会来揶揄他们的《摩门经》和关于他们的教主约翰·斯密的传说，到他们起身告辞的时候，主客都显得十分地尽兴。

头一次我没有送他们到门口，我说不上来为什么。

3

日子一天天地过去，而我一点也不想去抑止我对彼埃洛先生的爱慕。因为我确知即使我放纵这个秘密的情感，什么事也不会发生的。我们常常听见从他们教堂漂流出来的歌声，包括那首奇怪的——

哦！苏珊娜……

这首歌给我异样微妙的感觉，我和李在沙滩上激情正浓的时候，它会使我一下子清醒过来；当我在等待李回来吃晚饭的时候，它会使我寂寞得想立刻跑回家里去；而当我们在床上的时候，它会使我蜷曲到他的身边，让他的自信而骄傲的两手抱住我，在他的怀里痴痴地望着窗外的星星们而无端地悲愁着。

直到有一天李将我从午寐的床上摇醒了。他简单地告诉我彼埃洛先生因车祸丧生的事。他解释说，由于摩门教的律法出必双人，因此两部并行的单车在狭小的公路上遇到大车，便一时躲避不及了。撒姆耳先生也受了伤。他还问我是否去参加傍晚的丧事礼拜。

我静静地摇了摇头。我什么也不能想。直到不知过了多少时辰，我开始听见有歌声传来。夜开始降下，他们一支支地换着歌，直到他们漫漫地唱着：

哦！苏珊娜！你可曾为我哭泣？
我来自阿拉巴马……

的时候，我的眼泪便顿时像大雨一般地倾泻下来。

那天晚上我吃得很少，然而我的心情却意外地平静。我觉得自己忽然长大了好几年，再也不是一个追逐欢乐的漂泊的女孩子了。我记起了小时候逃学荒嬉终日，而终于在日暮时决心回家的那种感觉。不管家里有如何的鞭笞等着我，回家总是甘甜的。是的，我无声地叫着，我要回去，亲爱的，我要回去，世界上没有什么人什么事可以阻止我了。

月光照着李的头发，他的清秀的睡脸和他美丽的肩膀。我感动地靠近他，他的双臂便立即像食人树般地包住了我。（他的手臂是永远不会睡觉的。）我顺着他的肩看见了一轮七月的月亮。俄尔我仿佛看见亲爱的彼埃洛先生文雅地骑着他的单车，渐去渐远了。

我闭下了眼睛，在暗黑里吻着李的皂香的胸脯。一切都已就绪，我决定在清晨偷偷地离开他。虽然我知道现在我比什么时节都需要他，然而也不知为什么去意甚决。也许李说的并不只是一个笑话。他与彼埃洛先生同属一类。他们用梦支持着生活，追求着早已从这世界上失落或早已被人类谋杀、酷刑、囚禁和问吊的理想。也许他们都聪明过人，但他们都那样独来独往，像打掉玻璃杯一样轻易地毁掉生命，像彼埃洛先生一样。但我觉得自己的七情皆死。仿佛这一生一世再也不会去爱一个人了罢。至于李，他还有他的骄傲可以支持他。我知道他是个强人，在某些方面……

而我终于又哭了，记不清为了什么。我极力噤着声音，用食指轻轻地抹掉从我的颊流到他的胸膛的泪水，但愿不要惊醒了他才好。

初刊于一九六三年三月一日《好望角》（香港）

一九六六年九月《幼师文艺》第一五三期

累累

早点名的仪式之后，值星官说：

“各位官长，请便。”

于是鲁排长和几个军官便从队伍的前头悄悄地散了。暮夏在八月的清晨中流动着。除了没有春的嫩绿，这个时刻里的一切，和春是十分仿佛的。很温柔的旭光，照在这个僻静极了的兵营，照着惺忪的操场上的野草，也照着兵营依傍着的一对小小的山峦。自从许多日以前，鲁排长忽然觉得这方寸的操场和这样的清早的氤氲，竟很像那已然极其朦胧了的北中国的故乡。这自然是十分无稽的。

“看哪，看见那青青的山吗？”

姊姊扶着他站在木凳上。他伸着十分热心的脖子，在一望无垠的高粱田的那边，在澄澈得无比的一片晴空中，看见一线淡青色的、不安定的起伏。

然而那却真是故乡的山，而且是唯一鲜明地印记在他底灵魂的家乡的景象了。然则就连扶着他指示着那么遥远的青山的姊姊，在他的记忆中，也只剩下一个暗花棉袄的初初发育身影罢了。

节拍很急速的早点名的军歌声，陆续地打破了这么一个安静的早晨。鲁排长看了看手表，今天连上的早点时间竟然提早了约莫十来分钟的光景。很多种色的一群狗们在操场上远远地追逐着。鲁排长深深地吸了一口气，觉得神奇地飘忽起来。他看着逐渐明亮起来的天际，觉得有些惋惜。再过几个钟头，太阳便要凶张起来的。那么一切又要回到刻板的日课里的罢。

回到房间的时候，鲁排长看见同房的钱通讯官在刮着脸。刀片像是很吃力地刈着那一片执拗的胡髭，唰唰地作响。鲁排长把军便帽丢在床上，喝着隔夜的冷开水。远远地开始有些机动部队试车的辘辘声了。阳光也在什么时间点亮了尤加利树，密茂的树叶成团，圆圆的好像一朵朵的雨伞。然而鲁排长忽然觉得今晨怎样也忍捺不住那执拗的唰唰的声音。钱是个强壮而多须的人，他的猥谈精彩而且动听。此刻他在镜子里注视着鲁排长，用浆满皂沫的嘴唇小心地笑着。

鲁排长也于是无奈地笑了。他坐着，觉得自己在默默地兴奋着；觉得一种不可言说的力量在流动着，扩散着。

“愁什么？”钱说，狡慧地笑着。

“嗯！”鲁排长说。过了一个片刻，两人不约而同地放声笑起来。鲁排长想起来昨夜的一场紧张的百分，结果他输了。今天关饷，他得做东！

这个记忆使他开心了。多么刺激的赌注，为什么好些年来竟没有人想起来呢，他想。斗鸡眼的李准尉也走进来了，哼着一只走了调子的流行歌。这些无理的欢悦彼此传染着。他们都是走出了三十若干年的行伍军官，虽不说年轻，却满溢着一种生命的顽强的力量。特别是今天，他们仿佛在过一个节日。

钱洗掉皂沫，露出一个干净而有力的下颏，发着青色的光。他对着又小又圆的镜子左右照着脸，抚摸着。鲁排长看着他，仿佛有些茫然了。他看见钱的壮年的男体，每一线轮廓每一块肉板都发散着某一种力量。他们都一样地强壮，一样地像刚刚充过电的蓄电池那样地不安定。鲁排长开始在他最深的底层里感觉到一种极其微末的动悸了。这种动悸一直像细流一般涓涓不住，已经有半个多月的时光。在恋枕的片刻，在清晨的氤氲中，在炎阳的风景里，在别人午睡的鼾声中，这涓涓的感觉一直那么无可漠视地统治着他。现在他似乎在他的同伴中看见这细长而执着的水流，也同其汩汩在他们的生命里了。他搜出一支军烟，划上火柴，在火光中看见自己的手因汗水发亮着，像晶晶的群星一般。

门外有一辆吉普开动，载着胖子连长到军部去了。疾驰的声音和细细的灰尘使三个军官互相地照了面。

“胖子真忙得起劲哩！”钱终于说。

没有人答话，鲁排长缓缓地吐着烟。这颇使钱觉得寂寞。

其实他们都寂寞的。胖子为升上一个梅花的事，奔跑了将近半年。昨天带回来消息说，成了。这是很令人疼苦的。因为它平白地扰乱了他们欺罔中的一种安定，使他们无端地想起自己的年资、前程等等无谓的事。

“少校又如何呢？”

钱笑了起来，那声音是很衰弱的。李准尉打开他的收音机，正是《早晨的公园》里的那种可笑而愚蠢的声音。“少校又如何呢？”他们都默默地自问着。诚然，少校确是不足以如何的。然而他们之中从兵而士官而至于准尉、少尉的历程来想，少校似乎是一个极为遥远的地点的。鲁排长蓦然想起了那一年在上海的一张募兵招贴，上面说：“……结训后一律中尉任用。”如果真的是那样，如果十数年前结训时自己便是个中尉，到现在早已掮上星星了。

“看看这些糟小子们！”钱忽然说。

他们围到窗边去，看见不远的草坪上，有一对正欲交媾的狗。暮夏是它们的季节，大大小小的狗们整天失神地追逐着、流窜着、忙碌着。几个不上操的兵们远远近近地伫足观看，不知不觉地流露着仿佛发笑的脸，都在一种怔怔而且茫然的感动之中。太阳开始有一种火炎的威力，照在这一小帧风景的每个角落，也照明着这一小幕生之喜剧。忽然间一刹那的寂静落在这一幕生之喜剧里，寂静得听得见一种生命的紧张和情热的声音，使得人、兽、阳光和草木都凑合为一了。

于是有些士兵们走开了。三个军官从沉默里苏醒过来。尽管钱发着轻浮的笑脸，鲁排长总是拂不去那种荒芜的心悸的感觉。他喝完剩下的冷开水，注视着努力要分开却分不开的狗。阳光在它们十分美丽的皮毛上喘息着。日曝的操场都渐渐地在日光中发白，都闪烁着。

“第一次看见这种事是我十七岁的时候。”李准尉说。大家都看着他，使他略略地有些惊惶起来。

“从东北逃难到青岛的路上。那天夜晚天气忽然有些暖和了。大批大批的人在车站上等车开，睡在站台上。半夜里醒来的时候，看见旁边的一对夫妇……其实谁知道他们是夫妇的呢？月色好得很，撩拨着淡薄的云。我从来也不知道这样的事，但一下子也便明白了。”

大家笑了起来。然而还是很衰弱的笑。

“这大约也便是小时看见鸡鸭们领会的罢，”这回却是准尉自己一个人笑着，“但也记不清楚为什么一翻身便又睡过去了。”

“乱世里什么事都有的。”钱说。大家都很期待他说些什么。然而因为寻常都是在熄灯前后的夜分开始的，所以在这样的昼亮里，竟觉得不太习惯了。

“那年要上船的时候，码头上多的是女学生、女青年团，只要你能带，再俏的也是你的。”

这并不是新鲜的事，他们都想起那些战乱的岁月、那些像虫豸一般的低贱的生命、那些离乱的梦魇了。

“有一个像极了我的二表姐。你们知道我自小就爱着二表姐，便是到了我结婚以后也是如此。然而我一点法子也没有，我才只是个小兵。我尚记得那个方方大大的白脸，那双眼睛。”说着，即使是像钱那样的人，竟也有些暗淡下来了。自然这暗淡是很稀薄的，但在那一个瞬间里，他的心确乎是沉落的，沉落到他那多山的家乡去。

钱并不常常提起他的二表姐，但是伊的白皙、伊的双眼皮的大眼，却成了不甚一致的形象居住在三人的心中。

“……那时伊只是说，大弟，大弟！但却一恁我死死地抱着……”

鲁排长和李准尉都记得这段情节。那时尚有人猥琐地笑起来，但后来都沉默了。主要的是钱说着的时候，并不显得轻狂，而且在眉宇之际浮现着一种很是辽远的疼苦之故。这样的微细的痛苦，也竟轻轻地泛滥起来。那情节的场面自然是十分煽情的。但是在这煽情之中，却使他们也依稀地记起来一些日复一日地变得模糊的离散了的亲属们了。

鲁排长于是又想起了他的妻。由于他是个缄默的人，加以他天生是个不善于猥谈的缘故，在同僚之中，从来没有一个人知道他有过媳妇的事。

但是他一直觉得迷惑的是：何以在婚后伊巧妙地设计使甫入少年的他成为夫妇，但一旦他纵溺起来的时候，伊会有那种古风的从顺中的仓皇和痛苦的表情。那时候，他几乎不能使伊在夜里好好地安眠过，但是天一亮，伊是必须起身的。当他在近午的时分醒来的时候，伊便端给他一碗想不起来到底是什么的热汤。

“做什么？”他虽是问着，但终于贪婪地喝个精光了。

毕竟是个孩子呵！每次回想起来，他总是在心里笑着。

“给补补元气的。”伊说。北中国的阳光，透过纱帐，照着伊的疲倦而忠实的脸。在那个时候，他方使开始感觉到这个长他四五岁的女子，对于自己的生命的某种互相扎根的亲切的意义。

不到一个月，战火和少年的不更事，使他一点也不知怜惜地离开了伊，离开了故乡。到了今天，竟连伊的名字也不复记忆了。而漂泊半生，这个苦苦记不起来名字的女子，却成了唯一爱过他的女性，那么仓皇而痛苦地爱过他。从来再也没有一只女人的手曾那么悲楚而驯顺地探进他的寂寞的男子的心了。鲁排长渐渐地忧愁起来。

准尉的收音机唱着总是大同小异的歌曲。操场上开始有练兵的号令声。行政官提着一帆布袋的饷银，走过他们的窗口，笑着。他们都霍然地像弹簧一般地站了起来。准尉无可奈何地让收音机唱着《法门寺》，伸起懒腰来了。现在阳光几乎成了全白的颜色，直射着军车和兵营，致使它们似乎也徐徐地冒着袅袅的烟。鲁排长注视着那散落着兵士的草地，很稀奇地又复觉得它何以能给他一种熟悉的感觉。他细眯着眼，看见许多的狗们依旧在不住地追逐着。

他们都得了饷银。他们把原先计划在晚上去办的事，提早到中午了。据钱说，到了晚上，士兵们也去的。大家都同意了，鲁排长是东道，自不便反对。因为他们漂浮得好像在过一个节日，一种生命的波动使他们漂浮着，暮夏的阳光叫他们漂流着、浮沉着……

三个健壮的军官洗过澡，换上一身浆烫笔挺的军衣，坐在吉甫车上。他们出发的时候，正是午睡的时间，所以这整个营区，都落在一种疲倦的寂静里。车子慢慢地驶过操场，于是车上的鲁排长便觉得这个像图片一般木然的正午的风景，在徐徐地、执拗地旋转起来。野草在阳光中怒然地伸张着，一排排高度划一的尤加利都勃然地伫立着。炎阳虽然使石头、车辆、破轮胎和营房看来压迫和气喘，却使每一种植物都显得昂奋，显得紧张。

鲁排长在努力寻找着一种在他里面逐次明显起来的感觉。他不能够说明这种虽然很具象却同时又极模糊的感觉，一种生命的呼吸，一种使人觉着自己实在地活着的那样的不可思议的欢悦：原始而又含蓄的欢悦。他忙于捕捉这个从未有过的思绪，到了沉思的地步。车子通过营门口的时候，卫兵像弹簧似的立正、敬礼，鲁排长没有回礼。他于是忽然想起了澡堂里的一个年轻的兵了。

就在下午洗澡的时候，鲁排长看到一个年轻的士兵，觉得十分地滑稽，因为他有很可观的男具的缘故。最初鲁排长只是对自己笑了笑。终于感觉到不能够不多看他一眼的那种力量。年轻的兵洗得高兴，便唱着歌，一些粗糙悖耳的军歌。然而那的确是令人纳罕的伟观的。那样的累累然，已经超过了秽下的滑稽。忽然间，鲁排长对于满澡堂裸露的男体感到一种不可思议的稀奇。他从来没有注意到这种毫无顾忌的裸露的意义。不论是年轻的充员兵，年壮的甚至于近乎衰老的老兵，不论是硕大的北方人或者嶙嶙的瘦子，都活生生地蠕动着，甚至因为在澡室里都显出孩提戏水时那样的单纯的欢悦。这种欢悦是令人酸鼻的，然而也令人赞美，因为他们都活着，我也活着，鲁排长想。而对于这些人，活着的确据，莫大于他们那累累然的男性的象征、感觉和存在。

车子在公路上飞驰着，太阳光落在公路上发亮。然则因为疾驰的缘故，车上却是十分凉爽的。后座上正谈笑得热闹，大约又是钱的猥谈罢。鲁排长从口袋里一叠钞票中摸出半包的香烟。他有些沉重起来，因为这时他已经记起来一个空旷的野地。那时候他尚未到达上海，在兵乱的大浊流中，他走过了一个山村，再经过数日的山路后，便是一小片圆圆的旷地。记得是暮春的时节罢，尽管春寒仍旧料峭，但阳光却已经很是美丽了。突然间，一阵风挟着十分浓重的腐臭扑来，就知道了遍地皆是死尸。

在战争的年代里，死尸并不吓人。想起来谅或是一个战场罢。至于为什么许多死尸都裸露着，就无法理解了。

就是那些腐朽的死尸，那些累累然的男性的标志，却都依旧很愤立着。

鲁排长从这个累累的印象的复苏，正确地想起了和兵营的操练场相关的风景。就是那块旷地，中部中国的某一个旷地，兵乱中的旷地，尸臭的荒芜的旷地。

“看哪，看见那青青的山吗？”

鲁排长望着公路边远远近近的山，悠悠地想到故乡的小姊姊的山，想到一望无垠的高粱美地，想到那一丝好似海市蜃楼般的靛青靛青的线的很是不安定的起伏。这起伏又使他想到留在故乡的女人：那个仓皇而痛苦的女人。他突然地寂寞起来。他把烟丢到车外，满满地感觉到需要被安慰的情绪。好在他们正是在寻找这种安慰的路上。钱要带他们到哪里去呢？

鲁排长于是有些开心起来。活着总是好的，他想。他好像又看到澡堂满满的累累然的光景，像一片果树园上的累累的果实，止不住一个人笑出声来。

鲁的笑声，正巧赶上后座上的一个笑话：关于近来的雏妓们的年龄越来越小的事。笑声很是秽下，然而不久也就飞散在路边去了，因为吉普像一阵疾风似的驰走着，顷刻间便消失在转弯里去了。

约为一九六七年创作，一九六八年入狱后，友人发表于
一九七二年十一月《四季》（香港）第一期
署名陈南村

某一个日午

房先生的车子极其优美地在庭院打了一个半圆，便停住了。老喜为他开门。在被拉开的门玻璃中，房先生又看见儿子在慢慢地踱出大门的模样。夏渐渐浓郁起来。在逐日荫绿着的庭院中，空气寂静得简直能听见它的声籁，在庭院中很嗫嗫地喧嚣着。

房先生宽松了以后，老喜照例报告一些访客的姓名和电话留言。书房里阴凉幽静，四壁的字画在一份近乎凄苦的阒寂中悬垂着。房先生点起板烟，看着烟草烧成一个小小的、殷红的火湖，眨然明灭。在稀薄的烟雾里，他一直仔细地在他的脑中捕捉着儿子的背影，他的轻巧地踱出大门的姿态。他但愿这并不止乎幻影而已。幻影是不应会映在门玻璃上的罢。他想起儿子死前的最近，每当他忙碌地在汽车里出入家门之际，总看见儿子的青苍的削瘦的脸，在远远地注视着他。

房先生于是便记起很稀奇地忽然蓄起颚须的儿子的脸。

“老喜！”他说。

老喜早不在了。他坐直了身，按了钮。

老喜走进书房，关了门，侍立在书桌旁边。房子里飘散着板烟的清香，老喜看着丧子的主人的侧颜，有些酸楚起来。

“老喜。”房先生说。

“房处长。”老喜说。

“老喜我问你，”房先生说，“他们要他净身的时候，要剃掉他的胡子，你说不好。我记不清你说为什么的了。”

老喜愕然了，随又感伤起来。

“房处长，”他说，“事情都过去了，您自己多保重，我们不提罢。”

“不碍事的。你说说，我记不清你说的为什么了。”

老喜不安地静默着，而后也终于说：

“我是说，恭行喜欢他自己的胡子，还是让他留着去的好。”

“喜欢？”房先生说，“他留了有多久？”

“六个多月罢，”老喜说，“房处长，我们不谈这——”

“不碍事的。”房先生说，“你坐着罢。”

房先生敲掉烟渣，掏起丝绢开始擦拭着烟斗。他想着仰卧在棺木中的儿子的脸上，在下颚密密地聚生着深黑的微卷的胡子，配着那一张因为无血气而格外显得驯顺的脸，构成某一种荒谬的、犬儒得不堪的表情。

“房处长——”老喜说。

“不碍事的。”

房先生的手机械但又极其仔细地拭擦着烟斗。在老喜的眼中，它简直是主人在二十年前的一个深夜里擦拭手枪的手势。那时他第一次走进房先生的家，“书记官”便是那时的头衔，叫惯了，就一直沿用着。那时恭行才四岁——

“那时恭行才四岁大，”房先生说。思绪的巧合，使老喜猛然地一惊。房先生接着说：“你来跟着我，也有二十年了！”

“啊，啊啊。”老喜说。

“这些年来我忙着些什么！”房先生幽幽地说，他的声音和表情都像四壁的字画一般平板。老喜看着主人的那张沉甸而又寂寞的脸，在他的年老的心里，陡然地浮起了一片极轻的沧桑的迷惘。他说：

“房处长——”

“恭行死了两个多月，我这才想到我竟一直没好好地照顾过这小子。”

“房处长——”老喜说。

“只顾我忙，只顾我的——前途……”

“处长，房处长，”老喜说，“其实恭行也一直不用您操心他的。小学、中学到大学，都是自己要好，自己读书。谁不说他是个天生的读书人——”

“到头来，我对于儿子，竟陌陌生生的，一无所知。比方说，他蓄了胡须……”

“房处长，”老喜有些慌乱起来，“恭行一直是个安静的孩子，不大开腔，这您知道。也不爱人家没事唠叨他，这您也知道，简直就是他母亲的脾气——”

老喜越发慌乱起来。提女主人的事做什么呢？他于是支吾地说：

“房处长，再不提这些罢。”

沉默逗留了瞬时。房先生微弱地说：

“不碍事的，老喜。”

恭行的沉默，确乎承受自他的母亲的罢。房先生这就止不住想起了很辽远的妻来。她真是静默得仿佛一座古刹，家乡的荒山里古刹。临来台湾的时候，自己曾对她说：

“我去去，过不多久就会回来的。”

“……”

“这是你晓得的，我非跟着去不可。”

“……”

“就是因为过不多久就回来，所以你不必跟着来，留在家里陪着爹好了。”

妻那时便点了点头，但及至知道了恭行也要带走，却顿时凄怆起来，随后涨红了脸，哭了。哭泣是极安静的，她只是流着泪，绞着裙裾。

“你这是做什么啦！我只不过带孩子去见识见识罢了。

有我照料他，难道还不放心么？何况一会也就回来！”

她这便果然止住了哭。

而如今恭行竟死了。而且——

“而且，这孩子何以竟要自己走上这条路呢？”房先生终于说。

“我也一直不能明白这个。”老喜说着，低下头。“他吃的、喝的，一切起居都没有和平常两样，整天耽在书房里，读不完的书，写不完的字……”

房先生把烟斗对着窗口的光照了照，看着那樫木烟斗发散着乌黑的光泽。他的眼眯合着疼痛的神情；然而他依旧是不住地哈着气，不住地擦拭。

“一个读书识理的人，竟也想不开呀？”老喜说着，轻轻地喟叹起来。

房先生开始有些愤怒起来。他这为人之父的，竟一点也不曾了解过自己的儿子。他又仿佛看见妻的安静的哭泣的模样，便想着她大约也同自己一般地已经走入老境了罢。但这些都不算什么。小子吃了药去了，总也应该给父亲留下几个字的罢。这种骤然而又沉默的失丧，或者远比死亡本身更叫房先生觉得惨楚，觉得不得安慰的罢。房先生这又无端地想起儿子远远地注视着车子和自己的神情。也便是那时，他才隐约地觉得孩子似乎留了颚须。

“老喜,”房先生说。

“呵呵。”

“老喜,你刚才说,他喜欢,这是怎么说呢?”

老喜顿时慌张起来。他看见主人依旧只是擦拭着烟斗,连忙努力镇定下来。

“喜欢谁?我没有说他喜欢了谁的罢?”

“我说,你刚才说,恭行喜欢他的胡子——”

“呵呵。恭行他喜欢他的胡子。”

“好。这是怎么说呢?”

老喜于是舒了一口气,说:

“我曾对他说:您年纪轻轻的,留它做什么?他说:这个,老喜,你不会懂的。我喜欢就是啦。”

房先生忽然想起恭行小时,常常要把毛发丢进火炉里,使房间充满了焦腥的气味。被火化了的这孩子的胡须,定然也是那个气味的罢。但这并不曾安慰了他大大地枯干了的心和大大地包裹着的黑暗。这个傲岸的,他想,这个虚无的死啊——

门铃响了起来。

“这样的日午……”老喜于是说着,应门去了。

房先生收起烟斗,把丝绢方方正正地叠成方块。他的心惨愁得不堪了。他感觉到从未有过的大孤独在他枯干的心里结着又细又密的网，使他徒然地挣扎不开来。他恍然地感到，他的大半的生涯里，一直便是这样独孤的呵。他想着妻，妻却只留给他一个无眉目的空脸，留给他仿佛一座古刹也似的沉静；他想着来这里以后前后的若干女人，然而她们留给他的却只剩留几种模糊的口音和不同牌子的香水气味罢了。他想着老喜，却想不出除了“房处长，房处长”以外的什么。他想起儿子，这个与他共度二十五年岁月的儿子，如今除了他踽踽地走出大门的姿态，以及远远地注视着车子里的自己的那种犬儒式的神情，其余的便只剩得一片苍苍的空茫了。

房先生于是开始拆读书桌上的信札。他用一只米黄把柄的小裁刀开着那些都用很好看的毛笔字写着他的名字的信封口。

老喜走进房子。他说：

“一封限时信。”

房先生没有抬头，依旧读着手上的信。然而不久他便被老喜的“一封限时信”的变异的声调诧异得抬起头来。

“是一封限时信。”老喜说。

那是一封颇为鼓鼓的信。信封用原子笔写着很丑劣的字。

房先生开始读着。读了许久。书房里像墓穴似的寂静起来。房先生又复读了许久，许久。然而他终于说：

“是他的信。”他说，微弱得仿佛晨曦中的一线蛛丝。然则那声调是兴奋着的：“我早说过，这孩子，便是要去，是不会不留一个字给我的！”

房先生回过头过去望着窗外。窗外的夏在日午里凶张得很是昂然。房先生流着眼泪了。

“房处长，房——”老喜呐呐地说。

两人沉默了一段时间。房先生说：

“老喜。”

“是。”

“老喜，今天几号了？——七号？”

“七号。七号，房书记官。”

“那么便是今天要来的了。”

“……”

“是恭行的信。死前写好的，彩莲转寄了来的。老喜，你老实告诉我，他和彩莲的事，你知道不知道？”

“彩莲？——房处长！”

“彩莲。就是走了没有多久的下女。彩莲，可不是？”

“啊，啊啊！”老喜吃惊地说。

“信上说七号——今天要来。你马上去给我提笔款去。”

老喜出去以后，房先生把书房密密地关起来，他走到最后一个书架，从最高的一格取下一大只木箱。木箱的锁果然是开着的。他翻着自己一直秘藏在里头的四五十年前的书籍、杂志、剪辑和笔记，发现每一页都涂着儿子的新鲜的眉批。

房先生茫然地翻着，涟涟地淌着泪。他仿佛听见儿子的声音在信上说：

> 读完了它们，我才认识了：我的生活和我二十几年的生涯，都不过是那种您们那时代所恶骂的腐臭的虫豸。我极向往着您们年少时所宣告的新人类的诞生以及他们的世界。然而长年以来，正是您这一时曾极言着人的最高底进化的，却铸造了这种使我和我这一代人萎缩成为一具腐尸的境遇和生活；并且在日复一日的摧残中，使我们被阉割成为无能的宦官。您使我开眼，但也使我明白我们一切所恃以生活的，莫非巨大的组织性的欺罔。更其不幸的是：您使我明白了，我自己便是那欺罔的本身。欺罔者受到欺罔。开眼之后所见的极处，无处不是腐臭和破败。我崇拜您，但也在那一瞬之际深深地轻蔑着您，更轻蔑着我自己。我无能力自救于这一切的欺罔，我唯愿这死亡不复是另一个欺罔……

一张发黄的照片飘落。那是一群大约二十七八岁的青年们围坐一张长桌的照片。桌子上满是书籍和文件，青年泰半都蓄着长发，养着胡须。年轻时候的房先生端坐在右首的第二。看着自己的蓄着列宁式的胡子的脸，房先生便自然地想到儿子的也是蓄了胡子的仰面的死脸。那是多么久以前的事，那是多么遥远的一个小亭子间里的事了。

彩莲在约莫近四时的时分来了。一个矫健而俗恶的年轻的女子。但坐在自己熟悉的旧主人的书房里，她却一直都腼腆地低垂着头。

“他告诉我：一旦我要用钱，便把他留下的那封信寄给你。”她说。

房先生没有说话，也没有看她，他想着孩子的信，它说：

……她是个凡俗的女子。(倘若用您年少时的语言，她原是一个新天新地的创造者。)是她引诱了我。我不想求您收容她，因为那是您所不能够的罢。我确知，那时代的您，早已死去了。然而我要告诉您的，是她在所有的凡俗中，却有强壮、有逼人却又执着的跳跃着的生命，也便因此有仿佛不尽的天明和日出。这一切都是我忽然觉得稀少的。我因此实在地对她有着怵然的迷恋。

女子开始在这缄默的威胁里，逐渐地胆怯起来。她说：“我不多要。五千就好了……”

“……”

"五千就好了。我要拿掉这孩子。我上班,不能要孩子……"

说着她便哭泣起来。很是朴质、很是凡俗地哭着,发着抖。

房先生终于站立起来,对老喜说:"给她一万,叫她以后不要再来。"

房先生沉重地坐在柔软的沙发上。

"不,我想……"彩莲说。

房先生看见她安宁地站立了起来,理着裙裾。

"我想,钱,就不要了。"她说,"我要这孩子,拿掉他,多可怜。"她自语似的说,于是便走了。

初夏在四时许的日午中游荡着。他看到自己来台之后在党政圈中营建起来的世界;他底一向那样坚固、那样强大的世界,竟已这般无助地令人有着想要呕吐的感觉,而摇摇欲坠了。

约为一九六六年所作,一九六八年入狱后友人发表于

一九七三年八月《文学季刊》第一期

署名史济民

永恒的大地

一个雕刻匠的十分阴湿的房间里，箱子上、柜子上，都站满了大大小小的木雕品：穿着大鞋的外国水兵，裸着桅杆的帆船，健硕的水牛，昂然傲立着的洋狗……不论是否沐着窗外倾落的那么一丝阳光，都仿佛自成一个宇宙。

这时候，小阁楼上传来一个很阴气的嗓子！

“儿子。”

“哎——”一个很惊恐的声音，几乎发抖着。一个瘦长的身体从角落的床上站了起来。他慌忙得几乎站立不住。

“儿子呀！”

“哎，来了。”

他急忙夺住小门，仰着脸望阁楼大声喊着。

“我当你又不在了。”楼上说。

“我不敢！”

“什么？”

“我，不——敢！”

他用手拭着额上的汗珠，整了整衣襟。上面沉默着，他睁着眼望着乌黑的小阁楼，疑惑着。忽然那嗄哑的声音又说：

“天气好罢？”

他伫着脚从窗口望去，太阳照得很微弱，远远的海边早已涂着浓黑浓黑的乌云。

“好呢，大好天。”他说。

“敢情是。”

接着，那声音忽然呛咳起来，微弱、无力。

“爹！”他说，那真是一种欲哭的声音。他攀着岌岌得很的梯子，喊着说：

“爹！”

“死不了的，早呢！”阁楼上气喘着说，“不肖东西……你就盼着罢。”

“……”他回到门槛，靠着门板，闭起眼睛。

“天气好吗？”

“好呢，好呢！”他说，又伫足望着，天却乌了大半。

“儿子。”

“哎。”

“记得咱老家吗？”

“记得。”

"那旗杆，记得罢？硬朗朗地指着苍天！"

"记得。"

"说什么？"

"儿子记——得。"

阁楼上喑哑地笑了起来，像一只在夜里唱着的蟾蜍，歇了一会，终于说：

"你简直放屁！"接着一声叹息，说："你当时还太小了。偌大一个家业，浪荡尽了。我问你，是谁败的家？"

"是儿子——我。"

"行。咱将来重振家声去。咱的船回来了吗？"

他踌躇了一会，说：

"快了罢。"

阁楼上又沉默起来。他偷偷地舒了口气，望着伊。伊早已穿好了衣服，很恶状地仰卧着。港口传来很沉很长的汽笛。伊听着，忽然站了起来，凭着窗望着远处的港口。

"爹。"

他嗫嚅地说。而阁楼却依旧沉寂。他又说：

"爹，爹！"

他这才走回床上，像是要丢弃了自己那样地扑倒在床上。他的脸白得发青，鼻尖蓄着露水似的汗珠。他望着窗口的女人，那女人正用手当作梳子抓着伊的满头枯干的头发。伊是个俗丽的女子，肥胖，却又有一种狰狞的结实。伊望着窗外远处的港口，听着汽笛的声音消失。伊忽然笑了起来。他知道那笑脸是可怕的。他说：

“什么事好笑？”

伊回到床上，靠着板壁坐着。他将一只脚恶戏地伸进伊的怀里。伊说：

“你爹呢？”

“谁的爹？”

“你的呀！”

他的脚在伊的怀里猛地一踹，忿忿地说：

“我爹，不也是你爹吗？”

伊的脸疼苦地别了下来。然而伊依旧笑着，说：

“他，我爹，他呢？”

他这便又忧戚起来了。他闭着眼睛，衰弱地说：

“他睡了。他说说，就睡了。”

“他说说，就睡吗？”

他没作声。忽然感觉到他的脚被伊的手轻轻地摩挲着。一股被安慰的感伤冲上心窝里来，软绵绵地悒积着。他张开睡眼，木然地望着箱子上、柜子上的木偶们。他说：

“喂！”

“呵？”

“你们这儿的人盖房子，是从不竖什么旗杆的吗？”

“旗杆？”伊的脸因茫然而露着一种痴呆的表情。伊的唇太厚了。他想。伊畏惧地望着他，说：

“我们这儿的人，从来不知道一个家要个旗杆做什么？”

他沉默着，点燃了一根烟。他听见伊小心地说：

“你们的人，要它来做什么？”

——要它来做什么？他想：谁晓得呢？他爹常说他们有过一份大得无比的家业，朱漆的大门，高高的旗杆，精细花棂的窗子，跑两天的马都圈不完的高粱田……然而这一切于他多半是十分陌生的，但爹却硬说是他自己荡毁了家业。他是怎也记不得那家业了。只有植满高粱的田野他尚能记得一些：在辽阔的田际上渍满了粗犷的乱云，地上极望都是一片很傲骨的绿。那或许便是高粱的罢。然而是或不是，对于他是个极其遥远且无由企及的事了。他没有故乡，却同时又是个没有怀乡病的游子。

“喂！”他说，两只脚都送进伊的怀里。一种女体的柔软的感觉传了过来，使他微微地动悸起来。他说：

“喂，你知道吗？”

“知道什么？”

“知道我有个很美丽的故乡？”

伊的俗艳的脸焕发起来。他忽然沉默了。一种忧悒袭上心头，便逐渐对自己生气起来。他是从来不曾真切地爱想过故乡的，然而他还是说：

“很美丽的故乡。天气好些，我跟爹就回去了。”

“坐着大船吗？”伊说，露着牙齿笑着。忽然一声汽笛沉沉地响了起来。伊一下子紧紧地抱住他伸在伊怀中的双脚，说：

“听听，那汽笛。他们又要走了。”

一阵血液猛浪地冲上他的后脑，他甚至气喘起来。然而伊却使劲抱着他的脚。他嗫嚅地说：

“谁，……谁要走了？”

“那些水兵，那些蓄着红色的山羊胡子的水兵们。”

说着，伊忽然咯咯地笑了起来，把一个很大的丑脸，笑成紫红色的番茄。他慌忙摇着手，说：

“疯了，疯了！弄醒了爹——”他面无血色，谛听着什么，“弄醒了爹，我杀了你！”

伊噤着，仿佛奴婢。他注视着伊，眼光很虚弱地燃烧着。汽笛又响了起来。但声音却远了。

“天气好了，我同爹也回去。”他说。然而他的心却偷偷地沉落着。回到哪里呢？到那一片阴悒的苍茫吗？

“回到海上去，阳光灿烂，碧波万顷。”伊说，“那些死鬼水兵告诉我：在海外太阳是五色，路上的石头都会轻轻地唱歌！”他没作声，用手在板壁上捻熄香烟。但他忽然愤怒起来，用力将熄了的烟蒂掷到伊的脸上，正击中伊的短小的鼻子。伊的脸便以鼻子为中心而骤然地收缩起来。

“谁不知道你原是个又臭又贱的婊子！”他吼着说，愤怒便顿地燃了起来，“尽诌些红毛水手的鬼话！”

“红毛水手，也是你去做皮条客拉了来的！”伊愤怒地说。

他的脸一下子格外苍白起来。他因自己不能自由的病而愤怒，激动得发着抖。他咬着牙，一脚踢了伊的胸怀，当他感到伊的乳房很坚实地在他的脚尖跳跃着，伊便一个仰身翻倒在床沿上。他的欲情忽然地充涨起来了。

……

他几乎不能动弹地伏卧在伊的身旁。然而他的头脑却十分地清灵。他又一次疼感到伊的无限的强韧和壮硕，也因而感到自己的那宿命的终限。然而，他的心却在这一刻中平静一如满地的木偶们。他没有恐惧，也没有愤怒。他茫然地伸出手在伊的很脂厚的背上抚弄着。一种空茫的绝望像一座山那样向着他的无血的心投落下来。他闭上了眼睛。

“喂。”他说。

“嗯。”

“不要信那些鬼话罢。”他疲乏地说。

“呵？”

“不要信那些红毛水兵们的鬼话罢。”他以近乎祈求那样的声音说。

“不了。”伊嗫嚅地说，“不了。我不信。”

一串热泪像跌落那样地流下了他的颊。他用手在伊的背上画着什么。他从来不曾这样逼近而又亲近地品味着死灭和绝望。伊忽然说：

"那是什么？——你爹叫呀！"

俩人都焦心地沉默着。半晌，楼上说：

"儿子！"

他旋风似的爬起身来，夺门而立。裹着苍白而病弱的身体。他大声对着梯口说：

"哎，哎！爹。"

"儿子，我不曾睡罢？"

"噢！"他扣压着气喘，"没有，没有！"

阁楼上沉静了一会，便说：

"儿子！"声音有些阴寒，"儿子，你可说了真话？"

"真话？"他说，因着自己的一丝不挂而微微地战栗着，"爹，您想您健朗朗的，怎么会大白天睡觉呢？"

"对了。"

伊坐起身来，欠着上半身关上了直对着他的裸体的窗子。他的身体像纸张那么白，起伏着一根根很嶙峋的骨骼。一双很瘦的腿上，很浓密地卷曲着脚毛。他是个毛发浓密的男子，伊想：真不下于那些老的、少的水兵们。

"对了。"他说。他望着伊。他的冻成茄紫色的嘴唇，在那一面青苍的脸上，仿佛一只船，也像一个孤独的岛。

"没忘了我还健朗朗的，就对。"楼上说。

他一下子接不上话来。伊为他披上一件破烂的毛毯，裹着。阁楼上接着说：

“咱还要回家看看那块地哩。”

“可不是。”

“看看什么天候。天气——好罢？”

他忧愁地望着窗外。一窗的天空都泛着淡墨的颜色。他漠然地说：

“好得很，出着一个好太阳！”

“敢情是。现在我们等着起南风。南风一吹，我们父子俩就上路了。”

“可不是。”他说。

“儿子。”

“哎！”

阁楼上忽然吃吃地笑了起来。那声音仿佛一只司着亡魂的恶鸟一般。

“儿子。回到家，爹给你找个好闺女。”

他没说话。他定睛地看着半依凭着窗棂的伊的身体。伊的腹和伊的乳都松弛地下垂着，却绝不是没有那种跳跃着的生命的。伊的臀很丰腴地焕发着。他从来不曾爱过伊。然则他却一直贪婪地在伊的那么质朴却又肥沃的大地上，耕耘着他的病的欲情。

“儿子！”

他听见那愤怒的声音，顿时慌乱地起来。

"儿子，反了不成？"

"爹，儿子一直在这儿呀。"他央求地说。

"你怎么不作声？"愤怒使那声音尖厉起来，"为什么不作声？你——"一阵呛咳堵了上来。

他因极端的惧怖而泪流满面。他战栗着。他哭泣着说：

"爹，爹——"

"你这，你这不、不肖的畜生！"

"爹，爹呀！"

"你这天打、天咒的！你这败家的啊！"

他"扑通"地跪在梯口，不成声调地吟哦着些什么。伊靠在那里，也因着怖惧而愕然地站立着。孤独仿佛毒虫那样地噬咬着伊的心。伊忽然地想起以往的那些衰老的和壮硕的红毛水手们。他们的身上、胡须，都沾满了盐腥的海风。他们有些唱着伊所不懂的歌，离开伊的床和方寸的房间。他们是活在风浪和太阳中的族类。而伊却只是一只蠢肥的虫豸，活在阴湿的洞穴里。

沉寂很重地散落在匍匐着的他和伫立着的伊之间。伊捡起衣衫穿着。他嗫嗫地说：

"爹，爹！"

没有回答。却传来并不均匀的、病弱的沉睡的声音。他站立起来，回身望着伊。伊看见他披着毛毯站立在那里，他的容貌满是痛苦的影子，而且斑驳着泪痕。一片薄薄的女性的怜悯的欲望，在伊的内里轻柔地摇曳着。然而伊的心却不知何以如死亡一般地寂然不惊。他很缓慢地走向卧床。伊默默地看着他穿起衣服。

“喂。”他说。他坐在枕头上，用手乱揩着一些留在脸上的泪水儿。伊没有说什么，便像一只狗那样地爬上卧床。不料他却一把抓住伊的头发。顿时间，伊以那样爬行着的姿态冻结在那儿。伊的脸因皮肉的紧张而歪曲着，一双浮肿的眼失神地望着阴暗的角落，以及散立那儿的许多木偶们。

“好好地跟我过！”他气喘着说，“不要忘了我怎样从那个臭窑子里把你拉了上来！好好地跟我过呀！”

伊疼苦地在喉间发着一种对于人类已很陌生了的那种迸裂的声音。伊说：

“呵，哦呵！”

然而他只是兴奋地摇着抓紧了伊的头发的手，伊的头也跟着胡乱摇晃着。他用一种很低微的声音急促地说：

“他的日子，我的日子，都不长久了！”

他的心骤而萎缩着。虽不是在哭泣，泪水却又洒了一脸。他摔开伊的头。伊跌落在床角，便那样地瑟缩着。伊惊慌地望着他，一下子想不透他的话。伊看见他坐在那儿，那样子看来极为忧悒。他忽然仰面躺卧在床上，他的头枕在伊的腿股上。他用双手交握着盖住他的眼睛。外面的将晚的天色，满满地倾落在他的脸上。伊的腿仿佛僵硬起来。良久，他忽然说：

“我说了什么？”

“你说了什么？——没有说了什么呀！”

他的唇泛着苍白。他又说：

“我说了什么？什么不长久吗？”

伊因着一种惧怖而烦乱起来。伊用手捂着自己的脸，忙说：

“没有呀，没有呀！”

他的无血色的嘴唇微笑起来了，那是一种多么怀疑、多么绝望、多么阴气的笑脸。他以一种悲愁得不堪的声音说：

“我有一个美丽的故乡，那是不错的。”他接着说，“就像爹说的，朱漆的大门、高高的旗杆、精细光棂的窗子，跑两天两夜的马儿都圈不尽的好田……”

伊忽然轻轻地摸着他的盖着眼睛的手，却激不起一丝爱怜来。

“然而爹一直硬说是我败了那一份儿家业。记都记不得，怎样败法儿？”

谁也解答不了他的问题的。夜已经在朗诵着它自己的序诗了。他握住抚摸着的伊的手，却依旧捂着他的眼睛。他的手如冰之冷，渗着湿湿的一手阴汗。

“自小我便在咒骂中相信我是个可耻的败家子。我不得不希望着回家去，回到我无乡愁的故乡去！”

伊的被枕着的腿，开始发酸而且麻木起来。伊细声说：

“我伸伸腿，好吗？”

他放开伊的手，望着窗外的渐浓的夜空。忽然一声汽笛悠悠地划开了市声。伊小心地捧着他的头，伸好双腿。他的头于是满满地陷入伊的柔软的怀里。

“又一只那里的船进港了。”伊说。伊为着自己的那一点小小的火星的行将熄灭，轻微地悲哀起来，伊鼓足了勇气说：

“他们自由地来，自由地去。阳光和碧波几乎都是他们的。”

他果真被激怒了。他一个翻身，粗暴地将伊压倒。他用一只雕刻匠的格外有力的双手扼着伊的咽喉。愤怒使他疯狂起来：

“楼上的人，他要回家，就让他回去罢！”他凶猛地说，“可是我要好好活。这样活着。你好好地跟着我活着罢！什么阳光，什么碧波，尽都是红毛水手的鬼话……”

伊的脸因窒息而涨得通红。然而伊的丰腴的大地终于征服了他。伊头一次看准了自己有多么地恨着。然而那一片汪洋和五色的异乡的梦，确乎是破灭了。伊伸手抱住那样致命地沸腾着的他，深深地知道他终必被埋葬在这沃腴的大地。伊以一个女性的本能卫护着伊秘密地怀了数月的身孕。虽是有风有雨，大地却出奇地安谧。

现在他僵直地仰卧着。夜的黑暗占满了这小小的房间。他的心在一片苍茫里遨游着。他注视着那大的惧怖，大的焦灼，大的极限。然而他的心却异样地清冽。他微弱地说：

“喂。”

伊没作声，机械地为他盖上毛毯。他接着说：

“我什么也不要，什么也没有了。”

“……”

他摸索着拉上伊的手。一个芜杂的意念使伊将被握着的手搁在伊的下腹上。

——这里是新的生命！看哪，全新的生命！

伊无声地说着，激动得眼睛都潮湿了。然而他是怎也摸不着那生命的。伊只听见他在嗫嗫地说：

“我只要你，也只有你。不要忘了是我花了钱从那臭窑子里得了你来。”

伊的泪汩汩地流了下来。伊忽然没有了数年来对他的恐惧、对他的恨。伊只剩下满怀的、母性的悲悯。

——这孩子并不是你的。

“喂。我说，好好儿跟我过，好好儿跟我过罢！”

——那天，我竟遇见了打故乡来的小伙子……

“喂。”

——他说，乡下的故乡鸟特别会叫，花开得尤其地香！

“喂！”

“呵。我在听着。”伊说。而伊的心却接着说：

——一个来自鸟语和花香的婴儿！

“我什么也没有了。美丽的故乡！那是早就不曾有过的。”他很阴霾地笑了起来，“他是要回去的，等待一个刮南风的好天气，乘着他的船，他的鸟船……”

——但我的囝仔将在满地的阳光里长大。

伊翻侧身来，抱住他。他说：

“嗨，噢。”他的气息慌乱起来。

伊的心像废井那么阴暗。但伊深知这一片无垠的柔软的土地必要埋掉他。伊漠然地倾听着他的病的、慌乱的气息。

又一声遥远的汽笛传来。伊的俗艳的脸挂着一个打皱了的微笑。永恒的大地！它滋生，它强韧，它静谧。

约为一九六六年所作，入狱后

友人发表于一九七〇年二月《文学季刊》第十期

署名秋彬

最后的夏日

蜻蜓

“尧将逊位。让于虞舜。舜禹之间。岳牧咸荐。乃试之于位。典职数十年。功用既兴。然后授政。示天下重器。王者大统。传天下若斯之难也。……”

仲夏的太阳就是那么滔滔地倾落在操场上。第三节课的时分罢，碰巧所有的老师们都上课去了。教员休息室的右边的墙上，不知道什么道理在最近给镶上一面瘦长的镜子。裴海东即使埋首于他的《史记》里，仍然觉得那面瘦长的镜子，在右面的墙上发着惨白的光芒。数百年的古刻本，经最新的机器翻印在光洁的纸上，然后又以数百年的古风，处处加上朱红的圈点。裴海东默默地说：

“……而说者曰。尧让天下于许由。许由不受。耻之。逃隐。……”

裴海东顿时被“耻之。逃隐”这样的句子给吃了一惊，以至于绞痛地悸动起来。他猛烈地合起书，把着温暖的瓷杯，仿佛喝着血液那么样仔细地饮着无茶味的水。这时他听见一阵匆促的脚步声走进休息室。那脚步声停留在墙角的粉笔架边，然后逐渐走向门口。裴海东忽然说：“哪一个？”

裴海东有些狡慧地注视着他的温暖的瓷杯。他甚至连眼皮都没有抬起来。

“是我。”

一个困惑而有若干惧怖的声音。裴海东悲哀地说：

“是我。‘我’是谁？”

“我是周蓉。”

裴海东放下茶杯，重又打开他的《史记》。他翻着翻着，找到了方才的《伯夷列传》，心里怎也不能不觉得有些孤苦起来了。裴海东说：

“周蓉你过来。”

于是他听见一种畏惧的、踌躇的脚步声走近他的桌子，在他的身边站定了。一些木刻的字体毫不生意义地跳进他的眼睛：

——夫学者载籍极博尤考信于六艺……

裴海东说：

“不懂得规矩吗？”

“我们老师叫我来拿粉笔。”周蓉抢着说，“粉笔用光了。”

裴海东顿时气忿起来。然而他也差不多在同时自己将这暴发的气愤抑压着。

“我只是问你，”裴海东说，又去翻弄着他的书，“问你晓不晓得规矩？”

周蓉沉默地站着。裴海东翻着他满是朱点的《史记》。他记得自己时常告诉学生们：

——书，是读不完的。老师毕业以后，现在又去念研究所。在你们看，就是自找罪受……

“我们三番两次规定了：进办公室要先喊报告。”裴海东说。

女孩开始哭泣起来了。裴海东这才抬起头来。女孩嘤嘤地哭着。哭声使得这恶燥的夏日益加落寞起来。远远地传来一些老师们尖啸的教学声。

“三番两次规定了的。”裴海东说。

周蓉低着头。裴海东点起一支烟。他看见发育得那么好的伊的身材，使他芜蔓地想起伊总是坐在教室的末排漫不经心地写着作文的样子。

“作文也不好好作，”裴海东想了想，说，“去罢！”

周蓉走了。抱着一堆零零乱乱的练习本的郑介禾在门口碰到伊。他顿悟了似的说：

“把本子拿回班上去发了。”

郑介禾顺手开了电扇的开关。于是三个肮脏的吊扇在天花板上唧唧地转动起来。其中一个故障了的，却以差不多慢了二分之一的速度，画着生病一般的圆圈。郑介禾站在右面墙上的瘦长的镜子前，扶了扶眼镜，拢了拢头发。裴海东说：

“不开电扇，闷热……”

郑介禾抬头看看电扇。天花板上沾着雨天留下来的暗黄色的污渍，仿佛地图一般。“开了电扇，你瞧：那声音真叫你心烦。”裴海东说。

郑介禾笑了起来，露出一排洁白的牙齿。女学生们管他那一排牙齿叫“亚兰·德伦”。实际上，除了他笑起来的时候的那一排整齐的牙齿，他看起来一些儿也不像那位法国的影星。然而他确是一个漂亮的家伙。裴海东忽然想起学生们总是在背后说李玉英老师对他“有意思”。他忽然拾起《史记》来，轻声地念着说：

“……及夏之时。有下随务光者。此何以称焉。……”

郑介禾在脸盆里洗沾满粉笔灰的手，然后用挂在架子上的绿色的毛巾擦干。

“你说什么？”

郑介禾说。他竟用那条毛巾抹着他的颊和嘴。然后又摘下眼镜，在他方形的脸上来回揩抹着。

“脸巾也该来换一条了。”裴海东说。

郑介禾边走边架上眼镜。

“他 × 的，”他说，“将就点罢。”

裴海东笑起来，又去来回翻着满是朱圈的书。郑介禾坐在裴海东旁边的自己的位子上。裴海东说：

“学生们都说：李玉英对你有意思。”

郑介禾看起来一点儿也不以这句话为乐。他甚至没有笑笑。他摘下眼镜，用心地揩着。裴海东只好像是很有趣似的笑起来。

“无风不起浪。”裴海东说。

摘下眼镜的郑介禾的眼睛看来陌生，而且满胀着一种疲惫的浮肿。

“没那事。”

郑介禾漠然地说着，架好眼镜。在浓眉下，他于是又恢复了那种带着几分忧悒的眼神。那是一种生活的忧悒感罢，而不是知性的那一种。他拿起摆在他桌上的一个长长的信封，在空中照了照，然后在没有信纸的黑影的地方，撕开了，抽出一条折得不很工整的信纸。裴海东递给他一支烟。郑介禾赶忙放下信，给裴海东点上火，又给自己点着了。他拿起信说：

“谢谢你。”

裴海东又去翻他的书。那些木刻的字，今天对于他就像路边的石头或者什么，一点也生不出意义：

——余悲伯夷之意。睹轶诗可异焉。其传曰。伯夷叔齐。孤竹君之二子也。父欲立叔齐。及父卒。……

“方才是怎么回事？”

郑介禾忽然说。裴海东像吃惊似的把书翻盖在桌上。郑介禾漫不经心地把读完的信揉成松弛的纸团团，丢进纸篓里。

“没什么。”裴海东说，“下礼拜得把《史记》点完。我还剩下大半本。”

“哦哦？”

“我这两个月来，不知道在干些什么。”裴海东微笑着说。他的三十四岁的土黄色的胖脸，发着皮质的油亮和微汗的光泽。郑介禾说：

“用功，总是有搞头的。”他说，“我毕业两年了，以前学校的那些，从来都没再去摸过。”

郑介禾旋即自弃地笑起来。于是他们沉默着了。现在除了三只风扇的声音外，又有一只大头蜻蜓在慌忙地撞顶着窗子的声音。郑介禾和裴海东都默然地注视着那只长着虎纹的黄色的大头蜻蜓。裴海东把烟放在脚下踩熄了，放进桌上的烟灰盘，又顺手把它扶到他和郑介禾的正中央。蜻蜓仍然死命地撞着玻璃窗子。

“我刚才是说：周蓉怎么的了？”郑介禾若有所思地说，“仿佛哭着的样子。”

“噢！”裴海东说。

裴海东有些失神地看着蜻蜓。现在它疲倦地停在窗棂上，便留下风扇的唧唧的声音。它的黄底黑纹的模样，令你想起一只午睡于丛林中的老虎。

“周蓉这孩子，越来越不成话。”裴海东说。

“这些学生！”郑介禾叹息似的说，却一点也没有关切的痛心的感情。

“你瞧这女孩子成天只知道打扮，说老师们的闲话，交男朋友……”

郑介禾没说话。大头蜻蜓又飞舞起来了。它们总是注定了永不能识破那一面玻璃的透明的欺罔的。

“我要告诉你一件事。”裴海东说。

郑介禾捡起桌上的空信封，卷在他的左手的食指上。裴海东看着被包扎得仿佛受了伤的郑介禾的左食指，说：

“我生平最懒于写信了。”

“没什么。”郑介禾说，动了动他的左食指，看来好像一个花脸的小傀儡。他说：“弟弟的来信。不是来要钱，就是说钱已收到了。总是这些。”

“噢。”裴海东说，“现在我要告诉你一件事。”

郑介禾望着他。他的漂亮的、忧悒的方形脸，却似乎并没有一种期待的热情的样子。

“去年我第一次上伊们的课，”裴海东说，“我就知道周蓉这小孩复杂。”

郑介禾又去舞动他的左食指，像要着傀儡戏似的。然而那硬质的信封，却逐渐从他的指头上松弛下来了。

“复杂。”裴海东说，“下课的时候，没事找事来找你，挨着你讲话。‘裴老师——’……”

“裴老师——”郑介禾像唱歌似的说。

郑介禾热心地笑了起来，却又像顿然失去兴味似的停住了。裴海东说：

“‘裴老师——’，就是那样。像刚才罢，伊一个人溜进来了。”

郑介禾把信封也丢进字纸篓里。裴海东说：

“来了。说是要来看月考的分数。我说还没改好，你猜伊怎么着？——挤在我身边，他 × 的，挤在我身边，乱缠乱缠！”

“哇——”郑介禾恶戏地说，“哇——”

“我狠狠地训了一顿。”裴海东义正词严地说，“你看看这个孩子。”

“复杂。”郑介禾不耐地说。

他们于是又沉默起来了。裴海东在沉默中感到一种失神的迷茫。郑介禾还给他一支香烟。他们默默地吸着。裴海东偷偷地望了望郑介禾。他才真是被那些女学生们谈论着的，甚至恋爱着的老师。李玉英却不一样。全校的女学生——自从伊在这个三月来校以后——都永不餍足地看伊，议论着伊的美貌。至于男生们，却似乎并不显得十分热狂。郑介禾和裴海东吐出来的烟雾，总是在升到一定的高度时消散在电扇的风里。远远地从某一课堂上传来斥责的盛怒的声音：

——不要讲话！听见没有？

郑介禾惊醒似的说：

"蜻蜓飞出去了！"

于是风扇唧唧的声音忽然显得孤独得了不得了。两人都被这种盛夏的孤寂给弄得有些忧愁起来，特别是裴老师。

"飞出去了。"裴海东戚然地说。

"李玉英在八月中出国，听说。"郑介禾说。

郑介禾把总是穿着质料不错的裤子的双腿，交叠着抬在桌上。然而差不多在同时，又敏捷地收了下来。所以桐主任捧着一叠作业本子走进来的时候，郑介禾悠然地说：

"主任忙呵！"

桐主任热心地笑着，把本子分别摆在空着的桌子上。

"呃呃，"桐主任说，"这几天抽查本子。"

桐主任走了过来，将剩下的一叠摆在裴海东的对面的李玉英的位子上。他是个肥胖的、总是那样温和地笑着的那种人。他的肤色有些黝黑，然而就一个五十六岁的人来说，他的皮肤或者太过细致了些罢。他把本子整齐地摆在李玉英桌子上，便又笑嘻嘻地走了。

李玉英的本子在电扇的风中哗哗地翻动着。郑介禾重又把双腿叠架在桌子上。他用下巴指着那一堆本子，说：

"我不喜欢听那些哗啦啦的声音。"

裴海东踌躇了一会，把自己的一个胶质的砚台镇在本子上。他的手有些战栗。某一种绝望的情绪漫漫地渗进他的胸腔。郑介禾说：

“老裴，倘若我也出国，你猜我要干什么？”

“干什么？”裴海东说。

“开麻将馆。”

裴海东止不住笑了起来。而且由于他感到一种忧悒，那笑声便似乎有些夸张。他说：“不见得不是个主意哟。”

“当然。”郑介禾认真地说，“有中国人的地方，就有麻将。”

他们又静默起来了。镇着砚台的本子，依然在风中挣扎着。他们都望着那张空着的桌子。一只黄漆的三角木板写着：“李玉英老师”。

“到底是去读什么呢？”郑介禾说。

“谁去读什么呢？”

“李玉英。”郑介禾说。

“噢。”

裴海东把他的书翻开了又盖上。盖上了又翻开，仿佛要在里面找寻出一件他曾经夹在里面的什么。

“伊的哥哥李文辉是我的同学。”裴海东终于说，“我说一句公道话，这女孩子不行。我说的是公道话。”

“噢。”郑介禾说，“我是搞化学的。什么行不行，我全不知道。”

“老郑我们现在是说公道话，老郑。”裴海东说，“最重要的一点：这女孩没脑筋；就是没思想，没深度。”

说起深度，郑介禾就有些担忧起来。他扶了扶眼镜，一下子不知道说什么好。

“这是最要紧的一点。”裴海东说，“李文辉是我的朋友。所以我得照顾伊。这是说公道话。我借书给伊看。但没用的。漂亮女孩都这样：没深度，没有气质。李文辉是我的朋友——”

“女孩子嘛！”郑介禾说。

“就是这话！”裴海东欢喜地说，“人家说我对伊怎么样，哼！这就是笑话。”

于是裴海东不屑地笑起来。郑介禾也不知其所以地笑了。

“你看，”裴海东说，“有一次伊和邓铭光谈着《文星》。他们谈‘五四’，谈‘全盘西化’。邓铭光也是个浅人——不是我背后说他，这是公道话，老郑。”

“我是搞化学的。”郑介禾说。

“当然。”裴海东说，“各有所专，这是不妨的。他们就不晓得‘五四’呀、‘全盘西化’呀为我们中国搞出了共产党！”

“这话是对的！”郑介禾诚恳地说。

“本来就是这样。”裴海东庄严地说，“然而李玉英就吃那一套的，你晓得吗？出去学什么？——学什么都一样的。一条牛牵出去，回来还是一条牛。”

裴海东狞恶地笑了起来，使郑介禾微微地一惊。桐主任打窗外漫漫地走过去。两个人都向他微笑招呼。裴海东低声说：

“而且，这女孩有点浪漫。你不要说我们学国文的古板。李文辉是我的朋友，我当然当小妹妹待伊。哪里知道——”

下课铃忽然热烈地响了起来。顷刻间操场都充满了学生们哗笑的声音。邓铭光精神饱满地冲进门来。他大声说：

“没课呀！”

“下一堂呢。”裴海东说，笑着。

郑介禾伸了伸懒腰，在抽屉里翻出教科书来，摆在桌上。邓铭光洗好手，坐在李玉英旁边的自己的座位上。他把满满的一杯茶一口气喝了下去。他喘息着说：

“这些学生就是笨。刚才高一仁班被我打断了两条板子。”

“女生呢？”郑介禾说。

“照样！”邓铭光昂然地说。

办公室陆续来了刚下了课的以及准备下一堂上课的老师们。学生们也在此起彼落的“报告”声中穿梭于这间顿时显得局促起来了的办公室。裴海东又去翻开他的朱点的《史记》。他的脸有些苍白起来了。书上说：

——伯夷叔齐叩马而谏曰。父死不葬。爰及干戈。可谓孝乎。以臣弑君。可谓仁乎。

当裴海东用红笔点到“君子疾没世而名不称焉”的时候，休息室里又因为开始了第四节课而寂静如死了。风扇的声音，依旧令人凄楚地响着。裴海东走向操场右翼的大楼。在猛转弯的时候，他遇见了赶到另一排教室去上课的李玉英。他站在那里，看见伊傲然地擦身而去。他苍白着脸，走进高三忠班的教室，第一次感觉到一股冷澈至极的恨。在那一霎时，他立刻是从这种恨毒的情绪中得了这样的解释：这么冷澈的恨，便证明一向不曾爱过伊的罢！他于是又得胜似的笑了起来。

裴海东在讲台上用一种和他的肃杀的表情不类的温柔的声音，对学生们说：

“请大家打开第九课……”

醉红的凤凰花

六月八日　星期四　暴晴

改道从忠孝路的巷子去上课以来，今天又发现他在派拉蒙照相馆那边等着我！

他叫我“李玉英”。单听见他的声音，我已经给吓住了。从前他总是叫我李老师的。他站在照相馆门口一个新立的邮筒旁边，看起来那么悲哀。然而他还是笑着说他只是来投一封信，然后就脸红起来了，那样子叫我看着好难受。想到又得同他并走着去上学，心里真是懊恼。

我们并走在那条巷子。谁都没说话。一个学生骑着单车打我们后面闪到前头去。我忽然踌躇起来：再走一截路，就是通到校门的大马路了。让学生看见我同他从巷子里出来，多不好。这样地想着，每迈一步就感到不安。我后来索性就站在一个小弄里，我说：

“裴老师，请你不要这样。”

他的脸一下子变得好苍白，使我骇怕极了。我对他说，我一向只当他大哥哥看待，而且马上要出国了。

他忽然用一本书不住地打着我靠着的那面墙。书掉落了，里面满是红笔的点点圈圈。他又捡起书，一面打，一面说：

“李玉英你为什么不早告诉我，为什么不早告诉我！”

我吓得差不多哭出来了，想逃走，他又站在弄口上，万一叫学生看见了，成什么话？我说裴老师求求你不要这样。弄得人家后来都哭了。

他一下子安静下来，倚在弄口的墙上。他喃喃地说：

“你为什么不告诉我？”

他是说我为什么不告诉他我要出国了。我心里想：人家凭什么要告诉你呢？我告诉他，人总是要尽量充实自己的。其实我也不晓得我说了些什么话。他那么悲戚地倚着墙站着，一句话也不说。我只好不住地说话，老是向他提大哥的事。

“我晓得了。”他终于说，“你是那种自以为世界上的男人都会痴痴地迷恋着你的那种女人。你弄错了，李玉英！我不过是照应你一点罢了——还不是因为李文辉？”

然后他骂我是个 × 女人，说我搔首弄姿，说我自私，说我只看见自己一张脸，“把一张粉脸当作全世界”，说我浅薄……我没想到：一个国文研究所的研究生，会用那么多不堪入耳的话骂我。然后他甩着头走了。

我站在墙脚上哭了一会。远远听见上课铃响了，才走了出去，大马路的两边，凤凰树上都生满了大片醉红的凤凰花。

上完第一节课，我再也不敢回办公室去和裴海东对面坐着。我一直回到家里，见到妈咪，我就委屈地哭了。妈咪晓得了这件事，生气得很，立刻就要打电话去告诉校长，却被我阻止了。我仿佛不愿意去闹事，但于今想来，虽然从高二那年我忽然变得漂亮以来，固然有数不清的男孩围住我瞎缠，却不曾有一个像裴海东一样，那么痛苦地爱着我的。

第四节课，我有意在校外磨到上课铃响过了，才进学校。但不料在大楼的转弯处，猛然和他打了个照面。我在那一霎时，看见他伫立在那里，用一种他自己也许都不晓得的卑屈的孤傲望着我。我想招呼他，但我总是不会照自己的心情去表情的；我已经惯于以孤傲去卫护自己了。他说我“把一张粉脸当作全世界”，也许是对的。

晚饭以后，谢医生和妈咪的几个朋友照着惯例来我们家喝茶。妈咪今晚穿着一件暗米色的便装，配着一串黑亮的珠子，真是好看。谢医生问着我出国的事，妈咪亲爱地搂着我。

我逐渐有些喜欢谢医生了。他总是穿着一套古风的西服，含着烟斗，他的微秃的头发，乱而有致地往后梳着，据妈咪说，他是日本东京帝大医科的高才生。他在五年前丧妻，一直深深地爱着妈咪。

喝过第一杯咖啡，谢医生总是请妈咪跳第一支舞。陆伯伯，一个过气的省参议员，来请我跳。我隔着陆伯伯的肩看着妈咪和谢医生跳着很优雅的四步。陆伯伯问我要什么东西做出国的纪念。我一下子想不起怎么适当地敲他的竹杠。陆伯伯说：

"我是你爸爸的好朋友，用不着同我客气。"

我笑了起来。妈咪和谢医生总是默默地跳着舞。每当这时候，我总会想起我偷听见的一句话：

"你的心意，我知道的。但我这一生，只有小英一个人是我能全心去爱的。石杰死了二十年了，我一直没有翻悔过我这个决意。"

那时候，谢医生默默地站在爸爸留下的那间灰暗的书房里。妈咪走去拉谢医生的手，他便俯着身去吻了它。我忽然说：

"我爱你，妈咪。"

陆伯伯说：

"你说什么呢？"

"我爱妈咪，"我说，"全世界上，我只爱妈咪。"

风铃

门铃响后，邓铭光从他的窗子望着大门。老王去开门，进来的人竟是郑介禾。邓铭光在窗子里面大声说："欢迎，欢迎！"这是一个礼拜天的中午。

郑介禾走过院子的草坪。阳光照在他浓浓的发上。院子里的草木都静谧地站立着，仿佛一个舞台；而阳光也便看来像舞台上的灯光一般，白得令人炫目。

邓铭光问他"什么风吹来的"。其实外面连一丝风也没有。郑介禾说他来邮局汇钱，弯了来。他说他怕找不到人。"没想到你在家。"郑介禾说。邓铭光显得很快乐。他是个高大的广东人，少说也有一八〇吧。

"你就是只有来邮局的时候才来我家。"邓铭光抱怨地说。

郑介禾望着邓铭光书桌上的打字机。那是一只兄弟牌的手提打字机。机上留着打了一半的文件。老王端了两瓶冰过的苹果西打，为他们倒满了两个杯子。郑介禾因为热着，便在接住杯子后立刻喝了一口。

"这玩意，"郑介禾说，"据说是美军指定使用的饮料。"

邓铭光说苹果西打原来就是美国的饮料。"R.C.Cola 也是。"他说。郑介禾一下子似乎没听懂。邓铭光就说是"荣冠可乐"。郑介禾懂了，他说：

"噢，噢。"

“人家的东西，就是好。”邓铭光说。

“当然。”

“这有什么办法呢？”邓铭光很歉然地说，“人家东西是好的嘛！”

郑介禾又为自己倒了一杯。他其实并不十分喜欢那种苹果的酸味的。邓铭光看着郑介禾——以一种嘲弄的兴味——突然说：

“老郑，人家都说你长得英俊。我现在发现你的脸像用雕刻刀削出来的，由好多削痕组成。”

郑介禾看来一点也无动于衷。“去你的 ×。”他说。他是个最不吝于对自己揶揄和嘲笑的人。他的这种自弃，适当地成为一种洒脱。他把左脚叠在右脚上，说：

“昨天晚上，我赢了钱。”

两个人于是开心地笑了起来。郑介禾说给弟弟寄了钱，还剩下一点。邓铭光称赞地说：

“别说你这个人吃喝嫖赌。但只有我知道你是个性情中人。你对你的弟弟，也可说是仁至义尽了。”

郑介禾微微地有些暗淡起来。“那个孩子不错。”他低声说。他放下左脚，然后把右脚叠上左脚。邓铭光喜欢郑介禾，按照邓铭光自己说的，可能是因为邓铭光是个独子，不曾有过兄弟。“只是那个孩子身体太坏了。用功过度。”郑介禾说，“有什么办法呢？我们举目无亲，我不罩着他点儿，怎么办？”

郑介禾兄弟是跟着他们大舅来台湾的。后来他大舅死了。

“明年他毕业了，让他出国。”邓铭光说。

“我也这么想。”

“你们一块去吧。”邓铭光热情地说。

郑介禾忽然笑了起来。“有什么好笑？”邓铭光说，“你是学化学的，在那边不会吃苦的。”郑介禾没有解释他为什么笑了。他只说：

“在这边，日子过得飘飘浮浮；到那边，还不是飘飘浮浮地过？”

邓铭光显然把“飘飘浮浮地过”的这句话，只当作物质上的不安定的意思。因此他便不说话了。关于出国的问题，他是从来不曾考虑过物质问题的；他的家富有，此外，在美国还有许多亲戚。但是他忽然兴奋地说：

“对了！——God damned（他 × 的），我竟给忘了呢！我请你喝 Johnny Walker。”

邓铭光叫老王送来一小盆冰块。然后在书架上取出一个方形的酒瓶。土黄色的酒淋过杯子里的冰块，光看着都解渴。他把杯子端给郑介禾，郑介禾一边喝，一边看着瓶子上画着的一个穿着红外衣的年轻的苏格兰绅士，在兴高采烈地迈着步子走着。

这苏格兰的威士忌使得郑介禾一下子高兴起来。他望了望桌子上零乱的洋书，又看着打字机。“怎么样，忙着些什么？”他说。

“忙些什么？”邓铭光笑着说，“我在打一份 application form。”

“你也出国了？”郑介禾嚷着说，“干一杯！”

邓铭光只是轻啜了一口。郑介禾却兀自喝干他的杯子。“老郑，”邓铭光一边为他倒酒一边说，“你为什么不也出去？”

“我舍不得这里的麻将、补习费，”郑介禾说，“还有，舍不得这里的女人。”

“女人？”邓铭光举杯说。

“女人。”郑介禾也举杯说。

他们默默地喝了一口。郑介禾叮叮当当地摇着盛有冰块的杯子。

“老郑。”邓铭光说。

“嗯。

“老郑，”邓铭光虔诚地说，“你是个帅小伙子。可是美国也不是就没妞儿们呀！”

“噢，噢！”郑介禾说，“可是，麻将呢？”

“God damn it，你醉了！”

“我要去，就是去开麻将馆。”郑介禾说。

“你是个帅小伙子，真的。”邓铭光说，“我听说李玉英对你好。”

“自从李玉英来我们学校，我总共只跟伊说不到三十个字的话。”

邓铭光喜欢他这种绝不自作多情的脾气。邓铭光快乐地微笑着。他说：“其实那些学生们也最会嚼舌头了。”

“你以为，”郑介禾说，“李玉英漂亮不？”

“依你说呢？”

“唉——”郑介禾叹息地说，“我是历尽沧桑了。我的标准，不算的。”

“我要听听。”邓铭光说。

“太过于幼嫩了，”郑介禾沉思地说，“你喜欢李玉英吗？”

邓铭光吃了一惊。“噢！”他说，把杯子里的冰块慢慢地摇着，“你怎么会这样想？”

“裴海东说伊同你谈得来。”

“裴海东？”邓铭光不屑地说，“谈是谈过几次。李玉英有点脑筋——”

郑介禾忽然笑了起来：“裴海东搞国文，你搞英文。他说李玉英没脑袋。你呢？说有脑筋！”

“裴海东他混×，”邓铭光激动地说，“他算什么东西？他酸葡萄。你知不知道？他阿Q！他从开学起就追人家，在街角等人家，你知道吗？——学生都告诉我。他追不到手，他就来这套。他是个老顽固，你听我说：他说五四运动和现代的文学都是共产党！God damn it! He's just a god damn dirty son of a bitch!”

后面的英文郑介禾没听懂。邓铭光猛喝了一口酒，把杯往桌上一顿。他说：

“他最喜欢跟女学生纠纠缠缠。他还到处说人家的女学生坏话：说这个去勾引他，那个去诱惑过他。他不要脸！你知道不？噢！他说我打学生。不错，god damn it! 我打，要他们好，男的打，女的也照打！怎么？我公平，严格。他呢？他把打分数当作对付女学生的手段。对男生呢？作补习的要挟。一句话：他性变态！”

这个高大的广东人开始有些陶然了，郑介禾却毫无醉意。他为邓铭光又倒了半杯。“No no no no no!”邓铭光推辞说，“不行。我晚上还有事，不能喝。”他笑起来。

“你把我也给骂了，”郑介禾微笑着说，“但我不生气。我不搞补习，一天也活不下去。——我是说照俺现在的活法。”

“你不同。你不同。”邓铭光说。

老王送来一套藏青的刚洗过的西装。邓铭光说：“放着，放着。”老王把西装放在床上。郑介禾跑去摸料子。“英国料子嘛。”他在行地说。他顺便在他的床上躺下，把酒杯搁在肚子上，两手护着杯子。一张彩印的裸体画横在床头的墙上。郑介禾对画中的女人眨眨眼。

“女人不是供你争论的，”郑介禾说，“女人是供你生活的。”

邓铭光自分是会弄文学的人。但他却不知道他不懂得这句话。他近乎忧悒地说：

“你从来不曾恋爱过吗？——我是说恋爱。”

郑介禾从仰卧改为伏卧，把酒杯搁在光洁的地板上。

“我爱过一个女人。只有这一个，”郑介禾说，“一个真正懂得爱，也懂得叫别人去爱的女人。”

邓铭光沉默地听着。

“伊有一种自然的人的味道。”郑介禾悠悠地说，“比方说——伊的右乳房比左边的大一些。伊就管右边的叫‘梅琦表姊’，左边的呢？‘梅琳表妹’。”

郑介禾开心地笑起来。“伊就是这样的女人，”他说，“在伊以前和以后，我只是个自我中心的性的 impotent。而你呢，还只是个小儿科。”他又开心地笑起来。

“你相信不？”邓铭光感动地说，“我懂你意思。”

“算了罢，”郑介禾说，“只有那个女人才知道性是一种生活。这个，小儿科们是不懂的。”

“可是你不能否认另外的一种爱的形式……”邓铭光说。

郑介禾喃喃地说：“梅琦表姊，梅琳表妹。”他不住地侧起身喝酒。

“比方说：在诗篇里写着的那种。”邓铭光说。

“我不反对。”郑介禾说，“你在恋爱着罢？”

邓铭光有些激动地把打字机上的东西取下，丢给郑介禾。“Nancy Y. E. Lee”他读着，懒懒地问：

“这是谁？”

"李玉英。"邓铭光说。

郑介禾咯咯地笑了起来。他说：

"凤凰于飞嘛！"

"我是觉得这女孩子不错，"邓铭光羞涩地说，"伊原先申请了一个南部的学校，靠近墨西哥那边。我跟伊说，那边黑人、波多黎各人多，够讨厌！伊吓坏了，就央请我再申请一个。"

"你们多久了？"

"才开始。李玉英要我打一封信。这样开始的。你知道女孩子们诡计多端。"

"干杯！"郑介禾说。他坐起来，兀自喝着。"我已经永远失去纯情派的爱情了。"他笑着。

"我不能喝了，"邓铭光快乐地说，"我们要在六点钟见面。"

"当然，当然。"郑介禾说。他们又沉默了一会。

"老郑，你听我说，"邓铭光说。

"嗯嗯。"

"我也替你打一封信罢。不管怎样，那边是个新的天地，充满了机会。美国生活的方式你知道……"

郑介禾一个人微笑着，他用一种歌唱的声调说：

"梅琦表姊，梅琳表妹。"

"你醉了。"邓铭光友爱地说，"那个女人后来怎么了？"

"死了。"郑介禾微笑着说，露出他的漂亮的白牙齿。

“I’m sorry!”邓铭光衷心地说。

郑介禾站了起来，摇着杯子。冰块在杯子里发出一种极为解渴的叮当声。“不是我死心眼，”郑介禾伸着懒腰说，“这个世界上，再也找不到一个能为自己的乳房起名字的那种女人了。”

郑介禾说要走了。邓铭光留他多聊会儿。“不占你时间，晚上你有约会。”郑介禾说。邓铭光为他的那种大哥哥般的体贴所感动了。“你走了，将来我弟弟要出去，你一定要帮我在那儿照料照料。”郑介禾说。邓铭光说没有问题。他们于是走在院子里了。

“你再去想想。想通了，我立刻替你打一封信。”邓铭光说。

这时一只大洋狗突如其来地扑上郑介禾的肩膀，使他惊叫了起来。

“Johnson! Damn you!”邓铭光说，一面拍拍郑介禾的肩，“它不咬人，不怕，不怕。”

那畜牲依然兴奋地跳跃着。邓铭光抓住它的项圈，不住地说：“Damn! Damn!”

郑介禾站在院子里洒脱地笑着。这时他才听见挂在门口的一个金黄的风铃，叮当地响着。老王来替他开门，然后门又在他背后沉重地关住了。

快乐的寄生蟹

七月十日　星期日　怒晴

今天邓铭光穿着一套藏青色的西装来见我。我们在吃饭的时候，他竟热心地谈论着郑介禾。他说郑介禾是一个最忠实于自己的人，他也说起郑介禾的私生活，但没有裴海东告诉我的那么恶劣。说实在的,郑介禾是个挺漂亮的男孩。——应该说“男人”才对。但他一直对我冷漠。这冷漠使你想抓住他。他一定是个狡慧的男人。

吃过饭，他邀我去跳舞。这是我不曾料到的。我踌躇了一下，也就答应了。他在九月初出去，在那边，除了康以外，也得有朋友呀。何况康也是和他一个学校毕业的。他的舞跳得不顶好。但我们还谈得蛮高兴的。他不住地说我气质好，有深度，这最叫人开心的了。我也告诉他我们家的生活，告诉他我如何爱妈咪。他告诉我他刚刚同我相反：他的妈妈很早就死了。“老头却还在。”他说。因为我从小就没有爸爸，听见他用“老头”称他的爸爸，竟叫人有些不高兴呢。话题谈到出国的事，他说他跟我一个学校。这是他没有事先告诉我的。他逐渐说了许多暗示的话，使我担心起来。后来我不得不委婉地告诉他康的事。

他的脸一下子变白了。又从白的变红了。他奇怪地笑着。“丘士康吗？我认得他，我认得他，”他夸张地说，“他高我两班，就是那个黑黑的家伙。”

我一下子就明白了。为什么这些男孩都这样自私，这样自作多情呢？我越想越气。我告诉他我要走了。他忽然沉默起来。他掏出我托他打的form，撕成两半、四半。他低低地说：“李玉英，你没什么了不起……”我立刻离开座位，独自雇车回家。那时没有惊动满场的舞客，实在是妈咪长年的训练的结果。邓和裴他们永远也不会懂得“风度”“教养”是什么。他们简直幼稚。

回到家里，跳舞的时间已经过去了。妈咪正在预备最拿手的冰淇淋苏打。伊笑着说：“你还是赶回来了。”妈咪转过去对谢医生说：“我的冰淇淋苏打，小英最喜欢。”

突然间，我发觉整个客厅的沙发套子和窗帘都换了颜色了。妈咪真是个了不起的室内装饰家。妈咪给洋人布置的，总是受到赞誉。将来，我的家也一定要像这样子。康就是在这样富丽而幽静的客厅里认识我的。他在去年度就是工程博士。“我这里刚买下一幢房子，就等着你来布置。”他在信上说。他高大，文雅而且温柔。他曾说我是一只快乐的寄生蟹。

“玩得快乐吗？”谢医生说。

“嗯。”我说。我立刻触电一般地叫了起来：

“你和陆伯伯要送我一辆跑车，”我说，“现在我不要藏青色的。我要——随便哪一色都行，奶油色罢！”

“小英！”妈苍白着脸说。

“人家讨厌藏青色！”

妈妈的脸色阴暗起来。谢医生和陆伯伯都沉默着。这是怎么一回事呢？过了一会，谢医生说，陆伯伯、妈咪和他自己合资的公司倒闭了。“美国和日本的进口货做得比我们好，我们竞争不过。”陆伯伯说。妈咪低声哭着。谢医生说他和陆伯伯想尽办法另谋发展，一直瞒着妈咪，不让妈咪操心。但终于无法避免破产的命运。

“妈咪，我不去了。”我坚定地说。

妈咪抱住我。妈咪和谢医生他们力说我必须离去。“还不至于这么困难的，”谢医生强笑着说，“你的跑车，让我们缓几年罢。”

那么这便依然是我在离家前的最后的夏日了。我在这里，第一是爱我的亲爱的、亲爱的妈咪，其次是谢医生他们。除此之外，一切叫我生厌了。

我就来了，康，让我立刻离开这里；让我是一只快乐的、快乐的寄生蟹。

初刊于一九六六年十月《文学季刊》第一期

唐倩的喜剧

1

唐倩认识胖子老莫，是在一个沙龙式的小聚上。那天晚上，伊一下子就被老莫的那种知性的苦恼的表情给迷惑住了。伊坐在一个角落的位置上，看见他悠然地弹着吉他，唱《翡翠大地》。他唱完以后，一个精瘦的地质系助教宣布说："老莫要为大家做一个专题报告，题目是'沙特的人道主义'。"

胖子老莫首先愤愤地说，许多人，"包括我们自己的朋友在内"，都误把存在主义看作悲观的、冷酷无情而且绝望的东西。实际上，"特别是沙特一派"的存在主义者，是新的、真正的人道主义者。为什么呢？老莫十分热心地说：

"因为沙特认为：除了人自己的世界，是没有什么别的世界存在的。这世界上没有审判者，唯有人他自己的存在……"

那一阵子，存在主义就像一阵热风似的流行在这个首善的都城中的年轻的读书界，正如当时的一种新的舞步流行在夜总会一般。老莫一边讲，一边从一大堆据说都是存在主义各家著作的原文书中，找到一本印有沙特照片的，任听众去传观。唐倩便因而得了第一次瞻仰了这位大师的风貌。

散会以后，唐倩顿时觉得写诗的于舟简直太没味道了。那天晚上，伊想了又想，便写了一封简洁的约晤信给老莫。根据伊的经验，这些知识分子中，几乎没有人能抵抗女性署名的这种信件的。

唐倩穿上一件鹅黄色的旗袍赴约了。伊是个娟好而且有些肉感的那种女子。伊可以想象当伊大方地伸出手来的时候，老莫那种蛊惑而惊诧的表情。然而，事实上，伊也让老莫给吃了一惊的，因为他穿着一件粗纹的西装上衣，而且带着一架圆框的老式眼镜，使他看来苍老许多。等到坐下来喝咖啡的时候，伊才猛然想起印在书上的沙特来。不论如何，伊想：至少他那对富泰的耳朵，倒是蛮像沙特的。

话题自然是接续着“沙特的人道主义”开始的。胖子老莫滔滔不绝地议论起来了。他纵横上下地谈基督教的和无神论的两派存在主义底差别，他疾声厉色地抨击教会的人道主义。他谈里尔克，然后又回到杜斯托也夫斯基。

“我们被委弃到这个世界上来，”他忧伤地轻摇着头说，“注定了要老死在这个不快乐的地上。”

伊几乎为这句话给惹哭了。在一刹那间，伊想起被父亲舍弃了的伊的母亲来：一个终年悲伤而古板的老妇人。伊的童年曾因此而过得多么暗淡啊。

“因而，”老莫说，“人务必为他自己作主；在不间断的追索中，体现为真正的人。这，就是存在主义的人道主义底真髓。”

从于舟的口中，伊向来不知道沙特是这么迷人的作家，伊因此懊恼极了。第二天于舟来了，伊于是对他说：

“于舟，我无法再继续我们的关系了。”

矮小的诗人于舟呆站了一会，继而讨好地笑了起来。他讪讪地说：

“为什么呢？”

唐倩很愁苦地摸出一支香烟，用拇指和食指擎着，一如胖子老莫。于舟赶忙为伊点上火。不管他怎样抑制，他的手就是那么不能随意地抖索着。

“我们俩在一起，太快乐了。”伊喷了一口青烟说，“快乐得丝毫没有痛苦和不安的感觉。”

“是呵，我们多么快乐！”他雀跃地说。

“快乐得忘了我们是被委弃到这世界上来的。”

“噢！”于舟有些苍白起来了。他呐呐地说：“我知道你的感觉。”

“要注意‘委弃’这两个字！”伊不禁想起老莫的表情，

随即将擎着烟的手往远处一摊，仿佛十分鄙恶地舍去了什么。“Abandon, a sense of being abandoned.”伊说。

“是，是。”

“现在，我们是孤儿了。”伊看见于舟洗耳恭听的样子，觉得一面又高兴，一面又鄙恶他。伊十分之严重地说：“所以我们就必须为自己作主；在不断的追索中，完成真我。”

于舟沉默地听着。一种在女性之前暴露了无知的羞耻感激怒了他。他于是也深沉地说：“我完全懂得你的意思。”

“这，”唐倩说，“就是存在主义的人道主义！”

这样，唐倩就把于舟给打发走了。伊是个绝顶聪明的女子，在这个首善的都市里的小小知识圈里，逐渐从伊的发表得并不紧密的小说成了名。许多人都在没有见到这个奇绝的女子之前，便风闻了伊的盛名。其中的原因之一，是伊很敢于露骨地描写床笫间的感觉。而况乎在这个小小的读书界里，原就颇有一派崇拜伯特兰·罗素的试婚说的性的解放论者。

这些个在逛窑子的时候能免于一种猥琐感的性的解放论者，立刻热烈地拥护了唐倩和老莫公开同居的事。据他们说，这是试婚思想在知识界中的伟大的实践。而且由于沙特和西蒙·德·波娃之间，据说也是一种“伴侣婚姻”的关系，“老莫他们俩”的盛事，便不胫而走，在我们的小小的读书界中传为美谈了。

和老莫在一起的生活，对于唐倩说来，实在是一个了不起的跃进。由于伊的敏慧，伊不很困难地就学会在言谈中使用像“存在”“自我超越”“介入”“绝望”和“惧怖”等的字眼。后来老莫从《生活杂志》的图片上，介绍一种新的标示知识分子的制服给唐倩。过不了几个月，唐倩便留了一头自然下垂的乌黑的长发，穿着一件宽松的粗毛衣，下着贴妥的尼龙长裤，然后再为伊的娟好的脸上架上宽边的太阳眼镜。这种“冷敲热打”（the beatnick）的衣服，确乎为唐倩增加了一种蛊惑的力量。因为除了旗袍，再没有一种日常的穿扮比这个更能显出伊的肉感底气质来。现在，伊逐渐宣称自己是个热心的里尔克迷。伊能够“从心的最深处”了解里尔克眼中“空无的世界”。伊越来越历练地在老莫的崇拜者中，抑扬有致地吟诵里尔克的这样的句子：

他的目光穿透过铁栏
变得如此倦怠，什么也看不见。
好像面前是一千根的铁栏
铁栏背后的世界是空无一片。

至于老莫，则仍然去穿着他的粗纹西装上身，戴着圆框的老式眼镜。使他遗憾的是他至今还弄不到一支像样的板烟斗。但是，尽管这样，老莫之作为存在主义底教主的身价，与夫唐倩之成为他的美丽的使徒的地位，是早已确定了的。

因此，在那几年里，老莫真是十分走了运的。据他说，他曾长年寄居在他的姨妈家，“受了长久的基督教的捆绑”。他在他的青春觉醒了的年代，狂热地恋爱了他的姨表妹，却因他的孤苦狷狂，遭了姨妈的反对。

“我从此发现了基督教的伪善。”他对一个大学刊物的记者说，“那次的恋情是激烈的。我曾经两夜三天长跪在伊的窗前。”他笑起来。他只有在发笑的时候才是充满感情的。他接着说：“这第一次的失恋，使我打破了与肉体游离的、前期浪漫主义的恋爱观。”

“这样看起来，”记者说，“你之走向反神的存在主义和罗素的性解放论，是有深刻基础的了。”

“正是这样。”胖子老莫庄严地说。

唐倩是衷心崇拜着胖子老莫的。伊尊敬男人，这是第一次。其实伊记不得自己在高中二年级的时候，也崇拜过一个能说善道的公民老师。那时候，伊曾经是一个热心的爱国的学生。除此之外，男人实在只不过是一个对象罢了；而且久而久之，伊渐渐以各种方式去把男人驱向困境为乐。据伊自己说，曾经有一个杀过人的彪形大汉，站在伊的床前，说：“小倩，你难道不知道我多痛苦！”而使伊快乐了几个月之久。

所以伊不久就发现到老莫也具备了一些男人——特别是这些知识分子——所不能短少的伪善。他在他的朋友之前，永远是一副理智、深沉的样子，而且不时表现着一种仿佛为这充塞人寰的诸般的苦难所熬炼的困恼底风貌。

“尽管人的历史上充满了残酷、欺诈和不公，但却有一丝细线不绝如缕。”他很肃穆地说，“那就是人道主义……”

然而，当他在床第之间的时候，他是一个沉默的美食主义者。他的那种热狂的沉默，不久就使唐倩骇怕起来了。他的饕餮的样子，使伊觉得：性之对于胖子老莫，似乎是一件完全孤立的东西。他是出奇地热烈的，但却使伊一点也感觉不出人的亲爱。伊老是在可怖的寂静中，倾听着他的狂乱的呼吸和床第底声音，久久等待着他的萎溃。伊觉得自己仿佛是一只被一头猛狮精心剥食着的小羚羊。然而，这自然也不是不曾把伊带到一个非人的、无人的痉挛地带，而后碎成满天陨星底境地。

而且，很多的时候，当他从半虚脱的状态中回复过来之后，他还可以立刻继续事前议论：

“——我们谈到哪里呢？对了，人道主义。”他于是为自己和唐倩点上香烟，把被单拉好，继续说，“而存在主义的人道主义，便是这种永恒底创造性的开展！”等等。

然后他会从床边的小几上取出一大本剪贴的本子。本子里面，尽是贴满了《生活杂志》《新闻周刊》和《时代周刊》上剪下来的越南战争的图片。据他说，存在主义者最大的本质，是痛苦和不安。而这些图片则最能帮助“离开战争太远”

的人们，蓄养这种伟大的不安和痛苦之感。

“看看这些卑贱的死亡罢！”他不屑地说。

唐倩于是看到一些被火焰烧成木乃伊一般的越共的尸体；在西贡的闹区被执刑了的年轻的囚犯；许多裸足的、穿着黑色衣衫的战俘，在一大群嬉笑的、穿着漂亮的制服和大皮鞋的越南战士中，瑟缩地抽着带滤嘴的香烟。

“看看这些愚昧的暴行罢！”

然后又是一大堆为越共的自杀性的暴行所造成的图面：燃烧着的飞机，成为瓦砾和灰烬的军用宿舍，流血满面的兵士，未曾爆炸的爆破物……

在开始的时候，这一切都使唐倩惊骇到了极点。而胖子老莫对于这些躲在丛林中去为一种国际性的阴谋效命的黑衫的小怪物，实在是痛心疾首的。唯独有这一点，他和他所敬爱的柏特兰·罗素老先生的意见，很显得相左了。

“他为什么这样呢？”他痛苦地说。

胖子老莫坚持：美国所使用的，绝不是什么毒气弹，就如罗素所说的。那只是一种用来腐蚀树叶和荒草的药物，使那些讨厌的黑衫小怪物没有藏身的地方；至于那些黑衫的小怪物们，绝不是像罗素说的什么“世界上最英勇的人民”，而是进步、现代化、民主和自由的反动，是亚洲人的耻辱，是落后地区向前发展的时候，因适应不良而产生的病变！

对于这种的议论，唐倩自然也是完全赞同的。只是伊为了这些图片底缘故，有一个多星期几乎惊悸失常，食不知味，而且真正地被培养了一种深入存在主义所必要的不安和伟大的痛苦感。而且，在胖子老莫的指导下，伊的小说里穿插出现了这样的描写：

他悲伤地望着他的任她怎样爱抚也没法充分勃起的男性，困顿地说：

“每次看到你的裸体，我就想起你的死体是否也这么美丽。而每次想到那命定的死亡，我就不来事了。”

“……”她忽然开始啜泣起来。

“我们被委弃到这世界里来，而且注定了要死在这个不快乐的大地上。”

这一段精彩的叙述，立刻轰动了全国新锐的读书界。一个在外埠的年轻的批评家说，这是“存在主义在中国新文学上的光辉的收获”。有多少人背诵着这段感伤而意象优美的文字，而低回不能自已。唐倩便这般地在一夜之间，成为伟大的小说家。只有胖子老莫，则由于担心别人因着这样露骨的描写，联想到他和唐倩之间的性生活，而在私下苦恼万分。

胖子老莫和唐倩他们的快乐而成功的日子，就这样月复一月地过去了。唐倩对于他的爱情，也一日浓似一天。伊因为怎么也拂不去想为胖子老莫这么一个具有伟大创造力的天才怀一个甚至一打孩子的愿望，而终于秘密地为他怀了三个月的胎。知道了这件事的胖子老莫，立刻就很慌张起来了。

“我喜欢和你有一个孩子，小倩，”他柔情似水地说，“可是，小倩，孩子将破坏我们在试婚思想上伟大的榜样……”

伊一听，就流泪了；伊流泪像一个平凡俗恶的母亲。

“我太了解你的感觉了，小倩。可是让我们想想我们的使命，好吗？”

唐倩只是连伊自己也莫名其妙地啜泣着，一句话也答不上来。

胖子老莫用他宣教一般庄严而温柔的声音，列举了许多柏特兰·罗素老先生的话。唐倩只是流着泪，然而也从顺地接受了他的想法。伊只是说：

“老莫，你要记住，这是你不要的……”

伊在一个破败的陋巷中的“医院”，取去他们之间的另一个生命。伊永远也忘不掉那里的数对只有伊才了解的绝望而恐惧的眼睛，那里原始的叫喊，那里的血污、阴暗和恶臭。然而伊始终不作一声，倒是胖子老莫却自始便涕泪纵横，不能自主。

然而，自此以后，他们之间便仿佛慢慢地结了一层薄薄的冻霜。尽管只是那么些被剪戳得支离破碎的人肉罢了，唐倩却越来越像一个丧子的母亲。伊的那种强韧的悲苦，和大地一般的母性底沉默，在私下，很使胖子老莫惧怖得很。至于胖子老莫，则后来据说很为一种“杀婴的负罪意识”所苦，竟使他感觉到一种无能在威胁着他。这个威胁使他焦虑万分，却屡试而爽。但胖子老莫终于得到这样的一个人道主义底结论，而深信不疑。那就是：“每次想到那个子宫里曾是杀婴的屠场，一个真诚的人道主义者，是不会有性欲的。”他必须强迫自己深信这个结论而不疑，才能够战胜在他里面日深一日地蔓延着的去势的恐怖感。

然则，在那年的冬天，这一对伟大的试婚思想的实践者，终于宣告仳离了。关于这仳离的理由，据我们的读书界的消息说，则是因为他们要去“不断地追索，以实现真我”底缘故。

2

唐倩再度出现在我们的小小的读书界，是一年又五个月以后的事，于今伊不复是一个憔悴、苍白的受了剜割的母亲，而是一个娴好的少妇了。带着伊重新出入在知识圈子的，是一位年轻的哲学系助教罗仲其。由于他的头颅出众地大，所以一向都把头发理得很短，却也仍然不能免于别人之以“罗大头”去称他。然而，一年多以来，“罗大头”这个称呼，渐渐地超出了止乎一个称呼的范围，而成为某一种知识界对他的好意和尊敬。因为他在存在主义的热风之后，坚实有力地为我们这个嗷嗷待哺的读书界呼引出一阵新风,那就是“新实证主义”。尽管维也纳学派底成立，是三十年代的旧事了，但“新实证主义”或“逻辑实证主义”被这里的读书界热烈地关切着，犹如它是昨夜才诞生的最尖端的议论一般。

最令人惊异的，是以新的姿态出现的唐倩，竟变成为一个语言锋利，具有激烈党派性的新实证主义者。据伊的说法，伊已经把存在主义的时期，毅然地当作“婴儿时代的鞋子”，予以扬弃了。唐倩能这样恰到好处地引用这句话，作为伊底方向转换的宣告，也足以看见伊底敏慧之处了。

自从唐倩“跟上”了罗大头之后，新实证主义底一派，似乎把他们分析批评的火力，对准了以胖子老莫为首的存在主义派。据罗大头们说：存在主义者们，其情感固然是颇为丰富的，但以新实证主义底分析的方法检查起来，实在只不过是由于情绪冲动而来的一些无意义的呐喊罢了，合当予以“取消”。至于他们底人道主义，罗仲其的批评是这样的：

“哲学的唯一工作，是对于自然科学底语言，作逻辑的分析。‘人道主义’和它底各种内容——当然包括什么存在主义底人道主义在内——和自然科学底真理，丝毫没有相干的地方，是一点也经不起分析底批判的。哲学家的任务，是要把一切不是唯理的、逻辑的和分析的东西，从哲学的范畴中，予以取消！”

由于新实证论者以深奥的数学和物理为言，他们的攻讦便像一把利剑刺进了围绕在存在主义周围的，数学不及格的拥护者们。而且由于它具备了逻辑训练和语意学等特定的方法论的东西，使罗大头们俨然地以新的学院主义为标榜，有时甚至于使他们有置身于维也纳古老学园里，和白发斑斑的卡纳普、莱申巴赫们平起平坐的幻觉呢。因为这样，如果有人指摘唐倩的转向，是由于伊和胖子老莫之间的私怨所致，是不被允许的。至于唐倩伊自己，则也很能丝毫不带着“主观情绪”地说“不是我不爱我友，实因我更爱真理！”之类的话。

而遇到劲敌的胖子老莫们，虽然只能指摘新实证派的哲学为一种“狗窝的哲学”，但由于自己丝毫没有招架的东西，便逐渐不免于没落底命运。在另一方面，新实证主义因为需要太多的学院式的基础，也不曾有若当年的存在主义之蔚为风气。尽管唐倩曾经苦心地使用“凡是女性，莫不迷信恋爱的；而在恋爱中迷失自己的，又都是女性。所以凡在恋爱中迷失自己的，莫不迷信恋爱”之类的叙述去写小说，以资推广这种新的唯理论，不幸却似乎并不成功。然而，这个新的批评运动，在普遍的怀疑主义倾向中，获得了它的立足点。

“对于你的观点，我十分怀疑，”罗大头威吓地说，“因为构成你的观点的这个基本部分，显然犯了诉诸情意底误谬；

而那个部分呢？则又犯了诉诸权威底误谬！”

这样一来，知识界中一大批天生的犬儒的质疑论者，便欣然地获得了一种似懂非懂的理论和方法。被这种理解和方法武装起来的质疑派，一律都显得热爱真理，而且由于太过于热爱真理底缘故，不得不成为一个质疑论者，应用这种质疑的利刀，显然有两个好处：第一，它能提供一种诡辩的诘难所获得的快乐；第二，它使自己从消极的、守势的地位，转而为积极的、外侵的质疑者。于是质疑不再是一种苦闷、一种忧悒，而是一种虚荣、一种姿势。

然而站在质疑主义的先锋，而且俨然地在我们的读书界里取代了胖子老莫的罗仲其，忽然发觉到：在唐倩的许多细小的行为上，残留着许多胖子老莫的习惯。他知道转换了方向以后的唐倩，在哲学思想的道路上，确乎和存在主义画下了一道鸿沟；伊对于存在主义底攻击之热心，是不容“质疑”的。但是，只要他细心观察，伊的用拇指和食指抽烟的样子；伊在发着议论时那种故作庄严的腔调；伊的只是转动着手掌的手势；伊的把右腿架上左腿，然后在高兴的时候猛力拍打右膝盖的习惯；伊在写字的时候，把头向左边做大约四十五度的倾斜的样子……实在没有一样不是继承自那个可憎的胖子老莫的。这个颇为突然而令他大吃一惊的发现，一时很使崇尚唯理论的罗大头，大为烦恼。不幸的是，这种烦恼每天每天都在他的心中拓展着一定的阴影，而终于爆发为一场凶猛的争吵了。

平心而论，唐倩在动作上留下老莫的习惯，或许是事实的罢。然而，倘若罗仲其给予同样的注意力的话，他将发现他自己的动作和习惯，也在唐倩的身上留下了一定的影响：比方说在吃饭前一定要喝上一杯白开水；说话的时候微微地晃动脑袋瓜子；巧妙地用一种讥讽的微笑去听别人的意见；吃苹果的时候要从它的屁股啃起；洗澡的时候一定要哼着他的江西老家的小调，等等。

所以，当罗大头一个人在深夜里读罢，用双手捧着他硕大无朋的大脑袋瓜沉思着的时候，就不由得想到一个属于他自己的危机。他冷静地“分析”的结果，他实在是很深地恋爱着唐倩的。为什么他会怒不可遏地争吵呢？理由很简单：他妒忌。

妒忌什么呢？妒忌胖子老莫在伊的行为上留下来的一些可见的影响。这个影响差不多立刻使他想起那些不可见的影响。或是一样可见而为他所不识的影响，比方说伊在床笫间的一些奇怪的小动作。好了，思想被引到这里的时候，他便再也忍受不住了。

然而，这样的问题，似乎无从自实证逻辑的“方法”去取得解决的罢，他于是止不住泪流满面，一个箭步跑到卧室里，摇醒沉睡中的唐倩，声泪俱下地说：

“小倩，我对不住你。我不该这样无理取闹呢。我实在太需要你的了，没有你我简直活不下去。我流浪得够了，我什么也没有，就只有你一个人是我的……”

唐倩是个十分之善良的女孩。加之又是在卧室里，他们自然便立刻取得十分甜蜜的和解了。那天夜里，他告诉伊他自己的一段往事。他有过一个幸福而富裕的家，他是这个家庭的快乐的独生子。然而不幸地，暴民在一夜之间毁灭了一切：母亲悬梁，父亲被逼死在一个暴民的大会里。“我一个人流浪，奋斗，到了今天。”他啜泣说，“比起来，他们搞存在主义的哪一个懂得什么不安、什么痛苦！但我已经尝够了。我发誓不再‘介入’。所以我找到新实证主义底福音。让暴民和煽动家去吆喝罢！我是什么也不相信了。我憎恨独裁，憎恨奸细，憎恨群众，憎恨各式各样的煽动！然而纯粹理智的逻辑形式和法则底世界，却给了我自由。而这自由之中，你，小倩呵，是不可缺少的一部分！”

一夜无话。

第二天晚上，罗仲其和唐倩以年轻的知识界的代表身份，相偕去参加一个政治研究所的餐叙会，发表了演说。他在结论的时候，更加意气轩昂地说：

“……他们说什么‘反对新老殖民主义’，什么‘反对走资本主义路线的反动派’，什么‘中国人民支持一切英雄的民族民主运动的各族革命人民’，什么‘为祖国社会主义建设团结一致’。

“这些只不过是煽动家的话，是感情冲动的、功利主义的语言。它也许足以发动一大群无知的暴民，却丝毫没有真理底价值。

“真理，各位！为了真理底缘故！

“而真理，是没有国家、民族和党派底界限的！”

唐倩在热烈的掌声中，偷偷地为他流下高兴的眼泪。但是罗仲其的脾气，却逐渐地变得反复无常了。许多的时候，他的确是个脑筋冷静的新实证派底哲学家。然而，他也会突然地变得情绪激动，毫无理由地感到孤单，感到不被唐倩所爱，泪流满面地乞求唐倩在爱情上的保证。而最坏的情况是：他又会因着唐倩过去和老莫的关系，大发醋劲，暴怒不可自遏。

分析起来，导使罗大头变得这样反常的，至少有下面的几个原因：

罗仲其的不幸的童年，换句话说：他的家庭底灾难，加上他长时期在不安定的恐惧中底生活，使他完全失去了面对实际问题底核心的勇气。他埋首在哲学著作的书城中，实际上是在玄学的魔术里找寻逃遁的处所。这样，他找到了把一切都纯粹化、追求最明白的意念的新实证主义。这个东西恰好从正面供给他逃避，“勾销”一切使他的知识底良心发生疼痛的过去的和现在的难结之理论和方法，从而把他的知性底弱质，整个儿给正当化了。但是，这毕竟只是解决了他的知识范围的难结罢了。他逐渐感觉到：这种固执的和故意的歪曲，实在只不过是一种幻想而已。许多他所不能“勾销”的事事物物，依然顽固地化装成他的感情生活里的事件，寻其出路。他逐渐地被这样重苦的矛盾所攻击着了。

此其一。

其次，他越来越发觉到：唐倩这个女孩子，是敏慧而不可征服的。有一次，伊有些害羞地说：

“我一直有一个问题想问你。”

“嗯？”

“你曾说你在最后，是一个质疑论者。”

“不错。”

“为着真理的缘故，所以必然地要成为质疑论者。”

“不错的。”

“对于每样事物，莫不投以庄严的质疑底眼光。”

“不错。”

“因为质疑即所以保卫和发展真理。”

“不错的。”

“以免真理为愚昧的、易受煽动的暴民给恶俗化了。”

“正是这样。”

“可是，”唐倩忧愁地说，“当我们怀疑到质疑本身的时候，该怎么办呢？”

他立刻感到像是被一步步骗上一个绝境里，而大为恚愤起来。当然，以他在哲学上的训练，再加上唐倩在主观上本来就愿意要从他那儿获得一个解决，所以他只消两下子就把这个难题给“勾销”了。

然而伊的这种本然的智慧，却很使他觉得不自在了。伊已是那样自在地、用着伊底女性的方式，信仰着他所给伊的一切。每一样事情，据他观察的结果，包括吃喝、睡觉和议论，在伊都显得自在而当然，丝毫没有他那种内在的不可遏止的风暴。伊底这样的安逸，虽说浅薄，却有力地威胁着他。使他感觉到某种男性独有的劣等感了。

此其二。

再次，唐倩的这种一如大地一般地包容一切、稳定而自在的气质，在另一种意义上使他深感不安。那就是伊能够从容而且泰然地提起伊过去和胖子老莫之间的事。

“你不知道他那戴着圆框眼镜的样子，有多么好笑！”伊说，“只有在上床睡觉的时候，他才取下那副宝贝眼镜，然后喝上半杯冷牛奶。”

“喝上半杯什么？”

“冷牛奶。”

“噢！”他说。他几乎冲口而出：“所以你一直到现在还在睡前喝上半杯冷牛奶！”

“他没戴眼镜的那种表情啊，”伊十分开心地笑着，“看起来像一个睁眼的瞎子。”

他说：“哦哦。”他的怒气因看见伊竟怀着某一种宽容的友情叙述着老莫而上升着。但是他决定不让伊看见他的妒忌，这是一种斗争啊！他想。

“不过他笑起来的时候倒蛮好看的，真的，”伊认真地说，“只有在笑着的时候，那个人才令人觉得温柔，充满感情。”

“你说够了罢！”

“噢，”伊歉然地说，“难道你还吃他的醋吗？”

伊于是很女性地因为他的还吃着那陈年老醋而高兴得哼起他的江西小调来。

他的怒气使他双手发抖，“不能气，不能气，”他对自己说着。他走到厨房里：“否则又让伊胜利了。”他想：“这是一种斗争啊！”

像这一类的事，无须很久，就使他罹患了神经衰弱和偏头痛的毛病了。然而，为了斗争底缘故，他连这些病痛都没告诉伊；而且，有时正冲着偏头发疼的时候，还得装着快快乐乐地唱他的小调，以资掩饰呢。

此其三。

最后的一件事，则恐怕是最严重的罢：那就是他在床第的生活中，发生了一股巨大的、对于自己的男性能力的不间断的怀疑。

起初的时候，他是为了征服他所不识的那些胖子老莫留给唐倩在生活上的影响，而开始致力于那种生活的。然而，过不了多久，他就发现一件可怕的事实了。他理解到：男性底一般，是务必不断地去证明他自己的性别的那种动物；他必须在床第中证实自己。而且不幸的是：这证明只能支持证实过的事实罢了。换句话说：他必须在永久不断的证实中，换来无穷的焦虑、败北感和去势的恐惧。而这去势的恐怖症，又回过头来侵蚀着他的信心。然而，当男性背负着这么大的悲剧性底灾难的时候，女性却完全地自由的。女性之对于女性，是一种根本无须证明的、自明的事实。倘若伊获得了，固然足以证明伊之为女性；而倘若未曾获得，也根本不足以说明伊底失败。

这样的一个严重的质疑，终于把罗仲其逼得发狂，而终至于自杀死了。

我们底美丽的唐倩，实在是伤心欲绝的了。伊是一点儿也不晓得伊底可怜的罗大头的内部的纠结的。伊只知道：这个旷世无匹的天才，是怎样痛苦地热爱着伊的。至于一般读书界的评论，则是："天才与疯狂之间，不过毫厘。"而且一直到他死后的半年，还有人不断地写着"我的朋友罗仲其和他的哲学"之类的文章，也诚可谓备极哀荣的了。

3

罗仲其死了以后，没有人会想到唐倩竟然会如此之悲伤，至于形销骨立，而且差不多有一年之久罢，伊的密而浓的发茨之上，日日簪带着一朵丝绒做成的素色的小花，以志哀思。事实上，每次伊回想起他的因火热而杂沓的爱情而苦恼着的大大的脸，便止不住泫然落泪，唏嘘不能自已了。

就是这样，伊便再次从我们的小小的读书界中消失了。然而，熟悉伊的两次或者其中一次恋史的人们，却依然不间断地谈论着伊。对于他们，唐倩实在是我们这个社会里许许多多“离不开妈妈”的、“现实”“没有灵性”，而又“意志薄弱”的知识女子们的好榜样。他们以钦羡而又亢奋的口气，谈论着伊如何是一个“全身都是热力和智慧的女人”，是“一杯由玫瑰花酿成的火酒”，是“使男性得以完成的女性”，等等。

这种热烈的、怀乡病的议论逐渐变得几乎是一种古典的传说的时候，唐倩终于第三次绽开了一朵恋爱的花朵。然而，这次伊却立刻从那些热心的崇拜者们之中，招来浪潮一般的恶骂了。仅只因为这次选择了一个十分体面的留美的青年绅士的缘故，伊于今便在隔夜之间被批评为：堕落以至于成为一个“下贱的拜金主义者”、一个“民族意识薄弱”的“洋迷”，而且一叹再叹地说：唐倩终于“原来也只不过是一个恶俗的女人”罢了。

这些恶批评，终于传到唐倩的秀巧的耳朵里的时候，伊只是扬了扬长在伊的已经十分丰腴起来了的额上的令人心软的眉毛，说：

“乔，你向他们解释罢！”

那个被称为乔的漂亮的青年绅士，十分优雅地笑了起来。他用左手把西装的第二个纽扣解开了又扣上，扣上了又解开。

“美国的生活方式，不幸一直是落后地区的人们所妒忌的对象。”他说，“我们也该知道：这种开明而自由的生活方式，只要充分的容忍，再假以时日，是一定能在世界的各个地方实现的。”

他说话的时候，一直是那么优雅又和蔼地笑着，仿佛一个耐心的教师。就是乔治 · H. D. 周的这种温和洒脱的绅士风采，吹开了唐倩的封冻的芳心的。他的西服总是剪裁得十分贴妥。他的穿着笔挺西裤的长腿，在第一次见着他的时候，就使伊的心为之悸悸不已。他的头发总是梳理得整齐利落。而最别致的，并不是他的宝石一般的袖扣；而是他的与西装一个料子裁成的夹背心，它妥帖地罩着雪白的衬衫，令人欢悦。然后乔对你笑了，笑出浅浅的、年轻的皱纹来。

对于唐倩，这一切诚然是一种不可抵御的魅力。伊仿佛遇见了在西洋电影中习见的那些风流绅士一般。电影中的那种温柔，那种英俊，那种高尚以及那种风流，都在乔治 · H. D. 周的最细小的动作上，活生生地具现了。所有这些，与过去偕同胖子老莫以及罗大头们的生活，是何其不同。那些空虚的知性、激越的语言、紊乱而无规律的秩序、贫困而不安的生活以及索漠的性，都已经叫唐倩觉得疲倦不堪了。在朋友家认识他的那夜，他开车送伊回家。这首善的都市底魅人的夜，以千万种温柔底光辉，摇曳着流进他们的车子。伊坐在舒适的车子里，望着他满有某种信心的侧脸，觉得仿佛有一种生活上十分实在的东西打击了伊。唐倩需要一种使伊觉得舒适和安全的东西，就好像此刻伊坐在车子里的那种感觉。外面是嚣闹，是欢乐，是黑夜，而伊享受着它们，在这样一个舒适又安全的车子里。而车子流动着，仿佛一艘船。

“你知道吗？”车子对着红灯停下的时候，乔治·H. D. 周说，“我离开美国，就不停地怀念着那个地方……”

车子又开动了。唐倩在车子变速的时候，震动了一下。“噢，请原谅。”他用英语说。唐倩微笑着。

“我在旧金山住了四年，然后在纽约做了两年事。”他乡愁地说，“我爱那些都市，They're just beautiful, you know.”

他说那些城市实在美好。他于是轻微地对自己笑起来。他说他实在止不住在言谈中溜出英语来。乔治·H. D. 周是学工程的。拿到硕士以后。在纽约考上了一家机械公司。这年秋天，他受公司的委托，回到这里的分公司帮着解决一项技术上的问题。据他说，就只工业技术一层，中国跟美国比起来，简直是绝望的。唐倩想了想，说：

“在那边，做一个中国人，一定是一种负担，是不是？”

“Well,”他说。伊喜欢他那种笔直地望着前路讲话的样子。他看起来那么有把握，仿佛这世界就在他的掌握之中，一如那方向盘。“Well,不能说没有差别的罢。”他接着说，“可是除了这一点，那边的每一件事都叫你舒服：那种自由的生活，是不曾去过的人所没法想象的。”他们看到一个加油站，他说：“请原谅我停下来加点油。”

“没关系。”唐倩说。他下了车跟工人讲话：“请你——”车门被关住了，把他的话也给关在外面。伊想到他要停下车加油，何至于也要请求“原谅”，便一个人抿着嘴笑了。不过伊已经决定从今以后，要好好地穿戴起来。伊知道：只要伊打扮起来，新的美艳，是依然会回到伊底生活里来的。他开门进来。“对不起。”他说。车子又开动了，仿佛一艘船。

“这里加油要自己下车开油箱的盖子。但是在美国，工人会帮你做得好好的。中国的 service 就是这样差！”

他似乎很遗憾地说。仿佛这又是中国之所以落后的一端。然后他接上方才的话题。他说：

“那种自由，是无法想象的……你在那些城市里，开着车通过那些伟大的街道。那些有秩序的人群，那长长的金门大桥，太阳远远地落着……没有人干涉你；你爱怎么样，就怎么样。”他说他现在做梦也回到那边去。事实上，他在九月里就要回去了。他们数着他要回去的日期，使车子里的两个人都快乐起来。

“这次回去以后，我会怀念这里的，”他迅速地瞥了唐倩一眼，说，“因为我在这儿碰到你，噢，你是如此地美丽，I’ll miss you, really. I’ll miss you very much.”

唐倩的脸以不令人察觉的程度红了起来。他说那些话的表情是那么坚定，使你分不出是一种恭维呢抑或是一种表白。“一个人应该为自己选择一个安适的位置。到一个最使你安逸的地方，找一个最能满足你的生活方式。这是做一个人的基本权利。国籍或民族，其实并不是重要。我们该学会做一个世界的公民。”他说，“请原谅，我显然说得太多了。我不是多话的那种人，真的，可是你使我觉得要向你倾吐，不知道为什么。”

那夜唐倩回到家里，一进房间便坐在镜前仔细地端详着自己。想起离开九月只剩下四个月的时光，所以伊必须立刻动员起来了。伊忽然觉悟到：这差不多一年多来的不快乐的日子，实际上并不见得是因为伤罗仲其之逝而然的。罗的死，在隐约中，使伊感觉到一个没有出路的窘迫。就是这种绝望的窘迫感捆绑了伊。但今夜伊忽然窥见另一个世界底存在。伊或者并不切肤地感觉到乔治 · H. D. 周所乐道的自觉的幸福云云底必要罢，然而那新世界底发现，豁然地使伊不由得有一线光明底再生之机，射入伊底无出路的生命中来。

果然，乔治 · H. D. 周忽然觉得唐倩正以令人目眩的变化，日复一日地美丽起来。每次游罢归去，他总是不免自问：是否他竟然已经同伊“掉进爱里”。至于唐倩这一方面，则经过分析和计算的结果，知道了乔治 · H. D. 周一直都不是一个阔绰的人。数年自食其力的留学生活，已经在他的生活的每一个细节上留下刻苦俭约的痕迹。当然，唐倩自己也相信：这种俭约，其实就是美国的生活方式的重要精神之一。因此，伊便很善于在适切的时候，表示了伊的得体的俭约。这种姿态果然立刻获得乔治·H. D. 周的欢心。

“为什么要花那些钱去夜总会看蹩脚的节目呢？”伊说。

“没地方去呀！”乔治·H. D. 周说。

“随便觅个地方聊聊，不好吗？”

于是他们找到一个小小的、安静的地方喝咖啡。然而据他说，这咖啡实在不如他在美国的时候喝的香，特别是在旧金山的大学城里的一个小咖啡铺子里的。

“那个铺子是一个丹麦人开的，经常挤满了买午餐的学生。”他说，“那里的东西好吃，而且掌柜台的，是那个丹麦人的女儿：雪白的皮肤，金黄色的头发！”

两个人都笑了起来。“我曾听说北欧的女人最漂亮。”伊说。“你知道罢？”他说，“第一次遇见你，就觉得你的嘴唇的线条和下巴的样子很像伊。”伊笑着说：“使你想起过去的韵事了。”

“Yeah,”他仿佛十分为难地说，“我们一起出去过几次。伊差不多和每一个约伊的人出去。”

“你爱着伊的罢？”

“Oh, no!”乔治·H. D. 周大声地说，“No, no! 不过伊是

一个热情的女子，真的，一点也不像伊的冰封的祖国。有一个从曼哈坦来的美国小伙子为伊举枪自杀了。”

伊微笑地倾听着。他一下子就喝光那杯不如美国的那么香的咖啡。伊看得出他在谈论着那个丹麦女子时的一丝潜伏的激情。现在他要了一杯琴酒。他问唐倩是否也来一杯，伊笑着摇头。唐倩开始抽他送给伊的薄荷香烟。

“你知道罢？”他啜了一口酒说，“你抽烟的样子真好看。”他也摸出一根香烟，学着用拇指和食指拿香烟，唐倩于是止不住咯咯地笑起来。过了一会，伊说：

“伊叫什么名字呢？”

“谁叫什么名字呢？”

“那个丹麦女郎。”

“噢！”他说，喝下半杯琴酒，“叫安妮。Anne Kerckhoff，可是我们都叫安妮——Annie。伊是个热情的女子，真的。”他把剩下的半杯又喝光了。他说：“光谈恋爱，安妮是个举世无匹的对手。伊是那么令人欢跃啊！但做妻子就不行了。每个男人都需要一个温顺贤淑的女人做妻子。”

唐倩微笑着。为了要显得温顺贤淑起见，伊沉默着。

“妻子是妻子，”他用英文说，“情人是情人……噢，你瞧，我又说得太多了。”

他又要了一杯威士忌苏打。那夜乔治 · H. D. 周仿佛有些陶然了罢；他在回程的车上，不停地用他的轻度音盲的嗓子，反反复复地唱着他的旧金山州立大学时代的足球队歌。而且在离开唐倩之前，适时地在伊的门口吻了伊的未曾预料的、惊诧的唇。

唐倩记牢了乔治 · H. D. 周的双重标准：即所谓“温顺贤淑的妻子”以及“情人是情人，妻子是妻子”的哲学，而予以充分的把握，巧加运用。过不多久，这个对自己的事业充满进取的雄心的青年绅士，便发现唐倩不论作为一个情人或妻子，都是个完美的上选女性。他在一个有月亮的晚上，肃穆地提出了求婚。唐倩装着又惊又喜的样子答应了。于是他们订了婚。

订婚的仪式尽管有些豪华，却是出奇地寂寞的。唐倩于兹才知道：在这里，他几乎连半个稍微近一点的亲戚都没有。只有一个又瘦又高的，看起来比乔治 · H. D. 周苍老些的男子，是在大学里同寝室的同学；另外一个矮小而老耄的脏老头，是周在还没出国以前的房东。

“周宏达，我知道你一定有今天的。”高个子抬着醉红的脸说。

“老马，谢谢你了。”

“记得我们那间烂宿舍吗？”

乔治 · H. D. 周笑着。

“我们在冬天一块盖一条被子。”高个子用沙哑的声音笑，

“你说：‘老马，我们要这样窘困到什么时候？’我怎么说咧？我说我颠沛得够了，我不再为这操心。”

高个子让乔治·H. D. 周搬了搬肩膀，仿佛有些愧色。而周则有一种怜悯和骄傲的模样。

“老马，路是人走出来的。”周诚恳地说，“只要我们肯干，机会总是在那儿。”

“好在是你自己要好，”高个子老马说，“当年你妈还吩咐我要好好罩着你咧。”他搔了搔后脑袋瓜子，说：“我这辈子，是没搅头了，但我不难过，我废了！”可是他哭了；然而只那么一会儿，他又高兴起来：“周宏达，我多喝几杯酒，你不嫌我馋罢？以后也不知什么时候才喝得上这么好的洋酒。”

乔治·H. D. 周友善而悲悯地笑着。至于那矮小的脏老头，则一句话也不说地坐着，一点点酒，已经使他的瘦削的颊，红成两颗熟透的李子，看来仿佛一则童话里快乐而好心的老头。至于唐倩的母亲，则腼腆不安地偎在美丽而焕发的女儿身边，细细地谈着话。伊的那种老弃妇独有的苦楚的表情，在这欢喜的氛围内，歪扭成一种十分繁杂的样子。为了快乐或不幸底回忆罢，这操劳而苦命的女人时时掩面啜泣着。唐倩则时而陪着哭、时而哄劝着。

为了要证明自己是个贤淑的妻子，唐倩也直到订婚的那夜，才答应委身于他。那夜，乔治·H. D. 周是充满感情底。

他诉说着他流浪的身世、他孤单的生命，誓言要用真诚的爱情侍奉伊于终生。这些款款的话，使本性良善的唐倩第一次因为被幸福所充满的感觉而至于哭泣起来。可是那夜的性，对于唐倩，竟也成了一种新的经历。伊发觉乔治 · H. D. 周，也许由于他是工程的技术者底缘故，是一个极端的性的技术主义者。他专注于性，一如他专注于一些技术问题一般。他的做法仿佛在一心一意地开动一架机器。唐倩觉得自己被一只技术性的手和锐利的观察的眼，做着某种操作或试验。因此，即使在那么柔和、那么暗淡的灯光里，唐倩由于那种自己无法抑制的纯机器的反应，觉到一种屈辱和愤怒所错综的羞耻感。然而，不久唐倩也就发现了：知识分子的性生活里的那种令人恐怖和焦躁不安的非人化的性质，无不是由于深在于他们的心灵中的某一种无能和去势的惧怖感所产生的。胖子老莫是这样，罗大头是这样，而乔治·H. D. 周更是这样。

但不论如何，狡慧而善良的唐倩，终于成功地成为乔治 · H. D. 周先生的美眷，在那年的九月，离开了国门，到达那个伟大的新世界去了。第二年春天，消息传来，说唐倩竟毅然地离开了可怜的乔治，嫁给一个在一家巨大的军火公司主持高级研究机构的物理学博士。事实很明白：唐倩一直就把乔治当作达到目标的手段，何况回到美国以后的乔治，淹没在一个庞大的公司里的职员系统中，便很不若其在台湾时那么样地神气了。至于唐倩在那个新天地里的生活，实在是快乐得超过了伊的想象。而伊的苦命的母亲，也因为女儿不间断的接济，逐渐地宽裕起来了。我们的小小的读书界，则似乎除了若干熟知掌故的人还偶尔谈论着伊，便早已把伊给遗忘了。事实上，在胖子老莫没落了，以及罗大头的悲剧性的死亡以后，这小小的读书界，也就寥落得不堪，乏善可陈了。这期间自然间或也不是没有几个人曾企图仿效莫、罗二公，故作狷狂之言，也终于因为连他们的才情都没有的缘故，便一直没弄出什么新名堂，鼓动出什么新风气来。而且最近正传说他们竟霉气得被一些人指斥为奸细，为共产党，其零落废颓的惨苦之境，实在是很可以想见的了。

附记：本文系虚构故事，倘有与某人之事迹雷同者，则纯系偶合，作者概不负责。又：文中所引里尔克的诗系李魁贤译文，载《笠》诗刊第十三期。

初刊于一九六七年一月《文学季刊》第二期

第一件差事

学校一毕业，我就调到这个小镇上来，到现在已经快一年了。今天早上，佳宾旅社的少老板没有敲门就闯到我的卧室里。我的新婚的妻子吱地尖叫起来，忙着抓被子盖在身上。这使我十分生气了。少老板的脸色惊恐，慌忙退到客厅里。我穿上长裤，走出卧室，顺便把卧室的门带上。妻已经在里面骂起来了：

“冒失鬼，死人！”

我也因为十分生气，所以也知道自己的脸上一定不甚好看罢。

“对不起对不起，”少老板一手护着心，哭丧着他的小小的脸说，“对不起对不起。”

“你这是干什么，啊？”

“实在是这样的……”少老板说。

“死人，冒失鬼，死人！”妻在里面说。

少老板用一种极其无告的眼色看着我。他说：

“对不起，杜先生。我太慌张了。我们旅社死了一个客人。”

“一个客人死了？”

“哎，死了一个客人。”少老板说，“你一定要来看看。”

我吩咐他保持现场，他便走了。虽然不太应该，我开始觉得有些兴奋起来，怎么摆平它都不成。我走进卧室，在衣架上取下新发下来的凡力丁制服。妻捶着床铺，嚷着说：

“那个冒失鬼，你一定要把他逮起来！”

伊的微微发红的头发散落在枕头上。我走过去亲热伊。伊还说：

“那个死人！”

“他们旅社里死了一个客人。”我说。

妻突然又吱地尖叫起来，把我推得远远的。妻瞠着伊的不大的，却因睡得饱足而发亮的眼睛看着我。

“你是警察的妻子，”我微笑着说，“这是我的第一件差事。”

“嗷。”妻说。

我弯着身体对着镜子，看看是否需要刮刮胡子。我看见妻低着头抓着散乱的头发。伊说：

“嗷，吓死人。”

我老是没忘记在学校的时候尉教官讲的一句话：侦办案

件是一种艺术、一种哲学、一种心理学、一种方法学……我立意要做一个好的警察，这些，妻是不懂的。

“这是我的第一件差事。”我说。

制服是新挺挺的，可惜帽子却是旧的。现在妻躺在床上，架起眼镜读着小说。

“早点回来，”伊说，“吓死人。”

“哎，侦办案件，是一种哲学、一种……”

我说。可是这些，妻自然是不懂的。

县里的上级来到的时候，大约是下午六时左右。我把一切资料都弄好，呈给上级。上级说：“很好，很好。”

“这是我的第一件差事。”我谦恭地说。

上级又说很好。他开始读着我提供的简单资料。

“胡心保，三十四岁。”上级说，很职业性地舒一口气。

“是的。”

“一定有什么原因。”上级说。

“职业很好……，跑这么远来找死！”

“是的。我想一定有什么原因。”

上级说，他把资料摊在桌上，站了起来。现场的房间里虽然点着日光灯，总是还有些幽幽的感觉。胡心保那个死了的男人仰睡着，口沫从左边流下来，把睡衣的领子和枕头都弄湿了。李法医掀开被子，在死人身上的这边那边摸弄着。

上级衔了一支烟，我赶忙给点上火。

那个死了的男人终于给脱得一身精光。他是很好的一条汉子。大概是生活宽裕的缘故，才三十出头，便在他的乳黄色的肚皮下面积蓄了一层很匍匐的脂肪。然而却依旧看得出他从前定必是个筋骨结实的家伙。他的脸看来仿佛有些羞涩的样子，低垂着重厚的眼睑，弄得我怎么也不敢正眼去看他的似乎很累累的男性。上级抽着烟，轻轻地、简捷地咳嗽起来。他说：

“跑到这里来住几天了？”

“三天了。”我说。我实在深怕叫上级看见我这样被那个死尸的似乎羞耻着的表情给弄得很不安定的未熟练的心情。好在上级只是注视着那一具白色的尸体，细声说：

“很好。”

李法医没给那死了的人穿上衣裳，就给盖上被子。那个样子在恍惚之间，就仿佛那死了的人只不过是睡着罢了。我学会了光着身子睡觉，是婚后的事。所以这个光景忽然使我有一种很是异样的感觉。李法医脱掉胶手套，拿起床边的小小的青紫色的药瓶，在日光灯下来复地照着。上级说：

“自杀的？”

“没有他杀的痕迹。”法医说。

“很好。”上级转过来对我说，“一定有什么原因。”

“一定有什么原因。是的。”我立刻说。

"你说，这是你第一件差事？"

"是的。"

"那么，"上级说，"那么很重要的。"

"我要努力学习。"我肃然地说，递给上级一支烟。上级说不要了。我把烟递给法医，他说谢谢。我为他点上火。上级把我的资料拿起来左翻右翻。

"这些人是你的线索。"上级说。

"是的。这三天里，他们曾经跟他谈过话，有了各种不同的关系。"我说，"这里的少老板，一个体育教员，此外，就是一个叫林碧珍的女人。"

"交给你去办了。"上级说。

"我一定尽力，一定尽力。"

上级伸出手握住我的。我感觉到他的温柔的握力，心里十分地受了感动。上级坐上他们的红色吉普车，在苍茫的暮色中开走了。上级在车上扬扬手，我在佳宾旅社的走廊下立正敬礼。许多人围在路上，一个胆子比较大的农人问：

"杜先生，出了什么事？"

"什么事？命案啦。"我说。

"命案呀，"农人说，"什么命案子？"

"少噜苏。不怕他跟你回家去？"

农夫连忙在地上吐口水。他说：

"跟我回家？去他的，去他的！"

人们哗哗地笑起来，为我让出一条路。天上开始不经意地点上稀稀落落的早星。我忽然有一点惦着家里的女人了。然而这是我第一件差事，是很重要的。我对他们说：

“回家去吧，没什么热闹的，都回家去！”

1

第二天早上，我特地为胡心保的案子立了一个专门案卷。协助我的周警员说：

“昨天晚上，同林里长弄到十一点才完事。他太太真漂亮。”

“谁的太太真漂亮？”我说。

“那死人的。快九点半，他们才到，连夜运回去。”周警员说。他把一支烟衔在他的肥厚的嘴唇上。他说：

“他有什么事想不开？”

我弄好卷宗，夹在胁下。我说：

“我到佳宾旅社去一趟。”

周警员机械地站起来，戴上帽子。我连忙说：

“我一个人去得了。”

周警员又机械地坐下来，脱下帽子，摆在桌上的右上角，用心地摆好。他漫不经心地说：

“什么事想不开？那么好看的老婆。”

外面是个大好天，一晴如洗。

佳宾的少老板刘瑞昌依旧哭丧着脸。但是他还会忙不迭地说：

“杜先生您来。请坐请坐。”

“不客气。”我说，“又打扰你，请你帮忙。”

他们的房间只用三夹板隔开的，倒是刚又刷新过的样子。靠床的那面墙上，贴着一张陈旧的外国裸女画。

刘瑞昌掏出一支香烟给我，又为我点火。他的瘦巴巴的手抖得厉害，使我禁不住笑了起来，竟把他的火给吹熄了。他重新划过一支火来，手依然抖个不住。

“刘先生，没事儿，你宽些心罢。”我说。

“叫我怎么宽心，”他说着，便勉为其难地笑了起来，然而怎么也笑不掉他一脸上的丧气。

“有个人拣到我们这儿来死，你说，霉气透了。”他艾艾地说，“这下生意都给坏了。”

刘瑞昌这个人似乎在一夜之间瘦了许多。他的脸因此显得有些弯曲，像隔夜给露水泡过了的烧饼。我打开卷宗，把半截烟挤死在烟灰盘子里。

“你又不是没有看过报，”我说，“人家的旅社里给扔了手榴弹，打巴拉松，把人割成一截截的。生意还不照做？”

他用细小灰暗的眼睛望着我，细心地说：

“哦唷，哦唷。”

“现在，少老板，”我说，“你再说说，他怎么来，怎么住……”

刘瑞昌把身体坐直起来，两只手互相握着。他看看我，努力地微笑了起来。他讨好地说：

“我昨天统统说了：他那天下午上我这儿来住。——我得从哪儿说起呢？”

我开始有一点生气了。我翻着卷宗，说：

“他是十六号那天来的。大概下午四点钟左右。”

“是是。”他十分认真地说。

“你说他来了，要房间。他看了几间，都不甚满意。”

“是是。后来他就说：你们这儿房间都不好。这样。”

“嗯。”我说。

“后来我给他开那一间。那间的床是新的。但他并不认为很好。他走向窗子，打开它。他站在那儿看水渠上的小水泥桥。他说那桥很好看。”

“好。”

刘瑞昌欠过身来，伸着脖子说：

“你说什么？”

“不，你说下去。”我说。

“他说那桥很好看，他要那间房。他开始脱下外衣，解开领带。我就想离开。我向他要身份证登记。他问我这里叫什么地方。我就告诉他这里叫什么地方。我看他的身份证，我说你老远跑来的呀。他说是。我说出差来的吧，他说不是。他说是来散散心。”

“嗯，嗯。”

“我心里想人家是到处旅行玩的。”他说，一层薄薄的悲戚感罩着他的弯弯的脸。他说：“旅行旅行，到处走走，我说。他打开衣柜，把衣裤吊起来。然后他瞧着衣柜里的镜子，用右手搓着自己的脸。这个我们不管它，他说：想睡会儿。他就关门睡觉了。”

我们都沉默起来。刘瑞昌看着自己的穿着塑胶拖板的瘦脚丫子。我忽然想到那死人的一双弓着的大脚板来：白得发青的颜色，香港脚像秋霜似的圈着脚底的肉。刘瑞昌忽然说：

“原先开杂货铺子，日子也过得马马虎虎。要不改成旅社，就没这个霉气事。”

墙上的外国女人笑得很俏皮，但确乎有点邪门儿。我忽然发现板墙上头很隐秘地挖了几个窥视的小洞，而且每个小洞都被纸卷儿给塞住了。我从不知道有这样的恶作剧，就止不住也恶作剧地笑起来。

“是真的，”刘瑞昌说，“这个小乡下，旅馆真是没什么弄头。有时候一两天都空着，一点进账没有。真的。”

“哎，你宽宽心罢。”我说。

“我们世代都是守法的良民。”他颓丧地说，“不图什么飞黄腾达，也不去碰这种霉气的事情。你看。”

他的灰暗的眼色因着烦恼而愈发灰暗了。我有些嫌恶起来。我说：

“曾有一个女人来找他？”

“那是最后一天晚上，”他低声说，“杜先生，伊指名道姓地说来找胡先生的，绝对是外头来的。我没有叫女人给他，我发誓。”

“去你的。”我说。

“是是。”他说。

“他对你说：人活着干吗……不是，他对你说：人为什么……他是怎么说的？”

“是这样。”他又努力地坐直了身子。他确是个胆小的良民。他说：“但那女的确实是自己来找他的。”

“好。你少唠叨。懂得罢？”我说，“我晓得你是好人，我怎么不晓得？你老大种田，你弟弟上城里做工。安分守己，很好。我怎么不晓得。”

“是是。”他低声说。

“下次不要替客人叫女人就好了。我来了结那死人的案，我问你什么，你尽管说。你说，他怎么说的？”

刘瑞昌俯着上半身听着，连连点着头。

“是这样，”他谦逊地说，“那时候，他说你这儿生意好罢。我回头看见他睡在床上，背对着我。我说小乡下，怎么会好。哦，他说：那你怎么办？那我怎么办，我说：还不是这样一天过一天。他说：一天过一天，我都过得心慌了。我心里好笑，就笑了。他翻过身来看我，那样子也没什么特别，只是他的两道眉毛好浓，对罢？”

“嗯。”我说。

“我跟他说：你年轻有为，赚的是大钱，没有事到处旅行旅行，日子还不好过？他笑了起来，就是那么淡淡地笑着。他叹气说：哎，年轻有为，可是忽然找不到路走了。他又淡淡地笑。”

“他说找不到什么了？”我说。

“他说，他找不到路走了。他笑着这样说，笑得叫人好放心，你不知道。然后他忽然坐起来，交架着他那两条瘦长的腿。他说：你们这里的床一定有臭虫。我说：笑话笑话，尤其你这张床是新的。他又淡淡地笑，用左手摸着沙发床。他说：其实有没有臭虫，都没关系。他开始用右手在他背上抓痒，把宽阔的胸脯挺起来，像一只鸽子。”

他说着，把他自己的窄小的胸也挺了出来，因此在胸前的口袋里摸出长方形的金马牌香烟盒儿。这样，他看起来又瘦又小，而且滑稽得有点讨厌。我说：

“那句话他是怎么说的？……人活着……怎么说的？”

“他是这样说的，”刘瑞昌说，“他说有没有臭虫都没关系。——你听我从头说，你就知道啊，谁会晓得他是寻死来的人？”

现在我开始有些心烦起来。他讲话就是这样没有要点。此外，我真想抽支烟，却不幸自己忘了带在身上。我无奈地说：

"嗯嗯。"

现在他又佝偻着他的身子深深地坐进他的椅子里。窗外的阳光辐射在他右侧的身上，叫他看来又戒惧又灰暗。

"有没有臭虫都没关系，他说。他就是那么样一会儿用右手一会儿用左手去抓背上的痒。"他喁喁地说了，"有关系的是，他说，昨天我还在拼命赶路，今天你却一下子看不见前面的东西，仿佛谁用橡皮什么的把一切都给抹掉了。他还是淡淡地笑，笑得你一点都不担心，一点儿都不。杜先生，这是真的。我这人什么都没用。但察言观色，我是会一点的。"

现在我真想抽支烟。刘瑞昌这个傻瓜蛋还说他会察言观色。我笑了起来。刘瑞昌用他那种单薄的、发愁的声音继续说：

"他就是那么淡淡地笑。——哈哈——这样子。他现在不去抓背上的痒了。他走到那扇窗前，默默地站着。我晓得他在看那座水泥桥。桥的两头都有灯，他说。我说这头的灯早坏了，不亮。那头的，一到入夜，就照得通亮通亮。"

我开始佯作在口袋里摸烟的样子。但是刘瑞昌却自顾自说着：

"他举起两只手攀着窗棂。他是个很高大的家伙，对不对？"

"对。"我乏力地说。

现在他看见我摸口袋找烟抽的样子。他递给我一支，又为我点上火。

"真高大，一看就是北方人的身架。他的身份证上说他在一个洋行里当经理。年轻。你瞧，谁都算不出他是寻死来的。”

“总是有原因的。”我因为香烟的缘故一下子舒畅起来了。我说：“为事业，为爱情，为金钱，总得有一样。你还是说他那句话怎么说的罢。”

“你看罢。”他说，“他就站在窗边儿，高举着两手攀住窗棂……”

“你昨天告诉我他说了句什么话。”我恼火起来了。我说：“你先说他怎么讲的。我们总得找出一点他寻死的动机对不对？”

“是是。”他说，“他站在窗边，他说了：人活着，真绝。他说的。”

“人活着，真绝？”我说。

“人活着真绝。他说的。”

“你昨天不是这么说的。”

“我还能怎么说？”

他说。这个灰暗的胆小的家伙生气起来了。

“我还能怎么说？”他悒悒地说，“我谈起这些，使我觉得仿佛他还活着。他太不应该，为什么找到我这地方来寻死？”

刘瑞昌显然激动起来了。他一定被这种事给吓坏了，我想。

“好罢。”我乏力地说，“人活着真绝——怎么个绝法儿。”

“是呀，怎么个绝法？我问他。他说：那个桥两头点着灯。

我说只有那头的灯亮，这边的坏了。它看来太像我记得的一座，只是没有两头点灯，也这样地弓着桥背，像猫一样。他说。他在茶几上拿起一包烟，给我一支。好漂亮的盒子。是美国烟，我真乐呵。他闷闷地抽了一阵。那时我才十八岁，他说。他又那么淡淡地笑起来。大伙儿连日连夜横走了三个省份，他说，有个晚上，没月亮，却是满天星星，像撒了一地黄豆。前头说：今晚大家可以睡睡；一伙儿便一个个躺下来。我于是在星光下看见一座桥，像它那样弓着桥背；那时候有个十四岁的小男孩一路跟着我，我对他说咱们到桥下睡，夜里也少些露水；他说好。但他两脚一软，就瘫在地上；我拉拉他，才知道他死了。说到这里，他又笑了，就是那样。他说：当天大家全睡了，只有我一个人终夜没睡，我一直看那座桥的影子，它只是静静地弓着。他说。”

我开始感觉到我只是在跟刘瑞昌这个傻瓜浪费时间罢了。

“这件案子是我第一件差事，”我郑重地说，“我得做好它。这是很重要的……”

“哦哦。”他说，“所以我愿意详细向您报告呀！他说第二天去瞧瞧那座桥。我一出了他的房间，他就熄灯睡觉了。”

“那么算了。”我困惑地说，“可是我仍然记得你告诉我他说了一句什么话。”

“第二天大早他就出去了。我看见他朝着水渠的小桥走去。那天他直到夜晚才回来。”他说。他站了起来，打开窗子。

天气开始有些燠热起来。在窗边的日光中，他看起来极其憔悴。他为自己点了一支烟，他的手指好猥琐地发抖着。

“杜先生，”他说，“第二天他回到旅社来，说他在小学运动场上打了半天的球。”他还是那么无表情地笑，“你一点也不会担心他，杜先生。”

刘瑞昌望着窗外。不十分干净的云朵儿均匀地拓满了整个天空。我忽而想起家里的女人早上买了一条两个手掌宽的白鲳鱼。伊会在鱼的身上摆上两片斜切的殷红色的辣椒，端在饭桌上。

“杜先生，”他依然看着窗外。他说：“杜先生，然后他向我要水洗澡。他打了半天的球了。我对他说你就是喜欢运动，怪不得你身体棒。他笑笑，就是那样。然后他说：人为什么能一天天过，却明明不知道活着干吗？”

“就是这句话！”我大声说，“人为什么……你说说看：人为什么——”

刘瑞昌这个少老板猛地吃了一惊。他慎慎地说：

“人为什么能一天天过，却不晓得干吗活着。大概是这样。”他说。

“……人为什么能一天天过……”我沉吟着说。

“大概是这样。”他说。

我开始很困乏起来。胡心保那个死了的漂亮的男人，原来大约并没有什么太大的道理罢。我想起他的似乎有些羞耻的死尸的表情，想起厚厚的紧闭着的他的眼睑来。很伟岸的一个身体，一点儿也没有饥饿、败落、憔悴的意思的形貌。然而这却是我的第一件差事。

“现在，”我说，“现在告诉我第三天的情形。你说他去理了发。对罢？”

“对的。”他忧悒地说，“第三天一大早就下雨。你记得。”

“嗯。”

“一大早就下着雨。他醒来的时候，到柜台来取报纸。那时已快十一点了。早上下过雨啦？他状似愉快地说。然后他站在台边翻报纸。我请他在椅子上坐着看，他笑着说不必了。他潦潦草草地就翻完了报纸。——报纸没什么看的，你晓得，总是说美国的飞机去轰炸的事，每天每天——。他把报纸还给我。好久没这么熟睡过了，他说，摸摸他的长满了胡楂楂的下巴。下午出去看看你们的街——‘你们的街’，他说。我问起昨天他去看那座水泥桥的事。那时我才十八岁，他落寞地说，啧啧！他说，才十八岁。你现在也年轻呀，我说，气色好，身体棒。他朝我那么淡淡地笑了一下。又过了一个十八岁，他说，想起一些过往的事，真叫人开心。”

“真叫人开心？”我说。

“他说的：真叫人开心。”刘瑞昌慢吞吞地摇着他的小小的、发暗的头。

“杜先生，”他说，“他就是那样。你一点都不会去担心他。

你该为我美言美言。谁也料不到他。他那么处心积虑地寻死来的，你便什么办法儿也没有，杜先生。”

“嗯。”我说，“然后他去理了发。”

“是是。”他说，“他漱洗，吃午饭，然后出去。约莫八点钟的时候，有个女人来。有没有一个胡心保先生住你们这儿？伊说。我说有哇。我是他朋友，女的说。我说，哦，可是他现在不在，出去了。我去他房里休息，女的说。她看我不放心，笑着说，你把我反锁起来不就得了？我也笑了，就让女的进去。他回来的时候，我看见他新理的头。我说你理发了，他没作声，只抓抓他的新头。我说有一位小姐在房间里等着他，他便匆匆地走了进去。”

就是这样，我想。然后那天晚上他就死了。

“女人是夜里三点多钟走的。我还爬起来开门。他送到门口。我朝他笑，他也笑，笑得有些羞涩。你看罢，杜先生。”

“然后他就死了。”我说着，站了起来。

“杜先生你要为我美言美言。”他懊丧地说，“你得为我美言美言，杜先生。他用过的一床被，他的房钱，我都损失定了。”

我在卷宗里拿出一个信封袋给他。

“他留给你的房钱，”我说，“他留下的。”

他怔怔地望着信封袋。上面写着“佳宾旅社”，封口是开着的。我开始很惦念着一定有一条两个手掌宽的白鲳鱼的午餐了。

“这事不干你，老板。”我说，“我不是说了吗？在旅馆里分了尸，杀了人，爆了手榴弹……都不影响生意的。”

刘瑞昌怔怔地站着。我戴上帽子。夏季的新帽下半个月就要发了。

“他仿佛就还待在那房间里。”他低声说，“人本来就是赖着过日，死赖着。”

“这是他说的吗？”我说。

他瞠着灰暗的眼睛，望着我。他说：

“是我说的，”他憨憨地笑皱了他的灰暗的小脸，“我已赖了半辈子了。好死不如赖活。”

“好死不如赖活。”我说。我有一种下了班的愉快的感觉。刘瑞昌数着钞票。他不住地低声说：

“好死不如赖活……”

于是我便走了。刘瑞昌在后面一点也不热心、念咒似的说要我吃了午饭走，等等。天气依旧闷热得不堪，所以肚子就分外地饿起来了。

2

那个小学的体育老师叫储亦龙，四十二岁，北方人。

下午三点钟的时候，我挂了个电话到学校去。

"……这是我的第一件差事，"我在电话里说，"您是安全方面的老先进，我要向您好好学习。"

他的遥远的声音呵呵地笑了起来。"别客气，别客气，"他说，"那我就在这边候驾啦。"

储亦龙先生坐在体育室里等我。他长得精壮，却并不高大。我敬他香烟，他替我倒茶。外边的教室传来朗朗的读书声。

"那天早上我在操场上打球。"他说，望着窗外。窗外就是半旧的篮球场。一个矮小的女老师带一群低年级的学生懒洋洋地做体操。他们左右地晃着小手，仿佛想甩去一身黏黏的阳光。

"我看见他从后面稻田里走来。然后他就站在那儿，那一排矮篱笆外面。"他说，"然后他从后门走进来，站在球场旁边的树底下。"

球场旁边有一棵苦苓树，瘦楞楞地站着。

"我们谁也没找谁讲话。我打我的，他看他的。"他说，"我投了个好球，他就笑。呃，我心里说，这个人也懂得打球。你找哪一位呀？我边打边说。散散步，他说，我打桥那边儿来的。"

"那座桥两头儿有灯，一边的灯坏了，一边的还亮。"我说。

"对了。"他说，"我说：下来打两个球罢。早就不打了，他说。然而他已经脱下外衣，走下场子里。我传给他一个球，他一接，一个反身上篮。球没进。可是啊，同志，那个姿势真漂亮，真漂亮。”

我一向是个体育的劣等生。然而我却赞叹地说：

“哦哦。”

“我们俩就在场子上斗起牛来了。”他说，然后他把声音压得低低的，“我老实告诉你罢，同志。他球打得真是不错。我们一直玩到人家要在场子上上课。他要走，我没让他走。我请他到福利社吃冰。然后我们就在这里坐，像现在这样。不过我坐你那儿，他坐我这边。”

然后他笑起来。他的黝黑的脸分不清是因为油光或汗水而发亮着。所有弄体育的都是这副模样儿。窗外边的矮篱上，牵牛花儿开着，到处缀着红的、紫的小铜铃般的花朵。

“这我们就聊起来啦。”他说，“我跟他说：你的球打得真好。他笑了，似乎有些羞涩的样子。早就不打了，他说，打打球，真好。我走过去打开电风扇，让它在我们之间来回地吹。打打球，最解闷了，我说。”

“是的。”我附和说，“最解闷儿不过了。”

“一上球场，你什么都给忘了。”他怡然地说，“两年前我儿子死了，我才又猛打起来。”

“噢。”我敬畏地说。

“老实告诉你罢，同志。”他迫切地说，“我那个儿子，真好。我今天老实告诉你：他真是好孩子。”

“是的是的。”我忧悒地说。

“书念得好，规规矩矩，又知道轻重。”他说着，却一点儿也看不见怆然的颜色。他接着说：“想想我在他那个年纪，哼！不知享了多少福。我今天老实告诉你：我二十岁当了乡长，二十岁。出门的时候骑着白马，前后都跟着兵；前面一个班，后面一个班。这不是吹牛的，同志啊。”

“是的。”我谦逊地说。

“要什么有什么。”他笑起来，“要什么有什么。后来我到上海来读书，才玩上体育。开始我是玩足球的。全中国的球队比赛。真够味。”

“是的。”我笑着地说。

“还有，——你去翻翻当时的旧报纸罢。”他说，“那时全上海比赛跳舞。我是探戈的第一名。”

他呵呵地笑起来。然后他说：

“可是我那儿子呢？带他来的时候，他只三岁。然后他跟我过了一小辈子苦哈哈的日子。风水流转，我的日子早过去了。两年前他被车子给撞死了。我心头真闷，就打起球来。一上球场，你把什么都给忘了。”

他为我筛上茶。我又敬他一支烟。我说：

“您请节哀罢。”

“噢，没什么。”他说，两只手互相搓抚着两支黄铜色的胳臂，“我没有为儿子淌过一滴泪水。”他微笑说：“你猜他怎么样说？”

我捉摸了半天，说：

“谁怎么说？”

“就是那个人。我也同他谈起我那儿子。你猜他怎么说？他说：活着也未必比死了好过，死了也未必比活着幸福。这话我很受用。我在想：我没有为我那儿子淌过一滴眼泪，大概也就是一直这么想的罢。”

“过去了的事，”我说，“少去想它罢。”

“他跟你不一样。”他又呵呵地笑起来了，“他怎么说的，你猜猜。他说，想起过去的事，真叫人开心。”

“噢。”我说。

“你不晓得的，同志。”他喝了一口茶，小心不去喝那么些漂浮的茶叶，他说：“你不晓得。你还年轻，太年轻了。”

“是的。”我抓着头皮说。

“我今天老实告诉你罢。”他慎重地说，“今天，我们都不能提啦。我不说我自己，说他好了。他告诉我他家开的是钱庄。早上从前门进他家，等到你从后门摸出来，太阳已经落啦。你信吗？——我是信的。”

他眈眈地注视着我，轻轻地点着头。我连忙说：

“我也信。”

“后来他同他的同学，整个学校往南边跑。他告诉我的。他家三代就只传他那么一个男丁。十多岁了还被抱在膝上喂饭吃。他说的。但老子临走的时候，在腰带上为他串了沉甸甸的金子，他说的。还有一条上好的蒙古毯子。可是他们沿路赶程，也就沿路摔东西。有一天晚上，他把腰带松下来，往河里一抽，一串黄澄澄的金子就沉到河底去了。——这都是真的。”

“嗷嗷。”我惋惜地说。

“然后他告诉我怎么打起球来的。”他说，“他到台湾来了，一伙儿等着编队。那时候环境不好，他说，差不多每天都有同学病倒的，死掉的。我在广州的时候，他说，亲戚给了我几个银元。一半买了香蕉吃掉，另外的就是买球玩。没日没夜地打，他说，这样，也便忘了想升学的念头，也把这条命给打出了死亡。他边说边笑。想起这些过去的事，真开心，我们说。”

储亦龙先生把烟屁股往窗外丢。窗外还是滞滞的云，欲雨不雨的样子。球场边的苦苓树，孤独地在空漠中做徒然的伸展的姿势。

“他跟我说：你那儿子，苦虽然苦，也有你这老子给背着，安安稳稳地读了几年好书。这话是对的。那时我想：储家总算出了一个像样的子孙。我荒唐了半生，这下半生做牛做马都要供这个儿子爱读什么书读什么书，爱上哪里去哪里。——说起我的荒唐，是说不完的。”他又复呵呵地笑起来了。他接着说：“一半是环境，一半是时代。这也是他说的。风水流转，他说，所以你享受的，就轮不着你儿子。——也轮不到我。他说。那时我才是个出十九岁的小伙子，他说，心里不住地盘算：家人宝宝贝贝地送我出来，我又历尽浩劫而不死，莫非有什么意义罢。他说。然后小伙子拼命地读书、拼命地参加各种考试。然而又怎样呢？他说：我于今也小有地位，也结了婚，也养了个女儿。然而又怎样呢？他说着，便恁意地恶笑起来。”

“这个人有点死心眼是不是？”我说。

他有一丝丝嫌恶地看了我一眼，旋即一个人微笑起来，使我心悸。

“也许是罢。”他说，“他说于今他忽然不晓得怎么过来的，又将怎么过下去。这好有一比，他对我说，好比你在航海，已非一日。但是忽然间罗盘停了，航路地图模糊了，电讯断绝了，海风也不吹了。他说得真绝，是不是？”

“嗯，真绝。”我困惑地说。

“我曾经一心为我那儿子努力地生活过，我跟你说实在话。至于这以前，那段享福的日子，我是从来不问这些的。我曾专心一志地对付那些共产党。我今天跟你说实在话。我混在他们里面，跟他们面对面，肩膀挨肩膀。对于共产党，我是不很客气的。”他说着，两只炯然的眼在他的黝黑的脸孔上闪烁着。他说：

“大凡逮到共产党，就是活埋。——我今天跟你说很实在的话，同志。我曾专心一意地同他们作对。有意思呵，我告诉你。在我手下埋掉的，大约不下于六百七百罢。”

他于是变得很跃跃然起来了，令人想见当年凌厉干练的气魄。

“功在国族，真是功在国族。”我肃然地轻喟着说。

“都是当年的旧事了。”他怅然地说，“我儿子落土的时候，叫我没头没脑地想起了那些土匪。我对我自己说，我这半生，什么事也不问啦。然而，同志，你请注意：我同他是截然不同的。儿子落土那天，我发愿不再凌虐自己了。三餐有的吃，睡有个铺儿，我便不再指望什么了。我是怎么也不凌虐自己的。像他那样。”

“他太死心眼了。”我批评地说。他迅速地瞅了我一眼。在他的眼色中，似乎有一种无法了解的不屑，使我不安。然而他宽恕似的又笑了起来。

“死心眼，不错的。”他说，“然而他于今死了，又如何呢？昨天早晨，我听说他死了，使我沉思了半天。我很实在地告诉你罢，同志，他的心情，我是全了解的。我告诉他我那儿子。我一直为那儿子快快乐乐地过日子；为他弄钱，为他自己穿旧的。他一边听，一边在场子上蹦蹦地拍着球儿。然后他聚精会神地瞄准了篮圈儿，一个长投，‘唰！’进了。球从篮圈里坠下，在地上蹦蹦地跳。他瞧着篮球架，说：我有老婆，也有两个小孩。我一回到家，大女孩总是抱着我的右腿。他边说着边看自己的右腿。可是怎样呢？他说，尽管妻儿的笑语盈耳，我的心却肃静得很，只听见过去的人和事物，在里边儿哗哗地流着。他说。”

“这真糟，”我说，“倘若一个人只是刻意地追索一件事，久了，他一定会疯掉的。——是人家心理学上这样说的。”

“然而我就不是这样的。”他说，“我那儿子死了以后——唉唉，你真不晓得他，争气，要好，规矩。有哪一点像我咧？我那儿子死了以后，我只想着一样事：现在，我对自己说，为我这个儿子，我忘了过去的气派，忘了过去的女人：一个在青岛，一个在上海。我统统忘了，只剩下我那儿子。然后，他死了，我什么也没有，是不是？我什么也不剩了。”

“什么都不剩了吗？”

“什么也不剩了。”他说。然后他呷了一口茶，细心地咽了下去。他说：“然而我不是这样的。我就是不去凌虐自己，像他那样。我也不希望你像我这样，他对我说。我在篮底下上篮，球总是不进。他就站在那儿，把两个胳臂抱在胸前。他说，就算我们都从今天开始数日子挨，我得比你挨长一段，他说着，很和善地笑起来了。聊闲天儿，请你不要介意。他说：我怎么会介意。我今天很老实地告诉你，同志。从我当小伙子，我就喜欢要猛斗狠那一套、吃喝玩乐那一套。所以一旦走绝了，就认了。你说他死心眼，或者不错的。为什么？因为他的路走绝了，尚且并不甘心。然而我是不会去凌虐自己的，像他那样。”

“人就是不能死心眼，对罢？”我说。

“对的。”他肃穆地说，“然而有些事是你不了解的。在我们，经历了多少变化过来的，你不知道。一些人离散了，产业地契一夜里头变成废纸。风水流转，我说过，像黑夜里放的烟花，怎么热闹，终归是一团漆黑。所以，路走绝了，就得认。而倘若还不认，还死心眼，就得跟他一样。你说对罢？同志。”

我不甚了然地说：

“对的，对的。”

“可是你呢？”他说，地盯着我瞧，“你呢？”

“我吗？”我惶惶地说，几乎为之色变了。

“你不一样的。”他宽容地说，“完全不一样的。你今年多大年纪？”

“二十五岁。”

“二十五岁。”他说。我抑止不住一种羞恶的感觉。我说：

“是的。”

“二十五岁，”他说，“换句话说：二十五个年头里，你在这里长大，安安稳稳，没兵没灾的。你的亲戚朋友都在这里或者那里……你就是这样当然地过日子，好像一棵树长着，它当然就长着。”

“像一棵树吗？”

他于是又呵呵地笑了。他说：

“这是他说的。那时候，我们不打球了，他走过去取下挂在那棵苦苓树上的衣服。他跟我说，倘若人能够像一棵树那样，就好了。我说，怎么呢？树从发芽的时候便长在泥土里，往下扎根，往上抽芽。它就当然而然地长着了。有谁会比一棵树快乐呢？”

“我想他算是个哲学家罢？”

“大概是罢。”他有些踌躇地说，“然而我们呢？他说：我们就像被剪除的树枝，躺在地上。或者由于体内的水分未干，或者因为露水的缘故，也许还会若无其事地怒张着枝叶罢。然而北风一吹，太阳一照，终于都要枯萎的。他说的。”

我没说话，却一直在捉摸着我是不是一棵树的这么一个有哲学意义的问题。校园里的钟声，不晓得是第几次叮叮当当地响了起来。

“大凡路走绝了，就得认了。这样，或许还有路走，也或许原就没有路了。”他说，“然而倘若还不认了，就会像他那样。就是那么样。”

我开始收拾卷宗。我说：

“是的。”

“所以，”他说，“同志，这个案子，在我看来，是极其简单的。像他那样的事，我看得太多了。”

“谢谢您，同志。”我说，谦虚地握住他的修长的、多骨节的手。我说：“你使我增长了许多见识，真的。”

他的手握得极重，可以想见他曾是一个多么干练勇毅的战士。他呵呵地笑起来。

“这是哪里话，”他说，“一切全过去了。你英年有为，往后的，全看你们了。”

我在他的似乎有些嘲笑的眼色里，止不住微微地战栗起来。他说没事可以常来闲聊天儿，我则说一定一定，便辞了出来。

傍晚的时分了。天空依然是滞重的、普遍的云。然而水田里青翠的水稻，在温热的晚风中栉比地舞着。我抬头远望的时候，看见在机场后面的两个乳房似的小山岗，在傍晚的烟霭中画着十分温柔的曲线。妻在仰卧的时候的乳房就是那样，看来丰沃而且多产。有一棵树俏皮地长在那个该是乳头的地方，便使我一个人很是开心地笑了起来。那种开心，便仿佛听了一支淫荡的笑话似的。但是在次一个片刻里，我忽然开始毫无结论地想起人是不是像一棵树那样活着的问题来了。

3

两天来，上级协调了各个有关单位，陆陆续续地寄来关于神秘的林碧珍的初步资料。第四天，上面的电话来了，为我安排好一个会晤的地点。

“……你说过：这是你的第一件差事。”上级在电话里的老远的那边说。

“是的是的。”

“这个女的，很大方，他×的。”他忽然笑了起来，似乎为了掩饰无意间在下级前面说溜了的那句咒语而笑得很不真实。

“是的是的。”

“要表现出你的风度，你的修养，你的才干呵！”

“是的是的。”

在北上的火车上，我反反复复地翻阅那些资料：

林碧珍，二十五岁，大学毕业，丹洛普台湾化学公司化验员。未婚。

车子辘辘地飞驰着。浴着秋的太阳的田野，仿佛在以某一个不能看见的地方作中心，在窗外慢慢地旋转。我抽着香烟，忽然因为我要同一个大学毕了业的女子晤谈，而重又感到由于自己始终没有考取过大学的——差不多已经陌生了的——悲哀。那时候，自己真是用功得不得了的。故乡的太阳又大又毒。但屋后的芒果树下却有一股飕飕不绝的风，自己便整天在那儿哇啦哇啦地背诵英语单字。

约谈的地方，是一个叫作“火奴鲁鲁”的洋吃茶店。在二层楼上，可以从晶亮的落地窗看见马路上熙攘得令人不可思议的街道。几株室内植物这里那里地站在植盆上，和浅褐色的窗帘相映成一种令人只想喝茶谈天的气氛。因为是中午时分罢，整个室内只有我这么一个客人。柜台的女孩聚精会神地读着一本厚厚的小说。一个男孩子为我端上咖啡的时候，一支音乐便开始慵懒地在室内流动起来。

第一次喝咖啡，是结婚以后的事。妻的朋友送了两罐咖啡精，因为据说它能提人精神，每天早上上班前便总要装在一只妻作为嫁妆带来的十分精致的东洋杯子里，喝上那么一碗，也免得同事们说我婚后便精神萎靡啦等等——好像他们取笑过早我半年前结了婚的老李那样。然则不料一喝就喜欢起来，所以不到一个月，就把两罐褐色的粉末给泡着喝光了。喝光了以后，由于乡下没地方去买，便也一直都不喝了。

这样地想着的时候，便听见有人上楼的声音。回头一看，是这里的耿组长带着一个小姐上来了。我站了起来。

“你到得早。”耿组长笑着说。

我顿时因为耿组长之穿着一身整齐的制服而难过起来；这样，岂不是太像在押解一个人犯的么？然而这位当然是林碧珍的女子却一点儿也没有为难的样子。

“这位是杜同志。”耿组长说。

“你好——要麻烦你了。”我说。

伊微笑着，以几乎令人察觉不到的样子点了点头。“你们谈谈。”耿组长说，便走了。

我们差不多在同时坐了下来。音乐依然流动着。伊从手提包里取出一包深蓝色的香烟，衔在伊的梭形的唇上。我为伊点上火。

“抽烟？”伊说。

“刚刚丢掉。”

我微笑着说。我们沉默地听着音乐，它像一只纸折的飞机般漫然地飞翔在室内。伊说：“第二天下了班，我才晓得他竟死了。”

“你收到他的信吗？”

伊摇摇头。伊的头发带着些微的赤褐色，光滑地披在伊的肩上。小男孩为伊端来咖啡。伊的脸色也是一种立着的梭形，即便是背着光，也可以看到伊的白皙的皮肤。

“我就住在他的隔壁——我们只隔着一个天井。但我们却住在两栋不同的公寓里。他们家住四楼，我住三楼。”

伊开始利落地加方糖块，我这才晓得那一小瓷杯牛奶是供人加进咖啡里的。

“我们还不认识的时候，常常在天井看见他早晨盥洗的样子。他聚精会神地刮胡子；他刷牙的时候总是弄得满嘴都是白泡泡。”

伊叮叮当当地用小银匙摇着杯子。伊一个人在回忆里笑起来，仿佛一点儿也无视于我的存在那么样。伊的那一双要是双眼皮就会很好看的眼睛，温柔地注视着杯子里的乳褐色的小小的漩涡。

“那天早晨，因为是我的例假，便一个人懒在床上。”伊说，“恍惚间听见天井那边有嘤嘤的哭声。我一下子便认出是小华华的声音了。他一向最钟爱这个大女儿。”

伊的抽着烟的手短而丰腴，令我想起故乡屋前老池塘里钓上来的鲫鱼。那鲫鱼是黑色的，但伊的手却白得像油菜梗。

“我披上晨衣，冲到天井去。小华华在他从来漱洗的地方呜呜地哭着。五楼的人望下看，三楼、二楼的人望上看，一个送牛奶的胖女人扶着脚踏车在天井底下把整个儿脸都往上翘着。三个警察走了出去。他们都沉默着，只有小华华一个人在哭。”

我迅速地摸出我的香烟，点了火。原是恐怕伊会坚持我抽伊的香烟的。然而伊却似乎没有那样的意思。我把胡心保留下的一个小封袋交给伊，伊看着封袋上的字，小心地不去撕坏它。

“我在想你们何以会那么迅速地找到我。这上面有我的住址。”

伊笑了起来。伊的梭形的唇里面，有一排稍微参差的细细的牙齿。三枚连串的钥匙从封袋的开口锵然滑落。这使伊的笑脸慢慢地敛收起来。伊抚摸着那些钥匙，至于有些凄然的样子。我说：

“你离开他以后，就在那个晚上，他死了。”

伊在纸袋里寻找着别的什么，却什么也没有找到。伊把那三枚钥匙玩弄似的推到桌子的中央。它们安静地躺卧在那里，发着恹恹的光亮。

“所以，”我说，“你能不能告诉我们，他为什么……，比方说罢，是不是有什么迹象。”

“我们是情人。”伊重又点上伊的一根又长又白的香烟，猛烈地吸着，至于伊的看来有些浑浊的珍珠项圈微微地蠕动起来。

“你当然知道他已经有了妻儿。”我细声说。

“我当然晓得。”

伊忽然沉默起来。不晓得在什么时候，音乐早已停了。伊嚅嚅地说：“我当然晓得。”伊轻轻地呷了一口咖啡，还没放下来，便若有所思地又啜了一口。伊说了：

“他的妻子真好看。我和他一起玩了以后，我还常常看见他带着一家人郊游归来的样子。他们看来那么快乐，却一点都不令人嫉妒。——然而，我对于他，真是一无所知啊。”

伊似乎有些激动起来。“这样不是很好吗？他说。我甚至不晓得他的名字。我为他起了一个名字，Jason，一个希腊神话里的航海人。他好喜欢那个名字，因为他喜欢那航海人的故事。我们都不想多晓得对方的事。这样不是很好吗？他说。”

伊似乎有些哽咽了罢。伊低着头说："你知道，他不是会倾诉的那种男人。那天，他挂了一个长途电话给我，我正在做一项顶重要的化验工作。Mr.Abenstein 从来不准在我们工作的时候接电话。我不晓得是他打来的。而况我们刚说好了要分手的。"伊寂寞地笑了起来。

"那就是说，"我迅速地问，"你们有了争吵？"

伊的脸和微红的头发徐徐地摇着伊的否定的意思。

"他只是说要分开。但我并不太发愁。因为这已经不是第一次了。他总是过不多久就回来。他总是默默地回到我的身边；我学会了不去问他，恁他要着我。这使我觉得仿佛是他从来就不曾离开过。他只不过从一个短暂的旅行里回来罢了，他回来，看起来那么疲倦。但他却总是那么热情。"

"林小姐。"我困难地说，"我们觉得，总该有个理由罢。"

"理由吗？"伊说，"我爱他，杜先生。我疯狂地爱着他。然而他什么也没告诉我。昨天我整天都在想：我爱上了一个航海人；你不晓得他是从哪里来的。只有他在这儿停泊的时候他才来。他来了，因为他要你。你被他要着，你便没心思去想别的了。他正就是那个航海人。"

我叹了一口气。我一下子不晓得该如何继续这种询问了。然而我依旧耐心地说：

"我的意思是：他说要分开，总该有个理由，是不是？"

伊沉默起来。没多久，另外一支音乐就偷偷地响起来了。

一个秃着头的男人戴着墨镜，在角落的台子上喝着一大杯橘子水，专心地读着报纸。

“他说我们的情况是一种欺罔的关系。”伊说。

“他爱他的妻女——是不是这个意思？”

伊努力地摇了摇头。

“并不是这个意思。他爱他的妻女，是的罢——应该说是的。他照顾他的家庭，像一个好园丁看顾他的果树园。他常常把小华华举得高高的，大声地笑着，两栋公寓的人都能听见他。”

“那么，我便不明白。”

“他说，他原想能因为他使我快乐，”伊困难地说着，“——使我活着，而盼望他自己也能找到快乐——使他活着的理由。”伊无奈地笑了，仿佛对于自己的话很不满意的样子。然而伊继续说：“但后来他说这是不行的。因为这是一种欺骗。”

我又开始点上我的香烟。“试试这个。”伊说，把伊的深蓝色的烟盒摆在我的跟前来。“一样的。”我说。伊开始又去抚弄那一堆安静地躺卧在桌子中央的冷冷的钥匙。

“你还是不明白的罢？”伊说着，友善地笑了起来。

“不明白。”

伊忽然那么笔直地望着我。过了一会，伊说：“他是第一个使我满足的男人。”

我们沉默地抽着各自的香烟。伊把火柴夸张地摇动着，然后丢进烟灰碟子里。也许只是为了帮助伊的叙述的缘故罢；但是，伊仍然不能不说是个抽烟很多的女子。

“也许你晓得我是谁家的女儿。”伊衔着香烟的梭形的唇微笑着。提起她的家族，只要联想到我们日常用着的最著名的牙膏和内衣都是伊家的产业，就可以想到伊的豪富罢。报纸上时常登载着伊的父亲的消息，而且往往都称他为“本省企业界巨子”之类的。“我们都晓得。”我说。

“我的父亲声称他有多么爱恋着我那早已逝去的母亲。他每次都在忌日里为伊恸哭——至今也是这样的。”音乐顿时变得十分热闹了。伊于是只去抽着伊的香烟。伊的擎着香烟的手，看起来真像故乡的又短又肥的鲫鱼。你将它从水面钓上来的时候，它便在草地上直直地躺着，一点儿也不跳跃。

“高中二那年，父亲从日本带回来一个女人，还有两个幼小的孩子。”伊幽幽地说，“我立刻搬出家门，一直都是一个人住着。我因此变坏了。”

伊调侃也似的笑起来。现在我才看出那个秃着头戴墨眼镜的男人是坐着睡着了。我原以为他一直都在听着我们的谈话，正奇异着何以他竟有那么好的听力。他的头，在一定的间隔中微微地向左边急速地颓落，然后又急速地摆直了。

“然而，他却是第一个使我满足的男人。”伊说，“你使我活起来了！我对他说。”伊的背着光线的脸，约略地在一瞬间红了起来：“那时候，他忽然沉默地望着我。我使你活起来，是真的吗？他说。我说：我的父母生了我，而你却活了我。然后他欢喜地笑起来。——我从来没有看过一个男人笑得这么欢悦。现在，他说：现在我为了使你活着而活着。这是个挺好的理由，他说的。”

这个时候，音乐突然停住了。麦克风开始嗡嗡地响了起来。故乡的邻镇，就是一个海滨。记得小的时候在海滨上，把贝壳贴在耳朵里，便听见这样嗡嗡的声音。太阳最大的季节，整个沙滩都是亮晃晃的白沙。然而武装的兵，却永远向着海，毫不疲倦地孤独地站着。

“来宾白先生电话。”麦克风重复地说。

戴着墨镜的秃头的男人摇摆着醒来了。他把半杯橘子水滋滋地吸完了。没有人到柜台那边听电话，音乐于是又响了起来。

“从那以后，他专心地过着我们的那种生活。那时候，他差不多专心于那种生活，到了忘我的地步。能使你的生命那么样地飞跃，他说，令我也感染了那种欢悦。然后有一天，他忽然说：Birdie（Mr.Abenstein 管我叫 birdie，他说我看起来像他们澳洲的一种堇色的鸟），我们只不过在欺骗着自己罢了。我们分手罢。他说。你不是说喜欢生命在跃动着的感觉吗？我说，我的父母生了我，你却活了我。不要忘记。我说。我哭了。然而他依然走了。我依旧每天在天井看见他在四楼刮着胡子。他看到我的时候，也照样毫不造作地笑笑。早安，他说，满腮子都是白色的肥皂泡泡。他照样在例假带着他美丽的妻子和小华华出去。他的太太真漂亮。”

“真是难以明白的人，”我说，“真是难以明白的人。”

林碧珍笑起来。现在那个秃了头的、戴着墨镜的人开始离去。落地窗外的街道仿佛有些黑暗，然而那熙攘却加倍了。

“然后他回来了。有时候是一个电话，有时是一封信。Birdie,什么时候我在什么车站等你。那儿离海水浴场很近呢。你穿那件黄色的绉纹裙子来罢，他说。他回来了，然后他又离去。杜先生，他是个不快乐的人。然而他看起来永远那么若无其事——顶多有时候看起来劳顿些罢了。他总是那么温和地笑着。”

小男孩为我们换了两杯咖啡。“我喝不下了。”林碧珍说。现在我首先把小瓷杯里的牛奶倒进冒着烟雾的热咖啡里。香烟抽多了，喝杯热咖啡是十分受用的。我们沉默了一会。

“你说前一天他打了长途电话……”我说。

“嗯嗯。”伊沉吟着说。伊开始为伊的精致的腕表上着弦。“Mr.Abenstein 从来便不准我们在工作中出去接电话。”伊说，“午饭后问接线生，说是并没留下名字。五点钟的时候他又打来了。Birdie,birdie，他说。他的声音似乎很愉快。他告诉我他在什么地方。出差吗？我说。我几乎要哭出来了。那两天我好想念他。不，他说，忽然想旅行罢了。我的眼泪夺眶而下：我的航海人又回来了。Jason, Jason……我喃喃地说。

他似乎讲了什么，但我没听见，我得马上去参加一个会报呢，我大声说：我去看你。然后挂了电话。”

“是的。”我期待地说。

“下了班是连忙赶车到你们那个地方。好在只有那么一家旅社，我很容易便找到了他。那个时候，他并不在。茶房说他出去了。窗子是开着的，可以看见一片稻田；水渠上弓着一座破旧的小石桥。他的房间收拾得好整洁——他一向是个有秩序的人。桌子有一叠信纸。抱月，小华华，信上写着。除此以外，什么也没写上。”

“抱月？”我说，“抱月是谁？”

“他的妻子。”伊说。

“不对的，”我开始翻资料袋，“许香，这里写着。”

“是他的妻子，”伊落寞地笑了起来，“他说的。这以前我是从来不曾知道他的妻子的名字的。许香，是，不错的。抱月则是他为伊取的。”

“哦哦。”我说。

“小时候，曾喜欢着一个年纪相仿佛的，家里的厨娘的女儿，他说：那小女娃真漂亮。他缅怀地笑起来。仿佛记得人家都叫伊‘抱月儿’，也不晓得该怎么写，就按着声音，似乎是这个‘抱月’罢。他说。他因为面貌的酷似而娶了现在的妻子。”

伊重又拿起一支长脚的、雪白的伊的香烟。我为她点上火。“谢谢你。”伊说着，漫漫地吐出一缕青色的烟来。

“他从来没有像那天那样谈论着他的妻子的。伊是个十分柔顺的女人，他说，然而故乡的抱月儿，却是个十分倔强的女孩，说什么也不跟他一起玩，害得伊不时因而遭受伊的母亲的笞打。每次想起何以小抱月儿竟厌恨自己一至于斯，就是到了现在，他说，也很觉得寂寞哩。”伊幽幽地说，“他的妻子真漂亮。”

“人家都这么说的。”

“我从没见过他像那天那么爱恋地讲着他的妻子。伊的娘家，在山坡上拓种着一个柿子园。这又赶巧使他想起故乡的苹果园了：是他说的。伊读书不多，然而即便已经供给了伊相当好的生活，他说，伊还是事无巨细，都是由伊每日辛辛勤勤地料理着的。他说：什么使伊那么样执迷地生活着呢？有时候，他甚至想到伊早已知道了他同我的关系，他说：然而伊仍旧快乐地、强韧地生活着，令人恐惧起来。”

“但是我们并不曾找到你说的这张信笺，”我说，“我们只看见一叠空白的，什么迹痕也没有。”

“是我给撕掉的。”伊低头说，微笑起来。

“哦哦。”

“我嫉妒。”伊说，“我从来没有见过他怀着那么浓浓的怀念谈论着他的妻子的。蔑视一切轻视、冷淡、欺骗而孜孜不懈地生活！他说，这是很可怕的。”

“你们争吵了。”

“我老远赶去看他，不能净听着他讲那些的，是不是？”伊约略有些羞涩地说，“但是你永远同他吵不起来的。他那么温和地笑着。傻瓜，他说。我对他说你不该打这个电话给我——你是个骗子，你一直爱着你的妻子。你双重人格，你懦弱卑怯——我哭了。”

现在他们净拣些轻松的舞曲放。室内的客人一下子多了起来。两个年轻的情侣絮絮不休地谈着，还旁若无人地亲吻着。只有那几棵室内植物们，像标本一般兀自站立着。

“Birdie, birdie,”伊说着，为了抑制伊的激动而沉默起来，“Birdie，他说，你这小傻瓜。我那时真的抑制不住想打电话给你的冲动呀，他说。他的样子好落寞。”

伊在皮包里取出一小方块绿色的手绢，拭掉发光的泪水。伊歉然地笑了。

“然而，那时候，我却不知道是生气呢还是伤心，坚持着要回家。既来了，明天再回去罢，他说。他试图要我，但怎么也不能成功。这使他一下子有些悲愁起来。你一定要回去，就回去也好，他说。我无力地说：把钥匙还我罢。傻瓜，他说：我会的，但不是现在。”

“然后？”

“然后，我便走了，连夜坐了计程车回来的。”

就是这样罢，我想，一个厌世者。就是这样。我把咖啡喝光。"谢谢，"我说，"太打扰你了。"伊笑了笑，说：

"我还以为他依旧会回来的。他只不过是个不快乐的航海人。"伊拾起桌子上的钥匙，丢进皮包里。伊说："他开我的房门的时候，可以一点儿声音也没有。"伊轻轻地吹了惊叹的口哨，然后无可奈何地笑着。

走下"火奴鲁鲁"的楼梯，伊便活泼地跳上一辆计程车。"再见，杜先生。"伊说。车子便倏忽消失在都市的傍晚里了。天气开始有些转凉了，一阵阵忽然而来的晚风，夹着市声和灰尘吹来。我想：这次回去，除了带两罐咖啡，也得带罐牛奶罢。

我花了一个礼拜的时间，作了结案的报告。写着报告的时候，我才深深地体会到尉教官的话：现代的世界，最需要的是一种人生哲学。尉教官一生以弘扬我国固有八德为圣职，奔波呼号，三十余年如一日。老实说，我这个一向被尉教官视为得意门生的，也直到我办了这第一件差事之后，才晓得方今之世，真是人欲横流，恶恶浊浊，令志士仁人疾首痛心。尉教官的先见洞识，何等令人钦佩！

这是一种厌世的自杀事件。只不过是这样。但在这一事件底背后隐藏着多少国难深重、世道毁堕的悲惨事实！因此，我花了五分之三的篇幅从如何导人欲归于正流，实践我国固有八德至理真法，以收世界和平方正之效。关于和平的真谛，我记不清在什么书上曾经读过这样几句话：

天地一切何以致其“和”？必其“性”是相感应，然后其“能”可相和合。依物理学必是异性才能相感引，同性则相拒斥。或见有同性相感引者，必是其同中有异，所感的在其异性之点，而非其同性之点。所谓异性之属类至为繁多，例举其大者，如生物上之一阴一阳；在人事上之一主一从、在数理上之一奇一偶……，凡事物之相对立者，皆属异性之别类。宇宙间大如太阳系，太阳为主为阳，众星球是从是阴，其性属相异故相感引，遂发生太阳系之功能。小如一原子，核子为主为阳，众电子为从为阴，其属性相异故相感引，遂发生其原子之功能。一国家，元首是主是阳，众臣民是从是阴，其属性相异，故发生一国家之功能。又于数理上，一三五七九是奇是阳，二四六八十是从是阴，其属性相异，故发生数学的功能。总之，宇宙之一切能发生相感和之作用，必是感和于其相异之性能而无疑。一个集体中的同异性与别一个集体中的同异性，常起交错复杂的之感和。整个宇宙就是交错复杂成为电磁体系的感和体。

面对这样混浊的人世，能不有所感慨吗？尉教官说过：

作为一个现代的安全官员，应该有哲学、伦理学的修养，是一点也不错的。一个安全官员终日耳目所见，尽是凶淫放侈，如果没有高深坚定的伦理学的功夫，岂不先人堕落于黑暗和罪恶之中吗？

当我写好了报告书的最后一页的时候，夜已深沉了。妻早已在床上睡着了。灯光下，伊的穿着亵衣的睡态，是十分撩人的。闺房的私爱，也正是先贤圣哲所界定的、有别于天下国家之公爱的人类至情真道，世界种族便赖之以延发，一切仁爱、慈孝的至伦便是赖之以定立。我的心遂充满了一种至大的欢喜，至于心为之悸悸起来。

于是我关了灯。

……

初刊于一九六七年四月《文学季刊》第三期

理解陈映真思想与艺术之谜的关键

陈映真小说全集大陆版跋

吕正惠*

以前大陆出版过各种陈映真选集，但从来没有一种把陈映真的全部小说收集在内，大陆读者难以理解陈映真作为一个小说家的完整面目。此次“陈映真小说全集”的出版，让人非常兴奋。全集分为《将军族》《夜行货车》《赵南栋》三册，是陈映真各个时期中短篇小说的完全结集。不过，因为种种历史因素，陈映真的小说并不容易阅读（在海峡两岸都一样），因此下面这篇导言会比较详尽地谈论陈映真的思想渊源，以及这一思想对他小说创作方法及题材的影响，文章不得不写得比较长，请大家谅解。

---

* 本文作者为福建师范大学闽台区域研究中心兼任研究员、台湾人间出版社发行人。

一

毫无疑问，陈映真是二十世纪下半叶台湾最重要的作家，而且，即使从全中国的范围来看，陈映真仍然是这一时期有数的大作家。但很遗憾的是，目前两岸对于这一点都还没有清楚的认识，这是两岸七十多年来特殊的历史环境造成的。随着两岸交流的日愈密切，随着中国独特的发展道路逐渐为世人所认识，陈映真作品的价值将会逐渐大白于世。

其实，自从一九五九年开始发表小说以来，陈映真一直广受台湾读者的欢迎与瞩目。一九六八年他因“匪谍案”被捕以后，文坛不敢公开谈论，仿佛他不再存在。一九七五年出狱，立即成为台湾乡土文学运动的领导人，一九八五年创办了《人间》杂志，他在台湾的声望达到了最高峰。但一九八八年他和一群志同道合的朋友共同筹组“中国统一联盟”、并自任创盟主席以来，他的声望开始坠落。到了今天，台湾不少年轻人甚至连陈映真这个名字都没听过。台湾的两大政党，国民党和民进党，都不想让民众知道，台湾有一位著名作家是支持中国共产党、并大力推动两岸统一的。在他们的有意漠视和积极打压之下，陈映真这个曾经风云一时的人物，仿佛在台湾蒸发了一般。

二十世纪八〇年代末，陈映真成为台湾统派的领导人，并且还公开支持中国共产党，让他三十年来累积起来的大量

"粉丝"深感不解。二〇一六年陈映真去世后，不少人写文章悼念，其中有两篇"典型"地反映了"陈映真迷"的失落感。一篇是曾经在《人间》杂志工作了将近四年的女性写的。她自言直接领受陈映真温暖、宽宏的身教和言教。在她看来，陈映真对人间充满了人道主义的关怀，对他身边的人极其关爱、友善，在人格上简直就是完人。但她根本不能理解陈映真的中国情怀，她不知道陈映真为什么会认同那个"祖国"。另一篇是一位著名的文化人写的，他说，陈映真所写的每一篇小说都让他很感动，但他无法理解，小说写得这么好的陈映真，为什么会在举世都不以为然的情况下坚持他那"无法实现的""堂·吉诃德式的"梦想。一篇讲陈映真的为人，一篇讲陈映真小说的成就，这些都令人崇仰，回想起来让人低徊不已，但无奈的是，陈映真是铁杆到底的、最为坚定的"统左派"。从这里就可以看出陈映真的独特性，许许多多人崇拜他，在他死后这么怀念他，但就是无法理解他这个人——这么好的一个人，这么优秀的一位小说家，怎么会有那种政治立场?

问题的关键很清楚：如果不是陈映真的政治信念出了问题，就是台湾的文化气候长期染上了严重的弱视症，一般人长期处身于其中而不自觉，反而认为陈映真是一个无法理解的人。陈映真从一开始写作时对这一点早就看得很清楚，他是在跟一个庞大的政治体系作战，这种战斗非常漫长，他这一生未必有胜利的机会。但他非常笃定地相信他的政治信念，他愿意为此而长期奋斗。如果他不是在六十九岁的时候因中风而卧病，他就会看到他的理想正在逐步实现。在生命中的最后十年，他不再能感知这个世界，可以说是他一生最大的遗憾。

陈映真跟台湾一般知识分子最大的不同就是，从一开始他就不承认国民党政权在台湾统治的合法性。表面上看起来，这种不承认有一点类似于"台独"派，但本质上却完全不同。陈映真把美国视为邪恶的资本主义帝国主义的代表，而国民党政权正是在这一邪恶的帝国主义的保护之下，才在国共内战失败后幸存下来的。国民党为了自己的一党之私，心甘情愿地作为美国的马前卒，不顾全中国人民的利益，也丝毫不考虑到世界上所有贫困国家的人民的痛苦。如果说，以美国为代表的资本主义是当代世界的"桀纣"，那么国民党就是助纣为虐（"台独"派只想取代国民党，其助美国为恶的本质是完全一样的）。如果你认为美国是好的，你怎么可能认同陈映真？问题的关键在，你认同的是美国的富强，而没有意识到美国的邪恶，你怎么可能了解陈映真？因为陈映真首先看到的是美国的邪恶，是美国在全世界的贫困、落后地区所造成的无数灾祸，而这些你都没有看到，你怎么会认同陈映真？陈映真对全世界充满了大仁大义，他看到邪恶的本源，你只看到陈映真的仁厚；你所推崇的仁厚只是一般的慈善之心，而陈映真的仁义是扩及全人类的仁义，这就是一般的陈映真迷和陈映真的区别。他们无法理解他们所崇拜的陈映真，是一个比他们想象的更伟大的人，他们完全不知道他的深邃的历史眼光和他祈求全人类和平幸福的愿望。

这些陈映真迷，都是在国民党的体制下成长起来的，有些人对国民党虽然有所不满，但还是相信国民党可以改革，有些人非常反对国民党，据此而主张台湾应该“独立”。当国民党的那个“中华民国”在联合国不再成为中国的代表时，他们（不论他们对国民党的态度如何）根本没有想到要去和那个被国民党辱骂了几十年的对岸的“邪恶”政权统一，毕竟他们都是吃了国民党的奶水长大的。所以，虽然他们不一定接受民进党的“台独”立场，他们也不可能赞成和共产党领导下的大陆统一，对他们来讲，这是非常不可思议的。不论是坚决主张“独立”的民进党及其群众，还是继续拥抱“中华民国”“国号”的人，都无法相信，这个时候的陈映真，竟然不顾他的崇高的地位与众人的尊仰，成立了中国统一联盟，树起统派的大旗，自己还担任创盟主席。这样我们就可以理解，广泛散布于台湾文化界的各种陈映真迷为什么会那么困惑，甚至为什么会那么愤怒。他们从来没有想要探究陈映真这个人是如何形成的。这样，陈映真这个无法绕过的巨大的身影，就成了当今台湾社会最难以理解的问题。陈映真去世后的各种悼念文章，普遍地表达了这一问题。

二

从五四运动到一九四九年，中国一直循着激进的、社会革命的道路往前推进，其顶点就是新中国的建立。台湾，作为被侵占的殖民地，它的最进步的知识分子不但了解这一进程，而且还有不少人从各种途径投身于革命的洪流之中。国民党在内战中败退到台湾以后，这一批进步的知识分子大半加入中共在台湾的地下组织，准备迎接内战中的最后一幕，即，解放台湾，完成中国最后的统一。

这样的历史发展，在一九五〇年突然被切断了。朝鲜战争爆发后，美国介入中国内战，将第七舰队开入台湾海峡，阻截了台湾和大陆的统一。国民党政权借此机会在岛内大举肃清，完全清除了台湾岛内的革命分子。这样，台湾的历史只能从空白重新开始，随美国和国民党爱怎么说就怎么说。台湾的社会，尤其台湾的青年知识分子，在那两只彼此有矛盾、又有共同点的手的联合塑造下，完全和中国现代革命史的主流切断了关系。慢慢地，他们把那一段革命史，看成是一场败坏人性的群魔乱舞。

在国民党铺天盖地的“反共”宣传下，从小接受国民党教育的年轻世代，完全不能理解共产党革命所建立的新中国的历史意义，一点也不令人意外。让人惊奇的是，居然会出现一个“幸免于难”的陈映真。好像是上天有意保存一颗革命的种子，因此让陈映真在一九五〇年左右遭遇了非常独特的历史因缘。

小学五年级时陈映真遇到一位吴老师，刚从南洋和大陆战场复员回到台湾，因肺结核而老是青苍着脸，曾经为了班上一个佃农儿子的尊严而甩过他一记耳光。一九五〇年秋天的某一天半夜，这个吴老师被军用吉普车带走了，陈映真从来没有忘记过他，在早期的《乡村的教师》和晚期的《铃珰花》里都有他的影子。陈映真还提到，他们家附近曾经迁来一家姓陆的外省人，陆家小姑“直而短的女学生头，总是一袭蓝色的阴丹士林旗袍。丰腴得很的脸庞上，配着一对清澈的、老是漾着一抹笑意的眼睛”。这个陆家小姑几乎每天都陪着小学生陈映真做功课，还教他大陆儿歌，陈映真放学后的第一件事，就是放下书包去找陆家小姑。这一年冬天，这个陆家小姑也被两个陌生的、高大的男人带走了。这一年陈映真考上成功中学初中部，每天从莺歌坐火车到台北上课（成功中学离火车站不远），“每天早晨走出台北火车站的检票口，常常会碰到一辆军用卡车在站前停住。车上跳下来两个宪兵，在车站的柱子上贴上大张告示。告示上首先是一排人名，人名上一律用猩红的朱墨打着令人胆颤的大勾，他清晰地记得，正文总有这样的一段：‘加入朱毛匪帮……验明正身，发交宪兵第四团，明典正法。’”我们可以想象，陈映真看到这些告示时，一定会想起他所敬爱的吴老师和他所仰慕的陆家小姑，而他们都是他幼稚心灵中的大好人，这些大好人也加入了“朱毛匪帮”，那么，把他们“明典正法”的那个政权又会是怎么样的政府呢？

陈映真的大幸，或者陈映真的不幸，在于：他竟然成了那一场大革命在台湾仅存的“遗腹子”。他不是革命家的嫡系子孙，他的家里没有人在白色恐怖中受害。他凭着机缘，凭着早熟的心智，凭着意外的知识来源，竟然了解到当时台湾知识青年几乎没有人能够理解的历史的真相。从白色恐怖到高中阶段（1950—1957），他模模糊糊意识到这一切；他开始写小说时，对这一切已完全明白，这时他也不过是个大学二三年级的学生，只有二十一二岁（1958—1959）。作为对比，我可以这样说，这个时候我十岁左右，还是一个一无所知的乡下小孩，而我终于完全理解陈映真所认识的历史真相时，差不多是四十二岁，也就是一九九〇年左右，那时候我已被朋友视为“不可理解”，而陈映真的无法被人理解，到那时已超过了三十年。他是一个极端敏感的、具有极佳的才华的年轻人，你能想象他是怎么“熬”过这极端孤独的三十年的。我觉得，陈映真的艺术和思想——包括他的优点和缺陷——都应该追溯到这个基本点。

就这样，进入大学不久的陈映真，“在反共侦探和恐怖的天罗地网中”，因其“思想、知识和情感上日增的激进化，使他年轻的心中充满着激愤、焦虑和孤独”。这种心灵上的困境，因偶然得到的创作机缘，而得以化解。其时，尉天骢刚创办《笔汇》杂志，透过友人向他邀稿，陈映真就在一九五九至一九六〇年之间，一口气写了他最早的七篇小说。对于这个创作机缘，陈映真这样回顾：

> 感谢这偶然的机缘，让他因创作而得到了重大的解放……但创作却给他打开了一道充满创造和审美的抒泄窗口。他开始在创作过程中，一寸寸推开了他潜意识深锁的库房，从中寻找千万套瑰丽、奇幻而又神秘、诡异的戏服，去化妆他激烈的青春、梦想和愤怒、以及更其激进的孤独和焦虑，在他一篇又一篇的故事中，以丰润曲折的粉墨，去嗔痴妄狂，去七情六欲。

从陈映真的回顾文字中就可以了解，这是一些披着“瑰丽、奇幻而又神秘、诡异的戏服”的幻想小说，借以抒发他对当时充满了恐怖气氛的白色反共统治的强烈不满与抗议。所有这一切，他都不能“实写”，只能以虚幻的方式来表现。所以陈映真所采取的小说书写形式是被现实政治所逼迫出来的，都是一些充满了幻想的“政治寓言”。我们可以套用后来流行的拉丁美洲的小说标签，称之为陈映真的“魔幻现实主义”。

陈映真的第七篇小说《祖父和伞》（1960 年 12 月）是最具关键性的一篇。这篇小说表面看起来非常简单，但从来没有人了解其深层的意义，是赵刚首先提出了正确的解释。那个躲到深山里默默地做着矿工养活孙子的老祖父，其实就是逃亡到山中的中国共产党地下党员，在白色恐怖的高潮，他因为过度伤心而去世。那个孙子，小说的叙述者，其实影射的就是陈映真本人。老人的去世代表台湾岛内为了新中国的建立而参加革命的人，已经全部被“肃清”了，而他们却留下了一个孙子。这实际上是暗示，当时才二十三岁的陈映真完全知道这一批人的存在，也完全理解白色恐怖的意义——台湾残存的国民党政权，在美国的保护之下终于存活下来，而台湾民众从此就和革命中建立起来的新中国断绝了任何联系，其中幸存下来的、还对新中国充满了期盼的人可能永远生活在黑暗与绝望之中，再也见不到光明。

接着我们再来分析陈映真的第四篇小说《乡村的教师》(1960 年 8 月)。青年吴锦翔，出生于日据时代贫苦的佃农之家，由于读书，思想受到启蒙，他秘密参加抗日活动，因此日本官宪特意把他征召到婆罗洲去。万幸的是，他没有战死、饿死，终于在光复近一年时回到台湾，并被指派为家乡一个极小的山村小学的教师。由于台湾回到祖国怀抱、由于战争的结束和自己能够活着回来，吴锦翔以最大的热情投身于教育之中。这个吴锦翔是日据时代左翼知识分子的嫡传，既关怀贫困的农民，又热爱祖国，陈映真在小说中写出了这一类人在光复初期热血的献身精神。然而，国民党政权令人彻底失望，激发了二·二八事件，不久，中国内战又全面爆发，战后重建中国的理想化为泡影。吴锦翔终于堕落了，绝望了，最后割破两手的静脉而自杀。

当然陈映真只能写到内战爆发，他不能提及国民党在内战中全面溃退、新中国建立、国民党在美国保护下肃清岛内异己分子等等。现在的读者可以推测，吴锦翔的自杀决不是由于内战爆发，因为吴锦翔的形象来自陈映真的小学老师吴老师，而吴老师是在一九五〇年秋天被捕的。小说中的吴锦翔如果要自杀，决不是因为内战爆发，而是由于美国保护国民党，国民党在台湾进行彻底的“反共肃清”，他已被活生生地切断了与中国革命的联系。由于冷战体制的形成，台湾的命运在相当长的一段时间内不可能会有改变。这样，生活在新的帝国主义卵翼下的台湾，跟祖国的发展切断了所有的关系，这样的生命又有何意义呢？但是陈映真不可能这样写，只好说吴锦翔因为中国内战而绝望自杀。从这篇小说的情节设计方式可以看出，陈映真如何以曲折、隐晦的方式来表达他思想上的苦闷。

分析了《故乡》和《乡村的教师》，我们再来回顾陈映真的第二篇小说《我的弟弟康雄》（1960 年 1 月），就会有另外一种体会。康雄是一个安那其主义者，因为失身于一位妇人，感到自己丧失道德的纯洁性而自杀。康雄和吴锦翔以及《故乡》（1960 年 9 月）中的哥哥一样，其实都因为新中国革命理想在台湾的断绝而感到灰心丧志。这样，陈映真早期七篇小说中的五篇，其人物和主题始终环绕着这种特殊历史时代的幻灭感而展开。

陈映真思想上的绝望，只能借助于他构设的情节，以幻想式的抒情笔法加以表现。只有这样，他知识上的早熟和青春期的热情与孤独才能找到宣泄之道。我想，跟他同一世代的小说家，没有人经历过这种“表达”的痛苦——他不能忍住不“表达”，但又不能让人看出他真正的想法，不然，他至少得去坐政治牢。

三

思想上极度苦闷的陈映真，一九六四年认识了在台湾“日本大使馆”工作的一位日本知识分子，他为陈映真提供了许多当代大陆和世界左翼的资料，陈映真和一群朋友因此组织了一个读书会。这时陈映真的思想已经走到了某种临界点，即将踏入国民党的“政治禁区”。当时所写的两篇小说《永恒的大地》和《某一个日午》，虽然采取非常隐晦的寓言形式，但仍然可以看出他的政治倾向。

在《某一个日午》里，房处长的儿子莫名其妙地自杀了，房处长终于接到儿子的遗书，遗书提到他读过父亲秘藏了四五十年的书籍、杂志和笔记，他说：

> 读完了它们，我才认识了：我的生活和我二十几年的生涯，都不过是那种您们那时代所恶骂的腐臭的虫豸。我极向往着您们年少时所宣告的新人类的诞生以及他们的世界。然而长年以来，正是您这一时曾极言着人的最高底进化的，却铸造了这种使我和我这一代人萎缩成为一具腐尸的境遇和生活；并且在日复一日的摧残中，使我们被阉割成为无能的宦官。您使我开眼，但也使我明白我们一切所恃以生活的，莫非巨大的组织性的欺罔。……开眼之后所见的极处，无处不是腐臭和破败。

房处长代表了曾经有过理想、如今已经完全堕落的国民党，房处长的儿子对房处长的谴责，其实是陈映真借着他的嘴巴说出陈映真对现在国民党政权的看法——这个政权“无处不是腐臭和破败”。

比《某一个日午》还要激烈的是《永恒的大地》。小说的背景是海港边的一个雕刻匠的房间，房间有一个小阁楼，小阁楼上躺着重病的老头子，是雕刻匠的父亲，而雕刻匠则和一个娼妓出身的肥胖而俗丽的台湾女子同居。老头子念念不忘他过去大陆的家业，天天辱骂他的儿子，说家业是他败光的，他有责任把家业复兴起来；而他儿子对父亲逆来顺受，极尽卑躬屈膝之能事。儿子反过来对那位台湾女性常常暴力相向、拳打脚踢，而另一方面又在她的身上寻求欲望上的满足，还告诉她是他把她从下等娼寮中救出来的，要她感恩图报，好好跟自己过日子，将来他们会有美好的前途的。从这个简单的情节叙述就可以推测，老头子代表的是国民党退台的第一代（也可能暗指蒋介石）。国民党政权老是认为是他们的八年抗战拯救了台湾人，所以台湾应该感恩戴德，好好回报，配合国民党"反攻大陆"，将来大功告成之日，大家都有好日子过。

卧病在阁楼上的老爹，老是跟他儿子（可能暗指蒋经国）说，他们在大陆有一份大得无比的产业，"朱漆的大门，高高的旗杆，精细花棂的窗子，跑两天的马都圈不完的高粱田"，要他复兴家业，再回到大陆去。然而，儿子清楚知道他们是永远回不去了，而且自己也不想回去。最为关键的是，下面所引述的儿子和他的台湾女人之间的一段对话：

> "天气好了，我同爹也回去。"他说。然而他的心却偷偷地沉落着，回到哪里呢？到那一片阴悒的苍茫吗？
>
> "回到海上去，阳光灿烂，碧波万顷。"伊说，"那

些死鬼水兵告诉我：在海外太阳是五色，路上的石头都会轻轻地唱歌！”他没作声……

“谁不知道你原是个又臭又贱的婊子！”他吼着说，愤怒便顿地燃了起来，“尽诌些红毛水手的鬼话！”

“红毛水手，也是你去做皮条客拉了来的！”伊愤怒地说。

他的台湾女人所向往的是，红毛鬼子所说的海外更自由、更美丽的世界。而这个“红毛鬼子”是指越战时期到台湾度假“买春”的美国士兵（可以参看《六月里的玫瑰花》那一篇小说）。国民党为了自己的生存，不得不依附美国，其结果是国民党“反攻大陆”的希望成为泡影，而台湾已一心一意向往美国，再也不想跟大陆发生任何关系了。陈映真早在二十世纪六〇年代中期，已经预见了国民党“反共亲美”的政策必然导致这一局面。

参照《某一个日午》和《永恒的大地》（这两篇在写作当时都不敢发表），我们才能真正了解陈映真一九六八年入狱前所发表的几篇小说的写作意图。在《最后的夏日》里，留学美国是小说中的中学老师最大的梦想，而《唐倩的喜剧》里的“台湾知识界”无人不津津乐道当今西方流行的思想。两个女主角，一个纯真，一个世故。最后都以嫁到美国为最后目标。整个台湾确实如《永恒的大地》所说的，把海外(其实是美国)当乐土，认为那里的“石头都会轻轻地唱歌”。而陈映真却又以旁敲侧击的方式，暗示我们说，美国其实并不那么美好。在《唐倩的喜剧》里，存在主义者老莫，拿着美国《生活杂志》《新闻周刊》和《时代周刊》上剪下来的越战的图片，指出图片中“卑贱的死亡”，借以向唐倩宣讲他的存在主义哲学。这样，我们就看到了“被火焰烧成木乃伊一般的越共的尸体，在西贡的闹区被执刑了的年轻的囚犯，穿着黑色衣衫的战俘……”如此等等。我一直很喜欢《唐倩的喜剧》，不知读了多少遍，但直到最近重读，才赫然发现了陈映真有意“夹带”的暴露美国罪恶的这一段文字。

另一篇《六月里的玫瑰花》写的是美国黑人士兵和台湾妓女的相濡以沫的恋情，类似《将军族》中的外省老兵和台湾风尘女子的关系，但陈映真却在这一“爱情故事”中穿插了黑人士兵在混乱中随意扫射，杀死越南无辜平民的情节。这篇小说发表于一九六七年七月，而著名的美军对越南美莱村平民的大屠杀事件，直到一九六九年十一月才被媒体揭露出来，由此可见陈映真早就认识到越战的邪恶面目。就如赵刚所说的，众多的陈映真读者从来不注意这篇小说，然而这是“确确实实”的“反帝小说”，早在一九六七年就“在台湾！”发表了，从当时以至于现在，居然没有人注意到。我们当年就这样无视于陈映真的思想，我们根本就没有读懂过陈映真。

四

一九七五年七月，关押七年之久的陈映真终于因蒋介石去世而得以特赦提前出狱，又可以执笔了。由此开始，到二〇〇六年九月他因中风而不得不中止写作，又经过了三十一年，比他入狱前的创作时间（1959—1967）多出二十多年，但两者在小说的产量上却形成截然的对比：前九年多达二十五篇，而后三十一年却只有十一篇，另加一篇报道文学（十一篇中有四篇是非常长的，可以算中篇小说了）。这是怎么一回事呢？

陈映真出狱的二十世纪七〇年代中期，台湾社会的动荡局面已为有识者所熟知。二十世纪六〇年代末发生于美国的保钓运动影响扩及台湾，台湾知识界开始“左倾”，而且开始关心大陆的发展，民族主义的情怀逐渐从国民党走向共产党。其次，一九七一年，“中华人民共和国”终于取代“中华民国”，取得联合国“中国”席位的代表权，“中华民国”的合法性已经不存在了。再其次，经过二十年的经济成长，台湾省籍的企业家及中产阶级羽翼渐丰，他们不愿意再在政治上附从于国民党，他们暗中支持党外民主运动，企图掌握台湾政治的主导权。在这种情形下，国民党再也不能以高压的形势钳制言论，民间的发言空间愈来愈大。

陈映真出狱以后，当然了解台湾社会正处于巨变前夕，他不甘心把内心深处向着共产党的既统又左的想法永远埋藏着，他要“发声”，他要“介入”，他不愿意自己“只是”一名小说家。只要有机会，他对于什么问题都愿意发言。而当时的陈映真也的确“望重士林”，是主导七〇年代文学主流的乡土文学的领航人，又是坐过牢的最知名的“左倾”知识分子，各种媒体也都给了他许许多多的机会。于是，他成了文化评论家、社会评论家、政论家，等等，当然，也仍然保留了小说家及文学评论家这两块旧招牌。如果不是内心隐藏了这样一个深层的愿望，他大概也不会想成为什么“家”都是、什么“家”都不是的，那样无以名之的“杂家”。

陈映真出狱以后，台湾经济即将进入最繁荣的时期，陈映真供职于美国药商公司，因此有机会接触台湾的跨国企业公司，并观察到这些公司中、高级主管的生活。除了少数一两位最高阶洋人之外，这些主管都是台湾人。他们的英语非常流畅，办事很有效率，深得洋主管的赏识。他们讲话夹杂着中、英文，互称英文名字，开着高级轿车，出入高级餐厅与大饭店，喝着昂贵的洋酒。总而言之，他们的生活非常洋化，享受着台湾经济在国际贸易体系中所能得到的、最丰裕的物质生活，当然，其中最为人“称羡”的是，他们可以轻易地在家庭之外供养着“情妇”。

当然，陈映真不只注意台湾经济中最尖端、最洋化的跨国公司高级主管的物质生活条件问题，对于经济愈来愈繁荣的台湾社会中一般人的消费问题，他也不可能不留心。二十世纪六〇年代后期台湾经济突然兴旺的原因之一是，大量越战的美军到台湾度假、而发了财的日本中产者借着观光的名义络绎不绝地来台湾“买春”，黄春明和王祯和的小说曾对此有所描写。陈映真也注意到了，所以在一九八二年就已发表文章，讨论资本主义经济和色情行业的特殊关系。随着台湾社会消费倾向的日愈明显，陈映真又注意到台湾的青少年“孤独、强烈地自我中心，对人和生活不关心，对人类、国家彻底冷漠，心灵空虚……奔向逸乐化、流行化和官能化的洪流中，浮沉而去，直至没顶”。

陈映真二十世纪七〇、八〇年代所写的八篇小说，除了最早的一篇《贺大哥》具有过渡性质外，其余，不论是“华盛顿大楼”系列的四篇，还是“白色恐怖”系列的三篇，全都跟资本主义的消费行为有关。前一系列最长的一篇是《万商帝君》。在这篇小说里，作为美国跨国营销公司在台湾的最优秀的执行者，一个是本省籍青年刘福金，充满了省籍情结，具有“台独”倾向；另一个是外省青年陈家齐，苦干务实，不太理会台湾社会内部的裂痕。然而，他们都同时拜伏于美国式的企业，甘心把美国产品推向全世界，并认为这是人的生存的唯一价值。这篇小说其实暗示了：国民党也罢、倾向“台独”的党外也罢，都只是泡沫而已，主导台湾社会的真正力量还是美国资本主义。如果不能战胜这独霸一切的、诉诸于人的消费及生理、心理欲望的资本主义的商品逻辑，那么，一切理想都只能流于空想。

“白色恐怖”系列三篇小说初发表时，都分别感动了不少人，《山路》尤其轰动，在当时的政治条件下，竟然得到《中国时报》的小说推荐奖！每一个喜爱这些小说的人，大概都会记得其中的一些“名句”，我印象最深的是《赵南栋》里的这一句话：“这样朗澈地赴死的一代，会只是那冷淡、长寿的历史里的，一个微末的波澜吗？”但是，我一直想不通，那个一辈子自我牺牲的蔡千惠为什么会认为自己的一生是失败的，因而丧失了再活下去的意志？尤其难以想象的是，宋大姊在狱中所产下的、给狱中等待死刑判决的女性囚犯带来唯一欢乐的小芭乐（赵南栋）长大以后却完全失去了灵魂，只是被发达的官能带着过日子！难道需要这样悲观吗？我还记得蔡千惠在致黄贞柏的遗书中这些痛切自责的忏悔：

> 如今，您的出狱，惊醒了我，被资本主义商品驯化、饲养了的、家畜般的我自己，突然因为您的出狱，而惊恐地回想那艰苦、却充满着生命的森林。

“驯化”“饲养了的”“家畜般的”，对千惠用了这么重的话，真是不可思议！

我现在觉得，陈映真无非是要让蔡千惠这个人物来表现人性的脆弱。即使是在少女时代对革命充满纯情的蔡千惠，以致于她肯为她所仰慕的革命志士的家庭牺牲一辈子的幸福，但不知不觉中，在台湾日愈繁荣的物质生活中，还是把久远以前的革命热情遗忘了，证据是，她根本不记得被关押在荒陬小岛上已达三十年以上的黄贞柏的存在。“五〇年代心怀一面赤旗，奔走于暗夜的台湾……不惜以锦绣青春纵身飞跃，投入锻造新中国的熊熊炉火的一代人”，在日益资本主义化的台湾，不是被遗弃，就是没有人想要再提起。所以，与其说陈映真是在批评蔡千惠，不如说陈映真真正的目的是要痛斥：现在的台湾人不过是被美国驯化的、饲养的类家畜般的存在，是赵南栋之亚流，虽然没有沦为赵南栋的纯生物性，其实距离赵南栋也不会太远了。

“华盛顿大楼”系列和“白色恐怖”系列的故事性质，表面差异极大，但其基本思考逻辑本身是一贯的：四十年来台湾已被美国式的资本主义和消费方式豢养成了只顾享受的类家畜，已经丧失了民族的尊严，忘记了民族分断的伤痛，当然更不会考虑到广大第三世界的人民挣扎在内战与饥饿的边缘。而且台湾人为此还得意不已，以为这一切全是自己努力挣来的。

五

一九八八年陈映真与友人合组中国统一联盟，并出任创盟主席，一九八九年《人间》杂志因长期亏损而停刊，一九九〇年陈映真率领中国统一联盟代表团访问大陆，并受到江泽民主席会见。这三件事情都对陈映真产生重大的影响。首先，陈映真表达了他鲜明的政治立场，特别是一九八九年之后率团访问大陆之后，两岸及华人知识圈都以特异的眼光看待他，认为一个作家不应该有这么强的政治性。其次，虽然很多人知道陈映真是统派，但因《人间》杂志一直坚持报道台湾的弱势族群，仍然有人因此尊敬他，因为他一直关心台湾。《人间》杂志停刊后，敌视陈映真的人也就可以借此诋毁他，说他只关心“中国”而不关心台湾。从此以后，陈映真在台湾的声望逐渐下降，以致于现在的台湾年轻人甚至不知道有他这个人。

陈映真坚定的统派立场，也让他在大陆的地位显得很尴尬。表面上他受到官方的推崇，但他鲜明的左派思想，却让他成为大陆文艺圈一个很难被理解的“老怪物”。二十世纪八〇、九〇年代，大陆主流知识界“唯美是尚”，认为美国不但是世界上最富强的国家，它的“自由、民主”也足以当世界的表率，这跟陈映真的思想是截然相反的。当时陈映真在大陆完全不被了解，而在台湾则受到无所不至的打压，陈映真内心的痛苦是很少人能够理解的。这是他最苦闷的时候，他一直想在思想上寻求解决这一困境的途径，一方面苦心思考“台湾社会的性质”，另一方面又关注大陆改革开放的发展，他充满了困惑，在他未能找到答案之前，他根本无心创作小说。

《赵南栋》（1987 年）发表以后，时隔十二年，陈映真才又创作另一篇小说《归乡》（1999 年），紧接着又发表《夜雾》（2000 年）、《忠孝公园》（2001 年）。这三篇小说的写作都有特殊的因缘。由于常到大陆交流，听了一些老台胞回乡探亲，不被家人接受，以为他们是要回来分财产，陈映真深有感慨，才写了《归乡》。二〇〇〇年，台湾第一次政党轮替，民进党上台执政，跟随蒋介石来台的“外省人”非常不安，陈映真为此写了《夜雾》和《忠孝公园》。陈映真一直很关注“外省人”在台湾的处境，在此之前，《猫它们的祖母》《那么衰老的眼泪》《文书》《将军族》《第一件差事》《累累》《永恒的大地》《某一个日午》，都涉及这一题材。“台独”派一直敌视“外省人”，认为“外省人”是外来者，相反地，陈映真从全中国的立场透彻理解国共内战所造成的中国人流离失所的悲哀。即使台湾的外省作家，都没有人像陈映真那样关心流落台湾的中下层“外省人”。《忠孝公园》所企图呈现的二十世纪中国国家动乱、民族分断的悲剧，其广度与深度，在当代全中国的作家中，恐怕是独一无二的。

从陈映真最后一篇小说《忠孝公园》，可以看出陈映真在当代台湾作家中的独特性，因为没有一位台湾作家从近百年中国的苦难史，来看待台湾的下层老百姓（包括本省人和外省人）。同样的，也很少有大陆作家，从近百年中国人争取独立自主、民族重生的立场来关心共产党建立新中国和改革开放在全中国的独特意义。如前面所说，二十世纪八〇、九〇年代的大陆流知识界，一心想要学习美国，完全没有觉悟到美国帝国主义的侵略本性。随着中国经济、社会的日渐改善，中国政治地位的提升，美国对中国的敌意日渐增强，最后终于在中美贸易战中达到高潮。从美国对蔡英文“台独”势力的极力支持，从“港独”势力的莫名其妙地产生，大陆知识分子才了解美国无所不用其极地想要阻碍中国的统一。在这一过程中，大陆的知识分子才逐渐醒悟，问题根本不在美国人所宣称的普世价值，问题在于美国必须一直称霸全世界，不准中国人超过美国，甚至连平起平坐都不允许。直到这个时候，大陆比较年轻的知识分子，才突然醒悟到，陈映真一辈子的思想与追求，对他们所具有的意义。从这个角度讲，陈映真是当代中国唯一想到中国国家的现代化、经济发展、民族复兴在二战后美国称霸全世界的格局下所具有的世界历史的意义。

陈映真的思想发展，跟现代中国的命运是息息相关的，从这一角度来看，陈映真在当代中国作家中是独一无二的，所以我相信，陈映真还亟待我们去了解，我们对他的肯定与评价还远远不足。

附记：本文对陈映真小说的分析，吸收了赵刚许多独到的看法，因为文章的性质，不便一一注出，请参看赵刚《求索：陈映真的文学之路》*（台北联经出版公司，2011 年）和《橙红的早星：随着陈映真重访台湾一九六〇年代》（台北人间出版社，2013 年）二书。又，本文多处引用的陈映真回忆写作生涯的《后街》一文，收入薛毅主编的《陈映真文选》（北京三联书店，2009 年）一书中。

二〇一九年七月三十一日

---

* 简体版为《左眼台湾：重读陈映真》，北京大学出版社，2016 年。

陈映真文学年表

一九三七年

十一月六日，出生于台湾苗栗县竹南镇中港。本名陈永善。

一九五〇年

莺歌小学毕业。

一九五七年

省立成功中学高中部毕业，入淡江英专。

一九五九年

九月，《面摊》发表于《笔汇》第一卷第五期，署名陈善。

一九六〇年

一月，《我的弟弟康雄》发表于《笔汇》第一卷第九期，署名然而。

三月，《家》发表于《笔汇》第一卷第十一期。为首篇署名陈映真发表的作品。

八月，《乡村的教师》发表于《笔汇》第二卷第一期，署名许南村。

九月，《故乡》发表于《笔汇》第二卷第二期，署名陈君木。

十月，《死者》发表于《笔汇》第二卷第三期，署名沉俊夫。

十二月，《祖父和伞》发表于《笔汇》第二卷第五期，署名林炳培。

一九六一年

一月，《猫它们的祖母》发表于《笔汇》第二卷第六期，署名陈秋彬。

五月，《那么衰老的眼泪》发表于《笔汇》第二卷第七期。

六月，淡江文理学院外文系毕业。

七月，《加略人犹大的故事》发表于《笔汇》第二卷第九期，署名许南村。

十一月，《苹果树》发表于《笔汇》第二卷第十一、十二期合刊本，署名陈根旺。

一九六三年

三月，《哦！苏珊娜》发表于三月一日《好望角》（香港）。

九月，《文书》发表于《现代文学》第十八期。

进入强恕中学担任英文教师两年半。

一九六四年

一月，《将军族》发表于《现代文学》第十九期。

六月，《凄惨的无言的嘴》发表于《现代文学》第二十一期。

十月，《一绿色之候鸟》发表于《现代文学》第二十二期。

一九六五年

二月，《猎人之死》发表于《现代文学》第二十三期。

七月，《兀自照耀着的太阳》发表于《现代文学》第二十五期。

就职美商辉瑞药厂。

一九六六年

九月，《哦！苏珊娜》发表于《幼狮文艺》第一五三期。

十月，《最后的夏日》发表于《文学季刊》第一期。

一九六七年

一月，《唐倩的喜剧》发表于《文学季刊》第二期。

四月，《第一件差事》发表于《文学季刊》第三期。

七月，《六月里的玫瑰花》发表于《文学季刊》第四期。

十一月，《最牢固的磐石——理想主义的贫乏和贫乏的理想主义》发表于《文学季刊》第五期，署名许南村。

《期待一个丰收的季节》发表于《草原》杂志创刊号，署名许南村。

一九六八年

二月，《知识人的偏执》发表于《文学季刊》第六期，署名许南村。

五月，应邀赴美参加国际写作计划前，因“民主台湾同盟”案被“警总保安总处”逮捕。

十二月，判刑十年。

一九七〇年

二月，《永恒的大地》发表于《文学季刊》第十期，署名秋彬。

一九七二年

十一月，《累累》发表于《四季》（香港）第一期，署名陈南村。

本年，《陈映真选集》由香港小草出版社出版，刘绍铭编。

一九七三年

八月，《某一个日午》发表于《文季》第一期，署名史济民。

一九七五年

七月，因蒋介石去世“特赦”出狱。

十月，以笔名许南村发表《试论陈映真》，自我剖析；并由台北远景出版社出版《第一件差事》《将军族》两本小说集，复出文坛。

一九七六年

十二月，《鞭子和提灯——代序许南村〈知识人的偏执〉》发表于十二月一日《中国时报》第十二版。

一九七七年

二月，与陈丽娜小姐结婚。

七月，《文学来自社会，反映社会》发表于《仙人掌》第五期。

八月，《原乡的失落——试评〈夹竹桃〉》发表于《现代文学》复刊第一期，署名许南村。

一九七八年

三月，《贺大哥》发表于《雄狮美术》第八十五期。

《夜行货车》发表于《台湾文艺》第五十八期。

五月，《在民族文学的旗帜下团结起来》发表于《仙人掌》第二卷第六期，署名石家驹。

六月，《台湾长老教会的歧路》发表于《夏潮》第四卷第六期，署名张春新。

九月，《上班族的一日》发表于《雄狮美术》第九十一期。

一九七九年

十月三日，第二次被调查局拘捕，三十六小时后始释放。

十一月，《累累》发表于《现代文学》复刊九期。

年内，与宋泽莱得第十届吴浊流文学奖。

一九八〇年

八月，《云》发表于《台湾文艺》第六十八期。

一九八二年

七月，《云——华盛顿大楼系列（一）》由台北远景出版社出版。

十二月，《万商帝君》发表于《现代文学》复刊第十九期。

一九八三年

四月，《铃铛花》发表于《文季》第一期。

八月，《山路》发表于《文季》第三期。

与七等生赴爱荷华大学国际作家工作坊。

十二月，以《山路》获《中国时报》小说推荐奖。

《陈映真小说选》由福建人民出版社出版。

一九八四年

三月，《反讽的反讽——评〈第三世界文学的联想〉》发表于三月二十四日《自立晚报 · 副刊》第十版，署名许南村。

《西川满与台湾文学》发表于《文季》第六期，署名许南村。

四月，《“鬼影子知识分子”和“转向症候群”——评渔父的发展理论》发表于四月八日至十三日《中国时报·人间副刊》第八版。

五月，《大众消费时代的文学家和文学》发表于《中国论坛》第二〇七期。

六月，《美国统治下的台湾——天下没有白喝的美国奶》发表于《夏潮论坛》第十五期，署名赵定一。

《万商帝君》由中国友谊出版公司出版。

九月，《山路》由台北远景出版社出版。

一九八五年

十一月，《人间》杂志创刊。《创刊的话——因为我们相信，我们希望，我们爱……》发表于《人间》创刊号。

十二月，自选、插绘《陈映真小说选》，作为纪念《人间》杂志创刊收藏版，收入《将军族》《唐倩的喜剧》《第一件差事》《夜行货车》《山路》等五篇，由台北人间出版社出版。

一九八六年

《夜行货车》被改编为同名电影，谢雨辰导演，张丰毅、林芳兵、寇振海主演。

一九八七年

六月，《赵南栋》发表于《人间》杂志第二十期。

九月，赴美国爱荷华参加国际作家写作计划成立二十周年志庆。

本年，《赵南栋及陈映真短文选》由台北人间出版社出版。

一九八八年

四月，《陈映真作品集》（共十五卷本）前十卷由台北人间出版社出版，包括《我的弟弟康雄》（小说卷一九五九——九六四）、《唐倩的喜剧》（小说卷一九六四——九六七）、《上班族的一日》（小说卷一九六七——九七九）、《万商帝君》（小说卷一九八〇——九八二）、《铃珰花》（小说卷一九八三——九八七）、《思想的贫困》（访谈卷：人访陈映真）、《石破天惊》（访谈卷：陈映真访人）、《鸢山》（随笔卷）、《鞭子和提灯》（自序及书评卷）、《走出国境内的异国》（序文卷）。

参与筹组中国统一联盟，任创盟主席。

五月，《陈映真作品集》（共十五卷本）后五卷由台北人间出版社出版，包括《中国结》（政论及批评卷）、《西川满与台湾文学》（政论及批评卷）、《美国统治下的台湾》（政论及批评卷）、《爱情的故事》（陈映真论卷）、《文学的思考者》（陈映真论卷）。

九月，《赵南栋——陈映真选集》由香港文艺风出版社出版，丘延亮编。

一九八九年

四月，赴韩国采访访问。

五月，赴美国加州波尔娜斯参加中国研讨会。

九月，《人间》杂志因亏损停刊。

一九九〇年

二月，率中国统一联盟代表团到北京访问。

一九九二年

二月，《将军族》由人民文学出版社出版，郭枫编。

一九九三年

十二月，《后街：陈映真的创作历程》发表于十二月十九日至二十三日《中国时报·人间副刊》第三十九版，署名许南村。

一九九四年

一月，报告文学《当红星在七古林山区沉落》发表于《联合文学》第一一一期。

九月，《华盛顿大楼》由中国人民大学出版社出版，赵遐秋编。

一九九五年

三月,《陈映真小说集》精装版五册由台北人间出版社出版，包括《我的弟弟康雄》(一九五九——九六四)、《唐倩的喜剧》(一九六四——九六七)、《上班族的一日》(一九六七—一九七九)、《万商帝君》(一九八〇——九八二)、《铃珰花》(一九八三——九八七)。

一九九六年

七月,《夜行货车》由时事出版社出版，古继堂编。

一九九七年

三月,《陈映真代表作》被收入“中国现当代著名作家文库”，由河南文艺出版社出版，刘福友编。

一九九八年

十月,《陈映真文集》三卷本由中国友谊出版社出版,包括《小说卷》(短篇小说集)、《杂文卷》(散文、评论集)、《文论卷》(评论、受访纪录集)。

一九九九年

九月,《归乡》于九月二十二日至十月八日《联合报》副刊连载。同月另刊于《噤哑的论争》。

二〇〇〇年

一月，散文《父亲》发表于一月二十日至二十二日《中国时报·人间副刊》第三十七版。

三月，《陈映真自选集》由北京三联书店出版。

十一月，《夜雾》发表于十一月二十四日至十二月五日《联合报》副刊，再刊于《复现的星图》，人间出版社，十二月。

二〇〇一年

四月，小说集《归乡》由昆仑出版社出版。

七月，《忠孝公园》发表于《联合文学》第二〇一期，另刊于《那些年，我们在台湾……》，人间出版社，八月。

十月，《论“文学台独”》发表于十月九日《文艺报》第二版。

《陈映真小说集》六册由台北洪范书店出版，包括《我的弟弟康雄》（一九五九——九六四）、《唐倩的喜剧》（一九六四——九六七）、《上班族的一日》（一九六七——九七九）、《万商帝君》（一九八〇——九八二）、《铃珰花》（一九八三——九九四）、《忠孝公园》（一九九五—二〇〇一）。

二〇〇四年

一月，《我的文学创作与思想》发表于《上海文学》第三一五期。

八月，散文《生死》发表于《印刻文学生活志》第十二期。

本年，《铃珰花——陈映真自选集》由香港天地图书公司出版，刘绍铭编。

《陈映真小说选》由香港明报出版社出版，郑树森编。

二〇〇九年

十二月，《陈映真文选》由北京三联书店出版，薛毅编。

二〇一二年

三月，《忠孝公园》由江苏文艺出版社出版，陈友军编。

二〇一六年

十一月二十二日，于北京病逝，享年七十九岁。

十二月二十三日，中国作家协会在北京举办“陈映真文学创作研讨会”。

二〇一七年

十一月，《陈映真全集》二十三卷本由台北人间出版社出版。

译名对照表 *

人名

阿都尼斯：阿多尼斯

阿弗萝黛特：阿芙洛狄忒

爱丽斯：爱丽丝

柏特兰 · 罗素：伯特兰 · 罗素

戴维：大卫

杜斯托也夫斯基：陀思妥耶夫斯基

菲力士丁：腓力斯丁

弗尔甘：伏尔甘

该撒：凯撒

高斯华绥：高尔斯华绥

卡纳普：卡尔纳普

* 为尊重原作，本书保留台湾译名。对照表前为本书译名，后为大陆通译名。

莱申巴赫：赖欣巴哈

麦尔斯：玛尔斯

普洛米修斯：普罗米修斯

沙特：萨特

斯蒂文生：斯蒂文森

泰尼逊：丁尼生

唐 · 吉诃德：堂 · 吉诃德

西蒙 · 德 · 波娃：西蒙娜 · 德 · 波伏娃

辛德烈拉：辛德瑞拉

依利萨白：伊丽莎白

地名

奥林帕斯山：奥林匹斯山

弗罗伦斯：弗罗伦萨

兰巴伦：伦巴兰

台菲尔庙：德尔菲神庙

书名

《朱利 · 该撒》：《尤利乌斯 · 凯撒》

其他专有名词

青酸加里：氰酸加里